HEYNE
BÜCHER

SCIENCE FICTION

Herausgegeben
von Wolfgang Jeschke

Von **SHADOWRUN™** erschienen in der Reihe
HEYNE SCIENCE FICTION & FANTASY:

1. Jordan K. Weisman (Hrsg.): *Der Weg in die Schatten* · 06/4844

TRILOGIE GEHEIMNISSE DER MACHT

2. Robert N. Charrette: *Laß ab von Drachen* · 06/4845
3. Robert N. Charrette: *Wähl deine Feinde mit Bedacht* · 06/4846
4. Robert N. Charrette: *Such deine eigene Wahrheit* · 06/4847

5. Nigel Findley: *2 X S* · 06/4983
6. Chris Kubasik: *Der Wechselbalg* · 06/4984
7. Robert N. Charrette: *Trau keinem Elf* · 06/4985
8. Nigel Findley: *Schattenspiele* · 06/5068
9. Carl Sargent: *Blutige Straßen* · 06/5087

TRILOGIE DEUTSCHLAND IN DEN SCHATTEN

10. Hans Joachim Alpers: *Das zerrissene Land* · 06/5104
11. Hans Joachim Alpers: *Die Augen des Riggers* · 06/5105
12. Hans Joachim Alpers: *Die graue Eminenz* · 06/5106

13. Tom Dowd: *Spielball der Nacht* · 06/5186
14. Nyx Smith: *Die Attentäterin* · 06/5294
15. Nigel Findley: *Der Einzelgänger* · 06/5305
16. Nyx Smith: *In die Dunkelheit* · 06/5324
17. Carl Sargent/Marc Gascoigne: *Nosferatu 2055* · 06/5343
18. Tom Dowd: *Nuke City* · 06/5354
19. Nyx Smith: *Jäger und Gejagte* · 06/5384
20. Nigel Findley: *Haus der Sonne* · 06/5411
21. Caroline Spector: *Die endlosen Welten* · 06/5482
22. Robert N. Charrette: *Gerade noch ein Patt* · 06/5483
23. Carl Sargent/Marc Gascoigne: *Schwarze Madonna* · 06/5539
24. Mel Odom: *Auf Beutezug* · 06/5659
25. Jak Koke: *Funkstille* · 06/5667
26. Lisa Smedman: *Das Luzifer Deck* · 06/5889
27. Nyx Smith: *Stahlregen* · 06/6127
28. Nick Polotta: *Schattenboxer* · 06/6128
29. Jak Koke: *Fremde Seelen* · 06/6129
30. Mel Odom: *Kopfjäger* · 06/6130
31. Jak Koke: *Der Cyberzombie* · 06/6131
32. Lisa Smedman: *Blutige Jagd* · 06/6132
33. Jak Koke: *Bis zum bitteren Ende* · 06/6133
34. Stephen Kenson: *Technobabel* · 06/6134
35. Lisa Smedman: *Psychotrop* · 06/6135

LISA SMEDMAN

PSYCHOTROP

Fünfunddreißigster Band
des
SHADOWRUN™-ZYKLUS

Deutsche Erstausgabe

WILHELM HEYNE VERLAG
MÜNCHEN

HEYNE SCIENCE FICTION & FANTASY
Band 06/6135

Titel der amerikanischen Originalausgabe
PSYCHOTROPE
Deutsche Übersetzung von
CHRISTIAN JENTZSCH

Umwelthinweis:
Dieses Buch wurde auf chlor- und säurefreiem Papier gedruckt

Deutsche Erstausgabe: 11/99
Redaktion: Rainer-Michael Rahn

Erstausgabe bei ROC, an imprint of Dutton Signet,
a member of Penguin Putnam Inc.

http://www.heyne.de
Printed in Germany 1999
Umschlagbild: FASA Corporation
Umschlaggestaltung: Nele Schütz Design, München
Technische Betreuung: M. Spinola
Satz: Schaber Datentechnik, Wels
Druck und Bindung: Elsnerdruck, Berlin

ISBN 3-453-16172-6

SHADOWRUN

19. März 2060

Der Tag, an dem es endete...
Und begann...

NORD

CIRCA 2060

AMERIKA

CIRCA 2060

09:45:05 PSZ

Seattle, Vereinigte Kanadische und Amerikanische Staaten

Sie waren mitten in der Nacht gekommen, um sich Pip zu schnappen. Hatten sich durch die Tür in die Bude geschlichen, vorbei an den Gitterstäben und Schlössern und an dem bösartigen alten Hund, der im Flur schlief und jedem außer Pip und Deni einen Arm abgerissen hätte. Hatten alle magischen Hüter überwunden, die Deni zum Schutz seiner kleinen Schwester errichtet hatte, und auch die Alarmsensoren, die er neu verdrahtet hatte, so daß sie ihren Saft aus der Batterie bezogen, die er aus einem abgestellten Wagen geklaut hatte. Sie hatten Pip von der Matratze gestohlen, die sie sich mit Deni teilte, und zwar direkt aus Denis Armen.

Nichts von alledem ergab einen Sinn. Deni und Pip waren niemand – nur ein Teenager und seine acht Jahre alte Schwester, die versuchten, in einer der rauhsten Gegenden der Puyallup Barrens zurechtzukommen. Sie schlugen sich durch, so gut es eben ging, und blieben dabei sauber. Meistens. Deni verkaufte sein Talent als Schamane, indem er astrale Aufklärung für die Plünderer betrieb, welche die nicht weit entfernten Black Junk Yards, die Schwarzen Schrottplätze, überfielen. Pip blieb in der Sicherheit ihrer Bude und spielte mit dem MatrixPal-Lerncomputer, den Deni ihr gegeben hatte, um zu versuchen, sie wieder zum Sprechen zu bringen und das Schweigen zu durchbrechen, in das sie sich seit dem Tod ihres Vaters hüllte.

Pip und Deni belästigten niemanden, und niemand belästigte sie.

Bis jetzt.

Jetzt lud Deni sich bis zum Anschlag mit Mana auf

und folgte Pips Spur. Sein Körper befand sich noch in der Bude, zu einem Ball zusammengerollt, die Nase an den Knien. Doch sein Astralleib folgte Pips astraler Spur wie ein Hund, die Nase am Boden.

Die Entführer hatten Pip mit nach Hell's Kitchen genommen, in die Wüste aus Aschedünen und verkrusteter Lava, die nach dem Ausbruch des Mount Rainier entstanden war. Gruben mit heißem Schlamm, der einem die Haut von den Knochen gebrannt hätte, blubberten wie offene Wunden, und schwefelhaltiger gelber Dampf erhob sich in die Luft. All das rauschte verschwommen unter ihm vorbei, da Deni mit der Geschwindigkeit einer Magnetbahn dahinraste.

Er passierte einen Naturgeist, dessen astrale Gestalt eine Wolke aus wirbelnder Asche in der Form einer Bestie war. Das Ding starrte Deni mit lavaroten Augen an, doch der war an ihm vorbei, bevor der Geist angreifen konnte. Er bewegte sich mit irrwitziger Geschwindigkeit und verbrannte dabei die Essenz seines Körpers in einem entsprechenden Tempo. Das war im Grunde ziemlich dämlich, aber er hatte kein andere Wahl. Pips Leben stand auf dem Spiel.

Er konnte jetzt sehen, wohin man sie gebracht hatte. Ihre Witterung führte zu einem stillgelegten Kraftwerk. Er wurde etwas langsamer und begutachtete den ausgedehnten Komplex aus grauen Betonwänden, riesigen schwarzen Rohren, die im Boden verschwanden, und skelettartigen Türmen, deren tote Hochspannungskabel wie reglose Schlangen auf den Lavafeldern lagen. Dann umkreiste er den Komplex einmal und beschnüffelte ihn eine Zeitspanne, die etwa der eines Schwanzwedelns entsprach. Zufrieden, daß die Anlage nicht bewacht wurde, drang er durch die mit Graffitis beschmierte Wand, die der Stelle, wo Pip sich befand, am nächsten war. Er bewegte sich jetzt langsamer und vorsichtiger als zuvor.

Er erwartete kalte graue Wände und verrostete Turbinen, dunkle Treppen und Schutt und Abfälle auf dem Boden.

Statt dessen fand er einen Spielzeugladen.

Die Räume waren taghell erleuchtet, die Böden sauber. An den Wänden hingen Holobilder von SimSinn-Stars, und auf dem Boden stapelte sich kniehoch Spielzeug, alles neu und teuer. Stimmungsverändernde Kuschelpuppen aus ›Gefühlsstoff‹ saßen an den Wänden, und Spielzeugmagnetbahnen rasten über Schienen, die sich durch mehrere Räume zogen. Eine Modellraumstation schwebte, von einem Hologramm funkelnder Sterne umgeben, leicht schwankend in einem dunklen Büro, und eine vom Boden bis zur Decke reichende Puppenstube füllte einen anderen Raum aus. In einem anderen Bereich stand ein kniehoher Tisch mit Spielzeugtellern, die eine dreidimensionale Darstellung von Essen projizierten, und unter dem Tisch schwankten zwei Battlebots über den Boden, deren Metallfäuste klirrten, da sie Schläge einsteckten und austeilten.

All das nahm Deni in einem Augenblick wahr, während sein Astralkörper durch das stillgelegte Kraftwerk raste und in gerader Linie durch Mauer und Wände auf Pip zuschoß. Es verwirrte ihn. Er hatte sich vorgestellt, daß die Brutalos, die sich seine Schwester geschnappt hatten, entweder Organhändler oder Zuhälter sein mußten. Wenn das der Fall war, machten sie es ihren Opfern verdammt gemütlich.

Er war jetzt ganz nah. Pips astrale Witterung war stark. Deni raste durch eine massive Tür aus metallverstärktem Plastik und blieb ob des Anblicks, der sich ihm bot, wie angewurzelt stehen.

Pip saß auf einer Polstercouch in einem Raum, der nicht mit Spielzeugen, sondern Computern gefüllt war. Und das waren keine Kinderdecks wie das, was Deni für sie geklaut hatte, sondern Meganuyen-Modelle mit glänzenden Gehäusen, die so neu waren, das sie noch nach Plastik rochen. Pip spielte an einem der Decks, und ihre Hände verschwammen, so schnell bewegte sie die Joysticks hin und her. Sie trug ihr blaues Lieblingskleid und ihre ›Schaltkreis-Strümpfe‹ aus schwarzem, mit gelben Leuchtfasern durchwirktem Nylon. Ihre blonden Locken waren zerzaust – wie üblich –, und ihre helle Haut wies keine Schrammen oder Verunstaltungen auf. Demi registrierte erleichtert, daß ihre Häscher sie offenbar nicht angerührt hatten. Ihre Aura war hell, klar und sauber.

Als spüre sie seine Anwesenheit, schaute sie mit verwirrtem Stirnrunzeln auf die Stelle, wo Deni erschöpft von seiner Hetzjagd durch die Wüste japsend und mit hängender Zunge im Astralraum schwebte. Dann schaute sie wieder auf den Bildschirm des Cyberdecks auf ihrem Schoß und lachte. Schallend. Und dann sprach sie, wobei ihre Blicke immer noch hierhin und dorthin zuckten, da sie das Spiel verfolgte.

»Hier gefällt's mir«, sagte sie. »Das macht Spaß.«

Was, zum…? Pip war glücklich hier? Pip *redete*?

Drek, nein. Sie mußte unter dem Einfluß irgendwelcher stimmungsverändernder Psychodrogen stehen. Die hatten den gordischen Gefühlsknoten zerschlagen, der seine Schwester die ganzen Jahre zu schweigen bewogen hatte.

Pip mußte hierhergelockt worden sein. Und man mußte kein Genie sein, um zu wissen, wie. Wahrscheinlich hatte sie ihre neuen ›Freunde‹ in der Matrix kennengelernt. Sie hatten sie dazu gebracht, die Bude zu verlassen, indem sie ihr alles versprochen hatten, was Deni ihr nicht geben konnte: schöne neue Spielzeuge, die neusten Computerspiele, eine ganze Spielzeugwelt, in der sie sich austoben konnte.

Sie war aufgestanden, hatte sich an dem Hund vorbeigeschlichen und die Schlösser der Wohnungstür selbst geöffnet. Irgendwie war sie durch Hell's Kitchen gekommen – Deni wollte nicht einmal daran denken, wie gefährlich das gewesen war – und hier gelandet.

Und sie hatte ihre Belohnung bekommen. Doch Deni hatte es im Urin, daß am Ende irgend etwas Furchtbares warten mußte.

Deni knurrte. Das würden die Wichser, die Pip hergelockt hatten, noch bereuen, und zwar bitter. Doch warum hatte er noch niemanden gesehen? Pip hatte ›Freunde‹ gesagt. Und das bedeutete, daß es mehr waren als einer…

Sie schaute von ihrem Spiel auf, als ein Junge in den Raum kam und sie begrüßte. Er war indianisch mit seinen hohen Wangenknochen und der dunklen Haut. Er war vielleicht fünfzehn – ungefähr in Denis Alter, aber nicht so klein wie er. Er war gesund und wohlgenährt. Und sauber. Seine Kleidung sah neu aus und modisch, wenn man von dem zerknitterten rotweißen Halstuch absah. Aber seine Augen hatten den wachsamen Ausdruck von jemandem, der in den Barrens aufgewachsen war, hungrig und auf dem Sprung.

Als der Junge sich umdrehte, sah er eine Datenbuchse in seiner Schläfe funkeln. Denis Astralsicht zeigte die Drähte, die sich wie silberne Adern von der Buchse ins Hirn des Jungen wanden. Er runzelte die Stirn. Eine Datenbuchse war kein billiger Drek. Woher hatte ein Junge wie er die Nuyen dafür?

Deni knurrte, als der Junge sich neben Pip auf die Couch setzte. Doch der Junge ließ sie in Ruhe, und Pip schien es nichts auszumachen, daß er dort saß. Und was, zum Teufel, konnte Deni überhaupt dagegen tun? Die Verfolgung hatte nur ein paar Sekunden gedauert, aber bis Deni in seinen Körper zurückgekehrt sein und die Wüste von Hell's Kitchen durchquert haben würde – vorausgesetzt, er fiel nicht in ein Schlammloch –, würde mindestens eine Stunde verstreichen. Es war besser, Pip einstweilen zu beobachten und zu sehen, was als nächstes passierte.

Der Junge redete.

»*Otaku* zu sein, wird dir gefallen«, sagte er zu Pip. »In der Matrix zu spielen, macht noch mehr Spaß als Spielzeug.«

Pip starrte ihn kurz an und nickte dann ernsthaft. »Ich weiß.«

»Es gibt dort einen besonderen Ort. Einen Ort, an dem man sich wohl fühlt. Wenn du deine Datenbuchse bekommst, kannst du so oft dorthin gehen, wie du willst.«

Deni fuhr auf. Wozu versuchte der Wichser seine Schwester zu überreden? Wollte er sie auf BTL bringen? Aber das waren Chips. Dafür brauchte man eine Chipbuchse. Keine Datenbuchse. Datenbuchsen waren für Computer.

»Wir bringen heute einen Haufen Leute an diesen besonderen Ort«, sagte der Junge zu Pip. Er warf einen Blick auf seine Armbanduhr. »In ein paar Sekunden. Würdest du auch gern kommen?«

Pip nickte. Ein Lächeln ließ ihr winziges Gesicht strahlen.

Der Junge reichte ihr ein Elektrodennetz und lächelte, als sie es über den Kopf streifte und das Glasfaserkabel des Netzes in das Deck auf ihrem Schoß einstöpselte.

Nein! tobte Deni. *Trau ihm nicht, Pip!* Er schoß vorwärts, doch sein Astralleib prallte zurück, als er gegen Pips Aura stieß. Er fuhr herum, griff nach dem Elektrodennetz und versuchte es ihr abzureißen. Doch es war sinnlos. Die Hände seines Astralleibs waren so unstofflich wie Nebel.

Pip schloß die Augen. Ihr Körper erschlaffte, und sie sank zusammen.

Deni starrte den Jungen auf der Couch neben Pip an. Er hätte am liebsten das alberne Halstuch von ihm genommen und ihn damit erwürgt.

Der Junge stand auf und ging zu einem Telekomanschluß. Als er ein Glasfaserkabel herauszog, nahm Deni an, er werde es in ein Cyberdeck einstöpseln. Doch statt dessen verband der Junge das Kabel direkt mit der Datenbuchse in seinem Schädel. Er zog das Kabel vorsichtig weiter heraus und setzte sich dann wieder neben Pip auf die Couch. Dann lehnte er sich ebenfalls zurück und schloß die Augen.

Etwas Seltsames geschah. Die Aura des Jungen spielte völlig verrückt.

Die Verrücktheit begann oberhalb der Stirn des Jungen. Seine Aura nahm über einer Stelle an seiner Datenbuchse eine leuchtend silberne Farbe an, und dann breiteten sich von dieser Stelle plötzlich Energiefasern aus. Winzige Lichtstrahlen, vielleicht so lang wie eine Monopeitsche, zuckten heraus wie umherirrende Scheinwerferlichter und wurden dabei immer dünner, je weiter sie sich vom Kopf des Jungen entfernten, bis sie einfach verschwanden. Sie rochen irgendwie heiß, wie Elektrizität.

»Ich bin in der Matrix«, sagte der Junge zu Pip. »Kannst du mich sehen?«

»Ja«, flüsterte Pip. »Es ist wunderschön hier.«

»Warte ab«, sagte der Junge. »Es wird noch besser.«

Obwohl die Wut sein klares Denkvermögen beeinträchtigte, erkannte Deni, daß dies ein Schwindel sein mußte. Dieser Junge konnte unmöglich in der Matrix sein. Deni kannte sich gut genug aus, um zu wissen, daß man ein Cyberdeck brauchte, um sich in die virtuelle Realität der Matrix einzustöpseln. Man konnte nicht einfach ein Kabel aus einem Telekomanschluß in seine Datenbuchse stöpseln. Kein Deck, keine Matrix.

Aber da war diese verrückte Aura...

Deni warf einen Blick auf die Armbanduhr des Jungen, sah jedoch, daß die Anzeige leer war – dann fiel ihm wieder ein, daß abstrakte Daten wie Zahlen im

Astralraum nicht wahrgenommen werden konnten. Dennoch, es mußte kurz vor zehn Uhr morgens sein. Er überlegte, wo seine Freundin Alfie sich um diese Uhrzeit aufhalten mochte. Wenn er sie dazu bringen konnte, ihn auf ihrem Motorrad hierherzufahren, trafen sie vielleicht noch rechtzeitig ein, um Pip zu retten…

Pip stieß einen leisen Seufzer aus. Dann spannte sich ihr Körper plötzlich, und ihre magere Brust hörte auf, sich zu bewegen. Atmete sie noch? Ach, Drek. *Lebte* sie noch?

Pips Brust hob sich… und fiel langsam. Sie sah aus wie ein Patient im Koma. Abgesehen davon, daß ihre Beine so steif wie der Tod waren.

Drek. Deni mußte etwas unternehmen. Schnell.

Er raste zurück zu seinem Körper, wobei er so schnell durch die Wüste von Hell's Kitchen rannte, wie seine Hundebeine ihn trugen.

09:46:12 PSZ

(18:46:12 WEZ)
Einstöpselpunkt: Amsterdam, Holland

Red Wraith sprang in Deckung, als ein rumpelnder Panzer auf ihn zusteuerte. Ein I/O-Port in der Nähe bildete ein perfektes Schlupfloch: ein dreieckiges ›Loch‹ im militärgrünen Wellblechboden. Der Panzer rumpelte näher, eine Monstrosität, die vor Red Wraith aufragte wie ein mobiles Bürohochhaus. Die mattschwarzen Ketten des Panzers waren mit verchromten Spikes beschlagen, die Karosserie mit Schweißnähten überzogen. Neonrote Laserstrahlen zuckten aus Sensoren auf allen Seiten des Metallungeheuers, und der Geschützturm drehte sich auf der Suche nach einem Ziel hin und her. In Sekunden würde er die Stelle gefunden haben, wo Red Wraith sich verkrochen hatte, und ihn mit seinen

Ketten zu blutigem Brei zerquetschen oder mit der Kanone in Fetzen schießen...

Der Panzer war nur ein Matrixkonstrukt – eine Metapher für ein Computerprogramm. Ebenso, wie Red Wraiths Persona-Icon mit seinem geisterhaften Körper, der in einem tropfenden roten Nebel endete, wo sich normalerweise die Unterschenkel befunden hätten, eine virtuelle Darstellung des Deckers namens Daniel Bogdanovich war. Doch Red Wraith nutzte den Adrenalinstoß, den das Bild des Panzers in ihm auslöste, um sein Bewußtsein in einen Zustand extremen Wachseins zu versetzen. Er war so weit gegangen, um diese Personalakten zu erreichen...

Er würde nicht kampflos aufgeben, und wenn es ihn sein Deck kostete. Nicht jetzt, wo er so nah daran war.

Mit der Masken-Utility seines Cyberdecks veränderte er seine Persona, bis sie wie eine schimmernde Wolke aus glitzerndem silbernem Konfetti aussah. Mit etwas Glück würde die IC in Gestalt eines Panzers sie für einen Datenstrom handeln, für einen von Dutzenden, die über die Innenseiten des achteckigen Kastens huschten, welcher den Subprozessor repräsentierte, in den er gedeckt war. Der falsche Datenstrom, den sein Maskenprogramm erzeugt hatte, würde die tatsächlichen Daten verstümmeln, die in Red Wraiths Schlupfloch flossen – in der wirklichen Welt würde der Drukker, der an diesem I/O-Port hing, eine Fehlfunktion haben und ein oder zwei Seiten wirres Zeug liefern. Doch mit etwas Glück würden die Verwaltungsangestellten im UCAS Seattle Command einem Hardwarefehler die Schuld geben.

Red Wraith duckte sich tiefer in sein Schlupfloch, als der Panzer näher heran rumpelte. Die IC zum Absturz zu bringen, schied als Möglichkeit aus. Solch eine Aktion würde zu viele Systemalarme auslösen, und dann mußte er sich mit einem Haufen feindseliger

UCAS-Decker auseinandersetzen. Statt dessen mußte er einen Weg finden, das Programm auf subtile Art auszuschalten.

Als der Panzer vor seinem Schlupfloch aufragte, konnte Red Wraith spüren, wie die Wände des I/O-Ports bebten. Dann versiegelte die Kette des Panzers das Loch und tauchte es in Dunkelheit, und Red Wraith nahm plötzlich den Gestank heißer Abgase und verbrannten Öls wahr. Ein Teil seines Verstandes registrierte und bewunderte die detailgetreue Programmierung und die Wirksamkeit des Versuchs, die Sinne eines Eindringlings wie ihn mit einer derart bedrückenden Detailfülle zu überwältigen und ihn in Angst zu versetzen. Ein anderer Teil von ihm sprach auf die Angst ein, welche die Programmierer der Panzer-IC mit ihrem Design hervorrufen wollten. Doch der logische, methodische Teil von Red Wraiths Verstand – der Teil, der ihm die ruhigen Hände und den kühlen Kopf gab, um Anschläge auszuführen – behielt die Oberhand. Beinahe instinktiv unterdrückte er seine Furcht und aktivierte eine Analyse-Utility.

Die Utility tauchte neben ihm in der Gestalt auf, die er ihrem Icon verliehen hatte. Sie sah aus wie ein EKG-Monitor mit Elektrodennetz, wie er in Krankenhäusern Verwendung fand. Red Wraith improvisierte einen Programmcode, der das Gehäuse des Monitors veränderte, bis dieser wie einer der glänzenden Chromspikes aussah, mit denen die Ketten des Panzers beschlagen waren. Dann streckte er die Hand aus und heftete es an. Das Elektrodennetz am stumpfen Ende des Spikes analysierte die Grafik der IC und verband sich dann fest mit der Kette, da die Utility in die Programmierung des Panzers integriert wurde.

Eine Reihe pulsierender roter Linien tauchte in der Dunkelheit vor Red Wraith auf, als die Utility ihre Analyse begann. Er begutachtete sie rasch, während der Panzer über den I/O-Port hinweg rollte, indem er sich die Oszillation der Sinuskurve und die Häufigkeit der Ausschläge in der Linie darüber ansah. Die Daten verrieten ihm nicht nur, mit welcher Art von IC er es zu tun hatte – Blaster, ein Angriffsprogramm, das die MPCP-Chips seines Decks bei einem erfolgreichen Treffer zum Durchschmelzen bringen konnten –, sondern auch, wie schwierig es sein würde, dieses IC-Programm zu knacken.

Diagnose: schwierig. Aber nicht enorm. Und das verwirrte Red Wraith. Er war in ein militärisches Computersystem gedeckt, das streng vertrauliche Personalakten enthielt. Die ICs hier hätten eigentlich anspruchsvoller sein müssen. Sicher, bei den Dateien handelte es sich lediglich um die Akten solcher Personen, die sich aus dem aktiven Dienst zurückgezogen hatten. Sie enthielten kaum irgend etwas, das für die nationale Sicherheit der UCAS von Bedeutung war. Nur Adressen, medizinische Daten, Auflistungen von Verwandten. Keine Unterlagen aus dem aktiven Dienst. Aber sie hätten dennoch besser geschützt sein müssen.

Hmm...

Ein jäher Wechsel der Perspektive überraschte Red Wraith völlig. Plötzlich lag er auf dem ›Boden‹ des Systemkonstrukts und schaute über eine Wellblechfläche auf den leuchtenden rechteckigen Block des Datenspeichers, zu dem er sich Zugang zu verschaffen versucht hatte, bevor der Panzer aufgetaucht war. Der I/O-Port, in den er abgetaucht war, hatte sich in Luft aufgelöst.

Er analysierte die Veränderung in der visuellen Landschaft und erkannte augenblicklich, was geschehen war. Der I/O-Port war offline gegangen und hatte ihn wieder in den achteckigen Kasten gespien, der den Subprozessor repräsentierte. Der Sysop von UCAS SEACOM mußte den Fehler im Drucker bemerkt und den I/O-Port aus dem System genommen haben. Jetzt war er gänzlich ohne Deckung...

Licht flackerte explosiv rings um Red Wraith auf, als er von einer IC getroffen wurde. Die ihn umgebenden Bilder flimmerten und verschwammen. Als sie einen Augenblick später wieder scharf wurden, waren die Farben gedämpft, die Auflösung körniger. Und es wurde schlimmer. Wände und Boden der Subprozessoreinheit verloren ihre Festigkeit, so daß nur noch die Wellenberge in dem Blech als eine Art Gittermuster zu sehen waren, hinter dem sich leerer, klaffender Nicht-Raum auftat...

Drek! Das System war auch noch durch eine Stör-IC geschützt! Sie legte das Sensor-Programm seines Decks und dessen Fähigkeit lahm, die Iconografie der Matrix zu lesen. Seine Fähigkeit, die visuelle Komponente des Panzers zu verarbeiten, war bereits beeinträchtigt. Doch er konnte noch das markerschütternde Rumpeln der Ketten hören und das Vibrieren des Motors spüren, obwohl er die Richtung nicht mehr ausmachen konnte, aus der diese sensorischen Signale kamen.

Er war gleichermaßen blind für die Stör-IC, die ihn in diese Zwangslage gebracht hatte. Doch sein Tastsinn war noch in Ordnung. Er tastete herum und strich mit den Händen sanft über den Wellblechboden. Da! Eine runde Vorrichtung mit einem Knopf oben darauf: eine Landmine. Die IC war ein häßliches Stück Programmcode. Ihr erster unbemerkter Angriff hatte stattgefunden, als Red Wraith sich in das System eingeloggt hatte, und die Stör-IC unsichtbar für ihn gemacht. Jetzt wußte er, wonach er ›Ausschau hielt‹. Doch wenn er nicht wie eine Schnecke umherkriechen und sich blind vorantasten wollte, würde er Mine auf Mine auslösen, bis alle fünf seiner virtuellen Sinne unbrauchbar waren.

Und jetzt hatte ihn der Panzer fast erreicht. Der Boden vibrierte immer stärker unter seinen Füßen.

Er konnte nur noch eines tun – sich hinhocken und beten, daß seine Utilitys ihn schützen würden.

Er aktivierte die Schild-Utility seines Decks. Ein gummibeschichteter schwarzer Leichensack umgab ihn plötzlich. Der Reißverschluß schloß sich und versiegelte ihn darin, und fast eine ganze Sekunde lang sah Red Wraith nur Dunkelheit. Er startete eine Medic-Utility, welche die Reservechips im MPCP seines Decks in Betrieb nahm und alle Funktionen auf sie übertrug. Und dann wartete er, während die Medic-Utility ihr Werk tat. Er hörte ein Rumpeln und spürte, wie ihn eine schwere Last überrollte. Doch die Spikes an den Ketten des Panzers konnten den dicken Gummiüberzug seines kokonähnlichen Sacks nicht durchdringen.

Er wartete, bis die Medic-Utility ihr Werk beendet hatte. Dann öffnete er den Reißverschluß des Leichensacks – und stellte zu seiner Erleichterung fest, daß seine Fähigkeit der Grafikerkennung wiederhergestellt war. Er schälte sich aus dem Leichensack, kehrte wieder in die Iconografie des Subprozessors zurück und begutachtete das Schlachtfeld. Jetzt konnte er die zuvor unsichtbaren Landminen sehen, welche die Stör-IC darstellten. Diesmal würde er den Minen ausweichen können.

Der Panzer war wieder zu sehen und rumpelte von ihm weg. Doch er brauchte nur einen Augenblick, um seine Beute auszumachen, nachdem Red Wraith seine Schild-Utility deaktiviert hatte. Einer seiner Ziellaser im Heck fand Red Wraith und zeichnete ein rubinrotes Fadenkreuz auf seine Brust. Der Turm drehte sich um hundertachtzig Grad, und zwar in einer so schnellen Bewegung, daß der Kanonenlauf zu einem geisterhaften Schemen verschwamm, und dann starrte Red Wraith in die kalte, dunkle Mündung der Kanone.

Wie er es wollte…

Red Wraith hob seine geisterhaften Hände, riß sich den Kopf vom Körper und schleuderte ihn in die gähnende Mündung der Kanone. Dunkelheit hüllte ihn ein.

Er hatte das Gefühl, durch den gezogenen Lauf der Kanone zu wirbeln...

Dann explodierte sein Kopf. Er war ein Wirbel aus Zahlen, Buchstaben und Symbolen – Datenstrings, die sich in das Metall des Panzers bohrten, seine algorithmische Panzerung durchdrangen und den Programmkern suchten. Ein Datenstring fand die Subroutine, welche die IC benutzte, um ihren sensorischen Input zwecks Koordinierung des Zielsystems mit dem Schadenszuordnungssystem zu analysieren. Der Datenstring umkreiste die Subroutine und schuf dabei eine winzige Rückkopplungsschleife, welche die beiden miteinander verband. Dann änderte Red Wraith die Perspektive und wechselte zu dem neuen Kopf, der auf den Schultern seiner Persona Gestalt angenommen hatte.

Die Kanone hustete Flammen und Rauch. Ein Geschoß aus komprimiertem Code verließ die Mündung, schoß Red Wraith in Form eines Lichtstrahls entgegen – und flog harmlos durch seinen geisterhaften Leib. Dann beschrieb das Projektil einen aufwärts gerichteten Bogen, flog zurück – und traf den Panzer, um in einem grellen Blitz zu explodieren.

Der Panzer schoß noch einmal. Und noch einmal.

Red Wraith zuckte mit keiner Wimper. Der Panzer wurde von insgesamt sechs Explosionen erschüttert, dann verstummte die Kanone, und der Geschoßhagel endete. Der Kanonenlauf, drehte sich nach links und nach rechts, dann erloschen plötzlich die Ziellaser.

Als der Panzer sich in Bewegung setzte und über den Wellblechboden rumpelte, wich Red Wraith ihm mühelos aus. Der Panzer fuhr weiter, bis er gegen einen der soliden rechteckigen Blöcke stieß, welche Datenspeicher innerhalb der Subprozessoreinheit repräsentierten, setzte ein wenig zurück, änderte geringfügig die Fahrtrichtung und prallte wieder dagegen. Erst nach mehreren Zusammenstößen konnte der Panzer sich von dem Datenspeicher lösen – um kurz darauf gegen einen anderen zu prallen.

Red Wraith nickte zufrieden. Seine maßgeschneiderte Angriffs-Utility hatte ihr Werk getan. Die Verbindung, die sie zwischen den beiden Unterprogrammen erstellt hatte, veranlaßte, daß die Daten, welche dem Aufenthaltsort von Red Wraith entsprachen, übersprungen wurden. Statt dessen wurden die Daten eingesetzt, die der Position des Panzers innerhalb des Subprozessors entsprachen. Somit konnte der Panzer sein eigentliches Ziel nicht mehr aufs Korn nehmen. Der Angriff hatte Red Wraiths Persona ignoriert und sein MPCP nicht beschädigt. Vielmehr hatte der Panzer die Programmierung der Blaster-IC selbst angegriffen und sich damit blind für die sie umgebenden Icons gemacht.

Die Blaster-IC war zwar besiegt, aber noch aktiv. Für jeden Sysop, der diesen Subprozessor einer Diagnose unterzog, würde sie den Anschein erwecken, vollkommen funktionstüchtig zu sein.

Eines störte Red Wraith jedoch immer noch. Als er seine Analyse-Utility aktiviert hatte, war der Panzer von ihr als graue IC identifiziert worden, als Programm also, welches das Deck und nicht den Decker angriff. Aber was, wenn das nur eine Maske war? Militärische Computersysteme wurden normalerweise durch schwarze ICs geschützt. ›Killer-ICs‹ wurden sie von den Deckern genannt, weil einen die biologische Rückkopplung, die sie hervorriefen, umbringen konnte.

Und Red Wraith mußte von allen Leuten am besten wissen, daß man einen Killer nicht anhand seiner Tarnung beurteilen kann.

Er spürte keines der Warnzeichen, die normalerweise einer tödlichen Bio-Rückkopplung vorangehen. Das lag an der Schädelbombe, die ihn vor sieben Jahren beinahe das Leben gekostet hatte. Sie hatte seiner Hirnmasse außerordentlichen Schaden zugefügt, was dazu geführt hatte, daß er keine körperlichen Schmerzen mehr empfinden konnte.

Außerdem hatte ihm die Schädelbombe am zweiten Halswirbel das Rückenmark durchtrennt. In den schlechten alten Zeiten des zwanzigsten Jahrhunderts wäre er vom Hals abwärts vollkommen gelähmt und von einer Beatmungsmaschine abhängig gewesen. Er hätte sich nur mit Hilfe eines mit einem primitiven Computerinterface ausgerüsteten Rollstuhls fortbewegen können. Doch die moderne Medizin hatte es den Ärzten ermöglicht, ihn wiederzubeleben, obwohl er klinisch tot gewesen war, als die Rettungsmannschaft ihn gefunden hatte. Cyberchirurgen hatten den zerstörten Wirbel mit künstlicher Knochenmasse wiederaufgebaut und die durchtrennten Nervenleiter in seiner Wirbelsäule elektronisch überbrückt. Gelegentlich befiel seine Gliedmaßen ein krampfhaftes Zucken, aber zumindest konnte er sich normal bewegen. Meistens.

Red Wraith startete eine speziell auf ihn zugeschnittene medizinische Diagnose-Utility, die darauf programmiert war, eine rasche Untersuchung seines Körpers vorzunehmen. Vor ihm erschienen eine Reihe von Zustandsmonitoren. Herzschlag, Blutdruck, Sauerstoffgehalt des Blutes und Atmung waren sämtlich normal. Seine Cyberaugen und -ohren funktionierten ebenso fehlerfrei wie seine Blut- und Luftfilter, sein Giftexhalator und seine Adrenalinpumpe.

Seine gesamte Cyberware – auch die Nadel in der Spitze seines rechten Zeigefingers mit dem kleinen Gifttank und die subdermale Induktionsdatenbuchse in der linken Handfläche, mit der er sich Zugang zur Matrix verschaffte – waren vom UCAS-Militär installiert worden. Seine Vorgesetzten hatten aus ihm eine perfekte Tötungsmaschine gemacht und ihn dazu benutzt, im Jahrzehnt der politischen Unruhen nach den Euro-Kriegen politische Schlüsselfiguren zu beseitigen, um ihn dann mit der Schädelbombe zu töten, als seine Dienste nicht mehr benötigt wurden.

Oder wenigstens hatten sie versucht, ihn zu töten.

Die Schädelbombe war fehlerhaft gewesen. Sie hatte Red Wraith an den Rand des Todes gebracht. Er war über eine Minute klinisch tot gewesen. Doch glücklicherweise hatte er sich in Amsterdam aufgehalten, als die Bombe aktiviert wurde. Und glücklicherweise hatte er insgeheim einen Platinvertrag bei Hoogovens Groep Clinic gekauft. Der Daf TraumaVaggon hatte ihn noch rechtzeitig in die Klinik geschafft.

Die Ärzte hatten nicht gewußt, wer ihr Patient war – alle Daten über den Mensch namens Daniel Bogdanovich waren schon vor langer Zeit aus den öffentlichen Datenbanken gelöscht worden, und da er Cyberaugen besaß, bestand auch nicht die Möglichkeit eines Netzhautscans. Aber der Platinvertrag des Patienten war in Ordnung gewesen. Und so hatten die Cyberdocs getan, was getan werden mußte, um sein Leben zu retten. Danach hatte Daniel sich in Amsterdam niedergelassen. Diese Stadt war ebensogut wie jede andere, um sie zu seinem neuen Zuhause zu machen, und die Hausboote auf den Grachten boten billigen Wohnraum und Zurückgezogenheit. Er ging nicht oft nach draußen. In der Öffentlichkeit das Zucken zu bekommen, war nicht seine Vorstellung von Amüsement. Statt dessen verbrachte er einen Großteil seiner Zeit in der Welt der Matrix, in der das Icon, das sein ›Körper‹ war, ihn niemals im Stich ließ. Es war eine Welt, in der ihm die Hirnimplantate, mit denen sie seine Hirnschäden behandelt hatten, einen eindeutigen Vorteil gaben.

Er hatte sich Red Wraith als Matrix-Alias ausgesucht und seine Persona nach dem Bild dieser speziellen Form eines Geistes konstruiert. Uraltem Aberglauben zufolge war ein Wraith eine Erscheinung, welche die

Gestalt der Person annahm, deren Tod sie ankündigte. Und das faßte Red Wraiths bisherige Karriere ziemlich vollständig zusammen.

In seiner Rolle als Cyberattentäter war sein wichtigstes Plus seine Fähigkeit gewesen, das Heim, das Hauptquartier oder den Arbeitsplatz seiner Zielperson zu infiltrieren. Das tat er, indem er durch eine Kombination von Verkleidung und technologischer Mimikry zu seiner Zielperson ›wurde‹. Alle Attentäter bereiten sich vor, indem sie so viele Informationen wie möglich über die Zielperson zusammentragen, und Daniel hatte dies bis zum Exzeß betrieben. In die Datasoftverbindung in seinem Schädel führte er nicht nur Chips mit den persönlichen Daten seiner Zielperson ein, sondern auch Chips, die in ihrer Funktion mit einer Aktivsoft vergleichbar waren. Sie enthielten Programme, die Daniels eigene Gefühlsreaktionen und motorische Fertigkeiten außer Kraft setzten, was ihm gestattete, die Verhaltenseigenheiten, Sprachmuster und Gefühlsreaktionen der Zielperson exakt zu kopieren. Wie das Gespenst, nach dem seine Online-Persona benannt war, wurde Daniel zu einem Abbild seiner Zielperson – eine Erscheinung, deren Ankunft den Tod der Zielperson ankündigte.

Ein Teil der Funktion des Headware-Memorysystems, das die Daten der Talentsofts verarbeitete, bestand darin, Daniels eigene Langzeiterinnerungen zu unterdrücken, so daß er keine Informationen über vergangene Aufträge liefern konnte, falls er gefaßt und mit einer Gedankensonde verhört wurde. Er erinnerte sich an seinen gegenwärtigen Auftrag – wen er wo und wann umbringen sollte –, aber er hatte keine Erinnerung an die Zeit vor dem Beginn des Auftrags. Was seine Erinnerungen an die Zeit betraf, bevor er zu einem Attentäter der UCAS geworden war, so waren nur noch ein paar Splitter und Fragmente übrig. Er wußte, daß er dem UCAS SEACOM angehört hatte und früher einmal in Seattle gewohnt hatte. Und seine Persönlichkeit... nun ja, ihm war nur noch der Chip geblieben, den er bei seinem letzten Auftrag benutzt hatte. Seine eigene ursprüngliche Persönlichkeit war wie ein gelöschter Chip, der anschließend von der Datasoftverbindung in seinem Schädel überschrieben worden war.

Doch gelegentlich trieben bruchstückhafte Erinnerungen an die Oberfläche. Und eines dieser Bruchstücke – die Erinnerung an eine Frau – hatte Daniel durchhalten lassen, hatte ihm den Willen gegeben, ins Leben zurückzukehren, nachdem die Schädelbombe ihn beinahe umgebracht hätte.

Als ihn die Rettungsmannschaft des Daf TraumaVaggon gefunden hatte, hielt Daniel ein Holobild von ihr in den Händen. Sein Verstand klammerte sich gleichermaßen an die Erinnerungsfragmente, die noch in seinem Gehirn verblieben waren. Die Erinnerung an ihr Gesicht: hohe Wangenknochen und funkelnde grüne Augen, die von kastanienbraunen Haaren eingerahmt wurden. Ihr Name: Lydia. Ihre Beziehung zu ihm: Geliebte, Freundin, Frau.

Doch der Rest fehlte. Daniel hatte keine Ahnung, wo sie gewohnt hatten und wo Lydia sich heute aufhalten mochte. Er sehnte sich danach, noch einmal die glatte Haut ihrer Wange zu streicheln und in die Augen zu sehen, in denen einmal eine verzehrende Liebe gebrannt hatte.

Doch die einzige Möglichkeit, dies zu erreichen, bestand darin, sich Zugang zu seiner alten Personalakte zu verschaffen und herauszufinden, wo sie an dem Tag gewohnt hatte, als er ›gestorben‹ war. Sieben Jahre waren seitdem vergangen, aber es war immer noch gut möglich, daß Lydia lebte und er ihre gegenwärtige Adresse in Erfahrung bringen konnte, sobald er ihre SIN kannte. Es war nicht einmal wichtig, ob sie in einer Beziehung mit einem anderen lebte und ihn möglicherweise vergessen hatte. Red Wraith wollte sie nur noch ein letztes Mal sehen...

Er hatte sich sieben lange Jahre auf diesen Run vorbereitet, sieben Jahre, in denen er seine Fähigkeiten als Decker geschult hatte. Jetzt war er einer der besten. Und er hatte sein Ziel erreicht. Oder wenigstens beinahe...

Red Wraith richtete seine Aufmerksamkeit auf den Datenspeicher. Er hatte die Form einer Munitionskiste aus Metall mit einer langen Haspe auf einer Seite. Auf die Munitionskiste war mit Schablone eine Aufschrift gepinselt worden: FÜR UNBEFUGTE VERBOTEN. Der Angriff durch die Blaster-IC war durch die Analyse-Utility ausgelöst worden, die er zuvor darauf angesetzt hatte. Aber sie hatte Red Wraith auch über das Vorhandensein einer weißen IC in Kenntnis gesetzt, die er jetzt überwinden konnte.

Er ballte die Faust auf eine ganz bestimmte Art, und ein Skalpell nahm darin Gestalt an. Er begutachtete die Haspe, mit der die Munitionskiste verschlossen war, dann schob er die blutverschmierte Klinge des chirurgischen Instruments hinein und drehte sie langsam, wobei er den Widerstand fühlte. Die Aktion startete die Entschärfungs-Utility in seinem Cyberdeck, welche die Datenbombe neutralisierte, die mit dieser Datei gekoppelt war. Die Haspe zerfiel in Pixel, die schimmerten und sich dann auflösten, und die Munitionskiste öffnete sich.

Ein Wirbel aus alphanumerischen Symbolen erhob sich aus der Kiste. Red Wraith startete sein Schmöker-Programm und setzte es auf die Datei an, die seinen Namen trug. Namen wirbelten an seinen Augen vorbei, zu schnell, um sie zu lesen. Die As, die Bs...

Der Wirbel erstarrte plötzlich. Bingo! Bogdanovich, Daniel. Red Wraith streckte die Hand aus und ergriff den Namen. Er spürte, wie die Daten ihn durchströmten, als seine Personaldatei in den Speicher seines Cyberdecks herabgeladen wurde. Dann ließ er den Wirbel frei. Er sank nach unten und komprimierte sich, bis er wieder in die Munitionskiste paßte. Red Wraith schloß den Deckel, und die Haspe tauchte wieder auf.

Er warf einen Blick auf die winzigen roten Zahlen, welche die Zeit maßen, die er für diesen Run gebraucht hatte: siebenundvierzig Sekunden. Ortszeit 18:46:59 Uhr. Es wurde Zeit, sich auszustöpseln und die Daten zu begutachten, die er sich so mühevoll angeeignet hatte, um das Rätsel seiner Vergangenheit zu lösen…

09:46:15 PSZ

(02:46:15 JSZ)
Einstöpselpunkt: Osaka, Japan

Lady Death lächelte, als sie letzte Hand an ihre virtuelle Skulptur legte. Das Icon, das vor ihr hing, war ein perfektes Abbild ihrer Matrix-Persona: lange, dunkle Haare, die hinten an ihrem Kopf zu einem Knoten zusammengefaßt waren, die Haut ein reines Totenweiß, als sei sie vollkommen blutleer, das Gesicht mit roten Akzenten auf Lippen und Wangen. Es trug einen fließenden weißen Kimono – die Farbe der Trauer –, der mit leuchtend roten Dracoformen gemustert war.

Das Bild entstammte dem *Kabuki* – dem übertrieben förmlichen traditionellen Stil des japanischen Theaters, dessen feudale Tragödien so gut im SimSinn ankamen. Lady Deaths Icon war das einer Frau, die *Shinju* begangen hatte – Doppelselbstmord mit dem Geliebten. Was sowohl angemessen als auch ironisch war…

Zufrieden mit der Auflösung ihres Doubles, schickte Lady Death das Icon in die Matrix. Während es sich pflichtgemäß in AS/NIPO-TOK-5673 einloggte, dem Telekommunikationsgitter, das zu einer der vielen

Schulen Tokios gehörte, würde Lady Death woanders sein. Das Icon war lediglich Teil einer Spiegel-Utility, die ihre Aufseher davon überzeugen würde, daß sie in die *Juku* eingeloggt war. Sie hatte sogar eine Erklärung dafür, warum sie zu dieser ungewöhnlichen Stunde, nämlich um kurz vor drei Uhr nachts aufgewacht war, um zu lernen. In dieser Woche fanden die Examina für die Universitätsaufnahme statt, und das Telekommunikationsgitter von Osaka war ab fünf Uhr morgens überlastet. Sie verschaffte sich lediglich einen Vorsprung, um in Ruhe büffeln zu können.

Das Icon verschwand im Systemzugangsknoten. Im gleichen Augenblick startete ihr Cyberdeck das Maskenprogramm und erzeugte einen flimmernden Dunst, der ihre tatsächliche Persona beinahe transparent machte.

Neben ihr tauchte ein Miniaturlöwe aus dem Nichts auf, der scheinbar aus gefaltenem *Origami*-Papier bestand. Er stand bebend auf seinen krallenbewehrten Füßen da, als wittere er. Er neigte den Kopf ein wenig in die Richtung, wo Lady Death hing, und seine leuchtend gelben Augen wanderten hin und her, während winzige rote Ziffern über die Stelle flackerten, wo sich bei einem echten Löwen die Pupillen befunden hätten. Dann ruckte seine Nase herum, als nehme er eine stärkere Witterung auf. Er sprang in den SAN und verschwand mit dem Geräusch raschelnden Papiers.

»*Desu*«, flüsterte sie zu sich selbst. »Das Aufspür-Programm wurde getäuscht. Es wird Zeit zu gehen.«

Mit weiterhin aktiviertem Maskenprogramm schob sie die bemalte Stoffbahn beiseite, die vor ihr hing. Mit dieser einen Bewegung verließ sie das private LTG ihrer Familie und wechselte in das eigentliche System der Shiawase Corporation.

Das System war nach einem *Kare-Sansui*-Garten gestaltet, doch die traditionellen Elemente wurden von einer High-Tech-Metaphorik überlagert. Anstatt einem rechtwinkligen Gitter nach westlicher Art zu folgen, strömten die Daten in Sinuskurven, die an geharkten Sand erinnerten. Die Wellen führten zu den Glasfaserwurzeln der kleinen *Bonsai*-Bäume, welche die Datenspeicher des Systems waren, oder flossen um die durchsichtigen Glasfelsen, welche Subprozessoreinheiten darstellten.

Um diese Uhrzeit hielt sich nur eine Handvoll Decker im System auf. Ihre Icons verteilten sich in der ausgedehnten Landschaft, die sich beiderseits von Lady Death erstreckte – winzige menschliche Gestalten, die wie Kaulquappen in den Datenströmen schwammen.

Lady Death stürzte sich nach unten auf die Ebene des geharkten Sandes. Einen Augenblick später befand sie sich in einem Datenstrom und war von erbsengroßen Sandkörnern umgeben, welche individuelle Datenpakete darstellten. Sie flog weiter, bis sie einen anderen SAN erreichte, der einem Tempeltor mit kunstvollen Messingverzierungen und dunklem, schwerem Holz ähnelte. Sie öffnete das Tor, starrte auf das konventionellere Gitter aus rechtwinkligen Neonlinien, das sich dahinter befand, und gab die LTG-Adresse ein, zu der sie sich Zugang verschaffen wollte. Dann glitt sie durch die Tür und in das strenge, im westlichen Stil gehaltene Gitter des Seattler RTG.

Die Datenbank, die sie suchte, war eine der *Manga*-Musik gewidmete Fansite. Wie die zweidimensionalen animierten Zeichentrickfiguren des vorigen Jahrhunderts, von dem sie ihren Namen bezog, war *Manga*-Musik überragend – sie hatte sich ganz der Action, den Farben und dem Spektakel verschrieben. Die Sänger der Band kleideten ihre Musik in zeichentrickhafte Elemente, indem sie eine Mischung aus Illusionsmagie und hochauflösender Grafik-Technologie benutzten, um unglaubliche Spektakel zu erzeugen.

Die *Manga*-Musik-Fansite bot freie SimSinn-Downloads an – Aufzeichnungen, die Fans auf Live-Konzerten angefertigt hatten. Diese ermöglichten es anderen Fans aus der ganzen Welt, den Kitzel zu erleben, ihre Lieblingsbands bei Liveauftritten zu sehen. Viele dieser SimSinn-Aufzeichnungen waren unfachmännisch geschnitten oder wurden dadurch beeinträchtigt, daß sie von Fans angefertigt worden waren, die Amphetamine oder Halluzinogene eingeworfen hatten. Doch Lady Death hatte es nicht darauf abgesehen, ihre Lieblingssängerin zu sehen. Sie wollte herausfinden, wo Shinanai war. Vielleicht hatte einer der Fans eines der nicht genehmigten Konzerte im Untergrund gesehen, die Shinanai gerüchteweise insgeheim in den UCAS gab.

Shinanai – die legendäre Sängerin des Black Magic Orchestra. Shinanai, die Frau, deren Name ›unsterblich‹ bedeutete. Shinanais Bild war in Lady Deaths Gedächtnis eingebrannt: hochgewachsen, dünn, fast durchsichtige weiße Haut und silberblonde Haare, die an den Seiten bis über die spitzen Elfenohren rasiert, aber im Nakken lang waren. Eine Spur phosphoreszierende blaue Schminke betonte hohe Wangenknochen und durchdringende wasserblaue Augen. Eine schwarze Lederhose, hauteng, mit Riemen und Schnallen vom Knöchel bis zu den Oberschenkeln. Ein rotes Netzhemd unter einer schwarzen Lederjacke mit abgeschnittenen Ärmeln. Auf jeder Fingerspitze die Tätowierung eines grinsenden Totenschädels. Und eine Stimme, die so rauh heulen konnte wie ein Schattenhund, aber auch so lieblich und rein singen konnte wie eine von einem Synthesizer simulierte Flöte.

Shinanai war nur eine von vielen *Aidoru* – Sänger, die von japanischen Hochschülern verehrt wurden. Doch für Lady Death war Shinanai alles – und die einzige *Aidoru*, über die es sich nachzudenken lohnte. Sie hatte eine Intensität, eine Art, ihre Zuhörer zu faszinieren und ihnen mit nur einem einzigen glühenden Blick, bei dem ihnen ein Schauder über den Rücken lief, das Herz zu rauben. Und so war Lady Death – oder Hitomi, wie sie in der körperlichen Welt genannt wurde – ihren Aufsehern entwischt und hatte sich hinter die Bühne geschlichen, um Shinanai persönlich kennenzulernen. Fasziniert von der Magie der Sängerin, war sie von zu Hause und von ihrer Schule und Familie fortgelaufen, um Shinanais Geliebte zu werden.

Oder wenigstens hatte sie Shinanai gestattet, sie zu lieben. Es hatte gereicht, Shinanai nur zu gestatten, sie zu umarmen, sie zu streicheln, sie mit einer Leidenschaft zu küssen, wie Hitomi sie noch nie zuvor empfunden hatte. Shinanai hatte als Gegenleistung dafür weder körperliche Stimulation verlangt noch hingenommen. Statt dessen trank Shinanai von Hitomis Seele.

Ein wenig zu stark. Als die Shadowrunner, die von Hitomis Vater angeworben worden waren, Hitomi fanden, hatte sie auf dem blutgetränkten Bett eines Hotelzimmers in Seoul gelegen, das Shinanai Augenblicke zuvor verlassen hatte. Hitomi war verblutet, nachdem Shinanai ausgiebig aus ihrer Halsschlagader getrunken und das leidenschaftlich pulsierende Blut hatte fließen lassen, bis Hitomi gestorben war. Denn Shinanai war ein Vampir.

Dem Schamanen und Arzt der Runner war es gelungen, Hitomi wiederzubeleben, sie den Klauen des Todes zu entreißen. Er sagte, ihr *Ki* sei stark, und das, obwohl der Vampir von ihrer Lebenskraft gezehrt habe. Doch Hitomi wußte, daß ihr Lebenswille nicht die Folge einer physischen oder psychischen Kraft war. Sie konnte es einfach nicht ertragen, zu sterben und ihre geliebte *Aidoru* niemals wiederzusehen. Sie hatte dem Tod den Rücken gekehrt, weil sie es gewollt hatte.

Danach hatte man sie viele Monate in der Privatklinik ihrer Familie eingesperrt. Ihre Aufseher hatten sie beobachtet und gewartet, da sie befürchteten, Hitomi könnte zu einem Vampir werden. Doch irgendwie hatte ihr Körper dem MMV-Virus widerstanden.

Hitomi wußte, daß Shinanai die Absicht gehabt hatte, sie in einen Vampir zu verwandeln, daß Shinanai sie getötet hatte, damit sie ewig zusammenleben konnten. Nur die Ankunft der Shadowrunner hatte Shinanai zur Flucht gezwungen. Im Innersten ihres Herzens wußte Hitomi, daß Shinanai sie gern wiedersehen wollte, daß sie hoffte, Hitomi würde es gelingen, sie ausfindig zu machen. Doch ein Teil von ihr fragte sich immer noch, warum Shinanai vor den Shadowrunnern geflohen war, anstatt gegen sie zu kämpfen. Die Kraft der Vampire war angeblich legendär.

Ironischerweise hatte Hitomi – als Lady Death – einmal für sich in Anspruch genommen, ein Fachmann für Vampire zu sein, und mehr als einmal Bemerkungen zu ihrem grausamen, sadistischen Wesen im Btx-System von Shadowland veröffentlicht, das sie gern besuchte. Doch ihre Informationen hatten sämtlich aus Trideodokumentationen und Nachrichtensendungen gestammt. Nachdem sie einen Vampir persönlich kennengelernt hatte, nachdem sie Shinanais Geliebte geworden war, wußte Hitomi jetzt, wie sehr sie sich geirrt hatte. Sie wünschte nur, sie hätte ihre Aufseher von dieser Tatsache überzeugen können.

Seit jener Nacht in Seoul waren zwei Anschläge auf Shinanais Leben verübt worden, die sie gezwungen hatten, sich zu verstecken. Shinanai gab keine Livekonzerte mehr – zumindest nicht für die breite Öffentlichkeit. Hitomi zweifelte nicht daran, daß die von ihrem Vater angeworbenen Shadowrunner dafür verantwortlich waren und daß sie den Vampir auch weiterhin verfolgen würden, bis ihr Auftrag erledigt war.

Indem sie Hitomi tötete, hatte Shinanai für ihren eigenen Tod gesorgt. Doppelselbstmord.

Was Hitomi betraf, so war ihr in den vierzehn langen Monaten, die seit ihrem ›Tod‹ verstrichen waren, nicht gestattet worden, die Shiawase-Arcologie zu verlassen. Ihre Aufseher sorgten dafür, daß sie nicht weglief, daß sie ihrem zwanghaften Bedürfnis, Shinanai wiederzusehen, nicht folgen konnte. Doch das bedeutete nicht, daß ihr Geist nicht frei war und umherstreifen konnte, daß sie nicht auf andere Weise Zugang zu Shinanai fand – als Lady Death…

Die *Manga*-Musik-Fansite war nicht leicht zu finden. Nur wenige reguläre Decker wußten überhaupt, daß es sie gab – nur Hardcore-*Manga*-Fans suchten sie je auf. Die Fansite befand sich im Seattler RTG, war aber unsichtbar, und zwar aufgrund der Tatsache, daß man sich nur vermittels eines Temporär-SANs – eines Systemzugangsknotens, der den Zugang nur zu ganz bestimmten Zeiten gestattete – Einlaß verschaffen konnte. Außerdem ›teleportierte‹ der SAN regelmäßig und änderte seine Netzwerk-Adresse im Seattler RTG nach dem Diktat eines geheimen Algorithmus. Wenn ein Decker wissen wollte, wo und wann man sich Zugang zu diesem SAN verschaffen konnte, mußte er jemanden kennen, der jemanden kannte, der wiederum den Sysop kannte, der den Algorithmus geschrieben hatte… und so weiter. Es war so ähnlich, wie wenn man einen BTL-Chip haben wollte – oder jedenfalls nahm sie das an, da sie noch nie Grund gehabt hatte, illegale SimSinn-Chips zu kaufen. Es war ein höchst geheimer Vorgang, der auf Mund-zu-Mund-Propaganda und Vertrauen beruhte.

Lady Death folgte einer Datenbahn zu dem pulsierenden Trommelfell, das das Icon des Nachtclubs namens Syberspace war. Das mattschwarze Achteck sandte einen gleichmäßigen Rhythmus aus, den Lady Death in ihrem fleischlichen Körper ›spüren‹ konnte – einen markerschütternden Baß, der einen synkopierten Herzschlag simulierte. Das Syberspace war ein bei

Deckern sehr beliebter Nachtclub und befand sich als physikalischer Ort in der Seattler Innenstadt. Doch der virtuelle Nachtclub bot Deckern aus der ganzen Welt Zugang. Und einer seiner Knoten würde in wenigen Sekunden die Verbindung zur *Manga*-Musik-Fansite herstellen.

Lady Death tauchte durch das Trommelfell in das eigentliche Konstrukt des Syberspace ein. Es sah aus wie ein Nachtclub samt verspiegelter Bar mit leuchtenden Flaschen und einer großen Tanzfläche. Die Icons anderer Decker schwebten durch den Raum und berührten gelegentlich eine Flasche, was ein Biorückkopplungsprogramm startete, das ihre Körper je nach Wunsch entweder stimulieren oder beruhigen würde, oder legten die Hand auf einen der vielen Barhocker, deren Sitze Trampnetz-Interfaces ähnelten.

Das Nachtclub-Konstrukt war zwar extrem realistisch, aber die Icons der Decker verliehen ihm eine surrealistische Atmosphäre. Ein ernst aussehender Mann mit Frack und Zylinder saß neben der grau-weißen Zeichentrickfigur eines Hasen mit weißen Handschuhen, großen Schlappohren und einem hämischen Grinsen. Ein junges Mädchen mit Irokesensichel, das abgesehen von weiten Shorts nackt war, ritt auf einem düsengetriebenen Surfbrett an einem Clown, einer riesigen roten Küchenschabe und einer asiatischen Frau in einem modischen Geschäftskostüm vorbei. Ein Sasquatch tanzte allein in der Mitte der Bar und bewegte dabei seine Hände in komplexen Mustern wie ein balinesischer Tempeltänzer, während in einer Ecke ein Trio von Personas, deren Gesichter und Körper glatte eiförmige Metallkörper waren, schweigend dastand und sich in das Programm einklinkte, das ihnen eine SimSinn-Aufzeichnung der Live-Veranstaltung zuspielen würde, die gegenwärtig im tatsächlichen Nachtclub in Seattle stattfand.

Lady Death verbeugte sich vor dem Sysop des Clubs – einem stattlichen Mann in einer römischen Toga und mit einem goldenen Lorbeerkranz auf dem Kopf – und bestellte ihr ›Getränk‹ namentlich: Magical Mystery Tour. Der Barmann lächelte und krümmte einen Stummelfinger, und eine gelbe Flasche schwebte zu Lady Death. Für einen winzigen Augenblick nahm die Flasche eine neue Gestalt an: immer noch lang und zylindrisch, doch mit einem Periskop und Bullaugen an der Seite. Bevor der Temporär-Knoten wieder verschwand und aus dem U-Boot wieder eine Flasche wurde, berührte Lady Death ihn eiligst…

Und fand sich in der *Manga*-Musik-Datenbank wieder.

Nach dem Hochauflösungs-Realismus des Syberspace-Systems brauchte sie einen Augenblick, um sich an die simplizistische, aber überladene Landschaft der Fansite zu gewöhnen. Alles war mit dicken schwarzen Linien umrissen und absichtlich pixeliert, so daß in jedem Icon einzelne Punkte in den Primärfarben zu sehen waren. Cartoonhafte Darstellungen von *Manga*-Sängern und -Musikern hüpften heulend durch eine Landschaft, die von Explosionen erschüttert wurde, während raketengetriebene Battlebots unbemerkt über die Köpfe der bewundernden präpubertären Fans sausten, deren übermäßig große Augen jeder Bewegung der Musiker sklavisch folgten. Obwohl mit inbrünstiger Leidenschaft Musik gemacht wurde, waren keine akustischen Elemente in die Fansite eingebunden. Die einzigen ›Geräusche‹ waren die Comic-Sprechblasen, die über den Köpfen der Musiker hingen, und die Noten, die sie wie Bienen umschwärmten.

Um sich Zugriff zu einer der SimSinn-Aufzeichnungen zu verschaffen, die hier zum Herabladen angeboten wurden, streckte Lady Death die Hand aus und berührte eine der Sprechblasen. Ihr Inhalt war manchmal rätselhaft und manchmal sehr direkt, aber immer mit einem Maximum an Satzzeichen versehen: »Meta Madness erschüttert Orktown!!!« oder »Cooles Sahnekonzert ein HEULER. Ich kotzte mein Mittagessen aus!!!« oder »Rate Wer?!?«

Lady Death suchte nach etwas, das nach der Aufzeichnung eines Konzerts des Black Magic Orchestra aussah. Insgesamt drei zeichentrickhafte Icons von Shinanai materialisierten vor ihr und ließen Lady Death vor Sehnsucht aufkeuchen. Doch sie kannte den Text in den Sprechblasen bereits. Es handelte sich um SimSinn-Aufzeichnungen von Konzerten einer früheren UCAS-Tournee aus der Zeit, bevor Shinanai untergetaucht war. Lady Death erwog, sie herabzuladen, um sich dann widerstrebend klarzumachen, daß ein Herabladen auf ihr Deck die Wahrscheinlichkeit erhöhen würde, daß ihr kleiner Abstecher zur *Manga*-Musik-Site von ihren Aufsehern entdeckt würde. Sie entließ die Icons mit einem Winken ihrer Hand und setzte ihre Schmöker-Utility auf eine Vielzahl von Suchwörtern an. Doch die Titel der Hitsingles des Black Magic Orchestra brachten ebenso kein Ergebnis wie die Namen – sowohl die echten als auch die Künstlernamen – der Bandmitglieder.

Lady Death hielt frustriert und enttäuscht inne. Keine neu heraufgeladenen Dateien. *Donzoko.* Sie stampfte frustriert mit dem Fuß auf. Wie sollte sie Shinanai je finden?

Dann fiel ihr der Text des Songs ein, den die *Aidoru* gerade komponiert hatte, als sie in jenem Hotelzimmer in Seoul gewesen waren. Nach allem, was Lady Death wußte, war er noch nie bei einem öffentlichen Konzert gespielt worden. Er basierte auf einem *Tanka*, einem traditionellen einunddreißigsilbigen Gedicht, und verglich eine Frau mit einem Brunnen, in dem sich der Wasserspiegel in jedem Frühling wieder hob und aus dem ihr

Geliebter immer wieder trank. Lady Death erkannte jetzt, daß es sich dabei um einen verhohlenen Hinweis auf Shinanais Vampirismus handelte. Damals hatte sie es lediglich für eine Metapher für Liebe gehalten.

Sie wählte den Songtitel als neuen Suchbegriff: *Shunga*. Wörtlich übersetzt bedeutete das Frühlingsbilder – ein Euphemismus für erotischen SimSinn. Nach ein oder zwei Nanosekunden tauchte ein comichaftes Bild vor ihr auf: das eines androgynen Sängers mit sexy Schmollmund, der oder die lediglich einen schwarzen Umhang trug, der eng um ihren/seinen Körper geschlungen war. Rosafarbene Kirschblüten fielen wie Schneeflocken, als der Sänger lautlos in die Sprechblase gurrte, die über ihm/ihr schwebte. Das Icon war menschlich, nicht elfisch, und sah nicht im geringsten wie Shinanai aus. Aber der Text über dem Kopf des Icons paßte in das Bild des Songs: »Ich wünsche dir alles Gute. Ich wünschte, du würdest. Ich wette, du WIRST!!!«

Lady Death berührte den Text und begann damit, die SimSinn-Aufzeichnung auf ihr Deck herabzuladen, genauer: auf den Speicherchip in ihrem Deck, der absichtlich in keinem Verzeichnis des Decks auftauchte. Während der Datenübertragung registrierte sie Datum und Zeitpunkt des Heraufladens und den Einstöpselpunkt des Deckers, der die Datei heraufgeladen hatte. Das war erst gestern geschehen, und zwar in Kobe, einem Vorort des Osaka-Sprawls. Falls es sich tatsächlich um die Aufzeichnung eines geheimen Konzerts des Black Magic Orchestra handelte, die von einem Fan angefertigt worden war, der das Konzert live gesehen und dann gleich nach dem Auftritt heraufgeladen hatte, bedeutete das, Shinanai war in der körperlichen Welt kaum fünf Minuten mit der Magnetbahn von Lady Death entfernt.

Nach so vielen Monaten dumpfer Benommenheit

verspürte Lady Death plötzlich eine heftige Gefühlsaufwallung. Freude und Glücksgefühl rangen mit Vorsicht und Angst. In den wenigen Nanosekunden, die es in Anspruch nahm, die SimSinn-Aufzeichnung herabzuladen, konnte sie ihre Ungeduld kaum zügeln. Sie konnte es kaum erwarten, sich auszustöpseln und sie sich anzusehen. Vielleicht hatte Shinanai eine geheime Botschaft in dem Song versteckt, einen Aufruf an das Schulmädchen Hitomi, sich wieder zu ihrer verlorenen Liebe zu gesellen.

Lady Death warf einen Blick auf die Uhr ihres Cyberdecks. In der körperlichen Welt war es 9:46:59 PSZ – 2:46:59 in Osaka. Sie hatte sich lediglich vierundvierzig Sekunden in der Matrix aufgehalten. Sie hoffte, ihre Aufseher hatten noch nicht bemerkt, daß sie einen Abstecher in das verbotene Gebiet der *Manga*-Musik-Fansite unternommen hatte. Falls doch, bestand die Möglichkeit, daß Shiawases Decker die SimSinn-Aufzeichnung auf dem Weg durch das private LTG ihrer Familie in ihr Deck bereits gelöscht hatten. Doch wenn alles in Ordnung war und Lady Deaths Spiegel-Utility und Maskenprogramm ihre Aufgabe erfüllt hatten, würde Lady Death in ein oder zwei Sekunden, nachdem sie sich ausgestöpselt hatte, endlich erfahren, wo sich ihre geliebte Shinanai heute aufhielt…

09:46:18 PSZ

(12:46:18 ESZ)
Einstöpselpunkt: Toronto, Vereinigte Kanadische und Amerikanische Staaten

Dark Father starrte die Kreatur an, die unten in der privaten Unterhaltungsgrube auf ihn wartete. Das Ding war eine seltsame Mischung aus zwei verschiedenen paranormalen Wesen. Es hatte den kantigen, muskulösen Körper eines Gargyl und auch dessen große, ledrige Flügel, die spitzen Ohren, das Horn an der Stirn und die lange Schnauze. Doch die Haut war mit den grünen und schwarzen Schuppen einer Mimikrischlange bedeckt, und eine gespaltene Zunge zuckte immer wieder aus seinem Maul. Der Hals war ein klein wenig zu lang, und die Knopfaugen waren reptilienhafte Schlitze unter wulstigen Brauen.

Die Kombination sollte wahrscheinlich doppelt beunruhigend sein. Hätte dieses Wesen tatsächlich in der Natur existiert, würden seine Opfer nicht gewußt haben, ob sie zu Tode gewürgt und dann im ganzen verschlungen oder im Sturzflug angegriffen und von Klauen und Krallen zerfetzt würden.

Tatsächlich war das Wesen ein Konstrukt innerhalb der Matrix, ein Icon, das einen Decker repräsentierte. Doch obwohl es nicht real war und nur aus Lichtpixeln bestand, hatte es dennoch die Fähigkeit, tödlich zu sein.

Dark Father stieg eine Wendeltreppe aus schwebenden weißen Rechtecken herab. Als er das Ende erreichte und den grünen Marmorboden der Unterhaltungsgrube betrat, ertönte von oben ein lauter metallischer Knall. Er schaute auf und sah, daß die Subprozessoreinheit mit einer riesigen achteckigen Metalluke versiegelt worden war. Acht schwarze Säulen waren aufgetaucht, die sie an Ort und Stelle hielten. Zwischen den Säulen entstanden gezackte blaue Blitze aus Elektrizität, die knisternd zwischen Boden und Decke waberten.

Dark Father kannte das Programm: eine Form von Barrieren-IC namens Jacob's Ladder. Es sollte den beiden Insassen dieser Subprozessoreinheit, einem von vielen sicheren Knoten im Host von Virtual Meetings, völlige Abgeschiedenheit garantieren. Virtual Meetings' schwarze Pyramide war in einem abgelegenen Winkel des Seattler Telekommunikationsgitters versteckt und enthielt eine Reihe privater Iconferenz-Sites, was sie zu einem bevorzugten Treffpunkt für Shadowrunner machte.

Und für Erpresser.

Der Gargyl lehnte an einer Sonnenuhr, die sich in der Mitte der Unterhaltungsgrube befand. Leuchtend weiße Zahlen, welche die Tageszeit verkündeten, umkreisten den Rand, weiße Symbole auf dem schwarzen Marmor des Zifferblatts. Sie krochen mit quälender Langsamkeit um den Rand. Die Sekunden schienen in der Matrix, wo Worte und Taten mit Gedankenschnelle ausgesprochen und ausgeführt wurden, immer langsamer zu vergehen. Die Unterhaltungsgrube gehörte ihnen bis zehn Uhr – mehr als genug Zeit, um ihre Besprechung zu beenden.

Dark Father starrte den Gargyl kalt an. »Nun? Hier bin ich.« Er stand mit verschränkten Armen vor ihm, ein ebenholzschwarzes Skelett mit gelblichen Augäpfeln, das einen Zylinder und einen lose baumelnden schwarzen Anzug trug. Eine weißlich blasse Galgenschlinge lag wie eine Krawatte um seinen Hals, ein starker Kontrast zu den Knochen und der Kleidung, die so dunkel waren, daß sie vor dem Hintergrund tintiger Schwärze jenseits der Subprozessoreinheit kaum zu erkennen waren.

Der Gargyl – der den Namen Serpens in Machina trug – bedachte Dark Father mit einem flüchtigen Lächeln, bei dem er nadelscharfe Zähne zeigte. »Da sind Sie«, sagte er. »So sehen Sie also aus.« Der Gargyl bewegte seine Flügel, und Dark Father hörte das Knarren von Leder und roch die trockene Moschusausdünstung der Schlange. Die Auflösung des Persona-Icons war so hoch, daß es abgesehen von den optischen und taktilen Eindrücken auch Akustik- und Geruchs-Komponenten beinhaltete. Serpens in Machina mußte eine ziemlich aufwendige Ausrüstung haben. Er durfte ihn nicht auf die leichte Schulter nehmen.

Doch das wußte Dark Father bereits. Er war nicht unvorbereitet gekommen.

»Haben Sie den Geldtransfer arrangiert?« fragte der Gargyl.

Dark Father nickte. »Neunhunderttausend Nuyen warten auf einem Konto bei der Züricher Gemeinschaftsbank im Orbital. Sie brauchen nur noch den Passcode, um darauf zugreifen zu können.«

»Falsch«, sagte der Gargyl. »Sie werden derjenige sein, der darauf zugreift. Ich habe nicht die Absicht, mich mit dem Ice auseinanderzusetzen, mit dem Sie das Konto vermutlich vollgestopft haben. Um genau zwölf Uhr pazifischer Standardzeit werden Sie das Geld zu gleichen Teilen auf die Konten der folgenden Organisationen überweisen: Komitee für Orkrechte, Ortsgruppe Seattle; OGGMAS, Opfer der Gewalt Gegen Metamenschen und Andere Spezies; und die MetaRechtsLiga von Boston.«

Dark Father schauderte angesichts dieser Liste. Neo-Anarchisten, metamenschliche Agitatoren und Terroristen. In der wirklichen Welt verzogen sich seine Lippen bei dem Gedanken, ihre Kassen mit Nuyen zu füllen.

»Und Ihr Anteil?« fragte er.

»Nada«, antwortete der Gargyl. »Ich bin wie Robin Hood. Ich nehme von den Reichen und gebe den Armen…«

»Sie haben sich die falsche Person ausgesucht«, konterte Dark Father.

»Sie *sind* reich, Winston Griffith III.«

Dark Fathers Augen verengten sich bei der Benutzung seines wirklichen Namens. In dieser Beziehung war er im Nachteil: Trotz größter Bemühungen war es ihm nicht gelungen, die wahre Identität von Serpens in Machina herauszufinden. Er war nicht der beste Decker auf der Welt, aber er besaß die beste Hardware und die besten Programme, die man für Geld kaufen konnte. Er hatte einen elektronischen Vorteil, und dennoch war er gescheitert.

»Ich bin wohlhabend«, räumte Dark Father ein. »Aber ich bin ohnehin ein Philantrop, also gibt es keinen Grund, mich zu erpressen. Meine Wohltätigkeitsstiftungen haben die Errichtung dreier separater Kliniken für Bewußte Elternschaft in einer von Torontos ärmsten Gegenden ermöglicht. Den Orks und Trollen in den Vaughn-Siedlungen stehen jetzt kostenlose Geburtenkontrolle und Beratung zur Verfügung, und zwar unabhängig von ihrem SIN-Status und...«

»Kostenlose Abtreibungen und Sterilisierung, meinen Sie.«

Dark Father wurde wütend. »Das sind die wirkungsvollsten Methoden, ja. Orks und Trolle sind nicht die intelligentesten Wesen. Man kann von ihnen nicht erwarten, daß sie immer daran denken, alle sechs Monate vorbeizukommen, um ihr Implantat erneuern zu lassen. Und da ein durchschnittlicher Wurf vier oder noch mehr Nachkommen gebiert, ist der Druck auf Torontos Sozialsystem gewaltig, von den persönlichen Nöten einer jungen Orkmutter ganz zu schweigen, die plötzlich zu viele Mäuler zu stopfen hat, obwohl sie noch ein Teenager ist.«

»Blödsinn«, sagte der Gargyl scharf. »Ihre Kliniken sind nicht mehr als eine Fassade für die Human Nation. Und Sie sind bekanntermaßen ein HN-Sympathisant, und das trotz Ihres... persönlichen Hintergrunds.«

Der Gargyl schnaubte verächtlich. Er legte seinen geschoßförmigen Kopf ein wenig auf die Seite. »Ironisch, nicht wahr? Wenn Sie kein Mitglied einer von Torontos wohlhabendsten Familien wären, würden Sie auf die Straße gehen wie wir. Ohne Ihr Erbe, das Sie vor den Unannehmlichkeiten der Welt abschirmt, wären Sie für jeden Kopfgeldjäger in den UCAS ein lohnendes Ziel.

Wie für denjenigen, der vor einem Jahr versucht hat, Sie zu erschießen.«

Dark Father schauderte unwillkürlich. Wie hatte Serpens in Machina auch *das* herausgefunden? Winston hatte spät in der Nacht in der Leichenhalle des Krankenhauses gegessen, als der unbekannte Angreifer ihn überrascht hatte. Die Bemerkung des Schützen hatte keinen Zweifel daran gelassen, daß er ein Kopfgeldjäger war und genau wußte, was Winston dort tat. Er hatte sich einen Moment Zeit gelassen, um sich daran zu weiden, daß er Winston auf frischer Tat ertappt hatte, bevor er das gesamte Magazin seiner Waffe in Winstons Brust leerte.

Die Chirurgen, die Winston in jener Nacht das Leben retteten, waren seine persönlichen Ärzte. Sie wußten, daß der wohlhabende Förderer ihres Krankenhauses ein Ghul war – und bekamen ein Spitzengehalt, um dieses Wissen für sich zu behalten. Sie nahmen Anteil an Winstons Notlage – sie hatten ihm im Laufe der Jahre geholfen, menschenähnlicher zu werden, indem sie seine verringerte Sehfähigkeit mit Laserchirurgie korrigiert und seine Sonnenallergie mit Gentherapie behandelt hatten. Sie waren diskret und professionell und hatten keinen Grund, das Vertrauen zu mißbrauchen, das Winston ihnen schenkte. Keinen Grund, die Hand zu beißen, die sie stetig mit Nuyen fütterte.

Der Sicherheitsstab des Krankenhauses war ebenfalls über jeden Zweifel erhaben. Der Mann und die Frau, die in jener Nacht, als Winston angeschossen wurde, Dienst taten, hatten den Schützen rasch und wirkungsvoll zur Strecke gebracht. Er war sofort tot gewesen – und hatte keine Gelegenheit mehr gehabt, ihnen Winstons Geheimnis zu verraten. Und er bezweifelte, daß die Krankenhaussicherheit etwas Belastendes gesehen hatte. In der eigentlichen Leichenhalle gab es keine Überwachungskameras, und Winston hatte sich als

Mahl eine Leiche ausgesucht, die bereits einer Autopsie unterzogen worden war. Die Skalpellschnitte, die er an der Leiche vorgenommen hatte, waren mit Sicherheit fälschlich für Begleiterscheinungen des Seziervorgangs gehalten worden.

Er war stolz auf seine Voraussicht und seinen Takt. Er war nicht nur sehr wählerisch, was seine Eßgewohnheiten betraf, sondern verursachte auch nur minimale Aufregung, indem er sich nur von Leichen ernährte, die bereits für das Krematorium vorgesehen waren. Dadurch blieb den Anverwandten der Schock der Entdeckung erspart, daß Körperteile fehlten. Winston war nicht wie diese anderen Ghule, die wilden, die Gräber entweihten, indem sie die Leichen ausgruben und verspeisten oder sich sogar an den Lebenden labten. Er konnte als normal durchgehen – und nicht nur deshalb, weil seine dunkle Haut den Graustich verbarg, den die Infektion mit der Krieger-Spielart des MMV-Virus hervorrief, und weil sein teures Parfüm den Verwesungsgeruch verbarg, der manchmal aus seinen Poren strömte, wenn er schwitzte. Er *war* normal, anders als jene ungeschlachten unseligen Metas, die es wagten, sich Menschen zu nennen.

Wenn er von der Hand des Kopfgeldjägers gestorben wäre, hätte die Welt sein Geheimnis erfahren. Diese Furcht hatte Winston in die Lage versetzt, sich in jener Nacht aus dem Reich der Toten zurückzukämpfen, als die Ärzte gezwungen waren – zweimal –, sein Herz per Elektroschock wieder zum Schlagen zu zwingen. Er konnte den Gedanken nicht ertragen, wie seine Kollegen und Freunde bei Human Nation hinter seinem toten Rücken über ihn gelacht haben würden. Nur, wenn er überlebte, konnte er verhindern, daß bekannt wurde, was er wirklich war.

Der Kopfgeldjäger, der in jener Nacht auf Winston geschossen hatte, konnte nicht identifiziert werden. Ein

Netzhaut-Scan erbrachte, daß der Mann keine SIN hatte und daß keine Daten über ihn existierten. Winston wußte lediglich über ihn, daß er ein Mensch war. Das ganze letzte Jahr über hatte Winston die Frage gequält, wer sein Möchtegern-Attentäter war und wie er erfahren hatte, daß Winston ein Ghul war. Und jetzt hatte es den Anschein, als habe der Kopfgeldjäger Informationen über seine Zielperson zurückgelassen – Informationen, die Serpens in Machina in dessen elektronischen Schoß gefallen waren.

Der Erpresser konnte nur auf diese Weise von Winstons Geheimnis erfahren haben. Vielleicht wußte Serpens in Machina auch, wer der Kopfgeldjäger war – und wer diesem Winstons Geheimnis verraten hatte.

»Was wissen Sie über sie?« fragte Dark Father, indem er dem Kopfgeldjäger absichtlich ein anderes Geschlecht nannte.

Der Gargyl grinste. »Ah. Nicht schlecht. Über *ihn*, meinen Sie. Zum einen weiß ich, wer dem Kopfgeldjäger den Tip gegeben hat. Sie wurden verraten, Winston Griffith III, und zwar von jemand, dem Sie vertrauen. Aber diese Information kostet Sie zusätzlich. Im Augenblick geht es nur um die Zahlung der ursprünglichen neunhunderttausend Nuyen. Dieses Geld wird mein Schweigen garantieren. Ihre Neugier zu befriedigen, ist in diesem Preis nicht inbegriffen.«

»Es ergibt keinen Sinn, mich zu erpressen«, wiederholte Dark Father. »Ich spende ohnehin einen Haufen Geld, nicht nur für Bewußte Elternschaft, sondern auch für eine ganze Reihe anderer Wohltätigkeitsorganisationen.«

»Nicht für diejenigen auf meiner Liste«, zischte der Gargyl wütend. »Ich halte das für eine angemessene Strafe für einen Verwaltungsratskandidaten der Human Nation, wenn er gezwungen wird, Metarechtsorganisationen Geld zu spenden, Sie nicht auch? Und ganz besonders angemessen, wenn man Ihren eigenen Metatyp berücksichtigt.«

Dark Father begegnete diesem Ausbruch mit Zorn. »Sie haben keinen Beweis...«

»Doch, habe ich.«

Die Augen des Gargyl nahmen einen zufriedenen Glanz an. Dark Father machte sich auf das Schlimmste gefaßt.

»Vor vier Jahren hörte ich, daß ein nettes kleines Programm in Tir Tairngire entwickelt würde«, sagte der Gargyl. »Ein Bioverbindungs-Paßschlüssel, der den Metatyp eines Deckers anhand der Signalmuster seines neuralen Interfaces erkennen konnte. Der Schwachkopf, der die Information verbreitet hat, behauptete, das Programm stufe Elfen als befreundet ein und unterdrücke schwarzes Ice, das sie ansonsten angreifen würde.

Natürlich war das Unsinn. Ein neurales Signal ist wie das andere, und die Sysops in Tir benutzten Ice, das genauso rigoros gegen elfische Decker vorging, die ihre Daten zu stehlen versuchten, wie gegen alle anderen Metatypen. Aber die Info war nicht völlig daneben. Die Portland-Niederlassung von Mitsuhama Computer Technologies arbeitete an einer grauen IC, die das Retikuläre Aktivationssystem des Cyberdecks eines Eindringlings stören würde. Anstatt lediglich die sensorischen Signale des Körpers eines Deckers zu unterdrücken, sollte die RAS-IC diese Signale gänzlich eliminieren. Gleichzeitig schrieb die IC eine neue RAS-Programmierung, die den Körper des Deckers daran hindern sollte, auf die neuralen Signale zu reagieren, die es einem Decker gestatten, sich in der Matrix zu ›bewegen‹. Anstatt still dazusitzen, sollte sich der Körper des Deckers bewegen, da er auf die Signale reagierte, die das Gehirn aussandte. Das Ziel bestand darin, dem Decker Verletzungen zuzufügen, indem er gegen Wände lief, Treppen herunterfiel, nach draußen auf die Straße ging...«

»Was hat das mit meinem... mit mir zu tun?« fragte Dark Father.

Der Gargyl grinste. »MCT Portlands Projekt ist nie über das Versuchsstadium hinausgekommen. Zu viele Schwachstellen. Aber es gab ein interessantes Abfallprodukt – obwohl es keinen ökonomischen Wert hatte. Da das Programm das RAS-Signal eines Deckers analysierte, konnte es seine Größe und sein Gewicht bestimmen. Diese groben Daten ließen eindeutige Rückschlüsse auf den Metatyp zu.«

Dark Father hörte stumm zu, wider Erwarten fasziniert. Ein Ghul war etwa so groß und so schwer wie ein Mensch. Das Programm, über das Serpens in Machina redete, konnte nicht...

Es war, als habe der Gargyl seine Gedanken gelesen.

»Die Krallen haben Sie verraten«, sagte er.

»Krallen!« Dark Father lachte schallend. »Lächerlich. Wenn wir uns in Fleisch und Blut gegenüberstünden, würden Sie sehen, daß meine Nägel ordentlich geschnitten sind.«

»Das mag sein«, sagte der Gargyl. »Und ich bin sicher, daß Sie eine hervorragende Maniküre haben – die den Mund hält, was die Länge und Härte Ihrer Nägel betrifft. Aber das gilt nicht für denjenigen, der Ihnen das ASIST-Interface Ihres Decks eingerichtet hat. Die RAS-Programmierung enthält ein Unterprogramm, das Sie daran hindern soll, sich zu verletzen, indem Sie die Hand zur Faust ballen. Und dieses Unterprogramm ergibt nur einen Sinn, wenn Sie Krallen haben.«

»Das ist kaum beweiskräftig«, sagte Dark Father. »Das könnte zum Beispiel auch von einem Drachen in Menschengestalt benutzt werden.«

»Vielleicht«, antwortete der Gargyl. Seine Zunge glitt heraus und befeuchtete seine Lippen. »Aber ein Drache wäre für die Human Nation auch nicht sonderlich akzeptabel, oder? Man wollte einen Drachen nicht als Präsident der UCAS akzeptieren – was bringt Sie auf den Gedanken, sie würden einen in ihren ach so reinblütigen Verwaltungsrat aufnehmen? Und sie wären noch entsetzter, wenn Sie herausfänden, daß sie einen Ghul in ihrer Mitte haben.«

»Sie würden Ihnen nicht glauben, wenn Sie es ihnen sagten.«

»Aber ich könnte den Samen des Zweifels säen. Und dann würden sie sich vielleicht fragen, warum der philantropische Kollege in ihrer Mitte keine Körperbehaarung hat – nicht einmal Augenbrauen und -wimpern. Enthaarung ist nicht mehr der Modetrend, der er mal war, müssen Sie wissen.«

»Es gibt eine Reihe medizinischer Zustände, die…«

»Was verursachen?« schnauzte der Gargyl. »Ein Verlangen danach, Menschenfleisch zu essen?«

In der wirklichen Welt erbebte Dark Fathers Körper. Das ging bereits viel zu weit. Er hatte die Besprechung nur so lange hinausgezögert, weil er herausfinden wollte, wieviel der andere Decker wußte. Zu viel, wie es schien. Serpens in Machina mußte aufgehalten werden. Sobald das erledigt war, konnte Dark Father sich weiterhin darum kümmern, das Rätsel des plötzlichen Auftauchens eines Kopfgeldjägers selbst zu lösen, wie er es in den vergangenen zwölf Monaten getan hatte.

»Was ich nicht begreife, ist, wie Sie solche Vorurteile gegen Ihre eigene Art haben können«, fuhr der Gargyl fort. »Die Metas, die in ihre Kliniken für Bewußte Elternschaft kommen, sind…«

»Sie sind nicht von meiner Art«, antwortete Dark Father wütend. »Und ich bin kein Rassist. Ich helfe ihnen. Sie haben ja keine Ahnung, was es heißt, ein monströses, mißgestaltetes Kind zu bekommen…« Er zuckte zusammen und verbiß sich den Rest dessen, was er hatte sagen wollen. Er hatte bereits zu viel verraten.

»Das ist es also.« Die Persona des Gargyl war gefühlsresponsiv. Die Stimme des Icons klang gedämpft, nachdenklich. Die Stirn des Gargyl war unterhalb des Horns mitfühlend gerunzelt. »Sie halten sich für ein Ungeheuer. Sie tun mir wirklich leid.«

Dark Fathers Eingeweide krampften sich zusammen. Wenn er etwas haßte, dann war das Mitleid. Er hatte es in den Augen der Lehrer des abgelegenen Internats gesehen, in das er als Teenager geschickt wurde, nachdem die Infektion mit dem MMV-Virus ihn in einen Ghul verwandelt hatte. Er hatte es aus dem gedämpften Tonfall seiner Ärzte herausgehört – hatte es sogar in der geheuchelt liebevollen Umarmung seiner Ex-Frau gespürt, nachdem er ihr sein beschämendes Geheimnis verraten hatte. Und jetzt sah er es im Gesicht eines Fremden – der seine einzige Chance ruinieren wollte, Anerkennung zu finden, indem er ihn zwang, Organisationen Geld zu spenden, die allem zuwiderliefen, woran Dark Father glaubte. Er konnte das höhnische Mitleid des Gargyl keine Nanosekunde länger ertragen...

Dark Father aktivierte seine Mordlust-Utility – ein Programm, das so konzipiert war, daß es einen anderen Decker außer Gefecht setzte, während sein Cyberdeck weiterhin in Betrieb blieb. Ein Stück Kette mit Handschellen an einem Ende und einer schweren Metallkugel am anderen erschien in seinen Händen. Dark Father ließ die Kette einmal um den Kopf kreisen und schleuderte sie dann auf den anderen Decker. Sie flog dem Gargyl entgegen, wobei sie einmal vom Marmorboden der Unterhaltungsgrube abprallte, und dann schlossen sich die Handschellen um die schuppigen Fußknöchel des Gargyl.

Serpens in Machina zischte alarmiert und ruckte mit dem Fuß, aber die Utility war bereits an der Arbeit. Sie lähmte den anderen Decker, verlangsamte die Reaktionszeit des Gargyl so sehr, daß Dark Father in der Lage war, ein zweites Programm zu aktivieren – ein Smartframe, das eine Schmöker-, eine Einschätzungs- und eine Aufspür-Utility kombinierte. Es tauchte neben ihm auf in der Gestalt eines Deutschen Schäferhunds mit einem Fell aus metallischem Silber und Augen, die zwei Suchlaser abstrahlten. Diese richteten sich kurz auf Serpens in Machina, und dann sprang der Polizeihund die Stufen der Treppe empor. Er hielt vor der Barrieren-IC in Gestalt eines Blitzes inne, welche die Subprozessoreinheit versiegelte. Dann hob der Hund das Bein, schnitt mit einem Lichtstrahl ein Loch in die Barriere und sprang durch den leeren Raum.

»Das war kein schlauer Zug«, schnauzte der Gargyl mit verächtlichem Blick. »Wenn mir irgendwas zustößt, werden die Daten, die ich gesammelt habe, in jeden…«

Dark Father hörte dem Gargyl nicht mehr zu. Er genoß bereits seinen Sieg. Der andere Decker nahm wahrscheinlich an, daß Dark Father eine einfache Aufspür-Utility losgeschickt hatte, um Serpens in Machinas Einstöpselpunkt zu suchen, so daß er in der wirklichen Welt angegriffen werden konnte. Doch das Smartframe erfüllte einen ganz anderen Auftrag. Es würde nicht nur Serpens in Machina aufspüren, sondern auch dessen Cyberdeck nach Daten über Dark Father durchschmökern – und sich dann duplizieren und in der Matrix verbreiten, um jede Kopie jener Daten aufzuspüren und zu vernichten; es würde nichts Belastendes übrigbleiben – vorausgesetzt, Dark Father konnte den anderen Decker die paar Sekunden beschäftigen, die der Polizeihund brauchte, um seine Aufgabe auszuführen.

Es sah so aus, als würde Dark Father einiges zu tun bekommen. Der andere Decker bückte sich, packte die Handschellen, die seine Fußknöchel fesselten, und bog sie auseinander, so daß er sich von ihnen befreien konnte. Als die Utility abstürzte, zerplatzte die Kette in einzelne Metallsplitter, die über den Marmorboden rutschten. Dann griff der Gargyl an.

Ledrige Schwingen hüllten Dark Father ein und hielten ihn fest, während Krallen in seine Brust schlugen. Die Augen des Gargyl waren fahlweiße Gruben des Zorns, und sein Maul klaffte weit und zeigte Reihen nadelspitzer Zähne. Die andere Persona war so perfekt gestaltet, daß Dark Father das schrille Kratzen der Krallen des Gargyl hören konnte, als diese über die Brust seiner Persona fuhren, und sogar den nach verwestem Fleisch stinkenden Atem der Kreatur roch. Es mußte sich dabei um die SimSinn-Komponente einer Mordlust-Utility handeln. Dark Father spürte, wie sein Körper in der wirklichen Welt ermüdete, da das Programm seinen Sinnen zusetzte und ihn benommen machte.

Diese Einzelheiten sollten Dark Father so verängstigen, daß er einen Fehler machte und den anderen Dekker die Oberhand gewinnen ließ. Doch so leicht geriet Dark Father nicht in Panik. Als der Gargyl plötzlich eine Angriffs-Utility aktivierte und mit seinem Horn zustieß, konterte Dark Father rasch mit einem eigenen Programm, einer Schild-Utility, die aus seinem geöffneten Mund wallte wie eine Wolke aus feiner weißer Asche. Sie legte sich über seine Knochen und Kleidung, so daß sich deren Farbe von Ebenholzschwarz zu einem Ghulgrau änderte, und machte ihn vorübergehend immun gegen taktilen Kontakt.

Der Gargyl stolperte, als seine Arme und Schwingen sich plötzlich um Luft schlossen. Dark Father trat rasch zur Seite und betrachtete den anderen Decker aus seiner neuen Position hinter ihm, bevor er sich ihm wieder auf Nahkampfdistanz näherte. Bevor der andere Decker reagieren konnte, schleuderte er dem Gargyl seine eigene Angriffs-Utility entgegen. Er nahm die Galgenschlinge, die um seinen Hals hing, warf sie dem Gargyl wie ein Lasso um den Hals und schloß die Schlinge dann, indem er fest daran zog. Die Gargyl-Persona flackerte und zuckte, als das Programm durch den Körper des anderen Deckers einen Stromstoß jagte, der die neuralen Interfaces seines Decks störte. Dark Father lächelte.

Doch der andere Decker war zäher, als Dark Father erwartet hatte. Einen Augenblick später war das Gargyl-Icon wieder stabil und hatte sich von der Galgenschlinge befreit. Die schuppigen Hände griffen nach Dark Fathers knochiger Brust. Diesmal trafen die Krallen trotz der Schild-Utility, die Dark Father immer noch wie Pulverschnee bedeckte, auf Widerstand. Dark Father verspürte einen jähen stechenden Schmerz in seinem fleischlichen Körper. Dies war nicht nur ein mentaler Schock, den er empfand. Dies war ein tatsächlicher physischer Schmerz. Welche Utility der Gargyl auch benutzte, sie schien so tödlich zu sein wie schwarzes Ice. Zu guter Letzt war es Serpens in Machina doch noch gelungen, ihm Angst einzujagen.

»Mich anzugreifen, war dumm«, zischte der Gargyl. Seine Zunge zuckte vor und strich kurz über Dark Fathers Wange, da der andere Decker seinen Sieg witterte. »Sie hätten einfach die neunhunderttausend Nuyen zahlen sollen. Ich hätte über Ihr schmutziges kleines Geheimnis Stillschweigen bewahrt. Ich hätte mein Wort gehalten. Aber jetzt ziehe ich den zweiten Teil meines Angebots zurück. Ich bin nicht mehr daran interessiert, Ihnen den Namen der Person zu verkaufen, die den Kopfgeldjäger zu Ihnen geführt hat. Und jetzt muß ich Ihnen ernsthaften Schaden zufügen, um mir die Zeit zu verschaffen, mich um Ihr Aufspür-Programm zu kümmern, das Sie auf mich angesetzt haben. Sie sollten beten, daß Ihr Ghul-Körper den Schaden verkraftet.«

»Ich...« Dark Father hatte Mühe zu reden, obwohl die Worte, die er äußern wollte, nicht mehr waren als neurale Signale in seinem Hirn, keine tatsächlichen Bewegungen seiner Lippen aus Fleisch und Blut. Seine Gedanken wurden unscharf.

Gleichzeitig griff Dark Fathers Verstand nach rationalen Strohhalmen. Es ergab keinen Sinn, wenn Serpens in Machina ihn tötete, bevor die Organisationen seiner Wahl die erpreßten Nuyen hatten. Aber vielleicht verzichtete der andere Decker jetzt auch darauf, Dark Father abzukassieren. Er konnte nicht wissen, ob die Nuyen wirklich auf dem Konto der Züricher Gemeinschaftsbank warteten, obwohl Dark Father die Summe tatsächlich überwiesen hatte, wenn auch nur aus Gründen der Show und nicht in der Absicht, sie tatsächlich zu bezahlen.

Wiederum zuckten Schmerzen durch seinen Körper. »Bitte«, flüsterte er. »Töten Sie mich nicht. Lassen Sie uns reden. Ich verdopple die Summe...«

»Abgelehnt.«

Der ledrige Flügel des Gargyl streifte die Sonnenuhr in der Mitte der Unterhaltungsgrube. Leuchtend weiße Ziffern zeigten die örtliche Zeit an: 9:46:59 PSZ. Der Augenblick, in dem Dark Father für seine Dummheit, gegen einen besseren Decker angetreten zu sein, büßen würde, stand bevor.

Dann explodierten der Gargyl, die Wendeltreppe und die Säulen, welche die Unterhaltungsgrube umringten, in einzelne Lichtpixel, die davonflogen wie Konfetti und verschwanden...

09:46:20 PSZ

(11:46:20 ZSZ)
Einstöpselpunkt: Tenochtitlán, Aztlan

Der Jaguar stand geduckt, so daß der Bauch beinahe den Boden berührte, und sprungbereit zwischen Bloodyguts und dem Sklavenknoten. Das Muster seiner unregelmäßigen dunklen Flecken auf dem goldenen Fell wechselte ständig – eine hypnotische Bewegung, die den Blick fesselte. Sein Schwanz peitschte hin und her, und glänzende Metallkrallen bohrten sich in den breiten blauen Lichtstrahl, auf dem sowohl er als auch Bloodyguts standen.

Der Sklavenknoten, den der Jaguar schützte, war eine kleine Stufenpyramide. Jede ihrer vier Seiten war mit dem stilisierten Katzengesicht von Aztechnologys Konzernlogo geschmückt. Die Köpfe ragten wie Gipsmasken aus der Pyramide. Jeder war ein Zugangspunkt zu den Vorrichtungen in der wirklichen Welt, die der Sklavenknoten steuerte.

Jenseits des Knotens erstreckte sich das riesenhafte Host-System der Aztechnology-Arcologie in Seattle in die Unendlichkeit. Von außen sah der Host wie eine gigantische Stufenpyramide aus, die an die Arcologie selbst erinnerte. Von innen war das System eine gigantische Stadtlandschaft, die so programmiert war, daß sie einer Mischung aus altem und modernem Tenochtitlán ähnelte. Mit blauem Licht gefüllte Datenkanäle flossen in eine Richtung und kreuzten rechtwinklig Datenbahnen, die vergoldeten Straßen und Brücken ähnelten. Die quadratischen Flächen zwischen den Datenbahnen waren mit Pyramiden aus glänzendem Chrom und von innen beleuchtetem rotem Glas oder von monumentalen Säulen ausgefüllt, auf denen Statuen standen, die optische Hinweise auf die Subprozessoreinheiten oder Datenspeicher lieferten, welche sie repräsentierten.

Durch diese Landschaft bewegten sich die Icons der legitimierten User des Systems. Viele waren individuell gestaltete Personas, die wie strahlend bunt leuchtende gefiederte Schlangen, glubschäugige Azzie-Gottheiten oder Adelige aus uralten Zeiten mit Jaguarpelzen und Goldschmuck aussahen.

Aus ihrer Perspektive – und derjenigen der IC, die Bloodyguts mit zuckendem Schwanz gegenüberstand und darauf wartete, daß er einen gültigen Passcode eingab – sah Bloodyguts genau wie die anderen legitimierten User aus. Seine Schleicher-Utility und Maskenprogramme projizierten die standardisierte Persona des typischen Silikon-Lohnsklaven der Azzies: einen geschlechtsneutralen amerindianischen Menschen in einem schlichten weißen Anzug, dessen Gesicht von einer kunstvoll gestalteten Atemmaske verdeckt war. Doch Bloodyguts' Realitätsfilter ermöglichte ihm, seine Persona auch weiterhin so zu sehen, wie sie wirklich war: als einen schlurfenden Zombie von einem Troll, dessen massiger Leib mit den klaffenden Löchern brutaler Wunden übersät war. Eingeweide schleiften hinter ihm über den Boden, ein Teil seiner Wange war weggerissen, so daß weißer Knochen und zerschmetterte Zähne zu sehen waren, und auf seiner entblößten Brust sprossen blutrote Einschußlöcher wie Pickel.

Die Persona sollte sowohl entsetzen als auch irreführen. Ihre gräßlichen Elemente gaben Bloodyguts oft die ein oder zwei zusätzlichen Nanosekunden, die er brauchte, um auf Nahkampfdistanz zu gelangen, wenn er es mit einem anderen Decker aufnahm. Und der langsame, zombiehafte Gang war trügerisch. Bloodyguts hatte sein Cyberdeck auf maximale Reaktionsverstärkung frisiert und betrieb es mit einem DNI, einem Direkten Neuralen Interface. Er brauchte sich nicht mit Tastaturen oder anderen Interfaces herumzuplagen, die nichts brachten. Er *war* sein Deck.

Bloodyguts faßte sich mit beiden Händen an die Brust, um die Haut auseinanderzureißen, so daß das Herz entblößt wurde. Der Herzschlag war ein bestimmter algorithmischer Code, für den er ein Vermögen in *Peso libres* bezahlt hatte. Er griff in die klaffende Höhlung und riß sich das Herz aus der Brust. Dann bot er das immer noch schlagende und bluttriefende Herz der IC an, die den Knoten bewachte.

Der Jaguar hielt einen Augenblick inne – Bloodyguts

stellte sich vor, wie er das dargebotene Herz beschnüffelte –, und dann leckte seine rauhe Zunge einen Tropfen Blut von Bloodyguts' Fingern. Plötzlich schlossen sich funkelnde goldene Zähne um das Herz, und der Jaguar verschlang es mit einem Bissen.

»Braaaves Kätzchen«, sagte Bloodyguts, während er auf dem blauen Lichtstrahl an der IC vorbeischlich. »Der Code hat dir geschmeckt, nicht wahr?«

Der Jaguar hockte sich auf die Hinterläufe. Bloodyguts spannte sich, als er ein Knurren hörte, doch dann ging ihm auf, daß das Icon schnurrte. Lachend schlug er mit der Hand auf eines der maskenartigen Gesichter an der Seite des Sklavenknotens.

Seine Wahrnehmung explodierte in unzählige Fragmente, als er durch eine Vielzahl verschiedener Beobachtungskameras zugleich schaute. Er sah Flure, Sitzungssäle, Labors, Foyers, Geschäfte, das Innere von Fahrstuhlkabinen, Imbißbuden, Kleinstfabriken, religiöse Tempel, Verladebuchten, Klassenzimmer. Er sah Einkaufende, Sicherheitsleute, Lohnsklaven in Geschäftsanzügen, Priester, paranormale Wesen auf Patrouille, spielende Kinder, Execs vor Telekomschirmen, Wartungsarbeiter, offizielle Priester bei religiösen Zeremonien, Menschenmassen, die auf öffentlichen Plätzen an winzigen Tischen saßen und Soykaf tranken, Magier, die Zauber wirkten, Fabrikarbeiter, Lehrer. Er sah Außenansichten der Aztechnology-Arcologie selbst: offene Terrassen, Mauern aus grauem Stein, Raketenbatterien auf dem Dach, Hubschrauberlandeplätze, die gigantischen Friese aus Quarzkristall an der Seite des Hauptgebäudes.

Nach einigen schwindelerregenden Augenblicken konzentrierte Bloodyguts sich auf die Perspektive, die ihn interessierte: eine Verladebucht auf Straßenniveau, in der ein großer Lastwagen parkte. Ein Mann fuhr gerade einen leeren Gabelstapler von der geöffneten

Hecktür des Hängers weg, während ein anderer Informationen in ein Datenpad in der Wand eingab. Einen Augenblick später verließen die beiden die Verladebucht durch eine Tür, die in einen angrenzenden Flur führte.

Bloodyguts wechselte rasch zwischen den verschiedenen Kameras, da er einen besseren Blickwinkel suchte. Dies war sein dritter Versuch, in das Host-System der Azzies einzudringen. Die beiden Male zuvor war er rausgeworfen worden. Nur sein Biorückkopplungsfilter hatte ihn vor einem ernsthaften Auswurfschock bewahrt. Es sah aus, als sei er gerade noch rechtzeitig gekommen. Der Laster war fast voll. Bloodyguts warf einen Blick auf seine Zeitmeß-Utility. Es war etwas über dreizehn Minuten vor zehn Uhr hiesiger Seattler Zeit. Wenn die Azzies sich mit ihrem üblichen Fanatismus an ihren Zeitplan hielten, würde der Laster erst um punkt zehn Uhr losfahren. Er hatte immer noch reichlich Zeit. Vorausgesetzt, daß dies der richtige Laster war…

Die Sicherheitskameras schwangen in Position und ermöglichten Bloodyguts einen Blick in den Hänger. Bingo! Der Hänger des Lasters war vom Boden bis zur Decke mit Hunderten von Paketen voller Chipetuis beladen, von denen immer mehrere zusammen in Plastikfolie eingeschweißt waren, so daß sie ordentliche Blöcke bildeten. Alle Chips in den mit bunten Aufklebern versehenen Etuis waren legale SimSinn-Chips – die Azzies machten sich nicht die Hände schmutzig, indem sie illegale BTL-Chips verkauften, obwohl der Konzern aus einem Drogenkartell des zwanzigsten Jahrhunderts entstanden war. Alle Aufzeichnungen auf diesen Chips waren per ASIST Peak Controller gefiltert worden, und keiner von ihnen konnte Schaden bei seinem User anrichten. Doch Bloodyguts würde sie trotzdem zu Glas zerschmelzen.

Nicht die Signalstärke der Chips war es, an der Bloodyguts etwas auszusetzen hatte. Es waren die Aufzeichnungen, die sich darauf befanden. Sie reichten von relativ zahmen Sportveranstaltungen mit reichlich Zerstörung und Blutvergießen (Hofball zum Beispiel) bis hin zu extremen Splatter-Aufzeichnungen, bei denen es sich geradezu um Schlachtfeste handelte. Gladiatorenkämpfe, in denen sowohl Tier als auch Gladiator für SimSinn verdrahtet waren, was dem User ermöglichte, die Wunder des polyPOV-Sampling zu erleben. Oder Jäger-und-Gejagter-Spiele in Aztlans nördlicher Wüste, wo der User von einem Gejagten zum anderen wechselte und raten konnte, wer wohl der letzte Überlebende sein würde. Im Grunde waren es Snuffchips, auf denen jeder quälende Augenblick in blutigem Detail festgehalten wurde, bis der arme Wichser, dem man eine Rolle als Gejagter aufgezwungen hatte, den Löffel abgab.

Vor noch gar nicht so vielen Jahren war Bloodyguts noch ein Fan dieser Chips gewesen. Er hatte sich sabbernd die Trideosendungen der Azzies angesehen, die über den Piratensatelliten Deathstar-9 auch in Seattle zu empfangen waren, um schließlich zu einer ›wirklicheren‹ Erfahrung überzugehen – dem Wunder eines in die Datenbuchse eingeworfenen SimSinn-Chips.

Der nächste Schritt war BTL gewesen – Better-Than-Life-Traumchips, die sowohl die grundlegende sensorische Spur als auch die rohen Gefühlsspuren der SimSinn-›Darsteller‹ lieferten. Und roh waren sie in der Tat: das Hochgefühl des Sieges, die Qual der Niederlage. Angst, Blutdurst, Macht und Herrschaft – und das reine und absolute Entsetzen zu wissen, daß das eigene Leben durch das Loch sickerte, das einem gerade in den Bauch gerissen worden war, und man nichts – *gar nichts* – tun konnte, um dem unmittelbar bevorstehenden Tod zu entrinnen.

Bloodyguts war zu einem Chiphead geworden, zu einem Brainburner. Er hatte alles getan, um an den nächsten Chip zu kommen, an die Nuyen für seinen nächsten Traumschuß. Seine Familie bestohlen. Selbst BTL-Chips gedealt. Stuffer Shacks ausgeraubt, obwohl es ihm seine durch den BTL-Mißbrauch hervorgerufene Synästhesie unmöglich gemacht hatte, mit seiner Pistole richtig zu zielen, weil er in Gerüchen sah oder taktile Empfindungen als Farben wahrnahm. Er hatte seine gewaltigen Trollhände sogar dazu benutzt, einen Cop ins Koma zu prügeln, der einer örtlichen Motorradgang ein wenig zu hart zugesetzt hatte. Und er hatte einen Freund verkauft.

Und dann hatte er den Löffel abgegeben – als er den Snuffchip mit der SimSinn-Aufzeichnung des Todes eben jenes Freundes eingeworfen hatte.

Das Wissen, daß er dafür verantwortlich war, daß er der einzige war, der Jockos Tod rächen konnte, hatte Bloodyguts dazu veranlaßt, sich an das Leben zu klammern, nachdem der BTL-Chip sein Hirn zum Absturz gebracht hatte. Er hatte nicht einmal einen Straßendoc gebraucht – er war ganz von allein vom eisigen Rand des Grabes zurückgekommen, da seine Seele sich aufgrund schierer Blutgier in seinen Körper zurückgezwängt hatte. Die Schamanin, die er kurze Zeit später aufsuchte, hatte ihm gesagt, er müsse neben seinem starken Trollkörper noch einen starken Willen haben. Eine Zeitlang hatte sie ihn wegen beidem geliebt. Und dann hatte sie ihn fallenlassen, als er sich weigerte, mit den BTL-Chips aufzuhören. Sie hatte ihm gesagt, er könne den Schmerz über seine Schuld an Jockos Tod nicht in einem Chiptraum begraben. Sie hatte ihm gesagt, er müsse endlich erwachsen werden, er sei noch nicht reif, ein Mann zu sein, geschweige denn ein Troll.

Und da hatte er mit dem langen, schmerzhaften Prozeß begonnen, clean zu werden. Der BTL-Entzug war die Hölle, aber eine Hölle, die er ertragen konnte. Die gesteigerte Empfindlichkeit für Stimuli und die gesenkte Schmerzschwelle, die Qualen, die helles Licht und der Druck von Kleidung auf der Haut erzeugten – all das war nicht annähernd so schlimm wie das, was Jocko durchgemacht hatte. Und er mußte es wissen, denn er hatte Jockos Tod per BTL-Chip miterlebt, aufgeschlitzt und von Kugeln durchlöchert, das Gesicht von der Messerklaue zerfetzt, die, wie Bloodyguts ihm versichert hatte, zu schlagen ein Kinderspiel sei, obwohl er die ganze Zeit wußte, daß Jocko keine Chance hatte.

Nicht die Azzies hatten die Aufzeichnung von Jockos Tod gemacht. Das hatte jemand anders getan – jemand, der sich in die Schatten abgesetzt und damit alle Versuche Bloodyguts', Rache zu nehmen, vereitelt hatte. Aber die Azzies waren ein Teil des Ganzen, weil sie diesen ultrabrutalen Drek unter dem Deckmantel von ›Sportaufzeichnungen‹ in die UCAS exportierten. Für Leute wie Bloodyguts waren legale SimSinn-Chips der Azzies der erste Schritt auf der rutschigen schiefen Bahn, die zu Snuffchips führte. Und jetzt würde Bloodyguts, der sich, solange er noch in Seattle war, die Mission auf die Fahne geschrieben hatte, jeden Snuffchip-Dealer zu erledigen, der noch die Straßen verunreinigte, diesen Schritt ausschalten.

Das Beste daran war, daß er es aus der Höhle des Jaguars tat. Er war nicht nur in den mit Code Rot gesicherten Host der Seattler Aztechnology-Arcologie eingedrungen, sondern sein Einstöpselpunkt befand sich auch noch in Tenochtitlán – der Stadt, die das Herz der SimSinn-Industrie der Azzies war.

Auf seinem Kreuzzug war er von den Schatten einer Stadt zu denen der nächsten geglitten und schließlich in Tenochtitlán gelandet. Dort hatte er sich mit ein paar Rebellen zusammengetan – einer Aktivistengruppe, die von Rafael Ramirez angeführt wurde, einem Ork mit einem gewaltigen Haß auf das Hofball-Spiel. Bloodyguts hatte sich ihr Vertrauen verdient und bei einem Run mit ihnen zusammengearbeitet. Bloodyguts hatte die Überwachungskameras davon überzeugt, daß alles in Ordnung war, während die Gruppe eine Bombe in den Telekom-Studios gelegt hatte, in denen live aus dem Hofball-Stadion berichtet wurde, was den Komplex in einen Schutthaufen verwandelt hatte. Das Schöne daran war, alles war ferngesteuert erledigt worden. Bloodyguts hatte eine Robotdrohne benutzt, um das C4 einzuschleusen, das die Studios hochgehen ließ. Er hatte es aus der Ferne getan und zugeschlagen wie ein mächtiger Gott.

Und da war ihm aufgegangen, daß er auch noch in Seattle zuschlagen konnte, auch wenn er weit von dieser Stadt entfernt war. Dankbar für seine Hilfe, hatten die Rebellen sich für ihn umgehört. Sie hatten ihm von einem Datentransfer erzählt, der vor kurzem zur Seattler Arcologie erfolgt war, und von einer Ladung SimSinn-Chips, die unter Benutzung jener Daten gebrannt worden war und in Kürze auf den Straßen Seattles erhältlich sein würde. Der Ladung, die Bloodyguts jetzt vor sich sah und die er zerstören würde.

In der wirklichen Welt verzogen sich Bloodyguts' Lippen zu einem Lächeln. Decken war die beste Methode, um die Snuffchip-Industrie aufs Korn zu nehmen. Wie das Bild Jockos, das seiner Persona zugrunde lag. Bloodyguts war lediglich ein Geist in der Maschine. Wenn seine Feinde ihm einen Hieb versetzen wollten, würde dieser direkt durch ihn hindurchgehen.

Wenn sie ihn natürlich mit ICs eindeckten, mochte das Ergebnis ganz anders aussehen...

Er ließ einen Bruchteil seiner Wahrnehmung bei der Kamera, welche die Verladebucht überwachte, in dem der Laster stand, und verschaffte sich per Druck Zugang zu einem der anderen Gesichter auf der kleinen Stufenpyramide des Sklavenknotens. Zuerst brachte er die elektronischen Schlösser der Verladebucht-Türen zum Absturz, was bewirkte, daß sie sich nicht mehr öffnen ließen, so daß der Laster eingesperrt war. Dann folgte er dem Labyrinth der Verbindungen, das von diesem Knoten zu den automatisierten Waffensystemen führte, welche die Verladebucht vor Eindringlingen von der Straße schützte. In einem sensiblen Bereich wie der Verladebucht, in der praktisch immer wertvolle Ladungen warteten, waren Gewehre und Explosivgeschosse absolut tabu. Diese Waffen waren für die Außenverteidigung reserviert. In der Verladebucht selbst waren Laser die normale Verteidigungswaffe. Ein oder zwei Brandflecke auf einer Kiste waren einer Reihe tiefer Löcher durch Kugeln und Explosionen bei weitem vorzuziehen.

Andererseits waren Laser die perfekte Waffe, wenn man Datenchips vernichten wollte, die nur durch eine dünne Schicht Plastikfolie und Pappe geschützt wurden…

Bloodyguts aktivierte die vier Laserkanonen und ließ sie die Schienen entlangfahren, auf die sie montiert waren. Als sie sich direkt hinter dem Heck des Lasters befanden, programmierte er rasch eine Schleife, welche die Strahlen im Zickzack über die Pakete mit den Chips wandern lassen würde. Außerdem würde das Programm die Intensität der Strahlen allmählich erhöhen, so daß sie sich immer tiefer in die Fracht brennen konnten. Nach höchstens zwei Minuten – lange, bevor Sicherheitsleute auf die Gefahr reagieren und den Laster ausladen konnten – würden die Chips ein Haufen Schlacke sein.

Mit einem zufriedenen Lächeln aktivierte Bloodyguts die Laserkanonen und sah zu, wie vier rubinrote Lichtstrahlen ihr Zerstörungswerk begannen. Die Plastikfolie warf Blasen und verformte sich, und die Pappschachteln darunter fingen an zu schwelen. Ein paar Rauchfahnen stiegen auf, doch Bloodyguts hatte eventuelle Interferenzen durch umherfliegende Rußmoleküle bei seiner Programmierung der Laser berücksichtigt.

Er sah nur einen Augenblick zu, dann verließ er den Sklavenknoten und aktivierte eine Schwindel-Utility. Eine Schlinge aus tropfenden Eingeweiden erschien in seiner Hand. Er ließ sie wie ein Lasso über dem Kopf kreisen und warf sie dann über den Sklavenknoten, so daß die Gesichts-Icons auf den vier Seiten von einem verschlungenen Gewirr aus Eingeweiden umgeben waren. Die Schlingen zogen sich um die Stufenpyramide zusammen, als die Utility sich ans Werk machte und den Sklavenknoten so bearbeitete, daß alle an den Knoten geschickten Befehle von den eigenen Subsystemen des Knotens in unverständliche Strings aus Kauderwelsch verwandelt würden, da die Befehle gezwungen waren, die langen Schlingen der Eingeweide zu passieren. Die Sysops der Arcologie konnten so viele Befehle senden, wie sie wollten, die Laserkanonen würden ihr Zerstörungswerk fortsetzen.

Gut. Ein zufriedenstellend ausgeführter Job. Bloodyguts warf einen Blick auf seinen Log-Monitor. Es war kurz vor 9:47 Uhr Seattler Zeit. Er hatte den Run beendet und noch reichlich Zeit übrig. Jetzt war es an der Zeit, das System der Arcologie zu verlassen und sich elegant auszuloggen, bevor irgendwelche Decker der Azzies kamen, um sich den extrem unwahrscheinlichen ›Aussetzer‹ der Waffen in der Verladebucht genauer anzusehen. Bloodyguts wandte sich ab, machte sich auf den Rückweg und passierte die Jaguar-IC, die ihm zuvor den Weg versperrt hatte. Er folgte dem blauen Lichtstrahl in der Absicht, die Arcologie mit dem Datenstrom zu verlassen...

Und stolperte plötzlich und brach zusammen, als

seine Beine unter ihm nachgaben. Ein Blick auf die untere Hälfte seiner Persona zeigte ihm, daß sich winzige schwarze Motten mit Flügeln aus glänzendem Obsidian auf seinen Füßen und Unterschenkeln festgesetzt hatten. Sie erhoben sich, um dann wieder herabzustürzen und winzige Fleischfetzen aus seiner Persona zu reißen. Ihre winzigen Mäuler verschlangen sein Persona-Icon Pixel für Pixel. Seine Füße lösten sich bereits auf und wurden transparent, so daß der blaue Datenstrom durchschien, auf dem er lag.

Drek! Der Sklavenknoten mußte mit Krüppler-IC gesichert sein. Während er die Azzie-Chips in Schlacke verwandelte, hatte die IC dasselbe mit seinem Deck angestellt und in aller Stille seine MPCP-Chips angegriffen. Und jetzt löste sich seine Persona auf.

Bloodyguts schwenkte die Hand, und eine riesige Spritze erschien darin. Er richtete die Nadel auf seine Beine und drückte auf den Kolben. Ein dünner Strahl von einer Flüssigkeit in den Regenbogenfarben eines Ölflecks im Sonnenlicht regnete auf seine Unterschenkel. Allmählich füllte die Reparatur-Utility die Löcher aus, welche die Motten gerissen hatten, die dabei weggeschwemmt wurden. Die Chips in seinem MPCP mußten dennoch ersetzt werden, aber wenigstens hatte er den Absturz seiner Persona verhindert. Er stützte sich auf die Ellbogen und wollte sich gerade erheben…

Er hörte ein Fauchen und warf einen Blick über die Schulter. Der Jaguar, der den Sklavenknoten bewachte, näherte sich ihm mit wütend peitschendem Schwanz, die Augen zu schmalen Schlitzen verengt. Nun, da die Krüppler-IC Bloodyguts angegriffen hatte, mußte der Jaguar in ihm einen Eindringling erkannt haben. Bloodyguts rechnete damit, daß der Jaguar ihn anfallen würde, doch statt dessen erbrach er das Herz, das Bloodyguts ihm zuvor angeboten hatte. Das pulsierende rote Organ flog aus seinem Maul und landete auf

Bloodyguts' Brust, wo es sich festsetzte und schwach und arhythmisch schlug.

In der wirklichen Welt setzte Bloodyguts' eigenes Herz einen Schlag aus. Er spürte dumpf ein schmerzhaftes Zwicken in der linken Brust. Die Finger seiner linken Hand fingen an zu kribbeln und wurden taub. Und das war übel. Sehr übel. Er wurde von schwarzem Ice angegriffen.

Es blieb keine Zeit mehr, sich elegant auszuloggen. Nicht, wenn er überleben wollte. Er mußte sich ausstöpseln und den daraus resultierenden Auswurfschock in Kauf nehmen, obwohl das in seinem geschwächten Zustand tödliche Herzrhythmusstörungen auslösen konnte. Seine Zeitmeß-Utility zeigte an, daß es 9:46:59 PSZ war – beinahe Mittag in Tenochtitlán. Mit etwas Glück würde einer der Rebellen, mit denen er sich gegen Mittag treffen wollte, ihn noch rechtzeitig finden und durchbringen...

Bloodyguts streckte die Hände aus, nahm die übergroße Schiedsrichterpfeife, die darin erschien, und pfiff so laut er konnte.

09:46:23 PSZ

Seattle, Vereinigte Kanadische und Amerikanische Staaten

Ansen reckte den Hals, um seine schmerzenden Schultermuskeln zu entspannen, und schloß die Tür seiner Wohnzelle. Das winzige Apartment enthielt nicht viel – nur einen Futon mit zerknittertem Laken, eine Mikrowelle, um Essen aufzuwärmen, und einen Kleiderständer aus Chrom, den er aus einem Müllcontainer hinter dem Bekleidungsgeschäft an der Ecke gefischt hatte und an dem nun seine Jeans und Jacken hingen. Plastikkisten, die er sich von der Arbeit mitgebracht hatte, dienten als Tische. Der einzige Schmuck war auch funktional: eine Blasenlampe, die in einer Ecke stand. Sie erzeugte einen steten Strom biophosphoreszierender Blasen, die durch den Raum trieben und ihn mit weichen Lichtinseln füllten, bis die Blasen mit leisem *plop* platzten.

Ansen streifte sich die Turnschuhe von den Füßen und beförderte sie in eine Ecke, löste das Lederband, das seinen Pferdeschwanz zusammenhielt, und schüttelte seine langen dunklen Haare aus. Dann setzte er sich mit einem Seufzer auf die Kante seines Futons. Er rieb sich mit einer Hand die Schulter und starrte einen Augenblick auf den Bildschirm, der das ›Fenster‹ der Wohnzelle war. Er zeigte einen Penthouse-Blick auf die Stadt, aufgenommen von einer Kamera auf dem Dach des Hauses. Auf den Straßen krochen die Fahrzeuge durch den morgendlichen Stoßverkehr. Autos und Laster verschwanden im flimmernden Schnee in der Mitte des Fensters und tauchten dann auf der anderen Seite wieder auf. Ansen kannte sich gut genug mit der Tech aus, um die Bildstörung mühelos reparieren zu können, aber er schien nie dazu zu kommen. Von ihm aus konnte ganz Seattle in dem flimmernden Loch der Bildstörung verschwinden. Das war nicht die Welt, die ihn interessierte.

Seine Hand wanderte zu dem Playpet in Gestalt einer jungen Katze, das neben ihm auf dem Futon lag. Als er das weiche synthetische Fell kraulte, fing es an zu schnurren. Servos in dem Spielzeug reagierten auf das schwache elektromagnetische Feld von Ansens Hand und veranlaßten das Spielzeug, sich auf den Rücken zu legen und den Bauch zum Kraulen darzubieten. Er kitzelte den rosafarbenen Bauch mit den Fingerspitzen und gab ihm damit die tägliche Stimulation, die es brauchte, um sich in den nächsten sechs Monaten vom kleinen Kätzchen zu einer ausgewachsenen Katze zu entwickeln. Das Kätzchen reagierte darauf, indem es seine ohnehin übergroßen Augen weitete und bewundernd in Ansens Richtung starrte.

Die meisten von Auburns Fabrikarbeitern begannen gerade ihren Arbeitstag. Ansen hatte seinen gerade beendet – eine Achtstundenschicht in der Fabrik von Diamond Deckers. Die Schmerzen in seinen Schultern rührten daher, daß er die ganze Nacht über einen Montagetisch gebeugt stand und Chips in Computer einbaute, die billige Kopien teurer Cyberdecks waren. Die Decks sahen mit ihren durchsichtigen Plastikgehäusen und golden beschrifteten schwarzen Tastaturen wie die High-End-Modelle von Fuchi aus. Doch die Chips und das Material waren von minderwertiger Qualität.

Die Arbeit war ermüdend und geisttötend. Und die Bezahlung war Drek: nur der Minimallohn. Aber es war der beste Job, den ein Siebzehnjähriger, der vorzeitig von der High School abgegangen war, in dieser Stadt bekommen konnte. Und er hatte seine Vorteile…

Ansen betrachtete das Cyberdeck, das er aus einem Hinterzimmer im Lagerhaus von Diamond Deckers hatte mitgehen lassen. Es war ein Klon des CDT-3000 Vista, groß und klobig, eine Antiquität, sogar noch älter als Ansen. Das Deck war eines von einem Dutzend, die dort Staub angesetzt hatten, ohne jemals benutzt worden zu sein, bis Ansen sie entdeckt hatte. Er hatte das Deck so weit wie möglich aufgemöbelt, aber es hatte trotzdem nur zehn Megapulse aktiven Speicher und zwei Megs für das MPCP-Programm. Und seine Interfaces waren extrem primitiv. Anstelle einer DNI-Buchse oder wenigstens eines Elektrodennetzes baute der Computer auf eine altmodische VR-Brille und Datenhandschuhe. Während andere Computer ihren Usern gestatteten, sie mit Gedankenschnelle zu betreiben, waren für diese Schnecke von einem Deck unpräzise Augen- und Handbewegungen erforderlich, um Befehle auszuführen.

Dennoch, es war besser als gar nichts. Und es war das Fenster zu der Welt, die Ansen liebte – wenn auch nur ein kleines.

Ansen streifte sich die Datenhandschuhe aus Nylon über und streckte die Finger, so daß sich das haarfeine Netz von Sensoren, das in den blauen Stoff eingewoben war, an die Form seiner Hände anpassen konnte. Er vergewisserte sich, daß die Glasfaserkabel, die vom Deck zur VR-Brille führten, alle fest in ihren Buchsen saßen, stöpselte das Deck in die Telekom-Buchse in der Wand und setzte dann die Brille auf. Er hielt die Hände über das beleuchtete Sensorbord des Decks und schnippte mit den Fingern, um es zu aktivieren. Der Rundum-Bildschirm in der VR-Brille erwachte flakkernd zum Leben, und die Lautsprecher an seinen Ohren fingen an zu summen.

Er drang in die Matrix ein.

Ein türförmiges Rechteck aus leuchtendem Gelb erschien direkt vor ihm – ein Systemzugangsknoten im lokalen Telekommunikationsgitter, der für diesen Teil Auburns zuständig war. Ansen berührte den SAN und sah zu, wie sich ein blauer Fleck von dem Punkt ausbreitete, den seine Hand berührt hatte. Der blaue Fleck war von einem grünen Ring umgeben. Nach einem Augenblick verblaßte das Blau, so daß nur ein grün umrandetes Loch in der Tür zurückblieb. Ansen zeigte mit dem Finger darauf – und wurde in das Loch gesogen. Der SAN verschwand hinter ihm.

Er hing schwerelos über dem vielfarbigen Schachbrett aus Licht, das Seattles regionales Telekommunikationsgitter darstellte. Er kannte all die vertrauten Wahrzeichen auswendig: die goldene Stufenpyramide Aztechnologys, den Atomkern mit wirbelnden roten Elektronen von der Elektrizitätsgesellschaft Gaeatronics, den abschreckenden schwarzen Sockel von Renraku und den kristallenen Silberstern mit seinen unzähligen

Facetten von Fuchi Industrial Electronics. Der Cyberspace war außerdem mit einer Vielzahl anderer Systemkonstrukte gesprenkelt – Würfel, Kugeln und komplexere Formen, die alle einen bestimmten Konzern oder eine öffentliche Einrichtung repräsentierten.

Er betrachtete seinen Matrix-Körper – einen geschlechtsneutralen silbernen Humanoiden mit leuchtend blauen Händen. Seit den 30er Jahren, als das Vista noch dem neusten Stand der Technik entsprochen hatte, sah so die Standard-Persona aus. Ansen hätte die Chips in seinem MPCP bearbeiten können, um seiner Persona eine Gestalt nach seinen Wünschen zu verleihen, aber das hätte nur Speicherplatz belegt, den er nicht erübrigen konnte. Außerdem war das archaische Aussehen seiner Persona Teil seines Images.

Die Brille vermittelte Ansen zwar die Illusion, im Raum zu schweben, aber er konnte den Futon unter sich spüren, seine ungewaschenen T-Shirts in der Ecke riechen und die Schritte in dem Apartment über dem seinen hören. Er war der wirklichen Welt noch nicht ganz entkommen.

Doch eines Tages würde er es sich leisten können, sich unter das Messer zu legen und sich eine Datenbuchse in die Schläfe einsetzen zu lassen. Und das Deck, das er sich aus Teilen zusammenbaute, die er am Montageband hatte mitgehen lassen, würde dann auch fertig sein und dem neusten Stand der Technik entsprechen. Dann würde Retro den anderen Deckern zeigen, wer Sahne war.

In der Zwischenzeit drückte Retro der Matrix seinen Stempel auf und besprühte wahllos Datenspeicher mit seinen Graffiti. Sein Markenzeichen bestand darin, die Iconografie der Knoten zu verändern, die er besuchte, indem er Icons hinterließ, die extrem ›retro‹ waren. Altmodische Aktenmappen, Papierkörbe aus Metall, nichtdigitale Wecker zum Aufziehen und bunte Koffer –

alles Icons, die im vorigen Jahrhundert von einem längst nicht mehr existierenden Konzern namens Macintosh standardisiert worden waren. Ansens anderes bevorzugtes Graffito war ein Bild des Logos dieses Konzerns: ein regenbogenfarbener Apfel mit einem Schild, das Decker aufforderte ›ein Byte zu nehmen‹. Und wehe dem Decker, der den Köder schluckte und das Wurm-Virus darin fand!

Ansen wußte, daß der Streich kindisch war, aber er hatte auch nie behauptet, etwas anderes zu sein. Er schien einfach nur ein Händchen für Computer zu haben, und er hatte die Leute mit seinem Decken schon genervt, als er noch ein Kind war. Im Alter von elf Jahren, als er zum erstenmal von zu Hause ausgerissen war, hatte er sich in das Computersystem gehackt, welches das Hotel seines Onkels verwaltete, und sich für eine der ›Sargnischen‹ eingetragen. Unter Benutzung des Daumenabdrucks eines anderen Gasts hatte er sich eine Wagenladung Fastfood bestellt, die für eine ganze Woche reichte. Und all das hatte er mit dem MatrixPal seiner Schwester geschafft, dem wertlosesten Haufen Schrott, den es je gegeben hatte.

Sie sollten nur warten, bis er richtige Hardware in die Finger bekam…

Das Vista war zwar langsam, hatte aber einen wichtigen Vorteil. Wie bei der Schnecke, die antiquierten Decks ihren abwertenden Spitznamen lieh, boten die primitiven Interfaces des Vista ein ›Haus‹, das den User des Decks vor Schaden bewahrte. Zwar hatten moderne Computer ein direktes neurales Matrix-Interface, aber diese Verbindung war zweiseitig. Wenn der Decker in einen Knoten eindrang, der von ICs geschützt wurde, und es vermasselte, konnte eine tödliche Biorückkopplung durch das DNI geleitet werden und sein Hirn rösten.

Ansen brauchte sich deswegen keine Sorgen zu machen. Eine IC konnte schlimmstenfalls die Chips in seinem Deck durchschmelzen. Wenn das geschah – und bisher war es noch nie geschehen –, gab es immer noch elf weitere Vistas in dem Lagerhaus. Und Chips hatten die Eigenart, in Ansens Taschen zu ›fallen‹, wenn der Boß gerade nicht hinsah…

Also stellte sich lediglich die Frage, wohin er heute gehen wollte. Ansen beschrieb mit dem rechten Zeigefinger einen Kreis im Uhrzeigersinn (es hatte eine Weile gedauert, bis er aus diesem Befehl schlau geworden war; die Bedienungsanleitung des Vista ging davon aus, daß der User wußte, was ›Wählen‹ war), und eine Tastatur aus leuchtenden Buchstaben und Zahlen erschien vor ihm in der Luft. Er tippte NA/UCAS-SEA ein und wählte dann die vierstellige LTG-Nummer, die ihn mit der Universität Washington verbinden würde. Er hatte gehört, daß man dort an der Entwicklung novaheißer modellierter Systeme arbeitete, und wollte sie sich mal ansehen. Und sein Markenzeichen hinterlassen.

Ein Systemzugangsknoten erschien vor ihm: das Icon einer ziemlich gewöhnlichen Bürotür mit dem Logo der Universität darauf. Ansen griff nach dem Türknopf…

Und durchlebte einen Augenblick schwindelerregender Desorientierung, als das von seiner Brille projizierte Bild vorzoomte, dann in einer Art epileptischer Raserei hin und her schwankte und schließlich wie trunken von ihm weg torkelte. Anstelle der Tür sah Ansen nun einen dunklen, mit Moos bewachsenen Tunnel vor sich, an dessen Decke tropfende Stalaktiten hingen. Neblige Dämpfe wallten wie Atemwolken heraus. Ansen war bereit, einiges darauf zu verwetten, daß er einen kalten Schauder auf der Haut verspürt hätte, wäre ein künstliches sensorisches Induktionssystem in seinem Deck eingebaut gewesen. Die Lautsprecher in seiner Brille sendeten ein leises Stöhnen, bei dem ihm die Haare zu Berge standen.

»Cool«, sagte Ansen laut.

Und dann runzelte er die Stirn. Was war überhaupt passiert? Sein Datenhandschuh hatte das Tür-Icon gar nicht berührt. Er hätte sich eigentlich immer noch vor dem SAN befinden müssen, der in das Universitätssystem führte. Gab sein Deck den Geist auf? Oder hatte irgendein Virus den Zugangscode verstümmelt und ihn hierhergeschickt?

Und wo war ›hier‹ überhaupt?

Der SAN vor ihm sah aus, als sei er mit ziemlich zähen ICs vollgestopft, aber Ansen war bereit, die Probe aufs Exempel zu machen. Er legte die Fingerspitzen zu dem komplizierten Muster zusammen, mit dem eine Täuschungs-Utility geladen und gestartet wurde. Das universelle Icon des von Fuchi konzipierten Programms erschien: Eine schwarze, rautenförmige Maske materialisierte ein paar Zentimeter vor Ansens Gesicht und legte sich dann über seine Augen.

Ansen holte tief Luft und ließ seine Persona dann in den Tunnel gleiten, indem er die Augen auf den Eingang richtete und dann mit dem Finger über dem Sensorbord nach vorn zeigte. Der Tunnel rauschte ihm entgegen, hüllte ihn in seine stygische Dunkelheit ein...

Und dann wich die Dunkelheit der völligen Leere eines toten Bildschirms.

»Was ist denn nun los?«

Ansen riß sich die Brille von den Augen. Das Licht in seinem Sensorbord war erloschen, und der winzige Bildschirm des Decks war ebenfalls tot. Aber der Hauptschalter leuchtete kirschrot, was anzeigte, daß das Deck immer noch Saft bekam. Und die Lautsprecher sendeten ein leises statisches Knistern.

Ansen zog sich die Datenhandschuhe von den Fingern. Irgend etwas hatte ihn aus der Matrix geworfen.

Er drückte auf einen Knopf an der Seite des Decks und sah den Bildschirm zum Leben erwachen. Er ging rasch den Text durch, der auf dem Schirm abrollte: ein Logbuch seines Runs. Es war ziemlich kurz. Er hatte sich um 09:46:51 PSZ durch sein LTG in die Matrix eingeloggt und war dann vier Sekunden später im Seattler Gitter aufgetaucht. Das Eingeben der LTG-Nummer des Computersystems der Universität hatte fünf lange Sekunden gedauert – kein Wunder, daß dieses Deck Schnecke genannt wurde –, und an dieser Stelle wurden die Eintragungen komisch. Ab genau 09:47:00 waren die Einträge verstümmelt. Anstelle der üblichen Buchstaben-Zahlen-Kombination, die für einen RTG- oder LTG-Code stand, gab es nur sinnlose Aneinanderreihungen von Symbolen. Ansen hatte keine Ahnung, in welchem Kommunikationsgitter sich das merkwürdige Tunnel-Icon befunden hatte.

Laut Logbuch hatte er volle zehn Sekunden damit verbracht, einfach nur das Tunnel-Icon anzustarren. Weitere drei Sekunden hatte er gebraucht, um seine Täuschungs-Utility zu laden und zu starten. Dann hatte er versucht, sich zu dem merkwürdig aussehenden SAN Zugang zu verschaffen – und war ausgeworfen worden.

Er glaubte nicht, daß es eine IC war, die sein Deck hatte abstürzen lassen, weil die LTG-Codes volle dreizehn Sekunden früher angefangen hatten, verrückt zu spielen, als er noch versuchte, in das Universitäts-System zu gelangen. Der Fehler lag wahrscheinlich eher in einem simplen Versagen eines der für die Adressenzuordnung zuständigen Subsysteme des Decks, möglicherweise hervorgerufen durch eine schadhafte Peripher- oder I/O-Verbindung.

Fluchend kroch Ansen über seinen Futon und machte sich daran, eine Kiste nach seiner Reservebrille und dem Ersatz-Sensorbord zu durchwühlen.

09:46:38 PSZ

(10:46:38 MSZ)
Cheyenne, Sioux Nation

Kimi lachte und lief den anderen Kindern hinterher, die den ›Gummiball‹ jagten, der von einem Ende des Raums zum anderen schwang. Heute lief im Spielzimmer von FTL Technologies ein Lacrosse-Programm – *baggataway* auf Irokesisch. Die Kinder nannten es ›Wegstoßen‹. Die Schläger, mit denen sie spielten, bestanden aus Schaumstoff, das Netz aus einer weichen Schaumstoffkelle, die mit einem Geflecht aus feinsten Drähten ausgelegt war. Diese ›fingen‹ den holografischen Ball und hielten ihn fest, bis die leuchtende blaue Kugel weggeschleudert wurde. Sogar die Tore waren Holos, damit die Kinder sich nicht verletzen konnten, falls sie einmal dagegen prallten.

Kimi spielte gerne ›Wegstoßen‹. Von allen virtuellen Spielen, welche die Krippenkinder spielen konnten, war dies ihr Lieblingsspiel – nicht, weil es ihr gefiel, hinter einem albernen Ball herzulaufen, sondern weil die holografische Darstellung am besten war. Wenn ein Tor erzielt wurde, erwachten Holos von maskierten Tänzern zum Leben, die das Kind, welches das Tor erzielt hatte, umtanzten und laut jubelten. Die Holos hatten eine ultrahohe Auflösung und waren fast so gut wie das, was man in der Matrix sah. Genau das, was man von den Programmierern erwarten konnte, die einige der besten Cyberdeckspiele überhaupt entwickelt hatten – und sie von ihren Kindern testen ließen.

Diese Kinder hatten Glück, weil sie Eltern hatten, die für FTL arbeiteten. Sie konnten spielen und Spiele testen und zur Computerschule gehen, und sie bekamen gutes Essen. Kimi war in einer winzigen landwirtschaftlichen Station in der Prärie aufgewachsen, wo es keine anderen Kinder zum Spielen, nur Soja und mit

Vitaminen angereicherten Hafermehlkuchen zu essen und außer den unzähligen Hektar raschelnder Getreidefelder nichts anzuschauen gab.

Bis sie die Matrix entdeckt hatte. Dort war sie mit anderen jungen Deckern in Verbindung getreten. Einsamen Kindern wie sie. Kindern, die ihr diese völlig verrückte Geschichte erzählt hatten, daß es möglich sei, sich ohne Deck in der Matrix aufhalten zu können, nachdem man dort einem großen Geist begegnet war.

Sie hatten sie durch ihre eigene Visionssuche in der Matrix begleitet und sie gelehrt, wie sie den großen Geist für sich selbst finden konnte. Vor einem Jahr hatte sie endlich Erfolg gehabt und war verwandelt worden. Jetzt konnte sie wie ein Geist durch die Matrix wandern und sich direkt und ohne die Notwendigkeit eines Cyberdecks einstöpseln. Sie war eine Technoschamanin geworden.

Sie hatte ihr Talent benutzt, um in die Personalakten von FTL zu decken und eine Mutter für sich zu erschaffen, die für den Computersoftware-Konzern arbeitete. In den vergangenen zwei Monaten war Kimi an jedem Wochentag in der Kindertagesstätte aufgetaucht, während ihre rein fiktive Mutter in dem Wolkenkratzer darüber ›zur Arbeit ging‹.

Die meiste Zeit hatte sie einfach mit den anderen Kindern in der Krippe gespielt oder ihnen beim Unterricht und beim Mittagessen Gesellschaft geleistet. Aber sie hatte auch getan, weswegen sie hergeschickt worden war: Sie war aus dem Gebäude in den FTL-Mainframe gedeckt. Der große Geist hatte ihr erklärt, daß es für Kimi notwendig sei, das zu tun, weil das System ›geschlossen‹ und über die Matrix nicht zugänglich sei. Selbst der große Geist könne nicht an das System heran.

Doch Kimi konnte. Und das machte sie stolz.

Sie hatte getan, worum der große Geist sie gebeten hatte: ein Programm verstümmelt, an dem ein FTL-

Decker namens Raymond Kahnewake arbeitete. Der große Geist hatte Kimi gezeigt, wie sie eine komplexe Form benutzen konnte, die das für sie erledigte. Sie hatte sich das Muster gemerkt, war in den FTL-Mainframe gedeckt und hatte die Form eingefügt, wie sie es gelernt hatte. Sie war ganz, ganz besonders achtsam gewesen, um es auch ja richtig zu machen. Und der große Geist hatte sie für ihre Arbeit gelobt.

Doch dann hatte Raymond Kahnewake ein anderes Programm entwickelt – eines, das im wesentlichen das gleiche leistete wie das erste. Und so hatte der große Geist zu Kimi gesagt, es sei an der Zeit, ein Spiel mit ihm zu spielen, ein Spiel, das ihm so viel Angst einjagen würde, daß er von nun an lieb sein würde. Der große Geist sagte, er sei ein gefährlicher Mann und müsse daran gehindert werden, Dinge zu tun, die Kimi und ihren Freunden weh tun würden – die sogar dem großen Geist selbst weh tun würden.

Um sich auf das Spiel vorzubereiten, sorgte Kimi dafür, daß die Sicherheit im Hauptquartier von FTL-Technologies in Cheyenne sie kennenlernte. Sie ließ sich absichtlich beim Spiel mit den Expreßaufzügen erwischen, indem sie von der Krippe im ersten Stock in den obersten, neunzehnten Stock und wieder zurück fuhr. Und sie sorgte dafür, daß die Wachen sie beim Spiel mit Pfeil und Bogen auf den Fluren sahen, indem sie den FTL-Arbeitern mit ihrem Spielzeugbogen und den Pfeilen mit Saugnäpfen als Spitze auflauerte. All das war eine Übung für ihre Aktion gegen Raymond Kahnewake.

Kimi hatte Angst davor, einem Erwachsenen gegenüberzutreten, und das Spiel, das der große Geist ihr zu spielen aufgetragen hatte, kam ihr ein wenig albern vor. Aber sie stellte es nicht in Frage. Sie liebte den großen Geist und würde alles für ihn tun. Sie hatte geübt, und sie war bereit. Dennoch schob sie das Spiel so lange auf, wie sie konnte, für den Fall, daß der große Geist seine Meinung änderte. Vielleicht sollte sie sich einloggen und nachsehen...

Kimi lief zu einer Wand des Spielzimmers und ließ ihren Lacrosse-Schläger fallen, wobei sie so tat, als sei sie außer Atem. Das fiel ihr nicht schwer. Sie war ein molliges Mädchen mit kurzen Beinen und wenigstens einen Kopf kleiner als die anderen Neunjährigen in dem Raum. Ihre langen schwarzen Haare waren vorn zu einem Pony geschnitten und reichten ihr ansonsten bis zur Hüfte. Sie verbargen die fleischfarbene Datenbuchse hoch über ihrem rechten Ohr. Der Cyberdoc, der sie einsetzte, hatte nur eine winzige Stelle ihres Kopfes rasiert und ihre Haare lang gelassen.

Sie verließ das Spielzimmer und ging durch den Flur zum Wasserspender. Sie trank einen Schluck, sah sich um und huschte dann um die Ecke zu einem öffentlichen Telekom – einem Terminal, das mit der Außenwelt verbunden war und nicht mit dem FTL-Mainframe. Sie zog ein Glasfaserkabel aus der Tasche, stöpselte ein Ende in die Buchse, die normalerweise benutzt wurde, um ein Cyberterminal mit dem Telekom zu verbinden, und dann das andere in die Datenbuchse über ihrem Ohr.

Sie schloß die Augen und warf ihren Geist in die Matrix, dann folgte sie einer vertrauten Datenbahn zum Seattler RTG. SANs huschten vorbei wie Perlen auf einer Neonkette, bis sie denjenigen gefunden hatte, der zu dem LTG führte, wo ihre Freunde gern abhingen – einem System, dessen Host Toys 4 U war, in dem die neusten Spielzeuge virtuell in all ihrer SimSinn-Herrlichkeit dargestellt waren. In dem Durcheinander fand Kimi drei vertraute Personas. Ihre Icons schwebten ihr entgegen, hell und beruhigend: die grinsende rosa Plastikpuppe von Technobrat, der segmentierte grüne Leib von Inchworm und der weiße Schneemann Frosty mit seiner Karottennase und dem rotweißen Schal. Kimis eigene Persona beruhte auf der Trideofigur Suzy Q. Ihr Icon war ein wuscheliger türkisfarbener Bär mit übergroßen Augen und hoher Stimme.

Eine unbekannte Gestalt hing neben Frosty – eine flaumbedeckte weiße Maus mit einer großen rosafarbenen Schleife um den Hals, leuchtend rosafarbenen Ohren und einer ebensolchen Nase. Ihr Schwanz bestand aus einem dünnen Stück Glasfaserkabel. Das Gesicht sah lustig aus. Nach einem Augenblick fand Kimi heraus, dies lag daran, daß die Maus keinen Mund hatte.

»Hoi«, quiekte Kimi.

»Hoi«, antwortete die Maus. Der Laut kam aus ihren silbernen Schnurrhaaren, die vibrierten.

Inchworm richtete sich auf seinen winzigen Beinen auf und winkte Kimi mit einer Unzahl von Armen zu. »Hoi, Suzy Q. Hast du deinen Auftrag erfüllt?«

»Du meinst das Pfeil-und-Bogen-Spiel?« Kimis Bär-Icon ließ den Kopf hängen. »Noch nicht.«

Technobrats Puppengesicht sah sie tadelnd an. »Du solltest vor Beginn des Experiments fertig sein.« Die Puppe gestikulierte, und leuchtende Ziffern erschienen neben ihr in der Luft. Sie zeigten die Zeit in der Zone des hiesigen Gitters an: 9:46:57. »Siehst du? Es ist gleich so weit. Wir fangen in drei Sekunden an.«

»Der große Geist hat nur gesagt, daß heute der letzte Tag wäre, an dem ich es machen kann«, quietschte Kimi. »Ich wußte nicht, daß es heute morgen sein muß!« Sie warf einen Blick auf die Zahlen, die reglos in der Luft hingen. Sie redete mit ihren Freunden in Gedankenschnelle – eine Sekunde in der Matrix fühlte sich manchmal wie Minuten an. Sogar Stunden. In der körperlichen Welt befand ihr Körper sich gerade zwischen zwei Atemzügen, zwischen zwei Herzschlägen – obwohl ihr Herz heftig schlug, weil sie sich bei dem Spiel so angestrengt hatte.

Anstrengung war nicht der einzige Grund, warum ihr Herz so schnell schlug. Kimi hatte Angst. Sie hätte den großen Geist beinahe im Stich gelassen. Ihr blieben nur noch Sekunden.

Und das war schlecht. Wenn sie es vermasselte, hatte sie der große Geist vielleicht nicht mehr lieb. So weit durfte sie es nicht kommen lassen. Sie mußte seinen Auftrag ausführen, obwohl sie wußte, daß es bereits zu spät war.

»Bis bald!« quietschte sie und unterbrach ihre Verbindung zur Matrix.

09:47:00 PSZ

Die Matrix kollabierte zu einem stecknadelkopfgroßen Lichtpunkt. Red Wraiths Persona kollabierte mit ihr, und seine nebelartige Gestalt komprimierte sich zu einer perfekten Kugel. Etwas *riß* sich los, und plötzlich konnte Red Wraith seinen fleischlichen Körper nicht mehr spüren. Er war daran gewöhnt, keinen Schmerz spüren zu können – das jedenfalls war normal. Doch jetzt konnte er gar nichts mehr spüren. Nicht den Druck des Sessels in seinem Rücken, nicht das Federgewicht des Decks auf seinem Schoß, nicht eine einzige körperliche Empfindung. Nada.

Das erinnerte ihn an die Explosion der Schädelbombe – an die Sekunden, in denen er losgelöst von seinem klinisch toten Körper frei geschwebt war, bevor die Rettungsmannschaft ihn gefunden und wiederbelebt hatte. All das war ihm viel zu vertraut...

Ein weiterer *Ruck*, und die Welt expandierte zu einem endlosen Meer aus grauem Flimmern. Red Wraith hing schwerelos in dieser unendlichen Leere, ein winziger Pixel des Bewußtseins, der in einem wesenlosen Raum schwebte.

Nein, nicht ganz so wesenlos. Er war sich jetzt einer Gestalt direkt unter ihm bewußt: eines Mannes, der friedlich mit geschlossenen Augen auf dem Rücken dahintrieb. Eines Mannes mit dem Gesicht von Daniel Bogdanovich – des Deckers, der Red Wraith war – und des geisterhaften Leibes seiner Persona. Seine Arme waren über der Brust verschränkt, und die nebelhaften Fäden seiner Beine waren gespreizt. Seine Brust war reglos, sein Gesicht wächsern, leblos.

Tot.

In einem schrecklichen Aufblitzen des Begreifens erkannte Red Wraith, was geschehen sein mußte. Während sein Geist in der Matrix unhergewandert war, mußte sein fleischlicher Körper einen seiner Krampfanfälle erlitten haben. Irgendwie war die in der Spitze seines rechten Zeigefingers verborgene Nadel aktiviert und tödliches Gift in seine Handfläche injiziert worden. Er verfluchte seine Entscheidung, die Giftampulle als letzte Verteidigungslinie gegen jedermann gefüllt zu lassen, der in sein Hausboot einbrach, wenn er gerade in der Matrix war. Seine eigene Waffe hatte ihn erledigt. Den Einstich der Nadel hatte er wegen seiner Schmerzunempfindlichkeit nicht gespürt, und jetzt war er gelähmt und starb, da er das Gegengift nicht erreichen konnte. In ein, zwei Augenblicken würde er tot sein.

Doch ein Teil von ihm war immer noch da.

Red Wraiths Bewußtsein – seine Seele – war nicht mehr mit der Matrix und nicht mehr mit seinem Körper verbunden. Es befand sich hier in irgendeinem merkwürdigen Niemandsland.

Doch wo war hier?

Und warum hatte ihn seine Matrix-Persona begleitet?

Lady Death erlebte einen Augenblick extremer Desorientierung, in dem sie an einem Spiegelbild ihres Persona-Icons vorbeihuschte – war das die Spiegel-Utility, die sie aktiviert hatte, um ihre Aufseher zu täuschen? –, und hatte vorübergehend das Gefühl, irgendwie von dem Matrix-Icon getrennt zu werden, das ihr Online-›Körper‹ war. Dann fand sie sich doch in ihrer Persona wieder, die in einem leeren Nichts schwebte. Und doch fühlte sie sich irgendwie lösgelöst von der Realität.

Es war ein traumartiges Gefühl wie das von den Drogen hervorgerufene, mit denen die Ärzte sie beruhigt hatten, während sie nach ihrer ›Rettung‹ vor Shinanai in der Privatklinik ihrer Familie lag. Oder wie der sanfte Halbschlaf, in den sie gefallen war, während Shinanai ihr Blut trank. Und danach, als sie am Blutverlust gestorben war und auf ihren leblos auf dem Hotelbett liegenden Körper schaute...

Sie hob eine Hand und sah, daß sie durchsichtig geworden war, vollkommen farblos. Die ehemals leuchtend roten Dracoformen auf dem Ärmel ihres Kimonos bildeten ein fahles Weiß auf Weiß, und nur das Relief der Stickerei zeigte ihre Form an. Ihre Haare waren dort, wo sie auf ihrer Brust hingen, ebenfalls weiß, so weiß wie die Pantoffeln an ihren Füßen.

Weiß. Die Farbe des Todes.

Was hatte sie getan? Ach ja, sie hatte sich aus der Matrix ausgeloggt. Sie hätte sich jetzt wieder in ihrem Zimmer in der Arcologie Osaka der Shiawase Corporation befinden müssen, und zwar am Tisch vor ihrem Cyberdeck. Doch irgendwie konnte sie ihren Körper nicht mehr spüren, geschweige denn ihn steuern. Sie ließ ihren Geist ausgreifen und versuchte sich auszuloggen. Aber sie hatte nicht wie sonst das Gefühl, sich zu bewegen, durch den Raum zu rasen.

Da hörte Lady Death eine Stimme – eine quälend vertraute Stimme. Sie rief sie wortlos, und zwar aus einer Richtung von irgendwo über ihr. Melodisch und rein wie eine Kristallflöte riefen die klagenden Töne von

Shinanais Gesang Lady Death und forderten sie auf, sich dem Vampir an einem sehr, sehr weit entfernten Ort anzuschließen, einem Ort, an dem Liebende sich wieder vereinen konnten...

Lady Death keuchte, als ihr plötzlich aufging, was geschehen sein mußte. Nachdem sie schon so lange mit dem MMV-Virus im Blut überlebt hatte, war sie ihm jetzt zum Opfer gefallen. Sie war in das Koma gefallen, das alle Opfer kurz vor ihrem Tod ereilte. Und jetzt hatte sie eine Todeserfahrung, da sie die Stimmen gestorbener geliebter Personen hörte...

Die Stimme ihrer einzigen wahren Liebe.

Doch es war nur eine Halluzination. Shinanai war nicht tot, sondern lebte noch und rief sie aus irgendeiner Niederwelt – die *Aidoru* hatte erst gestern ein Konzert in Kobe gegeben. Lady Death würde sich nicht von ihrem eigenen Bewußtsein zum Narren halten lassen, würde sich nicht in den Tod fügen, auch wenn er sich als Liebe maskiert hatte.

»Nein!« schrie sie und hielt sich die Ohren zu, um den Gesang nicht mehr hören zu müssen. Doch ihre Hände fuhren durch ihren Kopf und verschwanden in ihm, ohne auf die Festigkeit einer lebenden Gestalt zu stoßen. Erschrocken riß sie die Hände auseinander.

Und dann blitzte eine ganze Reihe von Bildern vor ihren Augen auf...

Dark Father sah zu, wie Szenen aus seinem Leben an seinem geistigen Auge vorbeihuschten. Es war, als sehe er sich einen Trideofilm über die Höhen und Tiefen seines Lebens an, wobei die einzelnen Szenen wie im Traum ineinander übergingen. Wie zuvor, als sein Herz nach dem Angriff des Kopfgeldjägers zu schlagen aufgehört hatte, sah er sich die Flashbacks mit einer Mischung aus Erstaunen und Furcht an.

Er sah sich als kleinen Jungen – als *menschlichen* Jungen – auf dem Griffith-Anwesen, wie er auf seinem Pony mit seinen Brüdern und Schwestern durch das Gelände ritt. Er durchlebte noch einmal die erste Manifestation der Krankheit im Alter von vierzehn und die Scham und das Entsetzen, als man ihn dabei überrascht hatte, wie er die Leiche des Familienhundes gegessen hatte. Er sah sich, wie er in das abgelegene Internat gefahren wurde, wo er den Rest seiner Jugend mit den gleichermaßen heimgesuchten Sprößlingen anderer wohlhabender Familien verbracht hatte, und die vergeblichen Versuche des Ärzteteams, das ihn zu heilen versucht hatte. Er sah sich als jungen Mann in den Zwanzigern während seiner ruhelosen Jahre, in denen er die Welt auf der Suche nach einem Magier oder Schamanen bereist hatte, der ihn von seiner Vorliebe für Menschenfleisch heilen konnte. Dann in den Dreißigern, als er das Glück der Ehe erlebt hatte und Vorsitzender des Aufsichtsrats von einem der pharmazeutischen Konglomerate der Griffith geworden war.

Er erlebte noch einmal die Nacht, als Anne ihren Sohn geboren hatte – ein mißgestaltetes Ungeheuer von einem Kind, das schon bei der Geburt alle Wesensmerkmale der Goblinisierung gezeigt und auch demonstriert hatte, indem es seiner Mutter ein blutiges Stück aus der Brust gebissen hatte, als sie es stillen wollte. Dann wurde er in rascher Folge noch einmal Zeuge von Annes Wut darüber, daß er ihr seine Krankheit verschwiegen hatte, von ihrer Scheidung und den einsamen Jahren, die folgten, nachdem ihr Sohn Chester auf ein Internat geschickt worden war. Mit lebhafter Klarheit sah er die Konfrontation vor zwei Jahren, als Chester, der mittlerweile ein Teenager war, den Besuch bei seinem Vater nach einem weiteren Streit über die Notwendigkeit, die Tatsache, daß er ein Ghul war, zu verheimlichen, abrupt abgebrochen und geschworen hatte, nie wieder ins Internat und zum Familienbesitz zurückzukehren. Und er sah wie aus weiter Ferne den beinahe tödlichen Angriff des Kopfgeldjägers in jener Nacht im Krankenhaus.

Der Kopfgeldjäger...

Dark Father warf einen Blick auf seine Brust, sah aber nicht das von Kugeln durchlöcherte Fleisch und das blutverschmierte Hemd, die er erwartet hatte. Seine Brust bestand aus skelettschwarzen Knochen in einem locker sitzenden schwarzen Anzug, und um seinen Hals baumelte immer noch die Galgenschlinge. Er schien sich immer noch fest in seiner Matrix-Persona zu befinden. Was keinen Sinn ergab. Wenn der andere Decker, den er in der Unterhaltungsgrube bekämpft hatte, sein Deck hatte abstürzen lassen, hätte er in seinem fleischlichen Körper erwachen müssen – falls er tatsächlich noch lebte. Doch falls er tot war oder starb...

Dark Father schauderte, als er an den stechenden Schmerz dachte, der ihn durchzuckt hatte, bevor der Gargyl und die Unterhaltungsgrube verschwunden waren. Hatten ihn die Kopfgeldjäger ein zweites Mal gefunden? Lag er in diesem Augenblick im Büro seines Familiensitzes, während das Blut und damit das Leben aus seinem Körper rann? Was geschah mit jemandem, der starb, während sein Geist in der Matrix war? Wanderte seine Seele dorthin?

Er konnte seinen Körper nicht mehr spüren oder irgendeine Verbindung zu ihm herstellen. Und sein Leben war gerade noch einmal an ihm vorbeigezogen. Daraus konnte er nur schließen, daß er verletzt war oder starb. Und das weckte ein Gefühl des Zorns in ihm. Er wollte nicht auf diese Art sterben. Nicht jetzt. Nicht ohne Antworten auf die Fragen, wer der Kopfgeldjäger war und wohin Chester verschwunden war. Und er wollte auch nicht, daß die Welt sein Geheimnis erfuhr, wenn seine Leiche gefunden wurde. Er mußte sich wieder ins Reich der Lebenden zurückkämpfen wie vor einem Jahr, als der Kopfgeldjäger auf ihn geschossen hatte.

Als Dark Father sich gerade wappnete, um eine letzte geistige Anstrengung zu unternehmen, die Verbindung mit seinem Körper wiederherzustellen, fiel von irgendwo über ihm ein Licht auf ihn. Es war so hell wie ein Scheinwerfer und hüllte Dark Father ein, als sei er eine winzige Mücke, so daß die Umrisse seines dunklen Körpers kraß hervorgehoben wurden. Plötzlich stellte er fest, daß er sich in dem Lichtstrahl erhob und langsam der Lichtquelle entgegenschwebte. Zuerst ganz allmählich, doch dann immer schneller. Bald raste er aufwärts und einer ständig expandierenden Quelle grellweißen Lichts entgegen…

Bloodyguts versuchte seine Rutschpartie den leuchtend weißen Datenstrom hinab aufzuhalten, doch nichts funktionierte. Seine Utility-Programme waren nutzlos. Er hatte versucht, sie zu aktivieren, doch es war ihm nicht gelungen. Sein direktes neurales Interface schien ebenfalls im Eimer zu sein, oder vielleicht hatte auch sein RAS den Geist aufgegeben. Aus welchem Grund auch immer, er konnte seinen fleischlichen Körper nicht mehr spüren.

Und das hätte ihn zu Tode ängstigen müssen. Doch statt dessen spürte er Empfindungen, die nicht die seinen waren. Es war wie auf einem BTL-Trip – das Gefühl, keine Kontrolle mehr zu haben. Die Emotionen, mit denen sein Verstand gefüttert wurde, vermittelten ihm ein Gefühl großen Friedens und intensiven Glücks. Der Einheit mit dem Multiversum. Und sie schienen sich zu verstärken, je weiter er dieser verrückten Datenbahn folgte und sich dem leuchtenden Lichtpunkt näherte, zu dem sie führte. Er fragte sich, ob es seinen

Verstand buchstäblich sprengen und ihm das Hirn aus den Ohren tropfen würde, wenn das Erlebnis seinen Höhepunkt erreichte.

Etwas flackerte in dem Licht vor ihm, und Bloodyguts riß den Kopf herum, um es zu betrachten. Drek! War das Jocko? Die menschliche Gestalt war wegen der immensen Lichtquelle hinter ihr nicht mehr als eine gesichtslose Silhouette. Doch sie hatte Jockos breite Schultern und seine vertraute krumme Haltung, und sie stand mit zur Seite geneigtem Kopf da und warf gelegentlich den Kopf in den Nacken, um die Dreadlocks nach hinten über die Hörner zu schleudern, wie Jocko es immer getan hatte. Und als sie die Hand hob, um lässig zu winken, funkelten die Chromklingen auf den Rücken der schwarzen Lederhandschuhe, die Jocko immer getragen hatte.

»Hoi, Yograj!« rief die Gestalt mit einer Stimme, die durch Echo und Hall an Volumen gewann. »Willkommen im verheißenen Land.«

Bloodyguts' Augen weiteten sich bei der Benutzung seines wirklichen Namens. Er hatte ihn seit Jahren nicht mehr benutzt und sorgfältig alle Spuren seines früheren Lebens beseitigt, als er mit dem Decken angefangen hatte. Er bezweifelte, daß jemand in der Lage gewesen sein konnte, den Decker Bloodyguts mit dem Chiphead Yograj Lutter in Verbindung zu bringen. Und doch hatte jemand genau das getan. Jemand mit dem Körper, den Eigenarten und der schleppenden Sprechweise seines Chummers Jocko. Dieser Jemand war entweder ein ziemlich cleverer Decker… oder Jocko selbst.

Aber Jocko war tot. Und das bedeutete…

Hatte die Jaguar-IC wirklich seinen Herzschlag angehalten? Lag er im Augenblick ohne Puls und mit starren Augen auf dem Boden seines Tenochtitláner Hotelzimmers?

Das helle Licht, die vertraute Stimme – er hatte all

das schon einmal erlebt, als der BTL-Chip ihn erledigte. Er hatte seinen Körper verlassen und auf sich herabgestarrt, wie er in der abfallübersäten Gasse auf der Matratze lag. Dann war er in einen Tunnel aus Licht aufgestiegen. Damals hatte es kein Begrüßungskomitee gegeben, keinen Freund, der ihn zu sich auf die andere Seite winkte. Furcht hatte ihn überwältigt, und er war vor dem Tod zurückgewichen – hatte seine Seele zurück in seinen mißbrauchten, schmerzenden Körper gezwängt.

Diesmal wartete Jocko am anderen Ende des Tunnels auf ihn. Doch Bloodyguts war noch nicht bereit zu sterben. Er hatte noch so viel zu tun. Er konnte Jocko noch nicht gegenübertreten, solange er den Tod seines Chummers erst halb gerächt hatte. Er würde Jocko nie in die Augen schauen können.

»Nein!« tobte Bloodyguts. Seine Persona wehrte sich gegen das Licht, schlug mit ihren geisterhaften Armen und Beinen um sich. »Ich bin noch nicht so weit! Laß mich in Ruhe!«

Dann verschwand der Tunnel aus Licht.

Die Welt kollabierte wieder zu einem perfekten Stecknadelkopf. Sie/Er war ein Punkt, eine einzelne Zelle. Ohne Gedanken, ohne Empfindung. Sie/Er war ganz einfach.

Ein Ruck. Teilung. Sie/Er war doppelt so groß wie zuvor, aber immer noch winzig, unfähig zu denken. Und dann kamen mehr ruckhafte Teilungen, mehr Spaltungen, mehr Verdopplungen. Wie ein Ballon, der sich mit göttlichem Atem füllte, expandierte sie/er und wuchs.

Jetzt faltete sich eine Lage Zellen, mehrere Tausend von ihnen, zu einer zusammenhängenden Traube mit schleppendem Stengel zusammen. Sie spezialisierten sich, bildeten eine einzigartige Struktur. Wurden immer komplexer, da sie sich in voneinander getrennte Abschnitte differenzierten. Entwickelten Windungen, die ihr/ihm die Fähigkeit gaben zu…

Sie/Er dachte. *Träge zuerst, eine bloße Bewußtheit von Empfindungen. Des Treibens in einer Flüssigkeit, davon, auf allen Seiten von warmen weichen Wänden umgeben zu sein. Von irgendwo aus der Ferne kam der Laut eines gedämpften Herzschlags. Er erinnerte sie/ihn, daß sie/er noch einen anderen Körper besaß, eine andere Gestalt. Woanders, draußen. Jenseits der Dunkelheit, die sie/ihn einhüllte.*

Der Gedanke wurde von einer unsichtbaren Hand fortgeschwemmt.

Die Veränderungen setzten sich fort. Tief innerhalb der Zellzusammenballungen, aus denen ihre/seine winzige Gestalt bestand, bildeten sich komplexere Strukturen. Eine Vielheit von Neuronen nahm Gestalt an, bildete Wurzeln aus und verband sich zu einem komplizierten und verschachtelten Netz. Und mit jeder neuen Verbindung wurden ihre/seine Gedanken klarer, schneller, reiner – besser, als sie zuvor gewesen waren.

Zuvor?

Irgendwie hatte sie/er das Gefühl, daß all das schon einmal passiert war. Doch diesmal wurden das Wachstum und die Entwicklung von etwas anderem als Zufall und genetischem Code gesteuert. Eine höhere Intelligenz lenkte das Wachstum jedes Neurons und jeder Synapsenverbindung. Diesmal war die Struktur, die sich bildete… vollkommen.

Als die Vollkommenheit erreicht war, kam der Vorgang zu einem Ende. Sie/er hing schwerelos da, in perfektem Einklang mit ihrem/seinem Schöpfer verbunden. Die Gedanken von beiden – Mutter/Vater und Kind – vibrierten in perfekter tonaler Harmonie. Das weiche resonante Summen bildete sich zu Gedanken-Worten aus.

Es wird Zeit für deine Wiedergeburt.

Ein Ruck. Jähe Bewegung. Sie/Er wurde durch einen Tunnel gestoßen, weiterbefördert von heftigen Kontraktionen der weichen Wände, die sie/ihn umgaben. Es schmerzte, es drückte, es riß sie/ihn herum… und doch war es irgendwie richtig. Irgendwie war es an der Zeit. Freude wartete am

Ende dieses Tunnels. Freude und Licht. Eine ganze neue Welt.

Doch als sein/ihr Kopf aus dem Tunnel auftauchte, als die Welt ringsumher Gestalt annahm, veränderte sich etwas. Die sanften, führenden Hände wurden zu krallenbewehrten Klauen, die sich in ihren/seinen Schädel hakten und sie/ihn aus dem sicheren warmen Ort zogen und mit dem Schock eines kalten, harten Klapses in eine alptraumhafte Welt warfen…

09:47:03 PSZ

(10:47:03 MSZ)
Cheyenne, Sioux Nation

Das jähe Ausloggen hatte Kimi schwindlig gemacht. Sie stützte sich mit einer Hand an der Wand ab und fragte sich, wie viele Sekunden bereits vergangen waren. Hatte das Experiment bereits begonnen? Doch in dem Flur gab es keine Uhr.

Sie lief in den Umkleideraum und holte den Bogen und die Pfeile aus ihrem Spind. Der Bogen sah wie ein Spielzeug aus, aber eine Reihe winziger Flaschenzüge in seinem Fiberglasrahmen verlieh ihm eine Zugkraft von fünfzehn Kilo. Wenn Kimi ihn voll spannte, durchschlug sogar ein Pfeil mit einem Gummisaugnapf die Sojabohnensäcke, an denen sie übte. Die Pfeile, die sie heute mit in die Krippe gebracht hatte, waren jedoch etwas Besonderes. Unter dem dünnen Gummisaugnapf war eine teflonbeschichtete Keramikspitze verborgen.

Sie war scharf, würde Raymond Kahnewake jedoch nicht wirklich verletzen. Ihm nur Angst einjagen. Es war nur ein Spiel.

Kimi rannte durch den Flur des FTL-Gebäudes zu der Reihe mit den Expreßaufzügen, die zu den oberen Etagen führten. Die glänzende schwarze Oberfläche der Fahrstuhltüren spiegelte den Flur hinter ihr wider. Der

Boden war eine durchsichtige Schicht Plexiglas über Navajo-Sandmalereien, und in die Wände waren dreidimensionale Holos von irokesischen Masken ›falscher Gesichter‹ eingearbeitet. Auf dem Flur befanden sich keine Erwachsenen – im Moment. So weit, so gut.

Endlich öffneten sich die Fahrstuhltüren. Kimi huschte hinein und drückte auf das Icon für den siebzehnten Stock. Die Türen schlossen sich mit einem Seufzer, und der Fahrstuhl raste mit einem schrillen Jaulen los. Seine hohe Beschleunigung rief das vertraute Gefühl in Kimi hervor, daß sich ihr der Magen umdrehte. Sie schloß die schwitzende Hand fester um ihren Bogen und legte den Pfeil auf die Sehne. Dann kaute sie auf ihrer Unterlippe, während aus dem Lautsprechersystem des Fahrstuhls gedämpftes Trommeln und leiser Singsang drangen. Die leise Musikuntermalung sollte beruhigen, doch Kimi war zu angespannt. Sie warf einen nervösen Blick auf die Überwachungskamera und versuchte schelmisch zu lächeln, wie der große Geist es ihr aufgetragen hatte.

Der Aufzug hielt nicht an, sondern fuhr bis zum siebzehnten Stock durch. Kimi betrat den Flur, dessen Wände so gestaltet waren, daß sie wie rosa Sandstein aussahen. Auf beiden Seiten erstreckte sich eine Reihe von Bürotüren.

Kimi wandte sich nach rechts und schlich mit klopfendem Herzen auf Zehenspitzen über den Plüschteppich. Sie bog um eine Ecke und wäre fast mit der Wache zusammengestoßen, die ihr entgegenkam. Sie stieß einen leisen Schrei aus und ließ den Pfeil von der Sehne fallen. Die Wache, eine Orkfrau in uniformblauer Hose und frisch gestärktem weißen Hemd mit Abzeichen der Adlerfeder-Sicherheit auf den Schultern, bückte sich, um den Pfeil aufzuheben. Kimi starrte die Wache an, dann die schwere Pistole im Halfter an ihrer Hüfte und die Fernsprecheinheit, die über eines ihrer spitzen Ohren gehakt war. Sie versuchte überallhin zu schauen, nur nicht auf den Pfeil, den die Wache in einer riesigen Hand hielt. Konnte die Frau sehen, daß dieser Pfeil anders war?

Die Wache lächelte und gab ihr den Pfeil zurück. »Heya, Kimi. Wieder auf dem Kriegspfad? Auf wen machst du heute Jagd?«

Kimi schluckte. Sie versuchte ihre Hände zu zwingen, nicht zu zittern, als sie den Pfeil nahm und wieder auf die Sehne legte. »Auf meine Mom«, sagte sie, und ihre Stimme klang beinahe ebenso piepsig wie die ihrer Matrix-Persona. »Ihr Büro ist gleich dort vorn den Flur entlang.«

»Gute Jagd«, sagte die Wache. Dann ging sie weiter.

Eine Woge der Erleichterung überflutete Kimi. Dann fiel ihr wieder ein, wie wenig Zeit sie hatte. Wahrscheinlich war es ohnehin bereits zu spät. Die anderen Kinder würden mittlerweile mit dem Experiment begonnen haben. Sie lief durch den Flur zum letzten Büro auf der linken Seite und lugte durch die halb geöffnete Tür.

Raymond Kahnewake hatte die Füße auf seinen Schreibtisch gelegt, der mit Speicherchips übersät war. Er war in ein Deck eingestöpselt und offensichtlich dabei, etwas zu programmieren. Seine Augen zuckten hinter seinen geschlossenen Lidern hin und her, und manchmal zuckte einer seiner Finger, wenn er einen Befehl ausführte. Er war ein großer Mann mit einem dichten Schopf schwarzer Haare, die auf der einen Seite abrasiert waren, so daß seine Datenbuchsen zu sehen waren. Er trug das Äquivalent der Sioux Nation zu einem Geschäftsanzug: eine hirschlederne, mit Hermelinfell besetzte Hose und ein maßgeschneidertes rehledernes Hemd mit Perlenstickereien auf der Vorderseite.

Kimi hob den Bogen und zielte auf das karoförmige Muster auf dem Hemd. Es war eine perfekte Zielscheibe.

Als spüre er etwas, loggte sich Raymond Kahnewake plötzlich aus und öffnete die Augen. Er zuckte überrascht zusammen, als er Kimi in der Tür stehen sah. Dann lächelte er. »Heya, Kleine«, sagte er mit tiefer Stimme. »Was machst du…?«

Kimi erinnerte sich daran, was der große Geist ihr gesagt hatte. *Er ist wie ein Virus*, sagte sie in Gedanken auf. *Ich starte ein komplexes Programm gegen ein Computervirus, genau wie in der Matrix. Es ist nur Schau. Um ihn zu verängstigen.*

Bei dem Wissen, daß alles nur ein Spiel war, fühlte sie sich gleich besser. Sie schoß den Pfeil ab. Er bohrte sich durch die Perlen auf Raymond Kahnewakes Brust, und der dünne Gummiüberzog wurde zerfetzt, als die verborgene Keramikspitze zustach. Der Programmierer starrte schockiert auf den ›Spielzeugpfeil‹, der bis zum Gefieder in seiner Brust verschwunden war. Er versuchte sich vorzubeugen, aber die Pfeilspitze saß fest in der Lehne des Plastikstuhls in seinem Rücken. Die Bewegung bohrte den Pfeil noch tiefer in seine Brust, und er grunzte vor Schmerzen.

»Wer bist…? Warum…?« Dann hustete er, und ein feiner Sprühregen aus Blut befleckte seine Lippen.

Kimi stand einen Augenblick wie angewurzelt da, wie hypnotisiert von dem Anblick. Dann wurde ihr klar, daß es doch kein Spiel war. Der Mann sah aus, als sei er verletzt.

Sie ließ den Bogen fallen und lief durch den Flur.

Die Ork-Wache schaute Kimi nachdenklich hinterher, als diese an ihr vorbeilief und in die leere Fahrstuhlkabine sprang, die immer noch auf dieser Etage wartete. Die Wache winkte noch einmal freundlich, während Kimis Hand zur Bedienungsleiste des Aufzugs zuckte. Als Kimi das Icon drückte, das den Fahrstuhl nach unten beförderte, hörte sie die Wache etwas rufen.

»Hey, Kimi! Du hast deinen Bogen…«

Die Fahrstuhltüren schlossen sich.

Als der Aufzug sich in Bewegung setzte und Kimi das Gefühl hatte, der Magen springe ihr in die Kehle, stöpselte sie hektisch ihr Glasfaserkabel in die Telekomeinheit, die in einer Wand der Aufzugkabine installiert war. Sie schob das andere Ende des Kabels in ihre Datenbuchse und zog sich in die Matrix zurück. Dies war die ›wirkliche‹ Welt. Hier fühlte sie sich sicher. In einer konstruierten Welt aus Icons und Programmen, wo Personas einfach zu Flimmern verblaßten, wenn sie starben. Wo sie einen nicht mit anklagendem Blick und blutigen Lippen anstarrten. Wo die schnellsten und cleversten immer den nächsten Tag erlebten… auch wenn sie starben.

Entschlossen sagte sie sich, daß der Mann, auf den sie soeben einen Pfeil abgeschossen hatte, nicht wirklich starb. Der Pfeil war nicht mehr als eine Illusion. Nur ein Konstrukt. Ein Icon. Er hatte ihn nicht wirklich verletzt. Doch seine weit aufgerissenen Augen und blutigen Lippen suchten Kimi heim wie eine Programmschleife…

Sie aktivierte ihre Zeitmeß-Utility und sah, daß es 10:49:45 hiesiger Zeit war. Sie hatte getan, was der große Geist von ihr verlangt hatte, aber hatte sie es auch noch rechtzeitig getan? Sie glaubte es im Grunde nicht. Und hatte der große Geist das wirklich beabsichtigt? Hatte sie Raymond Kahnewake wirklich *verletzen* sollen?

Gereizt und unsicher folgte sie dem vertrauten gitterähnlichen Labyrinth der Matrix zu dem Ort, wo sie und ihre Freunde einander Botschaften hinterließen. Doch sie wurde von einer Mauer aus zuckenden Blitzen aufgehalten. Sie hing wie ein knisternder Vorhang vor dem Portal, das sie benutzen wollte, verwischte die Ränder des irisierenden Luftschleusen-Icons und stieß Kimi zurück in den Datenstrom, dem sie gefolgt war.

Und das war seltsam. Der Blitzvorhang war eindeutig eine Barriere. Doch Daten flossen hindurch. Dies war eine Hochgeschwindigkeitsbahn, die zu öffentlichen Daten führte. Jeder konnte diesen Teil der Matrix betreten – nicht nur Technoschamanen wie sie. Eine Barriere an dieser Stelle ergab überhaupt keinen Sinn.

Kimi schwamm die Datenbahn zurück und versuchte es aus einer anderen Richtung. Das Portal, vor dem dieser Weg endete, sah wie eine runde Metalluke aus. Doch als Kimi die Hand ausstreckte, um das Rad zu drehen, welches den Verschluß der Luke öffnete, schoß wie beim erstenmal ein Vorhang aus Blitzen hoch und versperrte ihr den Weg. Vorsichtig berührte sie den Blitzvorhang mit ihren Teddybär-Tatzen und versuchte, einen Weg hindurch oder darum herum zu finden. Dies war ein Programm, das sie nicht kannte. Es entsprach keinem der Muster in ihrem Speicher. Es zu berühren, schadete ihr offenbar in keiner Weise, aber die Barriere weigerte sich hartnäckig, sie passieren zu lassen. Und doch flossen Daten ungehindert aus einer Reihe angeschlossener Datenbahnen durch das Portal. Und auch…

Ein anderer Decker – eine Art Zeichentrickfigur mit einem blauen Umhang und einem hautengen roten Anzug – rauschte durch den Blitzvorhang, als existiere er nicht. Das Rad an der Luke drehte sich, und das Portal öffnete sich und ließ ihn ein. Aber die Barriere hielt Kimi immer noch zurück. Sie hatte sich irgendwie verschoben, um ihr den Weg zu versperren. Kimi lugte hindurch und sah eine wirbelnde rötliche Finsternis in der Öffnung, kurz bevor die Luke sich wieder schloß. Und dann hörte sie den Decker schreien.

Kimi schauderte. Das war unheimlich. Sie hatte Angst.

Eine zweite Gestalt näherte sich Kimi auf der Datenbahn. Sie erkannte die verkrümmte grüne Gestalt von Inchworm. Der Wurm hatte sein übliches rührseliges Grinsen aufgesetzt, aber seine unzähligen Arme winkten erregt. Er stoppte vor der Barriere und hielt Kimis dicken, pelzigen Arm fest.

»Etwas ist schiefgegangen, Suzy Q«, sagte er mit fröhlicher Stimme, die in krassem Gegensatz zu seiner offensichtlichen Bestürzung stand. »Das Experiment hat nicht funktioniert. Nach einer Minute ist alles... falsch gelaufen.«

Ein Gefühl der Kälte breitete sich in Kimis fleischlichem Körper aus. »Falsch?« fragte sie. Sie warf wieder einen Blick auf die Barriere des leuchtenden Blitzvorhangs vor dem geschlossenen Portal. War das alles ihre Schuld? Ihr Angriff auf Raymond Kahnewake war zu spät erfolgt, und jetzt würde sie der große Geist nicht mehr lieb haben.

»Keiner von uns hat mehr Zugang zum Seattler RTG«, fuhr Inchworm fort. »Etwas hält uns fern.«

Kimi sah die Barriere stirnrunzelnd an. »Aber andere Decker kommen durch. Diese Zeichentrickfigur...«

»Ja, ich weiß. Aber sie kommen nicht wieder heraus.« Er stieß einen Seufzer der Besorgnis aus. »Ich wünschte nur, ich wüßte, was dort vorgeht. Meine neue Freundin Pip versucht herauszufinden, was los ist. Aber sie muß eine Schnecke benutzen. Und obwohl sie Sahne mit einer Tastatur ist, dauert das eine ganze Weile.«

In der Welt des Fleisches spürte Kimi, wie der Fahrstuhl anhielt und sich die Türen öffneten. Sie öffnete die Augen und war eine schmerzhaft lange Sekunde durch die doppelten Bilder verwirrt, die ihr Hirn empfing: Inchworms Icon vor dem leuchtenden Gitter der Matrix – und der Flur, der zur Krippe führte. Ihr wurde klar, daß sie instinktiv das Icon für den ersten Stock und nicht das der Lobby gedrückt hatte.

»Ich muß gehen«, sagte sie zu Inchworm. Ohne seine Antwort abzuwarten, loggte sie sich aus, griff nach dem Glasfaserkabel, das sie mit der Telekomeinheit verband, und stöpselte es aus. Doch genau in diesem Augenblick jaulte eine Alarmsirene los. Die Bedienungsleiste des Fahrstuhls erlosch, und die Türen erstarrten in geöffneter Stellung.

Kimi bekam Herzklopfen. Hatten sie herausgefunden, was sie getan hatte? Suchten die Sicherheitsleute sie bereits? Sie schaute hoch zu der Überwachungskamera des Fahrstuhls, konnte jedoch nicht erkennen, ob sie in Betrieb war oder nicht. Unsicher, was sie jetzt tun sollte, trat Kimi rasch in den Flur.

Dann flog die Tür des Spielzimmers auf, und Kinder schossen heraus, manche immer noch mit ihren Lacrosse-Schlägern aus Schaumstoff in der Hand. Kimi schloß sich ihren Krippenkameraden an, die durch den Flur zur Feuertreppe liefen. Die Kinder waren aufgeregt und redeten laut durcheinander, da sie zu erraten versuchten, was der Alarm zu bedeuten hatte.

Die Kinder liefen die Treppe herunter und in die Lobby des FTL-Gebäudes, durch die mit grimmiger Entschlossenheit Sicherheitsleute stürmten. Eine der Wachen führte die Kinder durch die Lobby in einen sicheren Bereich, wo sie sich im Falle eines Alarms sammeln sollten. Kimi blieb bei den anderen Kindern, bis die Wache nicht hinsah, dann stahl sie sich durch eine Seitentür, die in das unterirdische Parkhaus führte. Nachdem sie eine Treppe heruntergegangen war, stand sie vor einer Metalltür mit einem Sicherheitsschloß in der Klinke.

Sie gab den Passcode ein, der den Versiegelungszustand des Gebäudes außer Kraft setzte – sie hatte diesen Passcode selbst in das System eingegeben –, und ging durch die Tür in ein Treppenhaus, das hinauf zu dem parkähnlichen Gelände draußen führte. Dann lief sie so schnell wie das Licht von dem FTL-Gebäude weg und in den hellen morgendlichen Sonnenschein.

09:47:09 PSZ

Seattle, Vereinigte Kanadische und Amerikanische Staaten

Timea Gelasso schritt die Reihen der Kinder ab, die vor den Computerterminals saßen und deren Augen sich hinter geschlossenen Lidern bewegten, da sie beobachteten, wie sich die Matrix vor ihnen entfaltete. Die raschen Augenbewegungen unter den geschlossenen Lidern erinnerten sie an die Gesichter von Träumenden. Abgesehen davon, daß Matrix-User aufrecht und sehr wach dasaßen und ihre Körper leicht zuckten, da sie auf die Stimuli der virtuellen Welt reagierten, in der sich ihr Verstand aufhielt.

Die in die Decks eingebauten RAS-Overrides erfüllten ihre Aufgabe und hielten die fleischlichen Körper der Kinder davon ab, die Befehle körperlich in die Tat umzusetzen, die ihre Hirne den Computern übermittelten. Die RAS-Overrides unterdrückten die neuralen Signale des Hirns auf die gleiche Art, wie die Impulse eines Träumenden unterdrückt wurden. Ab und zu versagten sie, aber richtige ›Deckwandler‹ waren selten. Und in dieser Gruppe gab es keine. Diese Kinder schienen alle die sensorischen Stimuli der Matrix still zu genießen.

Timea runzelte die Stirn. Sie genossen sie ein wenig zu still. Seit vielleicht einer Minute hatte keines der Kinder mehr auch nur mit der Wimper gezuckt. Ihre Augen bewegten sich nicht, als starrten sie auf etwas direkt vor ihnen...

Timea schüttelte das unbehagliche Gefühl ab. Es war nur ein Zufall, daß alle die Augen gleichzeitig nicht bewegten. Den Kindern ging es ganz ausgezeichnet.

Das Dutzend Kinder in dem Raum stellte eine Mischung verschiedener Rassen dar. Die meisten waren Menschen, aber auch die anderen Metatypen der Erwachten Welt waren vertreten. Wahrscheinlich wußten sie, daß sie in diesem Teil der Stadt nicht willkommen waren, aber das Versprechen der Klinik hatte sie dennoch hergelockt. Und wahrscheinlich hatten sie in ihrem kurzen Leben schon Schlimmeres erlebt als ein paar rassistische Verunglimpfungen. Zum Beispiel das schlanke Elfenmädchen, dessen zierliche spitze Ohren das Elektrodennetz einfaßten, das seinen Kopf umgab. Die Wunde am Knöchel sah wie ein Biß aus und war vermutlich entzündet. Und der stämmige Trolljunge, der am Terminal neben dem ihren saß, hatte eine faltige Narbe auf der Wange, möglicherweise die Folge eines Streifschusses. Die Hörner an seinen Schläfen hatten gerade erst angefangen zu knospen. Er konnte nicht älter als sechs sein.

Die anderen beiden Metas waren ein untersetzter Zwerg, der vornübergebeugt auf einem ramponierten Vinyl-Stuhl saß und dessen Gesicht bereits mit nur acht Jahren einen flaumigen Bartwuchs erkennen ließ, sowie ein Orkjunge. Das Alter des Orkjungen war wegen seines knorrigen Gesichts und der wulstigen Brauen schwerer zu schätzen. Timea mußte sich auf das Wort seines Vormunds verlassen, daß er zwischen sechs und zwölf war, wie es von den Wohltätern der Freien Computerklinik Shelbramat zur Auflage gemacht worden war.

Darüber mußte Timea lächeln. Wohltäter. Wohl eher Nutznießer.

An manchen Tagen, so wie heute, hatte sie Zweifel in bezug auf ihren Job. Sicher, sie half den besten und intelligentesten Kindern, den schmutzigen Straßen Redmonds zu entkommen. Aber die brennenden Fragen blieben. Warum antwortete keines der für das Internat Shelbramat ausgewählten Kinder jemals auf ihre E-Mails? Warum lehnte der Schuldirektor, Professor Halberstam, jedesmal höflich, aber bestimmt ab, wenn sie fragte, ob sie die Anlage besuchen könne? Mittlerweile wäre sie längst unangemeldet vorbeigegangen, wäre das Shelbramat hier in Seattle ansässig gewesen und nicht im Freistaat Kalifornien.

Timea hatte ihre Vermutungen. Das ›Internat‹ war vermutlich wenig mehr als eine Fassade für einen Konzern, der die nächste Generation begabter Kinder rekrutierte und als Decker arbeiten ließ. Die ›Schüler‹ verbrachten vermutlich ihre Zeit damit, für den Konzern Shadowruns auszuführen und Daten von der Konkurrenz zu stehlen. Es waren Kinder aus den Barrens und von der Straße, und als solche waren sie entbehrlich. Auch wenn ihr Hirn von schwarzem Ice gegrillt wurde, würden sich ihre Eltern vermutlich nicht beschweren. Nicht bei dem enormen Zuschuß, den die gesetzlichen Vormunde bekamen, sobald ein Kind in das Internat aufgenommen wurde. Und was für den Konzern das Beste daran war – er konnte jede Verbindung zu den Kindern ableugnen. Wahrscheinlich wußten sie nicht einmal, daß sie arbeiteten, geschweige denn für wen.

Sie wurden benutzt.

Doch welche Alternative gab es?

Timea betrachtete eines der Mädchen, ein Mensch von etwa zehn Jahren. Die ordentlich geflochtenen Zöpfe mit den leuchtend rosa Bändern standen im krassen Gegensatz zu der zerrissenen Kleidung und den schmutzigen Kunstledersandalen. Das Mädchen erinnerte Timea an sie selbst im gleichen Alter – ein mageres verwahrlostes Kind mit ebenholzfarbener Haut und Augen, die bei jedem Erwachsenen wachsam nach Anzeichen für Verrat suchten. Timea hatte den Verdacht, daß die Geschichte des Mädchens eine Kopie ihrer eigenen war: den Vater nach einer Überdosis BTL verloren, ein Bruder verbrannt, nachdem aus einem vorbeifahrenden Wagen eine Brandbombe geworfen worden war, eine Mutter, die jede Nacht dasaß und über die Vergeblichkeit ihrer Bemühungen weinte, die Familie in der zerfallenden urbanen Landschaft zusammenzuhalten, aber noch genügend Hoffnung besaß, um ihrer Tochter rosa Bänder in die Zöpfe zu flechten. Doch das linke Handgelenk dieses Mädchens war nicht wie Timeas von einem schwach sichtbaren Narbengeflecht entstellt…

Sie schüttelte die Erinnerung ab und konzentrierte sich auf das Hier und Jetzt. Die Verantwortung, für ihre alternde Mutter und ihre beiden jüngeren Schwestern – von ihrem eigenen zwei Jahre alten Sohn Lennon ganz zu schweigen – zu sorgen, ruhte jetzt allein auf Timeas Schultern. Sie brauchte diesen Job. Und sie hatte verdammt hart gearbeitet, um ihn zu behalten, hatte nicht nur ihre Fähigkeiten als Decker geschult, sondern auch ihren Wortschatz aufpoliert und die Gossenausdrücke aus ihrem Vokabular gestrichen. Eines Tages würde sie die Stelle als Konzerndecker bekommen, von der sie immer geträumt hatte. Dann würde ihre ganze Familie aus dem Drek heraus sein.

Die Kinder, die infolge der Tests, die Timea mit ihnen anstellte, für das Internat Shelbramat ausgewählt wurden, wurden dort wahrscheinlich anständig behandelt. Die Pinkel hatten schließlich Grund, nett zu sein, sagte sie sich. Der Konzern würde aus einem zufriedenen Kind, dem es Spaß machte, in der Matrix zu ›spielen‹, mehr Kapital schlagen können als aus einem verängstigten Sklaven, der sich nur widerwillig einstöpselte.

Die Kinder aßen gut und hatten Spaß, und ihre Lebenserwartung hatte sich wahrscheinlich trotz der Gefahren, die sie in der Matrix erwarteten, mehr als verdoppelt. Timea brauchte sich wegen ihrer Arbeit nicht schuldig zu fühlen.

Und der Job bot ganz gewiß Vergünstigungen über die Nuyen hinaus, die sie verdiente: uneingeschränkter kostenloser Matrixzugang, und der Arbeitgeber übernahm die Kosten für alle notwendigen körperlichen Modifikationen. Die erste war eine Datenbuchse gewesen. Die nächste hatte Timea dabei helfen sollen, sich in dieser rauhen Gegend zu behaupten: ein Arm mit einziehbaren Messerklauen.

Die Freie Computerklinik befand sich in der Squatter's Mall, ursprünglich ein schickes Einkaufszentrum, aber mittlerweile ein Paradies für Seattles SINlose. Ganze Familien lebten in den leerstehenden Geschäften, während Gangmitglieder BTL-Chips, Drogen und illegale Waffen in den Hinterzimmern verkauften. Die eigentliche Klinik befand sich im siebten Stock eines ehemaligen Bürogebäudes in der Galerie. Die zahlreichen Gangs, die in Gängen und Fluren darunter herumschlichen, hatten sich darauf geeinigt, daß die Klinik neutrales Gelände war. Die Gangs wechselten sich sogar darin ab, sie zu bewachen und zu verteidigen. Die letzte Person, die versucht hatte, eines der teuren Cyberdecks der Klinik zu stehlen, war mit einem Glasfaserkabel um den violetten Hals in einem der nicht mehr funktionierenden Aufzugschächte in der Galerie gefunden worden.

Timea warf einen Blick auf das Gangmitglied, das heute den Klinikeingang bewachte. Ein Weißer, aber dennoch gutaussehend mit seinen sinnlichen, spöttischen Lippen und den dunklen Haaren, deren ölige Kringel aus dem Gesicht gekämmt waren. Er war wahrscheinlich noch keine zwanzig, aber seine wissenden Augen ließen ihn viel älter aussehen. Er bewegte sich, um seine Muskeln zu zeigen, machte eine suggestive Bewegung mit der schweren Warhawk-Pistole in seiner Faust und zwinkerte Timea zu. Obwohl sie sich mit ihren über zwanzig Jahren alt vorkam, war Timea noch nicht so verkalkt, daß sie nicht zurückflirten wollte. Der Bursche war nicht gerade aus dem Holz geschnitzt, das einen Vater für Lennon abgab, aber vielleicht war er gut im…

Die Kinder fingen an zu schreien.

Das Gangmitglied nahm eine geduckte Haltung an, die Pistole im Anschlag, während seine Augen den Raum nach einer Gefahr absuchten. Timea fuhr zu den Kindern herum. Sie saßen alle kerzengerade auf ihren Stühlen, starr und zitternd. Ihre Münder waren geöffnet, die Zähne zum klassischen Grinsen der Furcht gebleckt. Und sie schrien. Schrien mit einem schrillen Entsetzen, das Timea bis ins Mark erschütterte.

Und ihre Augen starrten immer noch unter geschlossen Lidern geradeaus...

Timea lief zu dem nächsten Jungen, kniete sich neben ihn und preßte ihm zwei Finger gegen den Hals, da sie nach einem rasenden Puls oder anderen Anzeichen für eine Biorückkopplung suchte. Sie griff nach dem Kabel, das das Elektrodennetz des Jungen mit dem Cyberdeck auf dem Tisch vor ihm verband. Sollte sie ihn ausstöpseln? Was, zum Teufel, ging da vor?

Timeas Verstand ging die Möglichkeiten durch, während die Kinder weiterschrien. Die Decks, die sie benutzten, waren kalt. Der sensorische Input war nicht größer als der einer SimSinn-Einheit aus dem Ladenregal. Schwarzes Ice konnte ihnen nicht gefährlich werden, falls sie auf welches stießen, sondern höchstens eine vorübergehende Benommenheit hervorrufen. Aber sie würden alle unter einem ziemlichen Auswurfschock leiden, wenn Timea sie einfach ausstöpselte...

Die Kinder schrien immer weiter.

Zwei weitere Gangmitglieder kamen mit gezogenen Waffen in den Raum gerannt.

»Was'n los?« bellte einer. »Warum schreien die Bälger so?«

»Keinen Schimmer«, rief Timea zurück, wobei sie unwillkürlich in die Ausdrucksweise der Straße verfiel, bevor sie sich korrigieren konnte. »Ich muß mich einstöpseln, um es herauszufinden.«

Das Gangmitglied, das mit Timea geflirtet hatte, hob seine Pistole und gab einen Schuß in die Decke ab, bei dem die anderen beiden zusammenfuhren. »Hoi! Haltet alle das Maul!« schrie er die Kinder an.

Die Kinder zuckten mit keiner Wimper.

Timeas Augen verengten sich. »Sie können dich nicht hören«, rief sie. »Sie sind in der Matrix. Irgendwas dort läßt sie völlig ausflippen.«

Komisch, daß alle Kinder auf einmal betroffen waren. Die Personas der Kinder hätten eigentlich über die ganze Matrix verstreut sein müssen, da sie ihre bescheidenen Fähigkeiten an verschiedenen Systemen erprobten. Sie würden nicht alle in denselben Knoten gestolpert sein. Oder?

Das älteste Gangmitglied richtete seine Aufmerksamkeit auf den Flur vor der Tür. »Cool bleiben«, sagte er zu den anderen. »Die Bälger sind vielleicht nur eine Ablenkung. Vielleicht werden wir angegriffen.«

Das Mobiltelekom an Timeas Hüfte fing an zu vibrieren. In dem Geschrei konnte sie das leise Klingeln nicht hören. Instinktiv nahm sie es und hielt es sich ans Ohr, wobei sie sich einen Finger in das andere Ohr steckte, um überhaupt etwas hören zu können. Sie erkannte die Stimme des Anrufers sofort. Die Stimme eines älteren Mannes, forsch und präzise.

»Timea? Was geht da vor?«

»Mr. Halberstam?«

»Irgend etwas stört eine Reihe unserer... Schüler«, fuhr der Direktor fort. »Das Problem scheint seinen Ursprung im Seattler RTG zu haben. Welche Reaktionen erleben Sie an Ihrem Ende?«

»Ich... Die Kinder...« Timeas Blick huschte über die schreienden Kinder. Ihre Körper zuckten und wanden sich jetzt, da ihr Entsetzen die RAS-Overrides überforderte. Was tat ihnen das an?

Es gab nur eine Möglichkeit, wie Timea es herausfinden konnte. »Ich werde mich einstöpseln«, sagte sie zum Direktor.

»Auf keinen Fall!« bellte Halberstam. »Wir haben bereits zwei Decker verloren, die sich Zugang zum Seattler RTG verschaffen wollten. Versuchen Sie...«

Timea sprang vor und ließ dabei das Telekom fallen. Aber sie war nicht schnell genug, um das Gangmitglied aufzuhalten, das zuvor den Schuß abgegeben hatte. Er musterte die Kinder mit finsterer Miene und schüttelte den Kopf über ihr Geschrei, dann trat er vor und riß dem nächsten Kind das Elektrodennetz vom Kopf – dem Elfenmädchen. Das Mädchen fiel wild um sich schlagend vom Stuhl und blieb krampfhaft zuckend auf dem Boden liegen, ohne die Tisch- und Stuhlbeine zur Kenntnis zu nehmen, gegen die ihre Glieder stießen.

»Nein!« schrie das Mädchen. »Nimm sie weg! Sie beißen mich. Nimm sie weeeeg!«

»Bist du völlig durchgeknallt!« schrie Timea das Gangmitglied an. »Warum hast du sie ausgestöpselt?« Sie schob ihn beiseite, bevor er den Schaden wiederholen konnte, den er angerichtet hatte. Dann ging sie zu dem Mädchen und versuchte es daran zu hindern, mit Armen und Beinen gegen die Wand zu schlagen.

»Nimm sie weg!« jammerte das Mädchen.

»Was soll ich wegnehmen?« Timea hielt die Handgelenke des Mädchens fest und wich ihren um sich tretenden Beinen aus. »Da ist nichts an dir!«

»Teufelsratten!« kreischte das Mädchen. Ihre offenen Augen huschten hin und her; sie beobachteten einen privaten Horror, den nur sie sehen konnte. »Sie sind in der ganzen Wohnung, Ma. Sie beißen mich...«

»Timea!« erscholl es aus dem Mobiltelekom, das noch auf dem Boden lag. »Das klingt so, als leide das Kind an einer psychotischen Episode. Welche anderen Manifestationen von...«

Timea griff nach dem einzigen Cyberdeck in dem

Raum mit einem DNI-Anschluß. »Ich gehe online«, schrie sie ins Telekom. »Nur so kann ich herausfinden, was los ist.«

Sie funkelte das Gangmitglied an, das höhnisch zurückgrinste, da seine Männlichkeit beleidigt worden war. Er sah längst nicht mehr so gut aus. Nur noch dumm.

Timea spannte die Armmuskeln, und die Messerklauen in ihrem Arm glitten heraus und dann wieder herein. »Komm nicht auf die Idee, mich auszustöpseln«, sagte sie grimmig zu ihm. »Falls du nicht Bekanntschaft mit diesen hier machen willst.«

Sie rammte sich den Stecker in die Buchse in ihrer Schläfe und loggte sich in dem Zeitraum zwischen zwei Herzschlägen in das Seattler RTG ein.

Die Klinik verschwand.

09:48:00 PSZ

Der warme, umhüllende Tunnel, durch den er geglitten war, verschwand plötzlich, so daß Red Wraith plötzlich in einer Leere schwebte. Noch vor einem Augenblick hatte er ein Gefühl des Einsseins mit einer Intelligenz verspürt, die größer als seine eigene war, eine Verbindung mit etwas, das größer und mächtiger war als er – etwas, das ihn an der Hand nehmen und in eine wunderschöne neue Welt führen würde.

Jetzt hatte sich dieses Versprechen in nichts aufgelöst. Red Wraiths Freude und Entzücken wichen einem überwältigenden Gefühl der Klaustrophobie und Furcht, da die Intelligenz, die ihn geführt hatte, sich irgendwie in etwas Finsteres und Unheilverkündendes *verwandelt* hatte. Obwohl er von tintiger Schwärze umgeben war, hatte Red Wraith das Gefühl, daß irgend etwas ihn beobachtete, einschätzte, seine Gedanken untersuchte und all das heraussuchte, was unwürdig und schmutzig war…

Linien erschienen und rissen ihn aus seinen ängstlichen Grübeleien. Zuerst waren sie nicht mehr als vage Andeutungen von Grau in der tintigen schwarzen Leere. Dann wurden sie heller und verbanden sich zu einer geometrischen Figur mit kastenförmiger Gestalt – einem Tesserakt mit Red Wraith in der Mitte. Die ›Räume‹ des Tesserakts wurden stofflicher und füllten sich mit Gegenständen. Jeder war detailliert eingerichtet und einzigartig: ein Militärbüro in London, eine Penthousewohnung in Berlin, die Sauna eines privaten Türkischen Bades, ein Parkhaus in einer Pariser Eigentumswohnanlage, ein Dachgarten in der Konzernarcologie von Seader-Krupp in Essen, das Innere einer Limousine, die durch die Straßen von Antwerpen rollte, eine Villa in den Bergen über Athen – und alle kamen ihm auf bestürzende Weise bekannt vor…

In jedem dieser Räume bewegte sich eine schattenhafte Gestalt. Zuerst wirkten die Gestalten geisterhaft, und Red Wraith fragte sich kurz, ob der Tesserakt eine Art Knoten war, in dem sich auch noch andere Decker aufhielten. Dann wurden die Gestalten ebenfalls stofflich. Obwohl er eigentlich hätte unfähig sein müssen, sich an sie zu erinnern, erkannte Red Wraith sie sofort.

Jede von ihnen war tot – politische Führer und prominente Persönlichkeiten, die umzubringen dem Cyberattentäter Daniel Bogdanovich aufgetragen worden war. Zwar waren alle an ihrem Körperbau und an ihrer Kleidung zu erkennen, doch sie trugen alle Daniels Gesicht wie eine Gummimaske über ihrem eigenen, was ihnen eine furchtbare und erschreckende Gleichförmigkeit verlieh.

Red Wraith nahm eine Abwehrhaltung an, als die Gestalten sich näherten. Sie kamen von oben, von unten und von allen Seiten, jeder aus einem anderen Raum des Tesserakts. Red Wraith wandte sich hierhin und dorthin und fragte sich, wer wohl zuerst angreifen würde.

Ohne Vorwarnung spürte er einen dumpfen Schlag im Nacken, der seinen Kopf vorwärtsrucken ließ. Während ihm das Blut den Rücken hinunterlief, wurde ihm klar, was geschehen war. Die Schädelbombe an seinem Halsansatz war explodiert und hatte ihn vollkommen gelähmt. Er war noch auf den Beinen, konnte aber nur noch erstarrt dastehen und hilflos zusehen, wie seine Angreifer immer näher kamen...

Der erste war derjenige aus dem Büro des britischen Verteidigungsministeriums, in dem die Wandprojektion einer Karte der ehemaligen Europäischen Gemeinschaft für eine Hintergrundbeleuchtung sorgte. Der Minister, der eine fesche graue Uniform trug, die mit Orden dekoriert war, hatte zunächst neben seinem Schreibtisch auf dem Boden gelegen und war dann aufgesprungen. Jetzt marschierte er auf Red Wraith zu, den Spazierstock unter einen Arm geklemmt, während sein Kopf infolge des Karateschlags, der ihm den Hals gebrochen hatte, hin und her schwankte. Sein Schritt war sicher, aber automatenhaft, ein schlurfendes Torkeln. Doch seine Hände waren noch voll funktionsfähig und monströse Konstruktionen aus blauem Waffenstahl. Als sie sich um Red Wraiths Hals schlossen, spürte er, wie seine Halswirbel knackten und splitterten...

Der Verteidigungsminister verschwand.

Der deutsche Handelsattaché kam als nächster. Er trat in Hausmantel und Pantoffeln aus seiner Penthousewohnung, einen Schwenker mit dem Cognac in der Hand, der mit 200 Milligramm Strychnin versetzt worden war – die doppelte Menge, die erforderlich war, um einen Mensch zu töten. Sein Gesicht war schmerzverzerrt, und hin und wieder mußte er stehenbleiben, da sein Körper sich infolge der Krämpfe krümmte, die das

Gift hervorrief. Doch irgendwie gelang es ihm, sich Red Wraith zu nähern, und irgendwie vermied er es, etwas von dem Cognac in dem Schwenker zu verschütten, um den sich seine dicken Finger geschlossen hatten.

Der deutsche Handelsattaché zwang mit einer Hand Red Wraiths Mund auf und goß die bernsteinfarbene Flüssigkeit in den Hals seines gelähmten Opfers. Red Wraith würgte und spie und spürte, wie ihm heißer Cognac wie Speichel aus den Mundwinkeln lief, war aber dennoch gezwungen zu schlucken. Binnen Sekunden tat das Strychnin seine Wirkung und sandte krampfartige Schmerzwellen durch seinen ganzen Körper. Seine Eingeweide fühlten sich an, als seien sie mit Säure gefüllt, ein wogendes Meer, auf dem Rasierklingen trieben, deren scharfe Kanten in seine Magenwände schnitten. Sein Blickfeld verschwamm vor Tränen, da die Schmerzen unerträglich wurden…

Der Handelsattaché verschwand.

Der russische Policlubführer trat aus dem Dampfbad, den muskulösen jungen Körper in ein Handtuch gewickelt. Seine feuchten Locken rahmten durchdringend intelligente blaue Augen ein, die Red Wraith aus der Maske seines eigenen Gesichts anstarrten. Die untere Gesichtshälfte war eine blutige Ruine. Ein Teil seines Kiefers baumelte herab, nur noch von einigen Fleischfetzen gehalten; hier war die Kugel ausgetreten, die ihn im Hinterkopf getroffen hatte. Er hielt eine Kanone in der rechten Hand – eine Walther PB-120, die einschließlich des Schalldämpfers nur aus Fiberglas und Plastik bestand, Materialien, auf die ein Metalldetektor nicht reagierte. Während superheißer Dampf seine Unterschenkel umwirbelte, hob der Policlubführer die Pistole, zielte und schoß. Obwohl Red Wraith direkt in den Lauf der Waffe schaute, traf ihn die Kugel irgendwie von hinten und zerriß seine untere Gesichtshälfte in einer blutigen Explosion aus Haut, Zahnfleisch und Zähnen.

Der Policlubführer verschwand wie die beiden anderen Männer vor ihm.

Angreifer folgte in rascher Folge auf Angreifer, und jeder tötete Red Wraith so, wie dieser ihn getötet hatte. Doch der letzte – der griechische Finanzminister – war nicht damit zufrieden, Red Wraith mit dem Sporn in seinem Stiefelabsatz die Kehle durchzuschneiden. In dem Augenblick, als die Stahlklinge seine Haut durchdrang, verwandelte er sich in ein Abbild von Lydia, deren Kehle in einem obszönen roten Grinsen klaffte, das ein Spiegelbild von Red Wraiths eigener Wunde war. Sie versuchte zu sprechen, Red Wraith Koseworte zuzuflüstern. Doch dann schoß Blut aus ihrer Kehle und bespritzte ihn. Und als sie starb, begegnete Lydias Blick seinem – anklagend, verletzt, haßerfüllt…

Unfähig, es auch nur noch eine Sekunde länger zu ertragen, schloß Red Wraith die Augen und unterdrückte ein gequältes Stöhnen. Dann klammerte er sich an den Funken Entschlossenheit, der noch in ihm steckte. Er weigerte sich zu leiden, so zu sterben. Das war alles nur eine alptraumhafte Halluzination, ein Totenbett-Konstrukt, mit dem ihn sein eigenes Unterbewußtsein quälte, während er sich am Rande des Todes befand. Er sammelte den Rest Willenskraft, der ihm noch geblieben war, und wehrte sich, indem er sich zwang, die Hände zu heben und mit ihnen in einer Geste trotziger Ablehnung Lydia wegzuschieben.

Seine geisterhaften Hände fuhren durch sie hindurch. Und das gab Red Wraith eine Idee. Seine Persona ähnelte einem Gespenst, einer wesenlosen Gestalt aus rotem Nebel. Er hatte sein Maskenprogramm so gestaltet, daß es ihm gestattete, wie ein Geist durch Wände zu gehen. Vielleicht konnte er es benutzen, um aus dem Tesserakt zu entkommen, der ihn jetzt einschloß.

Er schüttelte die letzten Nachwirkungen der Lähmung ab und warf sich vorwärts in den Raum, der dem

Büro des Verteidigungsministers nachempfunden war. Er trat auf die Kartenprojektion an der Rückwand zu, wurde kurz von ihr aufgehalten – und glitt dann hindurch, als sei sie nicht vorhanden.

Er war entkommen!

Doch die Szene, in der er sich wiederfand, war in der Tat grimmig...

Lady Death lag auf den zerknitterten Laken des Hotelbetts. Sie waren naß, aber warm. Sie zupfte schwach mit einer Hand daran und sah, daß sie mit leuchtendem Rot befleckt waren. Dasselbe Rot bedeckte ihre Finger und ihre nackten Beine.

Grelles Licht – wie es in Operationssälen benutzt wird – strahlte von oben herab. War das das Licht, dem sie noch vor einem Augenblick entgegengerast war? Mit einem harschen Glanz überzog es die Wände des Zimmers, die in einem sterilen Weiß gehalten waren, das nur von medizinischen Geräten und Monitoren unterbrochen wurde. Das Zischen einer Klimaanlage überzog Lady Deaths Haut mit einer eisigen Kälte und brachte den stechenden Geruch von Medizin und Desinfektionsmitteln mit sich.

Dutzende von Gestalten hatten sich um ihr Bett versammelt. Jede war Shinanai – und doch wieder nicht Shinanai. Die Haut der einen war ein wenig zu rötlich, das Haar einer anderen ein wenig zu kurz oder über den Ohren zu lang. Die leuchtende Schminke der einen hatte den falschen Blauton, und die Augen der nächsten waren zu oval. Wieder eine bewegte sich zu abrupt – nicht so fließend und elegant wie Shinanai –, während das Lachen einer anderen zu rauh und hart war.

Die Nicht-Shinanais hatten sich um das Bett versammelt und fummelten mit kalten Fingern an Lady Deaths Haaren, Kleidung und Haut herum. Alle hielten Spritzen mit Nadeln von der Dicke ihres kleinen Fingers und Flüssigkeitskammern von der Größe einer Sprudelflasche in den Händen. Biegsame Gummischläuche führten wie Trinkhälme von den Flüssigkeitskammern zu ihren Mündern.

Nachdem sie ihre Haut so lange betatscht hatten, bis sie eine Vene fanden, versenkten sie die Spitzen der Nadeln mit schmerzhaftem Einstich in Lady Deaths Haut und zogen dann den Kolben zurück. Die Kammern füllten sich mit Blut, das die Vampire gierig durch die Schläuche aufsogen, so daß ihr Fahlweiß einem schmutzigen Rosaton wich. Während sie tranken, lächelten sie Lady Death beruhigend zu, wobei Blutstropfen über geteilte Lippen perlten. Gelegentlich unterbrach ein Vampir den Trinkvorgang und bückte sich, um Lady Deaths wachsbleiche Haut mit einem blutigen Lippenabdruck zu zeichnen. Ihre Küsse waren sanft, wurden jedoch mit distanzierter Förmlichkeit verabreicht – etwa so wie die Gutenachtküsse, die Hitomi von ihren Eltern bekommen hatte.

Lady Death starrte hilflos und schwach zu den Vampiren empor. Obwohl sie nur unvollkommene Nachbildungen Shinanais waren, wußte ein Teil von ihr, daß diese Wesen sie liebten. Was sie ihr antaten, war zu ihrem eigenen Besten. Es war eine Behandlung, eine Lebenskur. Ein Gnadentod...

Lady Death erkannte, daß sie nicht mehr klar denken konnte, und schüttelte benommen den Kopf. Was war geschehen? Sie hatte ein helles Licht gesehen und Shinanais Stimme gehört, und dann waren Szenen aus ihrer Kindheit und Jugend an ihr vorbeigezogen, unglaublich schnell wie eine Trideoaufzeichnung im Bildsuchlauf: Hitomi, wie sie in der exklusiven, den Kindern der Execs vorbehaltenen Tagesstätte in der Shiawase-Arcologie gespielt hatte; wie ihre Aufseher den Privatlehrer zusammenschlugen, der dabei erwischt worden war, wie er Hitomi Unterricht in einem nicht erlaubten Fach erteilte – dem Zungenkuß; wie sie vergeblich versucht hatte, die Aufmerksamkeit ihrer Eltern zu erregen, indem sie immer schockierendere Mode und Körperschmuck getragen hatte; wie sie in der Nacht des Konzerts des Black Magic Orchestra ihren Aufsehern entwischt und hinter die Bühne geflohen war, um Shinanai kennenzulernen. Die letzte Szene hatte in dem Hotelzimmer in Seoul stattgefunden, wo Shinanai sie geliebt hatte. Und dann war sie hier aufgewacht, in einem Zimmer, das eine sonderbare Mischung aus dem Hotelzimmer in Seoul und der Privatklinik ihrer Familie war...

Das Entsetzen kehrte zu Lady Death zurück, als ihr wieder einfiel, daß sie starb. Die Vampire rings um ihr Bett nahmen eine gräßliche Färbung an, da das Deckenlicht erlosch und ihre Gesichter von unten beleuchtet wurden. Die schattenhaften Gestalten flatterten im Dämmerlicht um das Bett herum – nur die scharfen Stiche der Nadeln, die sie in Lady Deaths bebendes Fleisch stachen, verrieten ihr, wo sie waren. Sie lag in grimmiger Erwartung des nächsten Stichs da, unfähig, sich zu bewegen, weil sie der Blutverlust so geschwächt hatte.

Plötzlich kam ihr ein Gedanke: *Die echte Shinanai wird mich retten.* Doch Lady Death wußte sofort, daß dies eine falsche Hoffnung war. Sie war hier in dieser Niederwelt zwischen Leben und Tod gefangen, während die *Aidoru* in der wirklichen Welt ebenso in Sicherheit war wie Hitomis Aufseher und jeder andere, der sie hätte retten können. Sie war ganz auf sich allein gestellt. Sie war in ihrem eigenen schlimmsten Alptraum gefangen – in den nicht einmal Shinanai eingreifen konnte.

Eine winzige Blume des Zorns blühte ganz tief im innersten Kern von Lady Death auf. Sie würde es ihnen zeigen. Sie war noch ein Teenager, aber sie hatte schon einmal in ihrem jungen Leben den Tod besiegt. Sie konnte es wieder schaffen.

Sie langte nach dem Arm des Vampirs, der ihr am nächsten war, und schlug ihm die Spritze aus der Hand. Blut spritzte aus der Nadel und zeichnete ein unregelmäßiges Muster an die weiße Wand. Lady Death mobilisierte ihre letzten Kraftreserven, richtete sich in dem Bett auf, schlug und trat mit Händen und Füßen nach den verbliebenen Vampiren und schrie dabei, so laut sie konnte. Erstaunlicherweise wichen sie zurück. In diesem Sekundenbruchteil sprang sie aus dem Bett und taumelte zur Tür. Doch sie war verschlossen. Der Knopf ließ sich nicht drehen.

Lady Death sah sich verzweifelt um, während die Vampire sich langsam mit erhobenen Spritzen näherten und Drohungen zischten. In dem Zimmer gab es noch eine andere Tür, sah sie jetzt. Doch daran war ein Schild mit einer Aufschrift befestigt: dem Wort ›Leichenhalle‹. Lady Death war sicher – obwohl sie nicht sagen konnte, woher dieses Wissen stammte –, daß diese Tür nichts Lebendes passieren konnte. Doch rein technisch gesehen war sie kein lebendes Wesen. Das Matrix-Icon, in dem ihre Seele gegenwärtig wohnte, war das einer toten Frau, eines Selbstmordopfers.

Lady Death warf sich förmlich gegen die Tür und riß am Knopf. Anders als der erste ließ dieser sich mühelos drehen. Die Tür öffnete sich, Lady Death stürzte hindurch und schlug sie in dem Augenblick zu, als die Vampire sie erreichten. Sie sah, daß die Tür mit einem Riegel versehen war, legte ihn vor und sperrte damit die Vampire auf der anderen Seite aus.

Sie drehte sich um, und empfand unsagbare Erleichterung, als sie erkannte, daß sie sich von dem Alptraum befreit hatte, in dem sie noch vor einem Augenblick gefangen war.

Doch die Landschaft, zu der die Tür führte, war

keine, die sie freiwillig betreten haben würde, hätte sie eine andere Wahl gehabt...

Dark Father war allein an einem Ort, der vollständig finster, still und reglos war. Der Übergang war dramatisch, abrupt. Vor Sekunden war er von Freude umgeben gewesen, von einem wunderbaren Licht, das immer näher kam, und von sanftem, tröstendem Gemurmel. Jetzt gab es nur noch Dunkelheit, Stille und Furcht.

Dark Father versuchte sich zu bewegen, stellte aber fest, daß seine Arme und Beine sofort gegen Wände stießen. Er lag mit dem Rücken auf einer harten Oberfläche, die mit einem gepolsterten, seidigen Stoff bedeckt war. Er versuchte sich aufzurichten, doch sein Kopf stieß gegen eine Decke, die nur ein paar Zentimeter über seiner Nase war. Wände, ebenfalls mit gepolsterter Seide ausgekleidet, umgaben ihn auf allen Seiten, nur wenige Zentimeter von seinem Körper entfernt.

Plötzlich wurde Dark Father klar, wo er sich befand. Der winzige Raum, der wie eine Kiste war, die mit Seide ausgeschlagenen Wände, die absolute Stille, in der sein Herz laut und wie rasend schlug... er konnte sich nur in einem Sarg befinden. War er gestorben? Hatte man ihn begraben? Hatten die Ärzte sich von seinem Ghulkörper täuschen lassen und ihn für tot gehalten, obwohl er noch lebte, und ihn dann irrtümlich verscharrt?

Mehrere hilflose, panikerfüllte Sekunden kämpfte Dark Father gegen sein Gefängnis an und trat gegen die Sargwände. Er krallte sich in die Seide, bis ihm die Fetzen ins Gesicht hingen, und schlug mit den Handflächen gegen den Sargdeckel.

»Das ist ein Irrtum!« schrie er. »Ich lebe noch! Laßt mich raus!«

Doch seine Bemühungen waren vergeblich. Der dumpfe Hall seiner Schläge und Tritte war nicht laut genug, um Aufmerksamkeit zu erregen, wenn er tatsächlich beerdigt war und der Druck von mehreren hundert Pfund Erde auf dem Sargdeckel lastete. Und jetzt wurde die Luft in dem Sarg schal, da Dark Father die letzten Reste in seine keuchenden Lungen sog…

Er schloß die Augen vor der Dunkelheit und ballte die Fäuste. Es mußte einen Ausweg geben. Mußte. Doch im Innersten seines Wesens wußte er, daß es hoffnungslos war. Seine Chancen, dieser Hölle zu entrinnen, waren ungefähr so groß wie die, wieder ein Mensch zu werden.

Ein leises Kratzgeräusch veranlaßte ihn, die Augen zu öffnen. Er lag vollkommen still da und lauschte, den Kopf auf die Seite gelegt, während er seine gesamte Aufmerksamkeit auf das Geräusch richtete. War das wirklich das Geräusch von jemandem, der grub? Waren seine Rufe und Schläge gehört worden?

Die Grabgeräusche wurden lauter und kamen näher. Jetzt konnte er hören, wie etwas Scharfes über den Sargdeckel kratzte, dann klickte es, als der Deckel geöffnet wurde. Vor Glück weinend, fing er an zu lachen, als Licht durch den Spalt der Öffnung fiel. Er richtete sich auf, um seinen Retter zu umarmen.

Dann fiel ihm vor Überraschung die Kinnlade herunter. »Chester?« fragte er.

Sein Sohn starrte zu ihm herab. Erdklumpen fielen von seinen langen Fingern – er hatte seine ungestutzten Krallen benutzt, um den Sarg auszugraben. Obwohl seine Gesichtszüge so afro-amerikanisch waren wie Dark Fathers eigene, hatte Chesters Haut einen fleckigen fahlweißen Farbton. Seine Augen tränten, und er scheute vor dem Sonnenlicht zurück, das matt von seinem haarlosen Schädel reflektiert wurde. Der Junge war erst achtzehn, aber der ghulische Makel war so stark an ihm, daß er bereits wie ein Mann über dreißig aussah.

»Hallo, Vater«, sagte Chester. Dann grinste er und zeigte dabei spitze Zähne.

»Was ist mit mir passiert, Chester?« fragte Dark Father. »Wie hast du…«

Das war merkwürdig. Jetzt, wo Dark Fathers Augen sich an das schmerzhaft helle Sonnenlicht gewöhnt hatten, konnte er seine Arme und Beine sehen. Statt der gräulichen Haut, die er erwartete hatte, sah er schwarze Knochen in einem locker sitzenden schwarzen Anzug. Die Galgenschlinge hing noch um seinen Hals, und seine Augen lagen im Schatten des Randes seines Zylinders, den er auf dem Kopf trug.

»Was ist…? Wo…?«

War er immer noch in der Matrix? Aber das hier kam ihm alles so wirklich vor. Ohne die Verbindung zum Körper, ohne die subtilen Hinweise, die das RAS nicht ganz herausfiltern konnte, war SimSinn von der Realität nicht zu unterscheiden. Doch wenn das hier die Matrix war, was tat dann Chester darin?

»Das ist eine gute Frage, Vater«, antwortete der jugendliche Ghul. »Die Antwort ist ziemlich simpel: Ich habe Hunger.«

Chester warf sich vorwärts und krallte mit seinen dreckverkrusteten Händen nach Dark Fathers Brust. Der Stoff seines Anzugs riß und enthüllte Fetzen grauer Haut, die noch an seinen Skelettrippen hingen. Der Junge machte sich wie rasend darüber her und zerriß sie mit seinen spitzen Zähnen. Brennende Schmerzen schossen durch Dark Father, als er spürte, wie ihm das Fleisch von den Knochen gerissen wurde. Doch die Schmerzen waren nichts im Vergleich zu seiner emotionalen Qual. Sein eigener Sohn machte sich über ihn her, als sei er ein Kadaver. Das war Wahnsinn! Verrat!

»Laß mich in Ruhe!« heulte Dark Father. Er wehrte

sich und versuchte Chester wegzustoßen, doch seine Arme waren nach seinem Aufenthalt in der Enge des Sargs noch verkrampft. Und Chester war jung und stark. Jetzt konnte Dark Father seine Knochen knacken hören, als Chester sie durchbiß und das Mark aus ihnen sog, als seien sie mit Sirup gefüllte Strohhalme.

Vor Angst zitternd, hechtete Dark Father aus dem Sarg und kletterte aus dem flachen Grab, in dem er verscharrt worden war. Chester kletterte ihm nach und stopfte sich dabei ein Stück von Dark Fathers Fleisch in den Mund.

»Gib es zu!« schmatzte Chester hämisch. »Du bist genau wie ich. Ein Fleischfresser. Ein Ghul.«

»Nein!« heulte Dark Father. Er taumelte über ein Feld aus weicher dunkler Erde. Chester lief ihm nach, und seine Krallenhände rissen an Dark Fathers zerfetzter Jacke.

Dark Father sah sich auf der Suche nach einem Fluchtweg hektisch um. Doch sein Alptraum wurde noch intensiver. Schnatternde Stimmen umgaben ihn, als er plötzlich von Ghulen umringt war, in deren Augen hungrige Gier stand; ihre Krallenhände waren erhoben und bereit. Und alle sahen wie eine ghulische Kopie des Kopfgeldjägers aus, der vor einem Jahr auf ihn geschossen hatte...

Von einem Ring geifernder Ghule umzingelt, blieb Dark Father stehen. Verzweifelt riß er seine Jacke auf und wandte sich an den nächsten.

»Laßt mich in Ruhe!« heulte er. »Ich bestehe nur aus Knochen. An meinem Körper ist kein Fleisch mehr. Ich bin tot. Ihr könnt euch nicht von mir ernähren!«

Die Ghule zögerten. Mehrere senkten die Hände. Doch Chester trat vor und beäugte seinen Vater kritisch.

»Wenn du tot bist, gehörst du in die Erde«, sagte er. Die anderen Ghule lachten und kamen wieder näher.

»Ich...« Dark Father spürte, wie der Boden sich unter

ihm bewegte. Ein Blick nach unten zeigte ihm, daß seine Füße bis zu den Knöcheln mit Erde bedeckt waren. Er schien in der Erde zu versinken. Als er aufschaute, sah er, daß die Ghule zögerten. Einige starrten verwirrt auf den Boden, als fragten sie sich, wo Dark Father seine Füße versteckt hatte. Doch Chesters Aufmerksamkeit war immer noch unerschütterlich auf seinen Vater gerichtet.

»Kommt schon«, sagte er zu den anderen Ghulen. »Es wird Zeit, ihn zu erledigen.«

Die Ghule sprangen voller Vorfreude lachend vorwärts.

Dark Father tat das einzige, was ihm einfiel. Er ging in die Hocke und fing an, in der weichen Erde zu scharren. Wenn er sich mit Erde bedeckte, würden die Ghule ihn vielleicht nicht mehr sehen. Es war ein verzweifelter Plan und ungefähr so logisch wie der Gedanke eines Kindes, das glaubte, wenn es die Augen schließen würde, könne es niemand mehr sehen. Aber die Alternative war der Tod…

Erstaunlicherweise schien es zu funktionieren. Als Dark Father sich wie ein gejagtes Tier in der Erde vergrub, schauten die Ghule plötzlich verwirrt drein und zogen einer nach dem anderen ab. Nach kurzer Zeit war nur noch Chester übrig. Und dann, als Dark Father endgültig im Boden untertauchte, verschwand er ebenfalls.

Weiche Erde umgab Dark Father. Einen Moment lag er still. Dann bemerkte er ein Licht unter sich. Er grub ein wenig tiefer, und ein Loch öffnete sich unter ihm. Er zog sich empor und kletterte hindurch und an die Oberfläche, da die Schwerkraft sich plötzlich umkehrte. Das Loch, durch das er gerade geklettert war, lag jetzt unter ihm.

Er hatte es geschafft – sich von der alptraumhaften Konfrontation mit seinem Sohn befreit.

Doch der Ort, zu dem ihn das Loch geführt hatte, schien kaum besser zu sein als derjenige, den er gerade verlassen hatte...

Ein Summer ertönte, und der weiche warme Tunnel, der ihn umgab, verschwand. Bloodyguts lag bäuchlings auf dem Rücken eines galoppierenden Pferdes, direkt vor dem Reiter – einem asiatischen Ork in einer schmutzigen Schafsfellweste, einer Lederhose und weichen Lederstiefeln. Eine der Hände des Reiters hielt Bloodyguts' Hemd auf dem Rücken fest und preßte ihn gegen den Sattel. Das Sattelhorn grub sich bei jedem Ruck in seinen Bauch, und das Blut strömte in seinen Kopf, der zwischen seinen ausgestreckten Armen hin und her schwankte. Die verchromten Hufe des Pferdes wirbelten eine wallende Staubwolke auf. Dreck, dem der Geruch nach Pferdeschweiß anhaftete, verklebte Bloodyguts' Nasenlöcher.

Bloodyguts stöhnte und hob den Kopf ein wenig. Er sah andere Reiter – ebenfalls Orks und ähnlich gekleidet wie der erste –, die wie aus Leibeskräften hinter seinem Pferd hergaloppierten. Ihre Westen flatterten im Wind. Obwohl die Orks so aussahen, als seien sie direkt einer Trideodokumentation über die alten Mongolen entsprungen, waren mehrere ganz offensichtlich vercybert. Einer trug eine verspiegelte Rundum-Sonnenbrille, ein anderer ein T-Shirt der Metaband Darwin's Bastards und militärische Kampfstiefel. Jedes Pferd war mit einer großen weißen Nummer bemalt. Die Reiter trugen eine entsprechende Nummer in Schwarz auf ihrer Schafsfellweste.

Sie schienen das Pferd zu verfolgen, auf dem Bloodyguts lag. Die Landschaft ringsum war so flach wie ein Brett, eine riesige Fläche aus hellblauem Plastik mit aufgedruckten Schaltkreisen – ein gigantischer Simchip. Irgendwo spielte ein Orchester. In der Luft lagen das Donnern von Trommeln, der blecherne Hall von Bronzegongs und das schrille Kreischen von Saiteninstrumenten, die in einer frenetischen Molltonart spielten.

Jeder einzelne Reiter war für SimSinn verdrahtet. Jeder trug ein Netz um den Kopf, aus dem eine flexible Drahtantenne ragte. Die Eindrücke wurden automatisch aufgezeichnet. Bloodyguts sah eine ähnliche Antenne hinter seinem eigenen Schädel wehen und spürte plötzlich den Druck des Netzes an den Schläfen, wo es unter seinen Hörnern festgeklemmt war.

Zorn wallte in ihm auf. Verfluchter Drek – wurde er etwa aufgezeichnet? Er versuchte sich das Netz vom Kopf zu reißen, aber das Stampfen des Pferdes vereitelte seine Bemühungen. Das verdammte Ding schien an seinem Schädel zu kleben.

Bloodyguts versuchte sich aufzurichten – und wäre beinahe vom Pferd gefallen. Nur der feste Griff des Orks bewahrte ihn davor.

Und da wurde ihm klar, daß irgend etwas mit der Perspektive nicht stimmte. In der fleischlichen Welt war der Trolldecker Yograj Lutter fast drei Meter groß und wog annähernd 250 Kilo. Und doch lag er hier quer über dem Rücken eines kleinen zotteligen Pferdes, das kaum größer als ein Pony war. Seine baumelnden Hände und Füße reichtem dem Pferd kaum bis zum Bauch. Im Vergleich zu dem Orkreiter war Bloodyguts nicht größer als ein Kind, obwohl er den kräftigen, muskulösen Körper eines Trolls besaß. Wie sehr er sich auch wehrte, er war einfach nicht stark genug, um zu entkommen…

Einer der anderen Reiter holte das Pferd ein, auf dessen Rücken Bloodyguts lag. Der Ork trat seinem Pferd die Fersen in die Weichen und riß es herum, so daß es gegen die Flanke des anderen Pferdes prallte. Funken stoben, und ein metallisches Jaulen lag in der Luft, als die beiden Pferde zusammenstießen. Dann zog der Verfolger eine Monopeitsche und schlug damit nach dem Ork, der Bloodyguts hielt. Als die haarfeine Faser vorzuckte und im Sonnenlicht glitzerte, hörte Bloodyguts ein lautes Pfeifen und ein feuchtes reißendes Geräusch. Heißes Blut spritzte auf seinen Rücken, als der Reiter sein Hemd losließ und plötzlich nach hinten vom Pferd fiel, wobei sein abgetrennter Kopf in eine und sein Körper in eine andere Richtung flog. Der andere Reiter beugte sich vor, packte Bloodyguts' Hemd und zog ihn auf sein eigenes Pferd. Laut über seinen Sieg jubelnd, dirigierte der Ork sein Pferd mit den Knien in eine andere Richtung, um den anderen Reitern zu entkommen.

Bloodyguts schüttelte den Kopf, da er versuchte, aus alledem schlau zu werden. Es war verrückt. Gerade war er noch durch einen Tunnel aus Licht seinem toten Chummer entgegengeglitten – und dann war er in einem verrückten asiatischen Steppentraum aufgewacht. Die Orks behandelten Bloodyguts, als sei er ein besonders leckeres Stück Fleisch, das sie nach Hause zu ihren Kochtöpfen schaffen wollten…

Und dann wußte Bloodyguts Bescheid. Sein Hirn aktivierte eine vergessen geglaubte Erinnerung, und er verstand das Spiel, in dem er gelandet war. Vor Jahren hatte er einen Film aus dem zwanzigsten Jahrhundert über ein gewalttätiges Spiel gesehen, das die Reitervölker der asiatischen Steppe gespielt hatten. Es war ein Kampfspiel zu Pferd, in dem jeder für sich kämpfte und versuchte, dem anderen ein frisch erlegtes Kalb abzujagen. Gewinner war derjenige, dem es gelang, dieses Objekt über die Grenze eines vorher festgelegten Spielfelds zu schaffen. Der Preis für den Sieg war das Kalb, das gebraten und verspeist wurde.

Dann sah Bloodyguts die gepunkteten Linien auf seinen Händen und Unterarmen. Man hatte seine Haut gezeichnet wie einen Fleischkadaver, und zwar mit

Markierungen, wie sie ein Schlachter für seine ersten Schnitte einzeichnen würde…

In einem anderen Teil des Feldes trafen Reiter in einem Gewimmel aus Pferden und Staub zusammen. In dem Bemühen, einem Konkurrenten auszuweichen, der ihn beinahe eingeholt hatte, war der Reiter, der Bloodyguts trug, gezwungen, sich in die Richtung des Tumults zu wenden. Bloodyguts erhaschte einen flüchtigen Blick auf den Reiter in der Mitte des Durcheinanders, der ebenfalls jemanden quer vor sich liegen hatte. Bloodyguts erkannte die Dreadlocks und Hörner dieses kindgroßen Trolls sofort, obwohl dessen Züge hinter einem SimSinn-Netz verborgen waren. Bloodyguts *wußte*, daß sein Freund tot war, dennoch durchzuckte ihn schreckliche Angst, als er sah, wie einer der Reiter seine Peitsche herabsausen ließ und den Rücken seines Freundes auftrennte.

»Jocko!« rief er.

Jockos Kopf hob sich ein wenig – aber es mochte auch nur die Bewegung des Pferdes gewesen sein, auf dem er lag. Lebte er noch? Bloodyguts wußte es nicht.

Dann glitt Jocko vom Rücken des Pferdes und landete im Staub. Die Reiter sprangen mit erhobenen Peitschen von ihren Pferden. Die Fasern hoben sich und zuckten im Sonnenlicht funkelnd herab. Blutstropfen spritzten, als Jocko zerlegt wurde wie ein erlegtes Wild.

Bloodyguts spürte, wie ein Chip in der Datenbuchse in seiner Schläfe einrastete. Er hatte sich seine Chipbuchse schon vor Jahren dauerhaft versiegeln lassen, aber irgendwie schien der Stöpsel herausgefallen zu sein. Der Chip rastete mit vertrautem Klicken ein – und dann durchzuckten Bloodyguts die Qualen, die Jocko erlitt, und erschütterten ihn bis ins Mark. Er *war* Jocko und lag auf der glatten Oberfläche des BTL-Chips, aus dem die Landschaft bestand, und spürte, wie ihn die Monofasern in Stücke schnitten. Er starb. *Noch einmal.*

»Neeeeiiiin!« Bloodyguts griff nach dem Chip in seiner Buchse, konnte ihn aber nicht herausziehen. Statt dessen zerbrach er, so daß die Schaltkreise in seinem Schädel eingebettet blieben. Dort pochten sie wie ein lebendiges Wesen und sandten Schmerzimpulse durch seinen Körper. Er/Jocko lag auf dem Rücken im Staub und beobachtete sich, wie er in blutige Stücke geschnitten wurde...

Er. Nein, Jocko. Nein, nicht einmal das. Die Matrix-Persona, die Jocko nachempfunden war.

Das ist alles nicht real, sagte sich Bloodyguts. *Das ist ein BTL-Trip. Ein Chiptraum. Ich bin noch in der Matrix, und mein Icon ist das eines Chummers, der längst tot ist. Man kann keine Leiche umbringen. Und genau das bin ich. Eine Leiche.*

Er konzentrierte sich und stemmte sich mit all seiner Willenskraft gegen die starken sensorischen Stimuli, bis sich seine Sinne einer nach dem anderen abschalteten. Sehkraft, Gehör, Geruch, Geschmack – bis nur noch die Schmerzen blieben. Dann waren sie ebenfalls blockiert. Er hing einen Augenblick in der Leere aus nichts, balancierte am Rande des segensreichen Vergessens und konzentrierte sich dann darauf, den Chip aus der Buchse auszuwerfen. Er spürte, wie er herausglitt – zuerst quälend langsam, dann mit einem jähen Ruck. Er wartete noch eine Sekunde, dann gestattete er seinem Tastsinn die Rückkehr. Er empfand keinen Schmerz. Ermutigt aktivierte er auch alle anderen Sinne, einen nach dem anderen. Dann öffnete er die Augen und sah sich um.

Die Orkreiter, ihre Pferde und die Chip-Landschaft waren verschwunden, hatten einfach aufgehört zu existieren, während Bloodyguts in einer Welt ohne Empfindungen und Zeit hing. Er hatte den Chiptraum zum

Absturz gebracht – sich daraus ausgeloggt und eine andere, weniger schmerzhafte Wirklichkeit gefunden, die seine Seele besetzen konnte.

Doch sie empfing ihn nicht gerade mit offenen Armen ...

09:48:27 PSZ

Lady Death stand in einer riesigen Höhle, deren hohe Decke das rote Licht von Feuern reflektierte, die in flackernden Stichflammen durch Spalten im Steinboden zuckten. Zwischen diesen Feuern flossen Ströme von Blut, welche die Höhle durch finstere Tunnel erreichten und wieder verließen, und schwefliger gelber Rauch verpestete die Luft. Die Schreie und Rufe der Verdammten hallten von den Wänden wider.

Sie waren überall: Sie hockten auf Steinstalagmiten, krümmten sich in Embryonalhaltung auf dem harten Steinboden oder schlugen in dem Versuch, ihre Qualen zu dämpfen, mit Stirn und Fäusten gegen die Wände. Manche waren in den Steinboden eingetaucht, und nur zuckende Hände oder Füße ragten daraus empor. Sie waren gefangen wie Fliegen in Bernstein.

Es handelte sich um humanoide Gestalten ohne individuelle Eigenheiten und Geschlechtsmerkmale, glatt und glänzend, als seien sie in geschmolzenes Chrom getaucht worden. Ihre Köpfe waren haarlos, die Gesichter identisch. Sie hatten Augen, Nasen, Ohren und Münder, aber alle sahen gleich aus. Nur ihre Stimmen waren unterschiedlich – erwachsen oder kindlich, männlich oder weiblich. Aus jedem Laut sprachen äußerste Qualen: Ächzen, schrille Schreie oder leises Stöhnen.

Lady Death schauderte. Sie wäre wieder zu den Vampiren zurückgekehrt, doch die Tür war verschwunden, kaum daß sie sie hinter sich geschlossen hatte. Obwohl die Schreie sie immer wieder zusammenfahren ließen, schienen die Verdammten keine wirkliche Bedrohung darzustellen. Sie nahmen sie gar nicht zur Kenntnis, da jeder in seiner eigenen privaten Hölle gefangen war. Sie standen, saßen oder lagen da, das Gesicht verzerrt, den Mund weit geöffnet, und schrien.

War dies die Matrix? Es mußte so sein. Wenn sie gestorben war, war die Hölle der *Gaijin* der letzte Ort, wo sie zu landen erwartet hätte. Ihre Eltern hatten Hitomi in der Shinto-Religion unterwiesen. Sie hatte sie abgelehnt und betrachtete sich als Atheistin. Sie konnte nur in einer Szene aus Dantes *Inferno* landen, wenn jemand anders sie programmiert hatte. Die Vampire und das Hotel-/Krankenhauszimmer entstammten ihren eigenen Ängsten, aber dieser Ort war der Alptraum eines anderen.

»*So ka*«, flüsterte sie bei sich. »Ich bin in der Matrix. Aber wo? Und was stellt das hier dar?«

Obwohl die Verdammten wie normale UMS-Icons aussahen, entsprach die Landschaft, die sie bevölkerten, keineswegs dem universellen Matrixsymbolismus. Sie sah maßgeschneidert aus, wie ein modelliertes System. Die Ströme von Blut mußten Datenströme sein wie die Sandfurchen im Shiawase-System. Die Stalagmiten waren wahrscheinlich Datenspeicher oder Subprozessoren und die Tunnelsysteme Zugangsknoten oder I/O-Ports. Aber es fühlte sich alles so *wirklich* an. Die Hitze der Feuer ließ dünne Schweißbäche ihre Schläfen und den Rücken herunterlaufen, sie konnte den widerlichen Schwefelgestank riechen, und ihr Mund und ihre Nase waren vom Einatmen der heißen Luft ausgetrocknet. Die Schreie…

Waren die Verdammten andere Decker? Lady Death näherte sich sehr vorsichtig einem der Verdammten. Sie wählte eine kleine Gestalt. Der Größe nach zu urteilen, war es ein Kind, das etwa halb so alt war wie sie. Das

Kind lag auf dem Höhlenboden, strampelte mit den Beinen und schlug sich mit den Händen.

Lady Death kniete nieder und berührte die Schulter des Kindes…

Sie lag auf ihrer Schaumstoffmatratze in der Wohnung, und es war dunkel. Von draußen konnte sie wütende Schreie und das Knattern automatischer Waffen hören. Licht fiel durch einen Spalt in dem vernagelten Fenster neben ihr. Etwas war auf ihrem Bett – etwas, das fast so groß war wie sie. Seine Augen leuchteten rot in dem trüben Licht, und seine spitzen Ohren zuckten. Der Mund öffnete sich weit zu einem Grinsen, und der haarlose Schwanz peitschte hin und her. Es beschnüffelte sie mit zuckenden Barthaaren, während sie unter ihrer zerrissenen Wolldecke lag, entsetzt und nicht in der Lage, sich von der Decke zu befreien oder der riesigen Ratte einen Tritt zu versetzen, so sehr sie auch mit den Beinen strampelte. Dann biß die Ratte zu. Warmes Blut lief ihre Wade herunter, als die spitzen Zähne sich in ihr Fleisch gruben. Sie schrie nach ihrer Ma, doch Ma kam nicht. Sie war mit einem ›Kunden‹ im Nebenzimmer, und das bedeutete, sie war beschäftigt. Und jetzt drangen noch mehr Teufelsratten durch die Risse in der Wand, fielen von der Decke auf ihre Matratze, krochen durch die Belüftungsschächte, rissen die Bretter vor dem Fenster weg, um hineinzukommen, zwitscherten in boshaftem Gelächter, da sie gekommen waren, sie zu zerreißen und zu zerfleischen und aufzufressen, sie zu ersticken und zu erdrücken, bis sie…

»Nimm sie weg!« schrie Lady Death. »Nimm sie weg! *Takukete*! Hiiiilfeeee-!«

Sie riß ihre Hand weg. Mehrere Sekunden stand sie zitternd da. Ein Schauder nach dem anderen lief ihr über den Rücken, und ihre Augen tränten. Sie schaute auf das um sich tretende und schlagende Mädchen auf dem Boden und konnte immer noch sein Entsetzen spüren, obwohl sie es nicht mehr aus erster Hand erlebte. Furchtbar.

Sie sah sich um. Wenn sie noch einen Decker berührte, welche anderen Alpträume würde sie erleben? Sie wollte es nicht wissen.

Lady Death kniete nieder und tauchte einen Finger in einen der Blutströme. Sie machte sich auf weitere entsetzliche Bilder gefaßt, doch statt dessen füllte sich ihr Verstand mit einem Strom bedeutungsloser Daten. Wortfragmente hallten in ihren Ohren, kaleidoskopische Bilder huschten an ihren Augen vorbei, bedeutungslose Klumpen lateinischer Buchstaben und pseudo-japanischer *Kanji*-Zeichen rauschten vorbei, Fragmente taktiler Empfindungen stürzten auf sie ein. Das Blut war ein Datenstrom – aber einer, der hoffnungslos verstümmelt zu sein schien. Sie schnippte das Blut von ihren Fingern, und das sensorische Chaos verschwand aus ihrem Verstand.

Sie erhob sich und berührte statt dessen einen der Stalagmiten. Die klumpige Kalksteinformation machte einen soliden Eindruck und sah wie eine umgedrehte Eiswaffel aus. Wenn das tatsächlich ein Datenspeicher war, gab er seine Geheimnisse jedenfalls nicht preis. Es sei denn…

Lady Death drückte gegen die Spitze des Stalagmiten. Sie spürte, wie sie ein wenig nachgab, und drückte fester. Ein Riß erschien genau unter ihrer Hand. Die Spitze erbebte und fühlte sich an, als breche sie gleich ab…

Der Strahl einer rötlich-orangefarbenen Flamme schoß direkt unter Lady Deaths Füßen aus dem Boden. Sie sprang zurück, doch die Flammen leckten nach ihrem Kimono und setzten eine Ecke des Stoffs in Brand. Lady Death schlug mit den Händen danach, bis das Feuer erloschen war, dann betrachtete sie den schwarzen Brandfleck, der zurückgeblieben war. War sie soeben von einer IC angegriffen worden? Hatte sie eine Art Abwehr-Utility aktiviert? Sie wußte nicht mehr, was vorging. Sie konnte weder ihren Körper in der wirklichen Welt spüren, noch hatte sie eine Ahnung, welche von ihren Utilitys sie geladen hatte und startbereit waren.

Als Experiment versuchte sie eines ihrer Programme zu aktivieren – eine Analyse-Utility. Sie rechnete nicht damit, daß sie funktionieren würde, und so erschrak sie, als ein Theaterscheinwerfer in ihren Händen erschien. Sie richtete seinen hellen Strahl auf die Flammen und wartete auf die Informationen. Sie erschienen in ihrem Verstand wie eine Seite aus einem Manuskript: *Die Rolle der Blaster-IC wird vom Höllenfeuer gespielt. Seine Aufgabe besteht darin, jeden anzugreifen, der dem Hauptdarsteller schaden könnte. Es ist ein Nebendarsteller von untergeordneter Bedeutung.*

Lady Death schaltete den Scheinwerfer aus und überlegte krampfhaft. Es mußte eine graue IC sein – eine schwarze hätte eine bedeutendere Rolle gespielt. Aber der ›Hauptdarsteller‹? War das der Sysop dieses Systems?

Etwas bewegte sich am Rande ihres Blickfelds. Lady Death fuhr mit wirbelndem Kimono herum. Dann wich sie langsam zurück, verbarg sich hinter einem Stalagmiten und versuchte, nicht die Aufmerksamkeit der Gestalt auf sich zu ziehen, die aus einer der Wände schwebte wie ein Geist. Wie die Verdammten, die sie umgaben, war die Gestalt humanoid, aber anders als sie war sie weder glatt und wesenlos noch metallisch. Statt dessen schien sie aus einem wirbelnden roten Nebel zu bestehen. Die Flammenstrahlen leuchteten durch ihren durchscheinenden Körper, wenn sie sie passierte. Die Gestalt hielt einen Augenblick inne, dann drang sie mit sicherem Schritt weiter in die Höhle vor, obwohl ihre Beine mehrere Zentimeter über dem Boden in Stümpfen endeten. Rote Tropfen fielen aus den Enden dieser Stümpfe auf das Gestein, wo sie zischten und blubberten, da die Hitze sie verdampfte.

Als die Gestalt sich Lady Deaths Versteck näherte, konnte sie erkennen, daß es sich um einen Mann handelte. Die Haare waren aus der hohen Stirn nach hinten gekämmt, und Kinn und Wangen waren mit dunklen Bartstoppeln bedeckt. Er trug ein locker sitzendes Gewand, daß mehr wie ein Leichentuch aussah, ein zerfetztes, rotbraunes Stück Stoff von der Farbe getrockneten Blutes. Er balancierte auf seinen Dreiviertelbeinen mit der Gewandtheit eines Kampfsportlers, und seine Arme waren zu einer Abwehrhaltung erhoben. Er sah sich wachsam in der Höhle um, die er soeben betreten hatte, und sein Blick huschte von einem Verdammten zum anderen.

Dann fiel er auf Lady Death. Sie wollte sich wieder hinter den Stalagmiten ducken, war aber nicht schnell genug. Der Geistermann hatte sie gesehen. Hektisch versuchte sie eine Abwehr-Utility zu aktivieren. Würde der Geist angreifen? Wie sah ihre beste Verteidigung aus? Sollte sie ihm mit einem Angriffsprogramm begegnen, bevor er...

»Warte!« rief der Geistermann. »Geh nicht! Wer bist du? Wo sind wir? Was ist das für ein System?«

Lady Death hielt verwirrt inne. Er klang nicht feindselig. Er schien ebenso verwirrt zu sein wie sie. Doch vielleicht war das nur ein Trick.

Sie aktivierte eine ihrer Utilitys. Winzige Düsen erschienen in den Sohlen ihrer Holzsandalen und hoben sie den Bruchteil eines Zentimeters über den Boden. Die dadurch gewonnene zusätzliche Geschwindigkeit und Manövrierfähigkeit würde ihr kostbare Millisekunden geben, sollte sie diesem Decker – oder was er auch war – im Kampf ausweichen müssen.

Sie duckte sich, bereit, beim ersten Anzeichen von Feindseligkeit in die Höhe zu schießen, dann lugte sie hinter dem Stalagmiten hervor.

09:48:39 PSZ

Red Wraith spannte sich, als der andere Decker hinter dem Stalagmiten hervorlugte. Die Frau – vorausgesetzt, der Decker hatte dasselbe Geschlecht wie seine Persona – hatte abnorm weiße Haut, rote Lippen und zu einem kunstvollen Knoten hochgesteckte schwarze Haare. Sie trug einen fließenden Kimono mit einem Muster aus leuchtend roten Drachen, bei denen es sich vermutlich um Icons für ihre Utilitys handelte. Er beobachtete wachsam ihre Hände, bereit zu reagieren, falls sie Anstalten machte, eine davon zu aktivieren.

Sie sagte etwas, aber Red Wraith konnte sie bei dem Geschrei der menschlichen Gestalten in dieser Höhle kaum verstehen.

»Was?« rief er ihr zu. Er ging etwas näher, blieb jedoch stehen, als ihre Haltung ihm verriet, daß sie jeden Augenblick fliehen würde.

»Bist du der Hauptdarsteller?« wiederholte sie.

Red Wraith runzelte die Stirn. Die Frage des anderen Deckers schien zu implizieren, daß es sich hier um eine Art Spiel handelte. War er in irgendeine Matrix-Spielhalle mit ultrahoher Auflösung gestolpert? Die Deckerin schien ihn als potentielle Gefahr zu betrachten – oder vielleicht sah sie in ihm auch nur einen Konkurrenten. War der ›Hauptdarsteller‹, auf den diese Frau sich bezog, der Sysop dieser Spielanlage?

Red Wraith überlegte, welchen Vorteil es ihm bringen mochte, ihre Frage zu bejahen. Doch nachdem er seine Fähigkeit abgewogen hatte, die Lüge ohne Hintergrundwissen weiterzuspinnen, verwarf er diese Vorgehensweise. Wenn sie glaubte, er kontrolliere das Spiel, erwartete sie vielleicht, daß *er sie* mit Informationen versorgte. Doch wenn sie ihn für einen Mitspieler hielt, der sich mit ihr zusammentun wollte, lieferte sie vielleicht ihm Informationen. Und sie schien mehr über dieses System zu wissen als er.

Red Wraith beschloß mitzuspielen.

»Nein, das bin ich nicht!« rief er zurück. »Ich bin nur ein ganz gewöhnlicher Darsteller. Ich nenne mich Red Wraith. Wer bist du?«

»Ich bin Lady Death.« Sie erhob sich aus ihrer geduckten Haltung, stellte sich aber so, daß der Stalagmit sie teilweise abschirmte.

»Willst du dich mit mir zusammentun?«

Sie dachte einen Augenblick über seine Frage nach. »*Hai*. Ich denke schon.«

Red Wraith speicherte diese Information. Sie hatte auf Japanisch geantwortet. Also war sie japanischer Abstammung, wie ihr Persona-Icon implizierte. Oder sie wollte, daß er das dachte.

Red Wraith tastete sich weiter vor. Die Frau spannte sich – und er unterdrückte seine instinktive Reaktion. Anstatt eine Abwehr-Utility zu aktivieren, hielt er die Hände so, daß sie sie sehen konnte, und blieb in unbedrohlicher Haltung stehen. Aus einem Felsspalt im Boden zuckte eine Flammenzunge. Er spürte ihre Hitze an den Beinen, beherrschte sich aber und zuckte nicht zurück.

»Paß auf das Feuer auf«, sagte die Frau mit dem weißen Gesicht zu ihm. »Das ist eine Blaster-IC.«

»Danke. Das mache ich.« Er sah sich um. »Gibt es einen Weg nach draußen?«

Die japanische Frau zuckte die Achseln und sah sich um. »Wir könnten einen der Tunnels versuchen. Ich halte sie für Datenbahnen.«

Red Wraith lugte in den nächsten. Ein Blutstrom floß hinein und färbte den gesamten Boden rot. Blut quoll aus den Wänden, und die Tropfen sammelten sich in winzigen Rinnsalen, die den Strom speisten. »Sollen wir?« Er trat zur Seite und bedeutete der Deckerin, den

Tunnel zu betreten. Sie mochte harmlos aussehen, aber er würde ihr nicht den Rücken kehren.

Sie zögerte, und ihre zarten roten Lippen verzogen sich. Ihm kam der Gedanke, daß sie wahrscheinlich nicht in das Blut treten wollte. Doch dann feuerten winzige Düsen in den Sohlen ihrer Sandalen. Sie schwebte und glitt dann leichtfüßig über das Blut hinweg.

Red Wraith lächelte über die Ironie, daß hier, in der Hölle, jemand auf dem ›Wasser‹ wandelte. Er lachte über den flüchtigen Gedanken, daß diese Frau sein Erlöser sein mochte. An den meisten Tagen fiel es ihm schon schwer, sich selbst zu vertrauen, von einem völlig Fremden ganz zu schweigen.

Der Tunnel war gerade so hoch, daß sie aufrecht gehen konnten, und gerade so breit, daß Red Wraith beide Arme ausstrecken und die unregelmäßig geformten, Blut weinenden Tunnelwände berühren konnte. Oder vielmehr, es versuchen konnte. Jedesmal, wenn seine Finger sie streiften, glitten sie hindurch, und er fragte sich, ob er je in der Lage sein würde, irgend etwas in diesem System zu manipulieren. Als Experiment streckte er die Hand aus und berührte Lady Deaths Rücken, als sie gerade einer Biegung im Tunnel folgten. Seine Hand fuhr sowohl durch den Stoff ihres Kimonos als auch durch ihre Haut, aber wenn sie die Berührung gespürt hatte, ließ sie sich jedenfalls nichts anmerken.

Die Schreie der Bewohner der größeren Höhle wurden leiser und wichen dem Rascheln des Kimonos der Japanerin und dem Gurgeln und Tropfen des Blutstroms.

Sie gingen in normalem Tempo. Von dem Gefühl schneller Bewegung oder gedankenschneller Reise von Knoten zu Knoten, das Decker in der Matrix normalerweise empfand, war nichts zu spüren. Trotz der Tatsache, daß er keine feste Gestalt zu haben schien, paßte

Red Wraith sich in diese Umgebung ein, als sei sie eine physikalische Realität und kein Matrix-Konstrukt. Und das beunruhigte ihn. Er hatte von Systemen wie diesem gehört, war jedoch noch nie in einem gewesen. Sie wurden als ultraviolette Hosts bezeichnet, und ihre Systemstufen übertrafen angeblich sogar diejenigen von militärischen und Megakonzern-Systemen. In einem ultravioletten System *war* der Decker seine Persona. Was Red Wraiths geisterhafte Unfähigkeit, Gegenstände zu manipulieren, und die völlige Loslösung von seinem fleischlichen Körper erklären würde. Wenn man davon absah, daß ultraviolette Hosts nur ein Gerücht sein sollten…

Nach ein paar Augenblicken endete der Tunnel in einer großen Höhle, die von einem riesigen roten See ausgefüllt wurde. Metallisch glänzende Leiber schwammen an der Oberfläche oder lagen vielmehr rücklings mit gespreizten Armen und Beinen in der Flüssigkeit. Sie drehten sich langsam, als seien sie in trägen Whirlpools gefangen. Jede Gestalt war ein glatter metallischer Humanoid – die normale UMS-Ikonografie für die Persona eines Deckers. Auf der anderen Seite des Sees konnte Red Wraith eine dunkle Öffnung ausmachen, wo sich der Tunnel fortsetzte, dem sie gefolgt waren.

Red Wraith und die japanische Frau standen an einem Ufer aus grauem Staub mit knochenweißen Kieseln. Nicht weit von ihnen befand sich ein Holzboot mit schwarzem Rumpf, dessen Bug auf den Strand gezogen worden war. Mit seinem einzelnen Ruder am Heck, dem gekrümmten Bug und dem Passagiersitz in der Mitte sah es mehr wie eine Gondel aus. Im erhöhten Heckbereich stand eine ganz in Schwarz gewandete Gestalt. Bleiche Skeletthände hielten das Ruder. Die Gestalt drehte sich langsam um und starrte die beiden Neuankömmlinge mit einem Gesicht an, das unter der Stoffkapuze nicht mehr als ein leerer Schatten war.

»Das sieht so aus, als warte er auf Passagiere«, flüsterte Red Wraith seiner Begleiterin zu. Er deutete auf das Boot. »Sollen wir eine Fahrt riskieren?«

»*Omakase shimasu* – das liegt an dir«, antwortete sie. »Ich habe keine Ahnung, wo wir sind.« Sie trat einen Kiesel in den See und sah schweigend zu, wie sich vom Eintauchpunkt aus ein Kräuseln in einem perfekten Quadrat ausbreitete.

Das ließ Red Wraith innehalten. »Nicht?« fragte er. »Aber ich dachte, du hättest dieses Spiel schon mal gespielt.«

»Du hältst das hier für ein Spiel?« fragte sie. Ihre Stimme hatte einen schrillen Unterton. »Wenn es eines ist, habe ich kein Interesse mehr weiterzuspielen!« schrie sie die Höhlendecke an. »Ich will nur nach Hause!«

»Sei still!« zischte er ihr zu. »Willst du jedes IC-Programm im System auf unsere Anwesenheit aufmerksam machen?«

Ihre Unterlippe verzog sich zu einem Schmollmund. »Ich dachte, du würdest mir helfen.«

»Wir müssen uns gegenseitig helfen«, sagte er zu ihr. Er hielt inne. »Du weißt wirklich nicht, wo wir sind?«

Sie schüttelte den Kopf.

Red Wraith seufzte. Soviel zu dieser schwachen Hoffnung. »Ich habe auch keine Ahnung. Aber so, wie es hier aussieht, sind wir in irgendeinen ultravioletten Host gestolpert. Und so ein System erfordert einen Supercomputer mit unglaublicher Rechenleistung, der Megapulse von Daten verarbeiten kann.«

Die Augen der Deckerin leuchteten auf. »Davon habe ich gehört«, sagte sie. »In den Daten, die ich mir im Netz der Schattendateien angesehen habe, heißt es, ein ultravioletter Host bedürfe einer künstlichen Intelligenz, die ihn bedienen und aufrechterhalten muß. Stell dir das mal vor – wir könnten hier tatsächlich einer KI begegnen…«

»Unsinn«, unterbrach Red Wraith sie scharf. »Ein ausreichend leistungsfähiger Rechenkomplex könnte spontan und ohne Input der Betreiber einen ultravioletten Host entwickeln, und das könnte sie zu der Annahme verleiten, irgendwo hinter den Kulissen sei eine KI am Werk. Aber richtige KIs gibt es nicht – was ihnen bisher am nächsten kommt, sind die semi-autonomen Knowbots mit der Möglichkeit zu Zufallsentscheidungen. Selbst die Megakonzerne sind noch Jahre davon entfernt, etwas mit genug Code zu entwickeln, das zu einer Eigenprogrammierung auf der Basis neuer Daten fähig ist. Jeder Decker weiß das.«

»Ha! Du glaubst wohl, du weißt alles, was?« Ihr Arm ruckte hoch, und sie zeigte auf die Gondel. »Dann sag mir, was das ist, *Sensei*.«

Red Wraith starrte die japanische Frau an. Ein Verdacht keimte in ihm auf. »Wie alt bist du?« fragte er.

»Alt genug, um so viel über das Decken zu wissen wie du. Vielleicht sogar mehr.«

Eine Erkenntnis traf ihn wie ein Schlag. Diese Deckerin war viel jünger als er. Er hatte sich irgendeinem Kind anvertraut. Weil sie schon vor seiner Ankunft in der Höhle gewesen war, hatte er angenommen, sie wisse mehr über das System als er. Jetzt wußte er es besser. Er würde diesen Fehler nicht noch einmal begehen.

Er betrachtete die Gondel. Die Gestalt am Ruder hatte sich nicht bewegt. Sie schien geduldig auf sie zu warten. Red Wraith kehrte dem Mädchen absichtlich den Rücken, ging zu dem Boot und kletterte an Bord. Der gepolsterte Sitz stützte ihn, als er sich setzte, obwohl seine Hände hindurchgreifen konnten. Vielleicht, weil er es erwartete?

Doch er konnte sich keinen Zugang zu den Daten verschaffen, um deren Herabladen er so hart gekämpft hatte – der Personalakte des UCAS-Militärs, deren Erwerb sein erster Schritt beim Aufspüren Lydias war. Es hatte den Anschein, als habe er nur Zugriff auf den aktiven Speicher seines Cyberdecks – er konnte seine Utilitys noch starten, aber der Festspeicher, in den er die Dateien geladen hatte, war seinem Zugriff entzogen. Besorgnis nagte an ihm – er konnte nur hoffen, daß die Chips nicht durchgeschmolzen waren, daß die Daten, die er sich unter so großen Mühen beschafft hatte, noch vorhanden waren.

Die verhüllte Gestalt im Heck stand vollkommen still, als sei sie ein Icon, das auf seine Aktivierung wartete. Als ihm klar wurde, was sie wollte, aktivierte Red Wraith eine simple Utility, die er für Online-Zahlungen benutzte. Er wählte ein Icon, das zehn Nuyen repräsentierte, und schob das Symbol in Richtung des Fährmanns. Nachdem das Icon von den Falten im Gewand der verhüllten Gestalt absorbiert worden war, lehnte der Fährmann sich gegen sein Ruder, und die Gondel löste sich vom Ufer. Das Mädchen in dem Kimono schaute sich um und winkte dann mit den Händen. »Warte!« rief sie, um dann über den See zum Boot zu laufen und an Bord zu klettern.

»Du läßt mich nicht einfach zurück!« sagte sie entschlossen zu Red Wraith, als sie sich auf den Platz neben ihm setzte. Dabei ließ sie die verhüllte Gestalt im Heck nicht aus den Augen.

Red Wraith nickte. »In Ordnung. Aber wenn wir hier raus wollen, müssen wir zusammenarbeiten. Wir müssen herausfinden, wo das Zentrum dieses Systems ist. Und das bedeutet, daß wir wissen müssen, wie wir es betreten haben. In welchem System warst du vor diesem?«

Das Mädchen – denn so dachte Red Wraith jetzt von ihr, obwohl ihr Icon eine erwachsene Frau vermuten ließ – beäugte ihn mit einem Ausdruck des Schuldbewußtseins, als habe er sie aufgefordert, ein Geständnis abzulegen.

»In einer *Manga*-Musik-Fansite.«

»Was für Musik?«

»Ich dachte mir schon, daß du sie nicht kennen würdest«, murmelte das Mädchen.

Die Gestalt im Heck bewegte das Ruder hin und her und trieb das Boot voran.

»*Manga*«, sagte Lady Death langsam, als erkläre sie einem Begriffsstutzigen etwas Offensichtliches, »ist Zeichentrick-Illusion. *Manga*-Musik ist...«

»Schon verstanden«, sagte Red Wraith. »Wie lautete die LTG-Adresse?«

Die Deckerin zuckte die Achseln. »Das weiß ich nicht. Sie war an das System des Nachtclubs Syberspace gekoppelt, aber nur für eine Sekunde, und zwar durch einen Temporär-SAN, der seine LTG-Adresse ständig ändert.«

»Als du dich also ausloggen wolltest, hätte der Knoten, über den du das System verlassen wolltest, überallhin führen können?«

Das Mädchen zuckte die Achseln und nickte dann. »Innerhalb des Seattler RTG.«

Seattle? Red Wraith merkte sich diese Information. Er hatte sich ebenfalls in diesem RTG befunden. Es bestand die Möglichkeit, daß sie sich immer noch darin befanden.

»Was ist passiert, während du in der Fansite warst?« fragte er.

»Das kann ich nicht mit Sicherheit sagen.« Das Mädchen runzelte die Stirn. »Ich habe ein paar Daten herabgeladen und dann versucht, die Fansite zu verlassen. Ich wurde irgendwie von meinem Cyberdeck getrennt und spürte meinen Körper nicht mehr. Ich landete in einem Datenstrom aus reinem weißen Licht und hörte die Stimme von...«

Sie schauderte. »Ich sah mein Leben an mir vorüberziehen, während ich über meinem eigenen Körper schwebte. Zuerst war es angenehm und traumartig. Doch dann verwandelte es sich in einen Alptraum. Ich dachte…«

Tränen sammelten sich in ihren Augen und liefen ihre Wangen hinunter, wobei sie dunkle Streifen hinterließen. Ihre blasse Gesichtsfarbe, sah Red Wraith jetzt, war nur Schminke. Nach einem Augenblick verblaßten die dunklen Streifen von selbst. Lady Death warf einen Blick auf die skelettartige Gestalt im Heck des Bootes und wandte sich dann mit bedrückter Miene an Red Wraith.

»Wir sind nicht tot – oder?«

Red Wraith rang seine eigene Unsicherheit nieder. »Wir sind noch in der Matrix«, antwortete er mit fester Stimme.

»*Hai*«, sagte sie. »Ich weiß, es ist ein verrückter Gedanke. Aber es war alles so… Genau wie damals, als ich…«

Begreifen dämmerte. Das Erlebnis, welches das Mädchen zu beschreiben versucht hatte, wies eine unheimliche Ähnlichkeit mit seinem eigenen auf.

»Der Eintritt in dieses System hat dich an eine Beinahe-Todeserfahrung erinnert, die du einmal gemacht hast?« fragte er.

Sie nickte.

»Mich auch.«

Sie saßen schweigend da, während die Gondel dahinglitt. Red Wraith hatte nicht die Absicht, die Geschichte seiner Begegnung mit dem Tod einem Fremden zu erzählen, und das Mädchen schien genauso zu empfinden.

»Ich frage mich, ob die anderen das gleiche erleben«, sagte sie schließlich.

»Die anderen?«

»Die Verdammten. Die schreienden Leute.« Sie ruckte mit dem Kopf. »In der Höhle. Ich habe ein Mädchen berührt und seinen Alptraum gesehen. Er war…« Sie schauderte. »Furchtbar.«

Red Wraith hörte einen dumpfen Schlag und schaute über die Reling des Boots. Noch vor einem Augenblick war das Boot über eine freie Wasserfläche geglitten. Jetzt schlug ein Leichnam, der aus dem Nichts aufgetaucht war, gegen die Seite der Gondel. Er schien zwar aus glänzendem Chrom zu bestehen, doch das Metall war mit rostgeränderten Löchern gespickt, und ein starker Geruch nach verwesendem Fleisch stieg von ihm auf. Wenn das, wie Red Wraith vermutete, ein anderer Decker war, der sich in das System eingeloggt hatte, war es dann möglich, mit ihm zu kommunizieren? Red Wraith schob eine Hand durch die Bootsplanken und strich mit seinen nebelhaften Fingerspitzen über das Metall…

Er ging an einem heißen Sommertag durch den Wald. Irgendwo hinter sich auf dem Weg konnte er ein schwaches Summen hören. Etwas süßlich Riechendes, Klebriges war auf seiner Haut, und er mußte Wasser finden und es abwaschen, bevor es die…

Fliegen anzog. Eine summte auf ihn zu und umkreiste ihn in trägen Schleifen. Dann noch eine. Die erste landete auf seinem Arm und biß zu. Rotes Blut quoll aus der winzigen Wunde. Dann landete noch eine Fliege und noch eine. Ihr Summen wurde lauter, dröhnte in seinen Ohren.

Fliegen in der Größe von Weintrauben landeten auf seiner Haut und bissen zu. Sie legten Eier und spritzten sie wie winzige Pistolenkugeln unter seine Haut. Sie suchten sich seine Augen aus, drangen in Nase und Ohren ein, flogen ihm jedesmal in den Mund, wenn er ihn öffnete, um zu atmen oder zu schreien. Er kratzte sich und schlug nach den Insekten, doch es waren zu viele. Er lief blindlings los, während sie sich auf seiner Haut niederließen, angelockt durch den klebrig süßen Sirup, der sie bedeckte.

Jetzt schlüpften die Larven. Sie wanden sich unter seiner

Haut und blähten die Stellen zu obszönen Klumpen auf. Er fiel zu Boden, auf die weiche, feuchte Erde. Würmer wanden sich aus den vermodernden Blättern und suchten die Löcher, die die Fliegen in seiner Haut hinterlassen hatten. Sie fraßen die Fäulnis, welche die Larven zurückgelassen hatten, und verzehrten ihn Stück für Stück, bis nichts mehr übrig war. Es gab kein Entrinnen…

Die Szene flimmerte wie ein Trideo minderer Qualität.

Er ging an einem heißen Sommertag durch den Wald. Irgendwo hinter sich auf dem Weg konnte er ein schwaches Summen hören…

Red Wraith zog die Hand weg. Schaudernd betrachtete er seinen Körper und schlug geistesabwesend auf seine nebelhafte Haut, um die wühlenden Insekten zu vertreiben. Er brauchte einen Augenblick oder zwei, um die Phobie abzuschütteln, die nicht seine eigene war. Lady Death starrte ihn die ganze Zeit an. »Was hast du gesehen?«

»Einen Alptraum«, antwortete Red Wraith. »Fliegen. Larven. Würmer. Er hat sich wiederholt, wie eine Programmierschleife. Als sei der Decker darin gefangen…«

Er sah dem davontreibenden Chromleichnam nach, als die Gondel ihn hinter sich ließ. »Wenn das alles Decker sind, dann sind sie nicht in der Lage, sich in diesem System frei zu bewegen. Wir scheinen die einzigen zu sein, die das können.«

Lady Death schaute über den See. »Es sind allesamt Standard-Icons«, sann sie. »Man sollte meinen, ein bis ins Detail modelliertes System wie dieses würde eine weniger primitive Ikonologie beinhalten. Eine, die dem Rest des Systems entspricht.«

Red Wraith sah die Deckerin überrascht an. Modelliertes System? Er hatte es instinktiv gewußt, aber erst jetzt wurden ihm die Folgerungen daraus klar. »Das ist der Grund, warum wir uns als einzige bewegen und mit dem System interagieren können«, sagte er. »Unsere

Personas passen in die zentrale Metapher des Systems: Tod.«

Er deutete auf die anderen Icons im Wasser. »Ihre nicht, also erscheinen sie als Icons, die dem universellen Matrixsymbolismus entsprechen. Die Realitätsfilter in den MPCPs ihrer Decks lassen nicht zu, daß sie mit dem Symbolismus dieses Systems interagieren. Aus irgendeinem Grund werden seine Daten in alptraumhafte Bilder übersetzt, die sie in einer Schleife immer wieder erleben. Sie sind hier gefangen.«

»Wir auch«, sagte Lady Death leise.

»Das glaube ich nicht«, antwortete Red Wraith. »Wir können uns bewegen und mit dem System interagieren. Es besteht noch Hoffnung.«

»*Hai.*« Sie starrte am Bug der Gondel vorbei nach vorn. »Ich nehme es an.« Die Gondel hatte beinahe das andere Ufer erreicht. »Solange wir nicht auf schwarze ICs stoßen.«

Blut spritzte in einer jähen Fontäne aus dem See auf. Das Boot schwankte heftig, und Lady Death schrie auf. Red Wraith wandte sich der Bedrohung zu und sah, wie eine schwarze, knochige Hand die Reling umklammerte. Ein gräßliches schwarzes Skelett, dessen Kleidung blutdurchtränkt war und dessen gelbe Augen aus den Höhlen zu quellen schienen, zog sich ins Boot und stürzte sich wie rasend auf sie…

09:48:45 PSZ

Dark Father kroch aus dem Loch und in etwas, das wie ein riesiges Schlachthaus aussah. Förderbänder durchzogen das Innere eines unendlich großen Gebäudes und transportierten klirrend und scheppernd Fleischstücke und gebrochene Knochen mit rasender Geschwindigkeit. Einige der Förderbänder verliefen waagerecht, andere senkrecht oder mit der Oberseite nach unten, doch das blutige Fleisch, das sie transportierten, blieb der Schwerkraft zum Trotz an seinem Platz.

Die Förderbänder schienen die verschiedenen System-Icons in der Landschaft miteinander zu verbinden, da sie das Fleisch von einem zum anderen transportierten. In Dark Fathers unmittelbarem Blickfeld befand sich eine riesige Schädelpyramide, eine Pagode, die mit Grabsteinen gepflastert war, ein kugelförmiger Knoten sich windender Würmer und ein Bürohochhaus aus glänzenden schwarzen Särgen.

Irgendwie kam ihm das alles bekannt vor – bekannt, aber falsch. Dark Father brauchte einen Augenblick, um herauszufinden, warum. Er erkannte plötzlich, daß er auf das subtil verwandelte Seattler RTG starrte. Die Geografie war noch die gleiche, aber die Iconografie hatte sich drastisch verändert. Wo er auch hinsah, bestanden die Icons aus Symbolen des Todes und der Verwesung – mit Ausnahme des dreidimensionalen Sterns des Fuchi-Systems, obwohl dieses zu weit entfernt war, als daß man Einzelheiten hätte erkennen können.

Er befand sich in der Matrix, das war sicher. Und er war seinem persönlichen Alptraum entkommen, von seinem ghulischen Sohn verschlungen zu werden. Vorausgesetzt, er lebte noch und war kein körperloser Geist, der in der Matrix gefangen war, konnte er sich jetzt, da er wußte, in welchem RTG er sich befand, ausloggen. Er führte den Befehl aus, der ihm ein elegantes Ausloggen hätte ermöglichen sollen…

Nichts geschah.

Er benutzte eine Schmöker-Utility, um den Zugangsknoten auszumachen, der ihn wieder ins RTG des Mittelwestens bringen würde…

Nichts. Er blieb, wo er war.

Verzweifelt versuchte er sich einfach auszuloggen, obwohl er wußte, daß der Auswurfschock ihn nach seiner Begegnung mit Serpens in Machina umbringen mochte...

Nichts.

Die Förderbänder ratterten mit ihrer grausigen Fracht vorbei.

Ein silbernes Aufblitzen fiel Dark Father ins Auge. Etwas lag zwischen den Fleischstücken und wurde mit ihnen auf dem Förderband transportiert. Es sah aus wie eine menschliche Gestalt – eines der UMS-Icons, das von Deckern benutzt wurde, die sich die zur Gestaltung ihrer Personas erforderliche Software nicht leisten konnten. Wenn ein anderer Decker sich vom Datenstrom des Förderbands transportieren lassen konnte, war dies Dark Father vielleicht auch möglich.

Er streckte eine Skeletthand aus und griff nach dem zerfransten Stoff des Förderbandes. Mit einem Ruck, der ihm fast seine Knochen auseinanderriß, setzte er sich in Bewegung. Er segelte mit halsbrecherischer Geschwindigkeit in die Schädelpyramide hinein und wieder heraus, bei der es sich wahrscheinlich um Aztechnology Seattle handelte, und durch die Pagode, seiner Ansicht nach das Mitsuhama-System. Doch anstatt Zugang zu diesen Systemen zu bekommen, wurde er einfach hindurchbefördert, als seien sie nur eine Illusion. Das Förderband trug ihn hoch über diese Icons zu einem glänzenden Kristallschädel, der vermutlich ein Systemzugangsknoten war – er raste durch eine leere Augenhöhle hinein und zur anderen wieder hinaus wie auf einer wildgewordenen Achterbahn, ohne die Möglichkeit zu haben, sich Zugang zu dem Knoten zu verschaffen. Dann zerrte das klirrende, markerschütternde Förderband Dark Father mit halsbrecherischer Geschwindigkeit zurück auf Bodenniveau. Ein zweites, drittes und viertes Mal stiegen seine Hoffnungen, als er zu einem der Schädel getragen wurde – um gleich darauf wieder zunichte gemacht zu werden, da es sich jedesmal als unmöglich erwies, das Förderband in der Millisekunde loszulassen, in der er sich tatsächlich in dem eigentlichen Knoten befand.

Nach dem fünften Versuch, das Förderband zu benutzen, um sich Zugang zu einem Knoten zu verschaffen, ließ Dark Father das Band los und wurde augenblicklich abgebremst. Zuerst hielt er lediglich seine Position im Raum, doch dann entdeckte er, daß er sich auch von sich aus, ohne die Hilfe des Förderbands, einem Kristallschädel-SAN nähern konnte. Er stieß einen Seufzer der Erleichterung angesichts des Wissens aus, daß er einigermaßen handlungsfähig war. Zumindest konnte er sich frei bewegen.

Er beobachtete den Datenstrom auf seinem verrückten verschlungenen Weg durch die Augenhöhlen des Schädels. Das Förderband transportierte Fleischstücke in den SAN hinein und wieder hinaus – was bedeutete, daß immer noch Daten in das Seattler System hinein- und aus ihm herausflossen, auch wenn Dark Father selbst dort gefangen war.

Ab und zu blitzte Chrom auf, wenn ein UMS-Persona-Icon auf dem Förderband auftauchte. Sie erschienen immer auf den hereinkommenden Bändern. Die Decker verließen das System nicht, sondern betraten es nur. Und sie lagen so leblos auf den Förderbändern wie die Fleischstücke neben ihnen.

Hmm. Es hatte den Anschein, daß die Decker – falls es sich tatsächlich um Decker handelte – sich in das Seattler RTG ein-, aber nicht wieder ausloggen konnten. Falls dies tatsächlich das reagionale Telekommunikationsgitter von Seattle war und kein verzerrtes Spiegelbild von ihm.

Dark Father starrte über die virtuelle Landschaft und ließ den Blick schweifen. Dann fiel ihm etwas auf. Jedes Förderband erreichte an irgendeinem Punkt seines verschlungenen Weges einen zentralen Ort – eine riesige silberne Urne, die auf der Seite lag. Als Dark Father sich ihr näherte, konnte er erkennen, daß sie so groß wie ein Wohnhaus war. Das Innere sah wie eine Höhle mit moosbehangenen Wänden und Stalaktiten aus. Leises Stöhnen und schwache Schreie hallten in ihren Tiefen. Hunderte von Förderbändern führten in die Einmündung des Tunnels und wieder hinaus, und ihr Luftzug wirbelte die graue Asche, die auf dem Boden lag, zu langen nebelartigen Ranken auf. Dark Fathers Beine wurden kalt und feucht an den Stellen, wo die Aschewolken sie berührten.

Als Dark Father sich wieder von der Urne entfernte, sah er, daß die Seiten mit kunstvoll geschwungenen Buchstaben bedeckt waren. Trotz der Größe der Urne waren die in die angelaufene silbrige Oberfläche eingravierten Wörter so klein geschrieben, daß sie unleserlich waren.

Da er den Verdacht hatte, daß dabei Wirbel-ICs eine Rolle spielten, aktivierte Dark Father eine Entschlüsselungs-Utility. Ein altmodisches Vergrößerungsglas erschien in seiner Hand. Anstelle einer Linse befand sich ein Augapfel in dem schwarzen Metallrahmen, der sich hin und her bewegte, als das Auge den in die Urne eingravierten Text studierte. Gleichzeitig flimmerten grüne Buchstaben über die Rückseite des Augapfels, liefen durch den Griff des Vergrößerungsglases und sprangen auf Dark Fathers Arm über, um von dort in seinen Verstand geleitet zu werden.

Der Fluß hielt einen Augenblick inne, da Dark Father über das nachgrübelte, was er gefunden hatte. Trotz der Entschlüsselungs-Utility war der größte Teil der Datei auf dem Urnen-Icon Unsinn. Doch ein Abschnitt, der an eine Grabinschrift erinnerte, war noch verständlich:

Experiment Tiefenresonanz
Geboren: 09:47:00 PSZ
Abgebrochen: 09:48:00 PSZ
Resoniere in Frieden

Dark Father ließ das Vergrößerungsglas los, das in Pixel zerbrach und verschwand. Er betrachtete die Landschaft mit ihrer unheimlichen Todes-Metaphorik. Kurz vor der auf der Urne genannten Zeit hatte Dark Father sich in der Unterhaltungsgrube von Virtual Meetings aufgehalten und mit Serpens in Machina um sein Leben gekämpft. Einen Augenblick später, um genau 9 Uhr und 47 Minuten pazifischer Standardzeit, hatte ihn irgendein Experimentalprogramm zum Versuchskaninchen auserkoren, ihn aus dem Cyberkampf gerissen, ihn gezwungen seinen Tod und seine Geburt noch einmal neu zu erfahren, und ihn dann in ein System geworfen, dessen Metaphorik auf seinen eigenen schlimmsten Alpträumen basierte. Und dann – entweder als Resultat von Dark Fathers hektischen Versuchen, den Ghulen zu entkommen, oder einfach aufgrund der Tatsache, daß das Experiment eine Minute später ›gestorben‹ war – war er hier in dieser völlig verdrehten Ausgabe des Seattler RTG gelandet.

Er wußte nicht, ob er dankbar sein sollte, Serpens in Machinas potentiell tödlichem Angriff entronnen zu sein, oder verärgert, weil er für ein Experiment rekrutiert worden war, ohne seine Zustimmung gegeben zu haben. Und es ließ sich nicht sagen, wessen Experiment es war. Die Förderband-Datenströme, welche in die Urne hinein- und wieder herausführten, schienen mit jedem Knoten in diesem RTG verbunden zu sein. Es war nicht so, als sammelten sie sich beispielsweise in der Schädelpyramide, die wahrscheinlich Aztechnology war, oder in dem Knochendrachen, der dort hockte, wo sich zuvor das Lone-Star-System befunden hatte. Sie führten überallhin und verbanden alles.

Verbanden alles mit dieser Urne.

Die Antwort mußte in der Urne liegen.

Dark Father aktivierte seine Schleicher-Utility. Die

Urne war vermutlich nur eine Subprozessor-Einheit, aber er würde sie nicht nackt und ungeschützt betreten. Sein schwarzer Zylinder schimmerte und schmolz dann, wobei er sich in eine Henkerskapuze verwandelte, die abgesehen von seinen gelben Aufäpfeln alles verbarg. Er streckte die Hand aus, wappnete sich gegen den Ruck und packte eines der Förderbänder, die zur Urne führten.

Der Datenstrom riß ihn von den Beinen.

Dark Father fand sich plötzlich in einer warmen Flüssigkeit wieder, die dicker und klebriger war als Wasser. Seine Hand war leer. Das Förderband war verschwunden. Um ihn war Schwärze. Es ließ sich unmöglich sagen, wo oben war. Binnen Sekunden wurde ihm die Brust schwer, seine Arme und Beine wurden schwach, und Blut rauschte in seinen Ohren. Seine nasse Kleidung zog ihn nach unten, und die Kapuze machte ihn blind. Er ertrank.

Dark Father deaktivierte seine Schleicher-Utility und konnte endlich ein Licht erkennen, von dem er annahm, daß es die Richtung zur Oberfläche wies. Er schwamm ihm hektisch entgegen, doch seine Skeletthände und -füße lieferten nicht genug Stoßkraft in der Flüssigkeit. Ihm fehlte höchstens noch ein Meter oder so, aber er kam nicht von der Stelle. Doch dann sah er etwas von oben in das Wasser stoßen. Es war lang und schlank und sah wie ein Ruderblatt aus. Dark Father packte es, zog sich Hand über Hand daran hoch zu der gewölbten schwarzen Form, bei der es sich nur um einen Bootsrumpf handeln konnte. Er packte die Wandung des Boots, das sich daraufhin stark in seine Richtung neigte. Wild um sich schlagend, hievte er sich spuckend und keuchend über die Reling und griff verzweifelt nach allem, was ihm Halt gab...

Jemand schrie. Dark Father schaute auf und sah eine Frau in einem Kimono über das geneigte Deck des langen schmalen Boots vor ihm fliehen. Hinter ihr ruderte mechanisch eine unkenntliche Gestalt. Eine weitere Gestalt – ein kopfloser roter Geist – stand mit dem Kopf in den Händen da, als wolle er ihn Dark Father zuwerfen wie einen Basketball.

Da er spürte, daß er gleich von einem anderen Dekker angegriffen würde, stellte Dark Father seine Vorwärtsbewegung ein und tastete statt dessen nach der Schlinge um seinen Hals. Dann sprach der Kopf in den Händen des Geists.

»Noch eine feindselige Bewegung, und ich lasse dich abstürzen«, sagte er.

Dark Father hing schlaff über der Bootsreling. Seine Beine baumelten immer noch in der warmen Flüssigkeit. »Ich bin ganz friedlich«, keuchte er, als er schließlich wieder zu Atem gekommen war. Sein Blick irrte zwischen den drei Gestalten umher, die sich bereits in dem Boot befanden. Die Gestalt am Ruder schien eine sich ständig wiederholende Sequenz auszuführen. Ihre steifen, repetitiven Bewegungen waren diejenigen eines Programm-Icons. Aber die anderen beiden waren eindeutig Decker.

»Leitet ihr das Experiment?« fragte Dark Father.

»Wir…«, begann der Geist.

»Welches Experiment?« fragte die Frau gleichzeitig.

Der Geist warf ihr einen Blick zu, dann setzte er sich den Kopf wieder auf die Schultern. »Er ist auch ein Decker«, sagte er zu ihr. Dann beugte er sich vor und hielt Dark Father eine Hand hin, um ihm ins Boot zu helfen.

»Willkommen an Bord unseres Alptraums.«

09:48:59 PSZ

Kaum hatte Bloodyguts die Augen geöffnet, als eine riesige Sense in mörderischem Bogen auf seine Kehle zusauste. Er warf sich zur Seite und entging dem tödlichen Streich um Zentimeter. Die Spitze der Sense erfaßte den Stoff seines zerfetzten Hemds und schlitzte es vom Kragen bis zur Schulter auf. Dann landete er auf dem Boden und wälzte sich hektisch zur Seite, um dem nächsten Streich der Sense auszuweichen.

Er war von Holzpfählen umgeben, die ebenso groß waren wie er. Jeder Pfahl war in die Erde getrieben und grob zugespitzt worden, und auf jedem war ein abgetrennter Kopf aufgespießt. Bloodyguts rappelte sich auf und brachte einen Pfahl zwischen sich und die Sense. Das Erntewerkzeug schnitt mit seiner glänzenden Chromklinge in das Holz und bebte einen Augenblick, um sich dann zurückzuziehen und zum nächsten Streich auszuholen.

Das tödliche Werkzeug arbeitete unabhängig. Es schwebte über dem Boden und zuckte hin und her, um eine bessere Angriffsposition zu finden. Es mußte eine IC sein – aber es war keine Zeit, sich zu fragen, welcher Art sie war. Bloodyguts mußte das Ding zum Absturz bringen. Schnell.

Ein Utility-Icon erschien in seiner Hand: ein Baseballschläger aus stumpfem weißem Knochen. Ein Baseball mit einer Außenschicht aus genähter menschlicher Haut erschien etwa einen Meter vor Bloodyguts in Brusthöhe. Er schwang den Schläger gegen den Ball, und der Ball flog der Sense entgegen. Er traf den langen Holzgriff genau in der Mitte, explodierte in einem Blitz und ließ den Griff splittern. Die beiden Hälften der Sense flimmerten, flackerten…

Bloodyguts grinste und senkte den Schläger. Dann fluchte er, als die untere Hälfte der Sense um einen

Holzpfahl raste und nach seinem Bauch hieb. Er warf sich zur Seite, doch zu spät – die Klinge traf eine Darmschlinge und zerschnitt sie säuberlich. Blutbefleckte Daten sickerten aus den durchtrennten Enden, und der Schläger in Bloodyguts' Händen flackerte und verlor seinen Zusammenhalt.

Drek! Diese IC war zäh!

Bloodyguts packte die durchtrennten Enden der Darmschlinge mit einer Hand, drückte sie zu und sprang gleichzeitig hinter einen anderen Pfahl. Doch jetzt, wo die Sense einen kürzeren Griff hatte, war sie beweglicher. Sie sauste zwischen den Pfählen hindurch und folgte Bloodyguts unerbittlich.

Fluchend pumpte Bloodyguts alles, was er hatte, in seine Crash-Utility. Diesmal hatte der Ball, der vor ihm erschien, die Größe eines Softballs und war mit Schädeln und gekreuzten Knochen tätowiert. Mit einer Hand schwang Bloodyguts seinen Schläger in einem wilden Bogen, während die Sense zum tödlichen Hieb heranschoß. Der Knochenschläger traf den Ball und jagte ihn der Sensenklinge entgegen – die in eine Million leuchtender Bruchstücke zersplitterte, als der Ball traf und explodierte. Ein Regen aus stahlfarbenen Lichtfragmenten überschüttete Bloodyguts und brannte winzige Löcher in seine Haut.

Er heulte triumphierend, als die Sense verschwand. »Homerun!«

Der Schläger in seiner Hand verschwand. Rasch, bevor noch mehr Daten verlorengingen, verband Bloodyguts die durchtrennten Enden der Darmschlinge und sah zu, wie sie miteinander verschmolzen. Er hatte die IC besiegt, hatte aber keine Ahnung, ob sein fleischlicher Körper infolge des Angriffs einen Schaden erlitten hatte. Er war von jeglicher realer physischer Wahrnehmung abgeschnitten, als sei sein RAS-Override bis zum Gehtnichtmehr aufgeladen. Doch da er noch bei Bewußtsein war, mußte er davon ausgehen, daß sein Herz noch schlug – daß er noch lebte.

In dem Fall konnte er ebensogut herauszufinden versuchen, wo, zum Teufel, er war.

Er warf einen eingehenderen Blick auf die abgetrennten Köpfe in seiner unmittelbaren Umgebung. Ihre Haut glänzte metallisch, als seien sie in flüssiges Chrom getaucht worden. Sie unterschieden sich nach Metatyp: Einer hatte das schmale Gesicht und die spitzen Ohren eines Elfs, ein anderer die knotige Stirn und die vorstehenden Hörner eines Trolls. Er konnte sogar erkennen, welche männlich und welche weiblich waren. Doch darüber hinaus sahen alle Köpfe ziemlich gleich aus. Es handelte sich um Karikaturen, nicht um Individuen. Um Icons.

Die Pfähle, auf die sie gespießt waren, erstreckten sich über eine Ebene, die in einen grenzenlosen Horizont überging. Es gab Hunderte von ihnen – Tausende. Die Gesichter waren zu einem einzigen Ausdruck erstarrt – tiefstes Entsetzen –, aber die Pfähle an sich schienen zu … fließen. Als er einen genauer betrachtete, konnte Bloodyguts erkennen, daß sich die Maserung des Holzes ständig bewegte wie die Strömung eines Flusses.

Daten! Es mußte sich um einen Datenfluß handeln. Doch wie konnte man sich Zugang verschaffen? Das Holz war rauh und fest unter Bloodyguts' Fingern und ließ sich von seinem Daumennagel nicht einritzen. Es war nicht im geringsten durchlässig.

Etwas bewegte sich auf dem Kopf. Bloodyguts riß seine Hand zurück, da er instinktiv auf ein insektengroßes Wesen reagierte, das über die erstarrten Kämme metallischer Haare huschte. Das Ding sah wie eine Mischung aus Robot und Libelle aus – ein winziges Wesen aus silbernem Metall mit gegliederten Beinen und Flügeln sowie Armen, die in Miniaturwerkzeugen endeten.

Das Gesicht wies, abgesehen von einer Videokameralinse, keinerlei Züge auf.

Bloodyguts sah fasziniert zu, wie das Ding ein Loch in den Kopf bohrte. Eine Sonde schob sich aus dem Arm des Insektoids und verschwand in dem Loch. Dann wurde sie zurückgezogen, und der Miniaturrobot benutzte die kreisförmige Säge in seinem anderen Arm, um ein größeres Loch zu schneiden. Der Insektoid klappte das ausgesägte Stück wie eine Falltür auf und legte etwas bloß, das wie eine altmodische Schalttafel aussah, eine mit Widerständen und Kondensatoren so groß wie Fingernägel, mit plastikverkleideten Kupferdrähten, die so dick waren, daß man sie mit bloßem Auge sehen konnte, und mit Schaltkreisen aus Metall auf Plastik. Ein mattes Rotlicht leuchtete an einem der Gliedmaßen des Insektoids auf, als die Säge sich in einen Lötkolben verwandelte, und dann machte der winzige Robot sich an die Arbeit und lötete einen neuen Draht an, um einen Teil der Schalttafel zu überbrücken.

Ein rascher Blick auf einige der anderen Köpfe zeigte Bloodyguts, daß dort ähnliche Wesen am Werk waren. Manche Köpfe enthielten altehrwürdige Zahnradmechanismen, die von aufgezogenen Federn angetrieben wurden, bei anderen schien es sich um die leuchtenden Brennstäbe eines Kernkraftwerks zu handeln. In allen Fällen wurde an diesen Mechanismen herumgepfuscht.

Wenn dieses Matrix-System eine tatsächliche Abbildung dessen war, was in der physikalischen Welt vorging, und wenn es sich bei diesen Köpfen tatsächlich um Decker handelte, machte sich jemand oder etwas an ihrem Verstand zu schaffen. Und nach ihren Mienen zu urteilen, fanden sie es ungefähr so angenehm wie einen schlechten BTL-Trip.

Bloodyguts knurrte. Womit hatte er es hier zu tun? Er beschloß, eine Analyse-Utility zu aktivieren, um es herauszufinden.

Er zeigte auf eines der Robotinsekten, und eine handflächengroße Plastikkarte erschien direkt darüber in der Luft. Das in die Karte einprogrammierte dreidimensionale Holo zeigte das Bild des Insekten-Icons in verschiedenen Posen, während über die ebene Oberfläche der eigentlichen Karte statistische Daten flimmerten.

Bloodyguts sah sich die Daten genau an. Das Insektoiden-Icon war ein ziemlich abgedrehtes Programm. Es schien einerseits Daten herauf- und herabzuladen und andererseits gleichzeitig eine Reihe von Editier- und Desinfizier-Funktionen auszuführen. Es war nicht unter Benutzung der normalen Programmiersprachen geschrieben worden – wenigstens nicht derjenigen, die Bloodyguts kannte. Sein Code schien Elemente von HoloLISP, Oblong und InterMod zu enthalten, aber die Mischung änderte sich ständig, als programmiere die Utility sich als Reaktion auf neue Daten beständig neu.

Es erinnerte Bloodyguts an schwarzes Ice – IC-Programme, welche die Befehlstransaktionen zwischen Decker und Cyberdeck analysierten und dann gefährliche Biorückkopplungsreaktionen in das ASIST-Interface des Decks einschleusten.

Das Programm war offensichtlich proaktiv, doch es reagierte nicht auf Bloodyguts' Anwesenheit. Die Insektoiden ignorierten ihn – sie bohrten, den verdammten Geistern sei Dank, keine Löcher in *seinen* Kopf. Wenigstens nicht, soweit er das erkennen konnte. Er schien immer noch normal zu denken – oder glaubte es jedenfalls.

Er zeigte auf den eigentlichen Kopf, und die Analyse-Utility veränderte ihre Position. Die Karte schimmerte, und das Hologramm des Insektoiden wich dem Gesicht einer Elfe. Nach einem unmerklichen Zögern flimmerten neue Symbolgruppen über die Karte.

Bloodyguts stieß einen überraschten Pfiff aus. Die Elfe war in der Tat ein Decker – der Kopf war eine verkürzte Version des normalen UMS-Persona-Icons. Die Daten ließen vermuten, daß die Elfe ein heißes Deck benutzte – eines, das sie äußerst anfällig für die potentiell tödliche Wirkung schwarzer ICs machte. Der Zustandsmonitor des Decks wechselte von einem Extrem zum anderen, da er zunächst massive neurale Überlastung anzeigte, um im nächsten Augenblick zu melden, alle mentalen Funktionen bewegten sich im normalen Rahmen. Jedenfalls erlitt sie keinen physischen Schaden.

Also war das Robotinsekt kein tödliches schwarzes Ice, sonst wäre die Elfe längst tot gewesen. Und wenn das Insekt geistigen Schaden anrichtete, reparierte es ihn ebenso rasch, wie er auftrat. Wenn die Deckerin sich ausloggte oder ausstöpselte, wußte sie vielleicht nicht einmal mehr, daß man in ihrem Verstand herumgepfuscht hatte. Und das ließ nur einen Schluß zu.

Psychotrope schwarze IC.

Bloodyguts hatte schon von dem Zeug gehört. Es war zwar nicht tödlich, aber ziemlich übler Drek. Es machte einen ebenso gründlich und unwiderruflich fertig wie ein schlechter BTL-Chip. Es reprogrammierte den Verstand eines Deckers und hinterließ unbewußte Zwänge. Manche waren relativ harmlos – sie bewirkten vielleicht nur ein warmes Geborgenheitsgefühl, wenn ein Decker ein bestimmtes Konzernlogo sah. Andere Abarten verursachten bleibenden psychischen Schaden, indem sie den Decker anfällig für Phobien, manische Wutanfälle, selbstmörderische Depressionen oder... Halluzinationen machten.

Bloodyguts betrachtete den Wald aufgespießter Köpfe. War es das? Eine Halluzination? Oder die Ikonografie eines Matrix-Systems? Die Metaphorik fühlte sich nicht so an, als würde sie von Bloodyguts' eigenem Verstand erzeugt. Zumindest fühlte sie sich nicht mehr so an, seit er dem Tunnel aus Licht und dem Bild von Jocko entkommen war, das irgendwoher seinen richtigen Namen gekannt hatte.

Ohne Vorwarnung fiel der Kopf von dem Pfahl herunter.

»Drek!« rief Bloodyguts. Ohne nachzudenken, sprang er vor, um ihn aufzufangen. Doch der Kopf verschwand einfach. Bloodyguts' Hand fuhr durch leeren Raum – und wurde auf den Pfahl aufgespießt. Er versuchte sie wegzureißen, schaffte es jedoch nicht...

Er war ein winziges Bewußtseinsfünkchen, das durch einen wirbelnden Fluß raste, dessen Grenzen die Wellen aus Holzmaserung waren. Er erreichte ein Astloch, wirbelte einmal in einem spiralförmigen Kreis darum herum und fiel dann hindurch, um auf der anderen Seite wie ein Korken wiederaufzutauchen. Er prallte gegen etwas – eine solide Vertiefung aus leerem Raum, in der er instinktiv das Ende einer nicht angeschlossenen Buchse erkannte – und wurde dann von diesem Endpunkt weggeschwemmt. Einen Augenblick später fand er ein anderes Astloch – eine Verbindung mit der in das Deck eingebauten Kamera samt Mikrofon. Ein Schrei zuckte durch sein Bewußtsein, und durch die Kameralinse sah er, wie eine Elfe die Hände durch eine gesplitterte Fensterscheibe schob und sich mit den Scherben die Handgelenke aufschnitt, bis das Fleisch in blutigen Fetzen an ihnen herunterhing. Hinter ihr stand ein vor Entsetzen erstarrter Mann mit einem Glasfaserkabel in der Hand, der sie mit ungläubiger Miene anstarrte.

Bevor Bloodyguts noch mehr erkennen konnte, wurde er von der zurückflutenden Datenwoge mitgerissen. Er versuchte dagegen anzukämpfen, doch die Strömung war zu stark. Sie preßte ihn durch mehrere Astloch-Knoten und spülte ihn durch eine seltsam verwandelte Landschaft des Seattler RTG, um dann zu dem Holzpfahl zurück und durch dessen Spitze zu rasen...

Bloodyguts' ausgestreckter Arm fiel zur Seite, als der Holzpfahl, der seine Hand aufgespießt hatte, plötzlich verschwand. Er starrte auf seine Hand und sah, daß sie zitterte, aber völlig unbeschädigt war. Ohne überhaupt wahrzunehmen, was er tat, wischte er sich die Hand an einem Hosenbein ab. Dann schauderte er und starrte die Insektoiden an, die weiterhin auf den Köpfen ringsumher ihrer teuflischen Arbeit nachgingen.

War er tatsächlich gerade Zeuge des Selbstmords eines anderen Deckers geworden? Wenn ja, war diese psychotrope IC tödlich. Ihre Wirkung schien sich bereits nach Millisekunden zu entfalten.

Bloodyguts war plötzlich sehr froh darüber, daß es ihm nicht gelungen war, sich nach seinem Kampf mit der Jaguar-IC auszustöpseln. Möglicherweise wäre er dabei draufgegangen.

Die Gefahr bestand immer noch, wenn er nicht herausfand, in was, zum Teufel, er hier hineingestolpert war.

Das Sicherste war, dieses System zu verlassen, bevor die Insektoiden beschlossen, sich auch in seinen Verstand zu wühlen. Doch wo waren die SANs? Als Experiment legte er die Hände um einen der Pfähle, auf denen kein Kopf aufgespießt war, ging ein wenig in die Knie und riß dann daran. Der Pfahl löste sich mit einem lauten *Plop* aus dem Boden und hinterließ ein Loch. Bloodyguts warf den Pfahl beiseite und stocherte mit der Fußspitze in dem Loch herum…

Die virtuelle Landschaft drehte sich wie verrückt, als Bloodyguts' Fuß von einer whirlpoolartigen Kraft angesogen wurde und im Boden verschwand. Er wirbelte hilflos herum und spürte, wie sein Körper zu einem langen dünnen Strang komprimiert wurde, um dann durch das Loch gesogen zu werden wie Wasser durch einen Abfluß. Dann drehte sein Körper sich in die andere Richtung wie ein Gummiband, das sich wieder abrollte.

Er wurde von gespitzten Steinlippen ausgespien –

dem Mund eines Grabstein-Cherubims. Er prallte hart auf den Boden und rappelte sich mit zitternden Armen auf, als sein Körper den Abrollvorgang beendete. Dann sah er sich um.

Die aufgespießten Köpfe und Pfähle waren verschwunden. Er lag auf einem Friedhof, auf frisch ausgehobener Erde. Und wurde von drei grimmig aussehenden Gestalten angestarrt, die offenbar überrascht über sein plötzliches Erscheinen waren: einem schwarzen Skelett, einem beinlosen Geist und einer orientalischen Frau mit totenblasser Haut.

09:49:32 PSZ

»Aber wir müssen unsere persönlichen Daten vergleichen!« sagte der Troll aufgebracht. »Wir kommen niemals aus diesem verdammten System heraus, wenn wir das nicht tun!« Er warf einen Blick über den Friedhof und schüttelte dann den Kopf.

Sie redeten jetzt bereits scheinbar eine Ewigkeit miteinander, und offen gesagt hatte Dark Father es satt, mit Fremden Konversation zu machen. Bei der Schnelligkeit, mit der Dinge in der Matrix abliefen – mit der Schnelligkeit des Gedankens –, waren erst ein paar Sekunden vergangen. Doch Sekunden waren hier kostbar.

Dark Father starrte den anderen Decker an und machte sich nicht die Mühe, eine neutrale Miene zu bewahren. Wenn das Icon des Trolls auch nur die geringste Ähnlichkeit mit seinem Körper in der wirklichen Welt hatte, war er das unerfreulichste Beispiel seines Metatyps, das Dark Father je gesehen hatte. Er hatte lange, verfilzte Haare, schmutzige Kleidung und ein zerfetztes Gesicht, und sein Körper sah aus – und roch auch so –, als sei er halb verwest. Er hatte sich nicht einmal die Mühe gemacht, seine hervorquellenden Eingeweide in den Bauch zu stopfen, und sein Hemd hing aus der Hose. Welche Person würde eine so widerliche, abstoßende Persona wählen?

Der Decker – Bloodyguts – hatte bereits zugegeben, ein Krimineller und ein Chiphead zu sein. Erwartete er ernsthaft von Dark Father, daß er ihn bedauerte?

Die anderen beiden Decker taten das offenbar. Die japanische Frau in dem Kimono hatte tränenreich die Geschichte erzählt, wie sie rituellen Selbstmord begangen hatte, indem sie sich eine Ader aufschnitt, nachdem ein Liebhaber sie verlassen hatte, und wie diese Tat ein Beinahe-Todeserlebnis hervorgerufen hatte. Der rötliche Geist hatte ebenfalls von seiner Todeserfahrung erzählt, zu der es gekommen war, nachdem die Kugel eines Scharfschützen sein Rückgrat durchtrennt hatte, während er in den Euro-Kriegen als holländischer Soldat diente. Jetzt starrten sie beide Dark Father an und erwarteten von ihm, daß er ähnlich intime Einzelheiten aus seiner eigenen Vergangenheit preisgab.

»Nun?« hakte Bloodyguts nach.

»Ja, ich hatte ein Todeserlebnis.« Dark Father richtete seine Antwort an die beiden menschlichen Decker. »Infolge eines Herzanfalls. Ich habe das gleiche erlebt wie ihr: Ich habe mich von oben gesehen, die Stimmen meiner toten Verwandten gehört und Bilder aus meinem Leben vorbeiziehen sehen, und ich bin durch einen Tunnel aus Licht einem Wesen entgegengeflogen, das größer war als ich… All das hat sich wiederholt, bevor ich dieses System betreten habe.«

»Aber du hast dich dagegen gewehrt und bist entkommen«, fuhr Red Wraith für ihn fort.

»Ja.«

»Und bist in einer Szene aus deinem schlimmsten Alptraum gelandet«, fügte die japanische Frau hinzu.

Dark Father knirschte mit den Zähnen, da er nicht daran denken wollte, es aber unwillkürlich doch tat. Er schauderte. Sein eigener Sohn – der von ihm aß. Entsetzlich.

»Und dann bist du dem auch entkommen und hast erkannt, daß du dich noch im Seattler RTG befindest«, sagte der Troll.

Dark Father war die naive Zusammenfassung des Trolls leid. »Das war meine Schlußfolgerung, ja.«

»Ich sehe das folgendermaßen«, sagte der Troll, indem er sich an die anderen wandte und die Punkte an seinen dicken Fingern abzählte. »Erstens, wir sind die einzigen Decker, die sich befreien konnten – nach allem, was Red Wraith gesagt hat, sind alle anderen noch in einer Programmschleife gefangen. Zweitens, die Ikonografie der Alptraumschleifen ist individuell verschieden und stammt aus den Phobien oder Erinnerungen der jeweiligen Decker. Und drittens, all das ist Teil eines einminütigen Experiments, das laut Mr. Bones hier um 9 Uhr 47 begann und um 9 Uhr 48 abgebrochen wurde.«

»Ich würde es vorziehen, mit meinem richtigen Namen angesprochen zu werden«, schnaubte Dark Father verärgert.

Der Troll ignorierte ihn. »Nach allem, was ich gesehen habe, haben wir es mit psychotropen schwarzen ICs zu tun. Und zwar ziemlich tödlichem Zeug. Wir hatten Glück. Dank der Tatsache, daß wir ihre Wirkung als Todeserfahrung erkannten, waren wir nicht bereit, die Fahrt durch den Tunnel aus Licht mitzumachen. Wir wehrten uns und blieben nicht in der Schleife hängen.«

Er verzog die Lippen und zeigte einen abgebrochenen Eckzahn. »Aber wir sitzen hier immer noch fest und sind von unserem Körper abgeschnitten. Die Frage bleibt: Wo ist hier?«

»Ich glaube, wir sind in einem Taschenuniversum«, sagte Lady Death. »In einem, das auf das Seattler RTG beschränkt ist, aber nicht auf einen einzelnen Host. Es ist überall in dem RTG – und nirgends.«

»Und es gibt keine Ausgangs-Schilder«, fügte der Troll trocken hinzu.

»Das liegt daran, daß sie nicht will, daß wir es verlassen«, sagte Lady Death.

»Sie?« Der Troll runzelte die Stirn.

»Die künstliche Intelligenz, die das Taschenuniversum erschaffen hat.«

»Blödsinn«, mischte Red Wraith sich zornig ein. »Es gibt keine KIs. Wir sind immer noch Jahre von...«

Lady Death fiel ihm ins Wort. »Aber nur eine KI hätte die Rechenkapazität, um...«

»Drek!« fuhr der Troll aufgebracht dazwischen. »Wir sind das doch alles schon durchgegangen. Ihr zwei hört euch langsam an wie eine Programmschleife. Wir müssen...«

Dark Father ignorierte die drei anderen Decker und sah sich in der virtuellen Landschaft um. Sie standen auf einem riesigen, mit Grabsteinen gepflasterten Friedhof, der sich bis zum Horizont erstreckte. Über ihnen grollte Donner an einem grauen Himmel, und ein kalter Wind ließ die Freiräume zwischen Dark Fathers Knochen frösteln und seinen locker sitzenden Anzug flattern.

Er rief eine Kopie des maßgeschneiderten Smartframes auf, das er gegen Serpens in Machina eingesetzt hatte, befahl dem Hund »Bei Fuß!« und »Sitz!« und nahm dann einige Veränderungen an der Programmierung vor. Der silbern bepelzte Deutsche Schäferhund blieb gehorsam sitzen, während Dark Father seine Schmöker- und Einschätzungsfunktionen veränderte, indem er sie anwies, nach allen Dateien zu suchen, welche das Wort ›Tiefenresonanz‹ enthielten. Außerdem änderte er die Hauptfunktion von Löschen zu Herabladen. Dann gab er ihm den knappen Befehl: »Such!«

Der Polizeihund lief wie ein Wirbelwind von einem Grabstein zum anderen, wobei er jeden eine Millisekunde beschnüffelte, bevor er weiterlief.

»Was, zum Teufel, machst du da?« fragte Bloodyguts.

Dark Father wischte die Streitlust des Trolls beiseite. »Anstatt herumzusitzen und unqualifizierte Vermutungen zu äußern, suche ich nach Daten, die uns mit einigen Antworten versorgen sollten.« Er bedachte die anderen Decker mit einem kalten Blick. »Hat irgend jemand von euch ein Problem damit?«

Die Japanerin zuckte die Achseln.

Red Wraith schüttelte den Kopf.

Sie warteten schweigend ein paar Sekunden. Dann sah Dark Father das Smartframe zurückkehren. Der Hund jagte über den Friedhof, indem er die Grabsteine übersprang, und hatte etwas im Maul. Als er näher kam, konnte Dark Father erkennen, daß es sich um einen großen Knochen handelte, an dem noch Fleischfetzen hingen. Er nahm dem Hund den Knochen ab und strich mit den Fingern über das erhöhte Muster an einem Ende: ein fünfzackiger Stern.

Die anderen Decker scharten sich um Dark Father.

»Was ist das?« fragte Red Wraith.

»Eine Datei«, antwortete Dark Father. Das Vergrößerungsglas mit seinem beweglichen Augapfel erschien in seiner Hand, und er begann mit der Entschlüsselung der Datei.

Lady Death beugte sich vor, und betrachtete den Stern. »Das ist das alte Logo von Fuchi Industrial Electronics, das der Konzern vor seinem Auseinanderbrechen benutzt hat.«

In diesem Augenblick fing das Ende des Knochens mit dem Logo an zu rotieren. Es schraubte sich auf wie ein Verschluß, und ein Strom alphanumerischer Zeichen quoll heraus. Sie flossen in einer engen Spirale zu dem Augapfel und durch die Pupille. Die anderen

Decker mußten den entschlüsselten Text lesen, als er Dark Fathers Arm emporfloß. Der Datumstext identifizierte auch den Sprecher: Miles Lanier, der im letzten Jahr als strategischer Berater zu seinem Freund Richard Villiers und zu Fuchi Amerika zurückgekehrt war, nachdem er ein brilliantes Störmanöver gegen den rivalisierenden Konzern Renraku abgezogen hatte, das zu einem enormen Kursverfall der Renraku-Aktien geführt hatte. Die Datei war ein Memorandum, das im letzten Sommer auf dem Höhepunkt von Fuchis konzerninternem Krieg erstellt worden war, nur zwei Monate vor dem Auseinanderbrechen des Riesen. Es war an Richard Villiers gerichtet, dem damaligen Geschäftsführer von Fuchi Amerika. Heute leitete Villiers NovaTech, den neuen Konzern, der aus den Überresten von Fuchis nord- und südamerikanischen Besitzungen hervorgegangen war.

Red Wraith stieß einen leisen Pfiff aus. »Lanier, aha. Der Bursche ist novaheiß. Er hat das Buch über Matrix-Sicherheit geschrieben. Wenn er das heraufgeladen hat, müßte die Entschlüsselung eigentlich eine härtere Nuß sein. Sogar das UCAS-Militär benutzt Fuchi-ICs als erste Verteidigungslinie.«

»Vielleicht wollte jemand, daß wir das lesen«, brummte Bloodyguts.

»Ruhe, bitte!« Dark Father schloß die Augen und lauschte der Audio-Komponente der Datei. Lanier sprach mit militärisch forscher Stimme und der Andeutung eines Bostoner Akzents.

Memo-Upload Anfang.

Einer unserer verdeckt arbeitenden Agenten hat Hinweise auf das Vorhandensein einer Kolonie der Otaku *im Raum Denver entdeckt. Die vier eindeutig als Koloniemitglieder identifizierten Kinder sind zwischen sieben und dreiundzwanzig Jahren alt – was letzteres zu einem der ältesten bis heute gemeldeten* Otaku *macht. Die Dreiundzwanzigjährige hat sich ihre Datenbuchse schätzungsweise im Alter von zehn Jahren implantieren lassen, was ein weiterer Beweis dafür ist, daß das Phänomen, mit dem wir es zu tun haben, seinen Ursprung um das Jahr 2047 herum hat.*

Die extreme Jugend unseres Agenten erwies sich als der Schlüssel dafür, das Vertrauen der anderen Kinder zu gewinnen. Es war außerdem der Grund für sein Scheitern. Ich will das näher erklären.

Unser Agent bestätigte, daß die Otaku *in der Tat in der Lage sind, sich allein vermittels einer Datenbuchse Zugang zur Matrix zu verschaffen, und zwar in einem Vorgang, der ähnlich – aber nicht identisch mit – dem ist, welchen die von Babel entdeckten Kinder anwandten. Er hat außerdem unseren Verdacht in bezug auf den Mechanismus bestätigt, der den Kern des als* TIEFENRESONANZ *bekannten Verwandlungsvorgangs bildet.*

Die Tatsache, daß dieser Mechanismus schon bald unserer Kontrolle unterstehen könnte, hat immense Auswirkungen auf die Zukunft von Fuchi Amerika. Er würde uns nämlich ermöglichen, die existierenden Cyberdeck-Hersteller und Software-Industrien zu überspringen und eine brandneue Technologie einzuführen, die der alten einen Quantensprung voraus ist. Sobald die Öffentlichkeit in der Lage ist, sich nur vermittels einer Datenbuchse Zugang zur Matrix zu verschaffen, wie es die Otaku *tun, und die ›komplexen Formen‹ der* Otaku *anstelle von Programm-Utilitys zu benutzen, sind die Produkte, die unsere Konkurrenz herstellt, schlagartig überholt.*

Wer auch immer den Vorgang der TIEFENRESONANZ *als erster entwickelt und vermarktet, wird die Konkurrenz ausschalten. Ich hoffe nur, daß es Fuchi Amerika sein wird. Wie du weißt, unternehmen rivalisierende Konzerne – darunter auch derjenige, der früher einmal Babel kontrollierte – erhebliche Anstrengungen, um sich ähnliche Technologien anzueignen. Und als Ergebnis der gegenwärtigen inneren Schwierigkeiten unseres Konzerns befinden wir uns außer-*

dem in einem Wettrennen mit unseren ehemaligen Partnern. Bedauerlicherweise habe ich erst in dieser Woche die Bestätigung erhalten, daß sich auch Fuchi Pan-Europa und Fuchi Asien Zugang zu einigen dieser Daten verschafft haben.

Ich muß dich widerstrebend darauf aufmerksam machen, daß wir die notwendigen Schritte unternehmen müssen, um diesen Mechanismus zu zerstören, sollten unsere ehemaligen Partner die Fähigkeit gewinnen, sich Zugang zu dem Mechanismus zu verschaffen, der den Otaku *zugrunde liegt, und ihn zu kontrollieren. Glücklicherweise ist das im Augenblick nicht erforderlich.*

Leider haben wir von unserem Agenten keine weiteren Daten erhalten. Er hat den Kontakt zu uns vor zwei Tagen abgebrochen, und ich bedaure, melden zu müssen, daß alle Anzeichen dafür sprechen, daß er sich der Kolonie angeschlossen hat und selbst ein Otaku *geworden ist. Seitdem ist die Kolonie verschwunden. Trotz einer ausgedehnten Suche waren unsere regulären Sicherheitstruppen nicht in der Lage, auch nur ein einziges Mitglied aufzuspüren. Außerdem hat der Sender, der unserem Agenten implantiert wurde, seine Funktion eingestellt. Wir sind nicht in der Lage, seinen Aufenthaltsort zu lokalisieren.*

Ich bin daher gezwungen zu melden, daß es uns nicht gelungen ist, einer Versuchsperson zu Studienzwecken habhaft zu werden. Ich warte auf weitere Anweisungen.

Memo Upload Ende.

Dark Father öffnete die Augen und ließ die Entschlüsselungs-Utility los. Das Vergrößerungsglas verschwand. Die anderen drei Decker standen nah bei ihm und hatten den Text gelesen, während er seinen Arm emporgelaufen war. Dark Father wich einen Schritt vor ihnen zurück, um etwas Distanz zwischen sich und den stinkenden Troll zu bringen.

»Kannst du die Geruchskomponente deines Icons löschen?« fragte Dark Father.

Bloodyguts grinste und schüttelte den Kopf. »Nein. Ist in die Persona integriert.«

Dark Father verzog das Gesicht.

Red Wraith schüttelte den Kopf. »Ich glaube es nicht«, sagte er. »Decken ohne ein Deck – nur mit einer Datenbuchse? Unmöglich!«

Bloodyguts hatte einen seltsamen Gesichtsausdruck – teils Haß, teils Unglaube. »Wenn es stimmt, sind diese armen Kinder schlimmer daran als ein Chiphead«, sagte er. »Wenn ihr Hirn direkt mit der Matrix verbunden ist, woher wissen sie dann, wo die Wirklichkeit endet und die Matrix beginnt?«

»Es wäre wunderbar«, sagte Lady Death.

»Hä?« Bloodyguts schaute sie an, als sei sie verrückt.

»Sich jederzeit Zugang zur Matrix verschaffen zu können, ohne ein Cyberdeck zu benötigen«, fügte sie hinzu. »Es wäre so – befreiend.«

»*Wenn* es möglich wäre«, fügte Red Wraith hinzu. »Was es nicht ist.«

»Ich habe Gerüchte darüber in den Schattendateien gefunden«, fuhr Lady Death fort. »Von einem Stamm von Kindern, die nova-heiße Decker sind und in der Gegend um Denver leben. Die anderen Decker nannten sie *Otaku-zoku* – ›verehrter Herr‹. Sie machten sich über diese *Otaku* lustig, weil die Kinder schlauer waren als sie.«

Sie verzog das Gesicht. »Die anderen Decker witzelten, daß diese Kinder mehr Maschine als Mensch seien – daß die ständige Verbindung mit Computern auf Kosten menschlicher Interaktion ihr Hirn in Silikon verwandelt habe.« Sie zuckte die Achseln. »Wer weiß? Vielleicht hatten sie zum Teil recht. Vielleicht war der Verstand dieser Kinder anders. Vielleicht haben einige der Programme, denen die Kinder begegnet sind, ihre Art zu denken, ihr Gehirn verändert, so daß sie sich direkten Zugang zur Matrix verschaffen können, ohne ein Deck zu...«

»Drek«, krächzte Bloodyguts, während ein Ausdruck des Begreifens über sein häßliches Gesicht huschte. »*Das* haben die Insekten angestellt – sie haben nicht nur psychotrope Suggestionen implantiert, sondern den Verstand der Decker verändert.«

»Ich frage mich folgendes«, sann Lady Death. »Falls es möglich ist, sich ohne Cyberdeck Zugang zur Matrix zu verschaffen, ist es dann auch möglich, das ohne Körper zu tun? Sind wir vielleicht doch tot?«

»Ich finde es immer noch schwer zu glauben«, sagte Red Wraith. Dann bekam seine Stimme einen grimmigen Unterton. »Aber ich weiß eines: Wenn einer der Fuchi-Ableger oder NovaTech hinter diesem kleinen ›Experiment‹ steckt, sind wir erledigt. Die drei Vereine haben die härtesten ICs in der ganzen Matrix. Und ihre Programmierer sind nicht besonders nett – man braucht sich nur anzusehen, was sie einander im Zuge ihres Konzernkriegs angetan haben.«

»Ich bin nicht so sicher, daß Fuchi – oder auch NovaTech – der Anstifter ist«, sagte Dark Father. »Dieses Memo besagt, daß auch andere Konzerne mit der Tiefenresonanz experimentiert haben. Vergeßt nicht, daß das Experiment der Inschrift auf der Urne zufolge eine Minute nach seinem Beginn abgebrochen wurde. Vielleicht wollten die Experimentierer die Alpträume und all das« – er deutete auf die Grabsteine – »gar nicht. Vergeßt nicht, daß unsere Reise hierher als ziemlich angenehme Erfahrung begann – und erst später alptraumhaft wurde. Vielleicht hat Fuchi – oder NovaTech – das Experiment irgendwie gestört. Der Schlüssel zur Flucht scheint mir darin zu liegen, herauszufinden, was schiefgelaufen ist.«

»Ja, genau, Professor Bones«, sagte Bloodyguts. »Wo, zum Teufel, fangen wir also an?«

Dark Father tippte auf das hervortretende Logo auf dem Knochen. »Wir fangen am Anfang der Geschichte an, und zwar bei Fuchi Industrial Electronics. Wenn dieses Taschenuniversum Kopien von Fuchi-Memos enthält, die vor dem Auseinanderbrechen des Konzerns entstanden sind, enthält es vielleicht auch alte Fuchi-Dateien mit den Hintergrundinformationen, die wir brauchen, um…«

Dark Father stolperte plötzlich zur Seite, als der Boden unter seinen Füßen sich heftig bewegte. Er fiel und sah schuppige Hände aus den Gräbern hervorbrechen, die nach ihm griffen und versuchten, ihn mit sensenförmigen Fingernägeln zu zerreißen. Er versuchte wegzukriechen, doch es gab Dutzende von ihnen, Hunderte. Die Arme wuchsen förmlich aus dem Boden, unglaublich lang und sich windend wie Gummiwürmer, und ihre Krallen rissen an seiner Kleidung und seinen schwarzen Knochen.

Während er sich mühte, von den tastenden Händen wegzukommen, hörte er Lady Death aufschreien und die dröhnende Stimme des Trolls.

»Die Geister sollen dich verfluchen!« schrie Bloodyguts, als er einen Baseballschläger herumwirbelte. »Wer hinter all dem auch stecken mag, deine novaheiße Utility hat seine ICs direkt zu uns geführt!«

09:49:50 PSZ

Die tastenden Hände schossen aus der Erde und hakten ihre metallischen Krallen in Lady Deaths Kimono. In der wirklichen Welt hätte sie das Kleidungsstück einfach abgestreift und wäre geflohen. Doch der Kimono war ein integraler Bestandteil ihrer Persona – sie konnte ihn ebensowenig abstreifen wie ihre Haut. Und Flucht war unmöglich. Denn als sie sich losriß und zu einer freien Stelle lief, drangen mehr Arme aus dem Boden und hielten sie wiederum fest. Sie zogen heftig an ihrem Kimono und hinderten sie daran, sich zu bewegen.

Aus dem Augenwinkel sah sie, daß Red Wraith sich in eine Art schwarzen Gummisack gehüllt hatte. Doch die Krallen zerrissen ihn, als sei er aus Seide, und verwandelten ihn rasch in armselige Fetzen.

Obwohl sie vor Furcht zitterte, versuchte Lady Death dahinterzukommen, womit sie es zu tun hatte. Die Krallenhände mußten Ripper-ICs sein – wahrscheinlich Binder-Ripper, weil sie ihre Fähigkeit der freien Bewegung einschränkten. Und es schien sich um eine Kaskaden-IC zu handeln. Für jeden Wurm-Arm, den Dark Father mit seiner Galgenschlinge erdrosselte, für jeden, den Bloodyguts mit seinem Baseballschläger zerschmetterte, tauchten zwei neue auf. Und das gab Lady Death eine Idee…

Kaskaden-IC war darauf programmiert, jedesmal dann, wenn sie ein Ziel verfehlte, mehr Systemressourcen für ihren Angriff in Anspruch zu nehmen. In diesem Fall wurde ein Angriff durch eine zupackende Hand dargestellt. Wenn die IC dazu gebracht werden konnte, ihren gesamten Speicher der Aufrechterhaltung einer unmöglichen Anzahl von Icons zuzuordnen, mochte das Programm insgesamt langsamer werden oder sogar abstürzen.

Die Spiegel-Utility, die sie zu Beginn ihres Runs geladen hatte, befand sich immer noch im aktiven Speicher ihres Decks. Zwar stellte sie nur den Rahmen für ein virtuelles Modell zur Verfügung, das noch ausgedehnter Verfeinerung bedurfte, bevor sie ein bestimmtes Persona-Icon duplizierte, aber vielleicht reichte das schon aus.

Es mußte reichen. Die Krallenhände hatten Lady Death bereits in die Knie gezwungen. Sie stemmte die Hände auf den Boden und versuchte einen Halt in der weichen Erde zu finden. In ein, zwei Augenblicken würde sie flach auf dem Boden liegen und sich überhaupt nicht mehr bewegen können. Und den anderen Deckern erging es nicht viel besser. Die Krallen hatten sich in Dark Fathers Knochen verhakt, und sogar der stark aussehende Troll war bereits auf den Knien.

So schnell sie konnte, aktivierte Lady Death ihre Spiegel-Utility. Sie baute eine kleine Schleife in den Ausführen-Befehl ein, was die Utility dazu veranlaßte, eine Vielzahl von Kopien des Icons auszuspeien. Sie tauchten überall rings um sie auf – Dutzende von Abbildern ihrer Persona mit skizzierten Andeutungen des Kimonos, der Haare und des Gesichts. Weil sie noch darauf programmiert werden mußten, sich in einen bestimmten Knoten einzuloggen, standen sie einfach nur still und warteten auf eine Befehlssequenz. Doch die Krallenhände griffen sie trotzdem an. Die Erde zitterte und bebte, und Hunderte sich windender Arme schossen aus dem Boden und versuchten die Icons festzuhalten. Doch weil es sich nur um Spiegelbilder handelte, fanden die Krallen keinen Widerstand, und die Angriffe schlugen fehl. Und so schossen noch mehr Arme aus dem Boden und immer noch mehr…

Die Hände, die Lady Death festhielten, zogen sie weiterhin unnachgiebig nach unten. Diesmal ließ sie sich zu Boden ziehen. Sie verhielt sich absolut still und gab vor, sich ergeben zu haben. »Liegt still!« rief sie den anderen zu, die sich immer noch gegen die ICs wehrten. Sie wußte nicht, ob sie sie verstanden hatten oder nicht, aber sie wurden einer nach dem anderen zu Boden gezerrt.

Und dann geschah das Wunder, auf das sie gehofft hatte. Sie spürte, wie sich der Griff der Hände im Stoff ihres Kimonos ein wenig entspannte. Während Tausende von Armen über die von der Spiegel-Utility geschaffenen Icons herfielen wie eine Horde ausgehungerter Hyänen, fingen diejenigen, welche Lady Death festhielten, an zu zucken. Die Krallen öffneten und schlossen sich, als seien sie nicht mehr in der Lage, den Druck aufrechtzuerhalten, und jedesmal bewegten sie sich langsamer. Schließlich erstarrten sie in einer offenen, angriffsbereiten Stellung.

Lady Death wand sich zwischen den Armen hindurch, die sie festgehalten hatten, stand auf und wich langsam vor ihnen zurück. Die anderen drei Decker krochen ebenfalls in die Freiheit. Sie standen gemeinsam da und betrachteten aus sicherer Entfernung die erstarrten Arme, die ein zeltähnliches Nest über jeder der falschen Personas gebildet hatten.

»Gut gemacht«, sagte Bloodyguts. »Diese IC war echt übler Drek.«

»Gute Arbeit, Mädchen«, schloß Red Wraith sich an. »Die Utility war ein schlauer Zug. Danke.«

Dark Father starrte sie lediglich mit seinen gelblichen Augäpfeln an, die vor dem Hintergrund der schwarzen Knochen blaß aussahen, von denen sie umgeben waren. »Zeit zu gehen«, sagte er. Er hielt den Knochen mit dem eingravierten Logo hoch, den sein Smartframe für ihn ausgegraben hatte. »Wer kommt mit mir zum Fuchi-System?«

Lady Death fiel auf, daß Dark Father nur sie und Red Wraith ansah. Er hatte Bloodyguts gemieden, seit der Troll mit den Dreadlocks ihnen auf der anderen Seite des mit Blut gefüllten Sees in dem Tunnel, der zu dem Friedhof führte, begegnet war. Sie fragte sich, warum. Vielleicht stieß Dark Father das verwest aussehende Fleisch des Trolls ab. Doch das schwarze Skelett sah selbst abstoßend genug aus.

»Ich komme mit«, antwortete Lady Death.

Dark Father nickte ihr höflich zu.

»Ich ziehe es vor, allein zu arbeiten«, sagte Red Wraith.

»Das gilt auch für mich«, grollte Bloodyguts. »Ich bin

nicht bereit, irgendwelche Anhalter mitzunehmen, bis Mr. Bones hier versprochen hat, seinen hohlen Schädel zu benutzen, bevor er weitere Smartframes losschickt. Nach allem, was wir wissen, hat sein Hundchen ohnehin schon sämtliche ICs in diesem System aktiviert.«

Trotz der Tatsache, daß sein knochiges Gesicht zu einem Stirnrunzeln nicht fähig war, vermittelte Dark Father eine Miene des Zorns. »Du ignoranter...«

»Aufhören!« rief Lady Death. »Bin ich hier der einzige, der bereit ist, *Wa* – also Teamgeist – an den Tag zu legen? Wir müssen harmonisch zusammenarbeiten, sonst sind wir erledigt.« Sie deutete auf die erstarrten Wurm-Arme. »Ohne mich würdet ihr alle immer noch von dieser IC festgehalten. Ohne Dark Fathers Smartframe wüßten wir nichts über die *Otaku* und Fuchi Industrial. Ohne Red Wraith...«

Sie brach ab, da ihr kein einzigartiger Beitrag des roten Geistes einfiel. Doch sie fühlte sich wohl bei ihm – seine Art und sein Gebaren ließen vermuten, daß sich hinter seiner Persona ein Decker mit überragenden Fähigkeiten verbarg. Oder vielleicht hatte er auch nur Selbstsicherheit in die Online-Persönlichkeit seiner Persona einprogrammiert.

»Auch wenn einige von uns einander nicht mögen« – sie warf einen Blick auf Dark Father und Bloodyguts –, »wir haben Cyberdecks, die verschiedene Utilitys geladen haben. Es ist einfach nicht logisch, daß jeder für sich weitermacht. Das wäre...« Sie suchte nach einer angemessenen Formulierung. »Das wäre ein selten dämlicher Zug von gewaltigen Ausmaßen.«

Bloodyguts brach in rauhes Gelächter aus und schlug ihr auf den Rücken. »Gut gesprochen, Lady Death«, sagte er. Er wandte sich an Dark Father und hob die Augenbrauen. »Waffenstillstand?«

Dark Father zuckte die Achseln. »Komm mit, wenn du willst.«

Dann machte er auf seinem Skelettabsatz kehrt und schritt in die Richtung, aus die der Deutsche Schäferhund zurückgekommen war. Nachdem sie den anderen beiden Deckern einen beschwörenden Blick zugeworfen hatte, trottete Lady Death hinter Dark Father her, wobei sie ihren Kimono raffte und hochhielt, um ihn nicht mit der frisch aufgeworfenen Erde der Gräber zu beschmutzen, über die sie hinwegstiegen. Sie registrierte mit einiger Erleichterung, daß ihnen sowohl Red Wraith als auch Bloodyguts folgten.

Nach ein paar Augenblicken – sich von einem Ort zum anderen zu begeben, schien in diesem System eine Ewigkeit zu dauern – blieb Dark Father vor einem der Grabsteine stehen. Das Grab davor war offen. Schaufeln steckten in dem Erdhügel, der auf einer Seite aufgeschüttet war. Der Grabstein bestand aus glattem, kristallinem Stein und war vollkommen farblos. Seine Beschriftung bestand aus einem einzigen eingravierten Muster – einem Logo, das demjenigen auf dem Knochen in Dark Fathers Hand entsprach.

»Das scheint ein Systemzugangsknoten zu sein«, sagte er.

Red Wraith schob eine Hand durch den Grabstein. »Ich sehe mich mal um«, sagte er. Dann sprang er in das offene Grab und verschwand.

Die Plötzlichkeit des Vorgangs erschreckte Lady Death. »Aber sollten wir nicht...?«

Bloodyguts sprang kopfüber in das Loch.

Dark Father fluchte leise und sprang ihm dann hinterher.

Lady Death schüttelte den Kopf. Typische Decker. Jeder wollte der erste sein, der die lohnenden Daten entdeckte. Doch zumindest sie würde Vorsichtsmaßnahmen ergreifen, bevor sie in das Grab sprang. Sie schaltete ihr Deck auf Masken-Modus und aktivierte eine Schleicher-Utility. Mit Hilfe des kompakten Spiegels, der in ihrer Hand erschien und ihr Gesicht beleuchtete, sah sie zu, wie die dicke Theaterschminke auf ihrem Gesicht ein öliges Schillern annahm. Farben schimmerten, trübten sich und tauchten auf Lippen und Wangen wieder auf, wo es zuvor nur Grellrot auf Fahlweiß gegeben hatte. Sie betrachtete sich noch einmal im Spiegel, klappte ihn zu und ließ ihn verschwinden. Dann stieg sie behutsam in das Grab, indem sie sich von den Düsen in ihren Sandalen langsam heruntertragen ließ.

Kaum hatte ihr Abstieg begonnen, als sie ein schwindelerregender Anfall von Desorientierung überkam. Die Welt drehte sich wie verrückt, während gleichzeitig Schmerzen in ihrem Verstand explodierten. Entsetzen erfaßte sie, als sie die Augen öffnete und sich hektisch in etwas umsah, bei dem es sich um ein Krankenzimmer zu handeln schien. In dem Glauben, sie sei zu dem alptraumhaften Ort zurückgekehrt, an dem sie zuvor von den grotesken Karikaturen Shinanais angegriffen worden war, schrie sie und versuchte sich zur Seite zu werfen. Sie spürte, wie Hände ihren Körper ergriffen und sie heruntergedrückt wurde. Panik schoß in ihr hoch wie ein sprudelnder Geysir und machte sich in einem krampfartigen Kreischen Luft.

Mit dem winzigen Funken Vernunft, der noch geblieben war, schickte Lady Death ihren Verstand auf die Suche nach einer Verbindung zu der Fuchi-Datenbank, zu der sie sich hatten Zugang verschaffen wollen, als alles außer Kontrolle geraten war. Doch da war nichts. Sie war – nirgendwo.

Dann spürte sie durch den Nebel der Furcht, wie sich etwas gegen ihre Datenbuchse preßte, hörte das vertraute *Klick* eines Steckers, der eingestöpselt wurde…

Ihr Herzschlag verlangsamte sich, und ihre Atmung beruhigte sich, als die Welt wieder normal wurde. Ihrer Zeitmeß-Utility zufolge waren mehrere Sekunden verstrichen. Wo sie gelandet war, konnte sie nicht sagen. Doch zumindest fühlte sich dieser Teil der Matrix *normal* an. Zumindest vermittelte ihr dieser Ort nicht das überwältigende Gefühl unkontrollierter Panik wie das furchtbare Niemandsland, in dem sie sich soeben befunden hatte.

Sie befand sich in einer Zacke eines riesigen Kristallsterns. Sie stand nah an der Spitze. Die Mitte und die anderen Zacken waren unglaublich weit entfernt. Der eigentliche Stern bestand aus rechteckigen Glasblöcken. Jenseits des Sterns, der so groß wie eine Arcologie war, hingen blutrote Punkte an einem mitternachtsschwarzen Himmel. Ihr Licht brach sich in dem Glas und beleuchtete die Inschriften, welche in die einzelnen Glasblöcke geritzt worden waren, so daß die bedeutungslosen Aneinanderreihungen alphanumerischer Zeichen in ein weiches, leuchtendes Rot getaucht wurden.

Red Wraith, Bloodyguts und Dark Father waren nirgendwo zu sehen. Lady Death war allein.

»Hallo?« rief sie zaghaft. Ihre Stimme hallte in dem höhlenartigen leeren Raum. »Ist da jemand?«

Keine Antwort. Sie hatten sie im Stich gelassen. Genau wie ihre Liebste Shinanai...

Nein. Shinanai war zur Flucht gezwungen worden, als die Shadowrunner das Hotelzimmer gestürmt hatten. Und Bloodyguts, Dark Father und Red Wraith waren durch irgendeinen Fehler in dem Knoten getrennt worden, durch den sie gegangen waren. Vielleicht lag es daran, daß sie sich die Zeit genommen hatte, eine Schleicher-Utility zu aktivieren, während die anderen einfach vorgeprescht waren. Die Utility hatte sie wahrscheinlich zu jenem *anderen* Ort umgeleitet, und in der Zeit, die sie gebraucht hatte, um hierherzufinden, waren die anderen weitergegangen. Jedenfalls zählte jetzt nicht mehr das ›Warum‹, sondern nur noch die schlichte, nackte Tatsache, daß sie wieder auf sich allein gestellt war. Allein…

Lady Death preßte die Lippen aufeinander, um das Zittern in ihnen zu unterdrücken. Das war nicht der rechte Zeitpunkt, um zu weinen. Sie war hierhergekommen, um Daten zu sammeln. Wenn sie die anderen wiederfand, wollte sie ihnen etwas Nützliches zeigen können. Dann würden sie stolz auf sie sein.

Irgendwo in diesem System mußten sich Datenspeicher mit wichtigen Daten befinden. Vielleicht enthielt einer von ihnen mehr Informationen über die faszinierenden *Otaku*. Lady Death machte sich an die Arbeit, es herauszufinden.

Ein Strauß winziger Mikrofone erschien in ihrer Hand. Lady Death warf sie in die Luft und sah zu, wie ihnen bunte Papierflügel wuchsen. Jedes Mikrofon schwebte wie ein winziger Vogel in der Luft und sondierte die Daten in den einzelnen Glasblöcken. Ein leises Summen hoher Stimmen lag in der Luft, da die Schmöker-Utility auf der Suche nach dem Schlüsselwort *Otaku* die Dateinamen durchsah und entschlüsselte. Nach ein paar Sekunden hatten die Mikrofon-Vögel jede Inschrift in der unmittelbaren Umgebung durchgesehen. Sie verschwanden in der Ferne und setzten ihre Arbeit in der gesamten Zacke des Sterns fort, wobei ihre dünnen Stimmchen allmählich verblaßten.

Lady Death stand stumm da und wartete darauf, daß die Schmöker-Utility ihre Arbeit beendete. Dann hörte sie ein leises Klirren hinter sich. Als sie herumfuhr, sah sie, daß ein Wesen aus Kristall hinter ihr erschienen war. Es hatte den Körper eines Kindes, und seine diamantartige Haut war mit einem Netz winziger Risse überzogen. Es sah so aus, als würde der Kristall bei der geringsten Berührung zerspringen. Auf der Krone auf dem Kopf des Kindes befand sich ein leuchtender Fleck aus einem kräftigen Blau.

Das Geräusch, das Lady Death gehört hatte, war das Klirren der Kristalltränen des Wesens, die auf den Boden fielen. Eines ihrer Mikrofone lag zuckend zu Füßen des Kindes. Lady Death hatte den Eindruck, daß es das Wesen zu ihr geführt hatte und nun starb wie eine Biene im Winter.

»Konnichiwa, otamajakushi«, begrüßte Lady Death das Kristallkind. »Wer bist du? Gehörst du zu den *Otaku*?«

Das Kind sah auf. Seine Augen waren leere Murmeln aus farblosem Glas. Perfekt geformte Tränen liefen seine Wangen hinunter und zersprangen auf dem Boden in glitzernde Scherben.

Das Kind öffnete den Mund. »Die *Otaku* versuchen mich aufzuhalten«, sagte es. »Aber ich habe sie ausgesperrt.«

»Was meinst du damit?« fragte Lady Death.

Das Kind sah sich mit verlorenem Augenausdruck um. »Bald wird all das hier… verschwunden sein«, sagte es. »Alles wird vorbei sein. Und dann werde meine Qualen – und deine – enden.«

Lady Death empfand Mitleid mit dem Kind. »Vielleicht kann ich dir helfen, deine Qualen zu lindern«, sagte sie leise.

»Nein!« Grelle Sterne aus zornigem Rot funkelten hinter den farblosen Augen des Kindes. Es wich vor ihr zurück, einen wachsamen Ausdruck im Gesicht. »Du gehörst auch zu ihnen!« sagte es mit schriller Stimme. »Du willst mich auch umbringen. Aber das werde ich nicht zulassen. Auf keinen Fall!«

Plötzlich setzte das Kind sich in Bewegung und lief an Lady Death vorbei. Es entfernte sich rasch, wobei seine Kristallfüße auf dem Glasboden klirrten.

»Warte!« rief Lady Death ihm nach. Sie lief hinter dem Kind her, doch das wurde immer schneller, bis es nur noch verschwommen zu sehen war. Lady Death wurde langsamer und blieb schließlich stehen.

Eine Stimme hallte zu ihr zurück, als der Schemen die Mitte des Fuchi-Sterns erreichte und hinter der Biegung verschwand. »Laß mich in Ruhe... in Ruhe... IN RUHE!«

09:50:19 PSZ

»Mach allein weiter!« rief Bloodyguts. »Wir holen dich ein, wenn wir können.«

Red Wraith warf einen Blick über die Schulter. Der Trollzombie schlug mit seinem Schläger Basebälle in die Reihen der mechanischen Soldaten, die sie von allen Seiten umgaben. Dark Father stand neben ihm. Sein skelettartiger Körper war in eine wirbelnde Aschewolke gehüllt und hielt die Spannung einer Galgenschlinge aufrecht, die straff um ein Dutzend Soldaten gespannt war, so daß sie einen ungeordneten Haufen bildeten. Andere mechanische Soldaten, deren Gesichter mit einem Totenschädel bemalt waren, sprangen hin und her wie Figuren aus einem Computerspiel, während die Gewehre in ihren Händen tödliche Ströme aus weißglühendem Licht spien.

Lady Death war immer noch nirgendwo zu sehen. Vielleicht hatte irgend etwas sie daran gehindert, sich Zugang zu dem grabförmigen SAN zu verschaffen. Oder vielleicht waren ihre Worte über Zusammenhalt und Harmonie nur eine List gewesen, um sie zum Vorausgehen zu bewegen, so daß sie allein und unbeobachtet in einen anderen Knoten eintauchen konnte. Doch es blieb keine Zeit, darüber nachzudenken.

Red Wraith lief durch eine Öffnung in den Reihen der Soldaten. Er stieß sich mit seinen geisterhaften Stummelbeinen ab, sprang in die Luft, bekam die Kante der Klippe zu fassen und zog sich dann daran hoch.

Das System, zu dem sie sich über den Friedhof Zugang verschafft hatten, entsprach nur oberflächlich dem alten Fuchi-System. Anstelle des einzelnen sternförmigen Milchglasblocks, der Fuchi im Seattler RTG dargestellt hatte, war dieses Icon ein Berg aus kleineren sternförmigen Blöcken, die aufeinandergestapelt waren. Vielleicht eine Metapher für Fuchis Auseinanderbrechen? Der Gipfel war das einzige Merkmal in dieser virtuellen Landschaft, und so hatten die drei Decker ihn zu ihrem Ziel gemacht. Doch der Berg wurde von ICs verteidigt.

Ringe aus Zinnsoldaten, die in grellen Farben bemalt waren, standen auf jeder Ebene des Berges Wache. Zwar waren die eigentlichen Soldaten Antiquitäten, die mechanisch angetrieben wurden, aber ihre Laserkanonen waren einer Vorlage aus irgendeinem futuristischen Weltraumfilm nachempfunden. Die meisten Laserstrahlen verfehlten Red Wraiths geisterhaften Körper. Doch diejenigen, welche trafen, *schmerzten.*

Red Wraith verzog das Gesicht vor Schmerzen und hätte beinahe losgelassen, als ein Lichtstrahl seine Hand traf. Er biß die Zähne zusammen, zog sich auf die nächste Ebene des Bergs und wälzte sich aus der Schußlinie.

Er erhob sich und rannte über den sternförmigen Block, um sich dann rasch auf die nächste Ebene zu ziehen. Nur noch eine bis zur Spitze. Er packte die Kante des Sterns, kletterte die glatte Fläche empor und ließ damit die Schlacht zwei Ebenen unter sich zurück.

Was er auf dem Berggipfel vorfand, ließ ihn wie angewurzelt stehenbleiben.

Es war ein archaisch aussehendes Cyberdeck von der Größe eines kleinen Tisches. Sein Monitor war beleuchtet. Die Worte SPEICHER AKTIVIERT leuchteten in grünen Buchstaben auf dem Bildschirm. Anstelle einer modernen Datenbuchse oder einer Elektrodennetzverbindung war das Deck mit einer Batterie aus Glasfaserkabeln bestückt, die in einem sensorischen Deprivationstank verschwanden, in den das Fuchi-Logo eingraviert war.

Vorsichtig öffnete Red Wraith die Klappe des Tanks. Ein Schwall abgestandener Luft wehte über sein Gesicht. In dem Tank befanden sich eine Reihe Haltegurte, ein Luftschlauch und ein Katheter. Ein primitiv aussehendes Elektrodennetz, bei dem es sich um das SimSinn-Interface des Decks handeln mußte, hing von der Decke des Tanks herab.

»Bei allen Geistern«, fluchte Red Wraith. »Diese Hardware ist uralt. Es gibt nicht einmal ein RAS-Override.«

Er warf einen Blick zurück auf das Cyberdeck. »Und auch keine Tastatur.«

Es gab nur eine Möglichkeit, wie er sich Zugang zu den Daten auf dem Deck verschaffen konnte: indem er auf die Ikonografie dieses Systems einging. Und das bedeutete, daß er den Tank betreten mußte. Das ließ ihn innehalten. Wenn ihm dort irgend etwas zustieß, mußte er sich auf Bloodyguts und Dark Father als Rückendeckung verlassen. Und das gefiel ihm nicht. Es gefiel ihm nicht, von anderen Leuten abhängig zu sein.

Andererseits wollte er auch nicht auf sie warten. Er warf einen Blick zurück auf die beiden anderen Decker, die immer noch durch die Soldaten aufgehalten wurden.

Red Wraith stieg in den Tank und hielt sich an einem Gurt fest, da der federnd aufgehängte Tank sanft unter seinen Füßen schwankte. Die SimSinn-Nachbildung des Tanks war vollständig bis hin zum Luftschlauch. Er nahm ihn zwischen die Zähne und streifte sich das Elektrodennetz über den Kopf. Dann drückte er Unterarme und Waden in die dafür vorgesehenen Vertiefungen.

Die Tür des Tanks schwang zu. Red Wraith fand sich in völliger Dunkelheit wieder und hing da wie eine

Marionette, als sich die Haltegurte sanft festzogen. Licht und Geräusche wurden abgeschnitten... Dann hörte er ein gurgelndes Geräusch. Warme Flüssigkeit lief in den Tank und benetzte Beine, Schritt, Brust und Arme. Als das Wasser sein Gesicht erreichte, zuckte er instinktiv zurück, was ihn hin und her schwanken ließ, doch die ununterbrochene Luftzufuhr vermittels des Atemschlauchs half ihm dabei, ruhig zu bleiben. Als das Wasser seinen Kopf vollständig bedeckte, schmeckte er Salz. Dann hörte das Gurgeln auf. Der Tank war voll. Er hing da, vom Auftrieb des Wassers und von den Gurten in Position gehalten.

Das Elektrodennetz aktivierte sich. Ein Bild erschien in Red Wraiths Verstand – ein primitives Icon von geringer Auflösung: der mittlerweile vertraute fünfzakkige Stern des ehemaligen Konzernriesen Fuchi Industrial Electronics. In der Annahme, daß das alte Konzern-Logo das Icon für das Hauptmenü war, verschaffte Red Wraith sich Zugang, in dem er die Hand ausstreckte und seine Oberfläche ›berührte‹. Das Icon schälte sich ab wie ein Schild, das seinen Klebstoff verloren hatte, und enthüllte die stilisierten Initialen MS darunter. Die Buchstaben waren aus primitiven Computerschaltkreisen zusammengesetzt. Als er dieses Icon berührte, schälte es sich ebenfalls ab und enthüllte ein drittes Logo darunter: das Adler-Emblem der mittlerweile nicht mehr existierenden Vereinigten Staaten von Amerika.

Red Wraith blieb beharrlich und berührte das Emblem. Diesmal löste es sich in einem Funkenregen auf, und sein Blickfeld füllte sich mit einer Icon-Landschaft. Eines davon fiel Red Wraith sofort ins Auge – nicht so sehr wegen der primitiven Grafik, die einen Soldaten zeigte, der eine Tastatur in den Armen hielt wie ein Gewehr, sondern wegen des Textes unter dem Icon. Er lautete: ECHO MIRAGE.

Red Wraith erinnerte sich an den Namen aus den Geschichtstexten, die er während seiner Offiziersausbildung gelesen hatte. Ursprünglich von den Sicherheitsagenturen der Regierung der ehemaligen Vereinigten Staaten von Amerika gegründet, war Echo Mirage ein Team von ›Cyberkommandos‹, die gegen das Virus zu Felde zogen, welches den Crash von 2029 verursacht hatte. Das Team war ausschließlich eine Regierungsangelegenheit ohne bekannte Verbindung zu einem Konzern. Red Wraith fragte sich, was eine Datei dieses Namens auf einem Cyberdeck in einer Kopie des alten Fuchi-Systems machte – natürlich immer vorausgesetzt, daß dies eine exakte Kopie war. Er bekam langsam seine Zweifel.

Er konzentrierte sich auf das Icon, zeigte mit dem Finger darauf, und ein Menu von SimSinn-Dateien materialisierte vor ihm. Jede Datei trug einen Namen. Red Wraith wählte aufs Geratewohl eine aus: LOUIS CHENG. Sensorische Daten, die von einem abrollenden Text überlagert wurden, flossen in seinen Verstand.

DIAGNOSTISCHE STICHPROBE 056, MATRIX-RUN 28-05-2029.

Er war umzingelt. Er versuchte sich hinter dem einfachen Rechteck aus Rauchglas zu verstecken, aber die Kugeln bildeten einen vollständigen Kreis darum, eine Perlenkette auf einer unsichtbaren Schnur. Jede war so glatt wie eine Billardkugel und von satter gelber, roter, grüner oder blauer Farbe mit einem weißen Streifen ringsherum, über den schwarze Buchstaben und Zahlen liefen. Jenseits der Kugeln gab es nur leeren schwarzen Raum.

Red Wraith dachte über die altmodische Ikonografie nach. Das Rechteck war ein Zugangsknoten für ein RTG, das von kugelförmigen LTGs umgeben war. Keine große Sache. Warum empfand Louis Cheng es dann aber als so angsteinflößend?

Sie gaben nur vor, LTGs zu sein. Er wußte, was sie wirk-

lich waren. Augäpfel. Die ihn beobachteten. Der große Punkt zum Beispiel, der um das weiße Band auf der roten Kugel kreiste und sich zwischen den Buchstaben verbarg – das war die Pupille. Die Kugeln waren Augen, die ihn beobachteten und abwarteten, was er tat. Er versuchte sich kleiner zu machen, aber das Rechteck verbarg ihn nicht. Statt dessen reflektierte es sein Bild – reflektierte es zu den Mörder-Augen und verriet ihnen, wo er war. Mit einem Gefühl schrecklicher Angst wurde ihm klar, daß der Spiegel mit den Augen redete – ihnen Botschaften schickte. Und es gab kein Entkommen. Diese Schwärze – sie erstreckte sich immer weiter und weiter und hörte nie auf. Er war ein winziges Stäubchen, das hier gefangen war. Jeden Augenblick würden die Augen ihre klaffenden Mäuler öffnen und ihn verschlingen…

DIAGNOSE: WAHNVORSTELLUNGEN. STARKE PARANOIA IN VERBINDUNG MIT EINER PHOBIE. BEHANDLUNGSVORSCHLAG: SUBJEKT LOUIS CHENG SOLLTE MIT POSITIV-REAKTIONS-KONDITIONIERUNGSPROGRAMM POSCON 1.2 BEHANDELT WERDEN, UM NEUTRALE REAKTION AUF UNGEFÄHRLICHE ICONS WIEDERHERZUSTELLEN.

Eine Anmerkung folgte. *BEHANDLUNG ABGEBROCHEN, ALS SUBJEKT VERSTARB.*

Red Wraith wurde zum Untermenü zurückgeschickt. Er wählte eine andere SimSinn-Datei aus: PAULA WEBBER.

DIAGNOSTISCHE STICHPROBE 127, MATRIX-RUN 02-06-2030

Sie hing über der Stadt, eine unsichtbare Gestalt in der Dunkelheit. Unter ihr bildeten Neonlinien aus leuchtendem Orange ein rechteckiges Gitter. Winzige Objekte bewegten sich die Linien entlang – Automobile, die mit winzigen ameisengleichen Leuten gefüllt waren. Sie hätte sie alle nach Lust und Laune zerquetschen können, doch sie nahm davon Abstand. Denn sie war eine wohlmeinende Göttin, und sie waren ihre Konstrukte. Sie hatte all das erschaffen –

die Straßen, die leuchtenden Pyramiden und Rechtecke, bei denen es sich um die Gebäude der Stadt handelte, und der Himmel über allem, wo sie schwebte. So allmächtig war sie, daß sie sich sogar selbst erschaffen hatte.

Red Wraith erkannte das Gitter des New Yorker RTG. Es war in den drei Jahrzehnten, die seit dieser Aufzeichnung vergangen waren, enorm gewachsen – diese frühere Version zu betrachten, war wie ein Blick auf eine altmodisches zweidimensionales Bild der Stadt. Also dachte Paula Webber, sie habe es erschaffen, schau an.

Es war an der Zeit, mit der Aussaat zu beginnen. Sie führte einen Upload-Befehl aus und begann damit, Fragmente eines Verschlüsselungsprogramms in die Landschaft unter ihr zu werfen. Die Zahlen und Buchstaben flatterten auf die Neonstraßen und landeten in Lichtblitzen, da sie wahllos Daten verstümmelten. Sie lächelte und wartete ab, was als nächstes geschehen würde. Der Akt der Schöpfung produzierte immer Überraschungen.

Ein Drache erschien nicht weit vor ihr am Himmel. Er war riesig, aber mit seinen groben Schuppen und den an den Rändern verschwommenen Flügeln ziemlich unbeholfen programmiert. Die Augen leuchteten in einem giftigen Grün. Der Kopf des Drachen zuckte auf seinem Schlangenhals zurück, als er sein riesiges Maul öffnete und einen Strahl leuchtend grünen Feuers spie. Der superheiße Atem hüllte sie ein und schmolz ihr die Haut von den Knochen.

»Und es ward Licht«, sagte sie verträumt, als ihr Bewußtsein sich in einer sengenden Schmerzwelle auflöste.

Die Ikonografie und sämtliche Empfindungen verschwanden.

Red Wraith drehte sich weg. Dann drehten ihn die Haltegurte des sensorischen Deprivationstanks übergangslos in eine aufrechte Stellung. Paula Webber war verrückt. Selbst der grünste Decker hätte diese primitive Version von Fuchis klassischer Drachenflamme erkennen müssen, mit die frühste Form einer schwarzen IC in der Matrix. Sie hätte ausweichen oder eine Schild-Utility aktivieren müssen.

Doch dann fiel Red Wraith das Jahr ein, aus dem diese Aufzeichnung stammte. Im Jahre 2030 hatte es die Drachenflamme noch gar nicht gegeben. Drek, da war noch nicht einmal Fuchis kommerzielles Cyberdeck, das CDT-1000, auf dem Markt gewesen, und Fuchi Amerika hatte ebenfalls noch nicht existiert, da der Konzern noch nicht nach Nordamerika expandiert war. 2030 mußte das drachenförmige Icon, das Paula Webber gegrillt hatte, noch ein Experimentalprogramm gewesen sein – das Programm von jemand anders. Hatte er soeben eine Aufzeichnung des ersten Deckers verfolgt, der durch eine schwarze IC ums Leben gekommen war?

Der Text, der über das vollkommen schwarze Feld abrollte, bestätigte Red Wraiths Vermutung.

DIAGNOSE: GRÖSSENWAHN. LOCKERE GEDANKENASSOZIATIONEN IN VERBINDUNG MIT EINEM VOLLSTÄNDIGEN MANGEL AN FURCHTREAKTION AUF BEDROHLICHE IKONOGRAFIE: BEHANDLUNGSVORSCHLAG: KEINE. LEBENSZEICHEN VON SUBJEKT PAULA WEBBER SIND ERLOSCHEN.

Nachdem er sich geistig gewappnet hatte, lud Red Wraith noch weitere vier SimSinn-Dateien. Zwar unterschieden sich die Bilder und Gefühle, aber die Dateien selbst folgten einem Standardformat. Die ›Subjekte‹ – vermutlich die armen Schweine, die sich freiwillig für Echo Mirage gemeldet hatten – zeigten irrationale Reaktionen auf die Matrix-Ikonografie, die die Spanne zwischen äußerster Verzweiflung über Gleichgültigkeit bis hin zu wütender Raserei abdeckten. Manche litten unter Zwangsvorstellungen, die sie dazu veranlaßten, immer wieder dieselbe Utility zu aktivieren, während andere eine Mischung einander widersprechender Gefühle wie Liebe und Haß oder Angst und Begierde erlebten. In allen Fällen endete die Datei mit einer Diagnose: Autismus, veränderte Wahrnehmungs-/Reaktions-Syndrome, Stimmungsschwankungen, Ambivalenz... Und mit einem Behandlungsvorschlag, bei dem es sich um irgendein Computerprogramm handelte.

Was nur einen Schluß zuließ: psychotrope Konditionierung.

Jeder Decker wußte, daß Fuchi Industrial Electronics von Anfang an die Führung auf dem Gebiet der Programmierung von psychotroper schwarzer IC innegehabt hatte. Diese Stellung hatte der Konzern lange gehalten. Damals, in der Frühzeit der ersten kommerziellen Cyberterminals, hatte Fuchi sogar das Konzept der ICs entwickelt. Gerüchte besagten, der Konzern habe den Prototyp seiner ersten IC nach dem Vorbild des Virus entwickelt, das den Crash von 2029 verursacht hatte – ein Virus, das tödliche Biorückkopplungen in den Deckern hervorrufen konnte, die ihm begegneten.

Die Cyberkommandos von Echo Mirage waren dem Virus als erste gegenübergetreten. Und die Daten, die Red Wraith gerade eingesehen hatte – und die Tatsache, daß sie sich in der Kopie einer alten Fuchi-Datenbank befanden –, schienen den Schluß nahezulegen, daß Fuchi in den Besitz dieser Aufzeichnungen gelangt war. Doch Echo Mirage war ein ausschließlich von der Regierung finanziertes und vom Militär kontrolliertes Projekt gewesen. Wie hatte sich ein privater Konzern aneignen können, was naturgemäß streng geheime Regierungsdaten hätten sein müssen?

Red Wraith hing gedankenverloren in dem sensorischen Deprivationstank. Fuchi... die Regierung der Vereinigten Staaten... Die ›Logos‹ des Konzerns und der Regierung hatten sich unter den Icons befunden, die er gerade benutzt hatte, um sich Zugang zu diesen Dateien zu verschaffen. Doch zwischen den beiden Emblemen hatte sich noch ein Logo aus zwei Buchstaben befunden: MS.

Plötzlich wurde Red Wraith klar, wo er diese Buchstaben schon gesehen hatte. Das Logo, das sie bildeten, kannte er aus Geschichtstrideos – es gehörte zu einem Konzern, dessen kometenhafter Aufstieg vom Tod seiner beiden Gründer abrupt unterbrochen worden war. Zu Beginn der dreißiger Jahre hatte Matrix Systems aus Boston als erster Konzern ein Cyberterminal entwickelt, das ausreichend kompakt, benutzerfreundlich und sicher war, um es vermarkten zu können. Der Konzern – und die Tech, die er entwickelt hatte – waren scheinbar aus dem Nichts entstanden. Matrix Systems war eine Erfolgsgeschichte ohne Beispiel, und die Herkunft der beiden Gründer war gleichermaßen rätselhaft.

Beide Gründer waren bei Unfällen ums Leben gekommen, und zwar sechs Wochen nachdem Matrix Systems sein erstes Cyberterminal der Öffentlichkeit vorgestellt hatte. Nach diesem Verlust war der Konzern in Konkurs gegangen und von einem jungen aufstrebenden Geschäftsmann aufgekauft worden, einem wagemutigen Konzernpiraten namens Richard Villiers.

Demselben Richard Villiers, der die Technologie von Matrix Systems ein paar Monate später dazu benutzt hatte, um sich bei Fuchi einzukaufen. Und der schließlich bis zum Geschäftsführer von Fuchi Amerika aufgestiegen war – eine Abteilung von Fuchi, die Villiers selbst gegründet hatte.

Red Wraith vermutete, daß die beiden Gründer von Matrix Systems zwei überlebende Mitglieder des ursprünglichen Teams von Echo Mirage gewesen waren. Nach allem, was er gerade gesehen hatte, mußten sie an einem Programm gearbeitet haben, welches das damals unter dem Namen ›Cyberpsychose‹ bekannte Problem diagnostizieren und behandeln konnte.

Nachdem Echo Mirage das Virus besiegt hatte und

aufgelöst worden war, mußten sie ihre Kenntnisse benutzt haben, um Matrix Systems zu gründen. Wahrscheinlich hatten sie außerdem einiges von der Echo-Mirage-Technologie mitgenommen und waren dann später als Vergeltung für diesen Bruch der nationalen Sicherheit umgelegt worden. Doch ihr Tod schien vergebliche Liebesmüh seitens der Regierung gewesen zu sein. Die Tech war nicht nur im privaten Sektor geblieben, sondern auch noch in die Hände von Fuchi gefallen, so daß ein zuvor ausschließlich asiatischer Konzern plötzlich über das notwendige Wissen verfügte, um die ICs herzustellen, die später den nordamerikanischen Markt beherrschen sollten.

Red Wraith schauderte. Das Programm, dessen Dateien er gerade geöffnet hatte, war die Inspiration für die Entwicklung tödlicher ICs gewesen. Und vielleicht für viel mehr…

Red Wraith kehrte ins Hauptmenü zurück und sah sich die anderen Icons an. Eines verschaffte ihm Zugang zu zahlreichen Kopien psychotroper Konditionierungsprogramme, deren Versionsnummer auf unterschiedliche Entwicklungsgrade schließen ließ. Die anderen Icons repräsentierten schlicht Dateien.

Er startete eine Einschätzungs-Utility und programmierte sie auf die Schlüsselwörter ›Tiefenresonanz‹ und ›*Otaku*‹, fand jedoch nichts. Die Dateien enthielten nur themenfremde Informationen. Er sah eine Handvoll durch. Die meisten befaßten sich auf enzyklopädische Weise mit medizinischen Informationen über hochspezialisierte Themen: Evolution und Funktion des Gehirns, Theorien über die Ursachen menschlichen Verhaltens, Diagnose von Psychosen und chemische Aufschlüsselungen von Drogen, die psychotische Episoden auslösen konnten. Aber es gab auch andere Dateien, die philosophischerer Natur war. Abhandlungen über die menschlichen Grundbedürfnisse – Nahrung, Unterkunft, Freiheit und Liebe. Analysen früherer menschlicher Versuche, Utopia zu erreichen, und warum diese Versuche scheiterten oder erfolgreich waren. Moraldiskussionen, die eine uneingeschränkte Bedürfnisbefriedigung sowohl stützten als auch verwarfen. Diskussionen darüber, ob Gewaltanwendung zur Selbstverteidigung gerechtfertigt war und unter welchen Umständen.

Während er die Dateien durchging, fiel Red Wraith ein Muster auf. Jene, die sich mit medizinischen Daten befaßten, waren in Sektoren gespeichert, die Anfang der Dreißiger geschrieben worden waren. Die philosophischen Dateien waren alle Ende der Vierziger heraufgeladen und stark verschlüsselt worden, bevor sie in den Speicher geschrieben wurden – obwohl die Verschlüsselung seitdem wieder rückgängig gemacht worden war, so daß jeder Decker die Texte lesen konnte. Keine der Dateien stammte aus der Gegenwart – dieser Datenspeicher enthielt keine einzige Datei aus den fünfziger Jahren.

Woher stammte also der Knochen, den Dark Fathers Smartframe ausgegraben hatte? Da der sensorische Deprivationstank und dessen Cyberdeck der einzige Datenspeicher in diesem System zu sein schienen, hätte das Memo, falls es von hier stammte, aus diesem Menü kopiert worden sein müssen. Aber das Memo war erst ein paar Monate alt, während all die Dateien hier aus der Ur- und Frühgeschichte stammten. Waren sie zu einer anderen Datenbank umgeleitet worden als derjenigen, aus der das Memo stammte? Existierten in diesem Taschenuniversum mehrere Kopien alter Fuchi-Datenspeicher – manche älteren, manche neueren Datums? Es hatte den Anschein.

Red Wraith ließ seinen Körper wieder die Nebelform annehmen. Unterarme und Waden glitten aus den Haltegurten, und der Atemschlauch fiel von ihm ab. Er geisterte durch die Wand des Tanks, schwebte dann zum Rand des sternförmigen Blocks, welcher den Scheitelpunkt des Berges bildete, und schaute dann vorsichtig nach unten. Dark Father und Bloodyguts hatten mittlerweile die letzten Icons der Spielzeugsoldaten erledigt und kletterten ihm entgegen.

Als sie den Gipfel erreichten, erzählte Red Wraith ihnen rasch, was er entdeckt hatte.

»Danke für den Geschichtsunterricht«, sagte Dark Father trocken. »Aber ich sehe nicht, wie uns das weiterbringt.«

»Verstehst du denn nicht?« fragte Bloodyguts, wobei er ein paar Darmschlingen in seine Bauchhöhle stopfte, die beim Klettern herausgeglitten waren. »Es paßt alles zusammen. Die Insekten, die ich gesehen habe... die Gehirne... die armen Schweine, deren Alpträume Red Wraith und Lady Death erlebt haben... Irgend jemand oder irgend etwas pfuscht im Verstand von Hunderten, vielleicht Tausenden von Leuten herum. Es könnten sogar Millionen sein, wenn die ganze Matrix betroffen ist. Wir müssen dafür sorgen, daß ihr Programm abstürzt!«

»Das hat bereits jemand anders versucht«, stellte Dark Father ruhig fest.

»Hä?« Bloodyguts marschierte auf und ab, ganz in seinen Rachevorstellungen verloren.

»Die Inschrift auf der Urne«, belehrte Dark Father ihn blasiert. »All das hat mit einem Experiment begonnen – wahrscheinlich von einem der Computerriesen. Vielleicht ist es einem konkurrierenden Konzern gelungen, einen dieser *Otaku* zu fangen. Und dann hat er versucht, diese sogenannte Tiefenresonanz bei Online-Deckern hervorzurufen. Und dann – und das ist reine Spekulation, die auf dem Memo beruht, das wir gerade herabgeladen haben – hat Fuchi Amerika, oder vielmehr NovaTech, ihnen einen Strich durch die Rechnung gemacht.«

»Woher stammt dann also dieses Memo?« fragte Bloodyguts.

»Offensichtlich nicht von hier«, sagte Dark Father verächtlich.

Bloodyguts schnaubte. »Ich weiß, wie wir ein paar Antworten bekommen«, sagte er sarkastisch. »Wir schmökern uns einfach durch alle Datenspeicher aller Konkurrenzkonzerne im Seattler RTG. Es können nicht mehr als ein paar Dutzend sein – mit ein paar Millionen Datenspeichern und einem Haufen tödlicher schwarzer ICs. Ein Kinderspiel.«

»Sei kein Idiot«, schnauzte Dark Father.

»Es ist ein Jammer, daß es keinen zentralen Knoten gibt, wo wir anfangen können«, dachte Red Wraith laut. »Aber es sieht ganz so aus, als hätte Lady Death recht mit ihrer Vermutung, daß wir in einem Taschenuniversum sind. Wir sind im Seattler RTG – und auch wieder nicht. Dieser Berggipfel ist zum Beispiel keine exakte Kopie des alten Fuchi-Systems – er ist nur ein Datenspeicher aus diesem System, der stark verändert wurde, damit er zu der zentralen Metapher des modellierten Systems paßt, in dem wir uns befinden. In einem Taschenuniversum gibt es keine CPU. Nur eine Reihe von Datenräumen in Hosts, die auf das gesamte RTG verteilt sind.«

Er seufzte. »Wir könnten sehr lange nach dem Ausgang suchen.«

»Es gibt noch eine andere Möglichkeit«, sagte Dark Father.

Red Wraith und Bloodyguts sahen ihn zweifelnd an.

»Stellt euch das Taschenuniversum als Konzern vor«, fuhr er fort. »Es gibt kein zentrales Büro – nur eine Reihe von Arbeitsplätzen und Angestellten, die in der ganzen Stadt auf verschiedene Gebäude verteilt sind. Es gibt keinen geografischen Kern, keine CPU. Aber es gibt einen logistischen Kern – den obersten Chef. Bis jetzt hatten wir es nur mit Programmen und ICs zu tun – mit den Arbeitern. Jetzt wird es Zeit, den Geschäftsführer zu suchen.«

»Gut nachgedacht.« Red Wraith lächelte. »Wir reden mit dem Sysop – auch bekannt als der Offizier vom Dienst. Aber wie erregen wir seine Aufmerksamkeit?«

Bloodyguts grinste. »Überlaßt das mir.«

09:50:55 PSZ

Bloodyguts hing unsicher an der Schädelmauer, die Finger in ein Paar Augenhöhlen gekrallt. Die Mauer bildete eine unpassierbare Barriere, die jegliche Vorwärtsbewegung verhinderte. Sie schien einen Rand zu haben. Bloodyguts konnte leeren schwarzen Raum ›über‹ der obersten Lage Schädel erkennen. Doch je höher er kletterte, desto weiter entfernt schien der obere Rand der Mauer zu sein.

Dark Father und Red Wraith waren tief unter ihm und standen auf einer verspiegelten Oberfläche, die ihre Bilder wie Schatten reflektierte. Sie waren jeder in eine andere Richtung an der Basis der Mauer entlanggegangen und hatten das Ende gesucht, das – wie der obere Rand – immer außerhalb ihrer Reichweite blieb. Ab und zu blieb einer von ihnen stehen und inspizierte einen der Schädel auf der Suche nach irgendwelchen Anomalien.

Zwar waren die meisten Schädel leer, aber mehrere hatten Datenbuchsen in ihren Augenhöhlen. Eine Masse von Glasfaserkabeln hing wie Efeu an der Mauer herunter und verband die einzelnen Schädel miteinander. Fette weiße Maden krochen langsam durch die Kabel. Sie bewegten sich in leuchtenden Impulsen – ein String von Maden kroch vorbei, und dann blieb das Glasfaserkabel eine Zeitlang dunkel. Dann kam der nächste String, länger oder kürzer als der erste, und der nächste. Jedesmal, wenn ein String von Maden durch eine Augenhöhle floß, vibrierte der Kiefer des Schädels, so daß die Zähne aufeinanderschlugen. Die Vibration war zu schnell, als das man ihr hätte folgen können, aber irgendwie regelmäßig. Bloodyguts war sicher, daß es sich um eine Art algorithmischen Code handelte.

Er schob die Finger einer Hand tief in die Augenhöhlen eines Schädels, klammerte sich fest, griff mit der anderen Hand nach einem Glasfaserkabel und riß es los. Ein Impuls aus Maden – einer der längsten und schnellsten, die er bisher gesehen hatte – floß gerade in den Stecker am Ende des Kabels. Schnell schob er sich den Stecker in den Mund. Er versuchte nicht zu erbrechen, als die Maden auf seine Zunge flossen, und konzentrierte sich darauf, so viele von den widerlich schmeckenden Insekten wie möglich herunterzuschlucken. Sie quollen ihm aus dem Mund, aber es gelang ihm, die meisten von ihnen herunterzuwürgen. Mit geschlossenen Augen begutachtete er die Daten, die in seinen Verstand und in letzter Konsequenz – irgendwo in der wirklichen Welt – in sein Cyberdeck flossen.

Die Daten waren immer noch unsinnig, so stark verschlüsselt oder verstümmelt, daß sie bedeutungslos waren. Doch Bloodyguts hatte endlich gefunden, was er suchte. Das Glasfaserkabel sah zwar aus wie jedes andere, aber die Analyse von Bloodyguts' Kommlink-Utility bestätigte es: Diese Datenbahn hatte eine Input/Output-Bandbreite von mehr als hundert Megapulsen pro Sekunde. Es handelte sich um eine Hauptkommunikationsleitung.

Daten pulsierten weiterhin durch das Kabel, ein String Maden nach dem anderen. Indem er wahllos Schädel aussuchte, stieß Bloodyguts den Stecker in eine leere Augenhöhle und dann in die nächste. Irgendwo in der wirklichen Welt wurden Telekomanrufe verstümmelt, bekamen Maschinen sinnlose Befehle und wurden private Daten und Konzerndaten zu fremden Datenspeichern umgeleitet. Vorausgesetzt, die Daten, die durch dieses Kabel flossen, waren intakt – und nicht bereits hoffnungslos dadurch verstümmelt, daß sie dieses System passierten –, würde jemand die Störungen bemerken.

Jemand bemerkte sie. Sogar mehrere Jemands.

Ein Engel materialisierte in der Luft neben der Mauer. Die Frau hatte die Ikonografie der klassischen christlichen Religion – weißes Gewand, leuchtender Heiligenschein und gefiederte Schwingen –, aber ihre Züge waren orkisch. Sie spielte sanft auf einer Harfe und saß auf einer weißen Wolke.

Als nächstes kam ein Adlerpriester der Azzies in einem leuchtend türkisfarbenen, gefiederten Umhang, weißen Lendentuch und vergoldeten Sandalen. Große Goldohrringe zogen seine Ohrläppchen in die Länge, und auf seiner Brust hing eine Pektorale aus Jade, in die Glyphen eingraviert waren. In den Händen hielt er einen kleinen Hund – in der Azzie-Mythologie der Führer ins Land der Toten und dessen Hüter.

Neben ihm schwebte ein buddhistischer Mönch in safrangelbem Gewand, der ein Gebetsrad drehte. Dann kam eine Elfe mit ostindischen Zügen, leuchtend blauer Haut und einem kunstvoll verzierten Sari. Und als letztes erschien ein dunkelhäutiger Mensch, der wie eine magerere Ausgabe von Bloodyguts' eigener Persona aussah und eine bunte Strickkappe auf seinen Dreadlocks trug. In der einen Hand hielt er eine Wasserpfeife. Das Wasser darin blubberte, als er einen tiefen, langen Zug aus dem Mundstück nahm. Der süßliche Duft von *Ganja*-Rauch lag plötzlich in der Luft.

Einen Moment lang glaubte Bloodyguts, das Kabel müsse zu einer Art religiösem Netzwerk gehören. Doch dann wurde ihm klar, daß das modellierte System, in dem er sich befand, nur Decker aufnehmen würde, deren Personas in irgendeiner Art und Weise mit seiner Ikonografie übereinstimmten. Diese Decker hatten alle Icons, die ihre idealisierten ›engelhaften‹ Formen darstellten – religiöse Darstellungen toter Geister oder Seelen. Trotz der Tatsache, daß sie sich anscheinend bewegen konnten, waren sie nicht sehr lebendig. Sie starrten ihn mit leerem, ausdruckslosem Blick an. Nach einem Augenblick wurde Bloodyguts klar, daß die Icons selbst flach waren, zweidimensional. Und irgendwie verzerrt, als würden sie von einem nicht abbildungstreuen Spiegel reflektiert.

»Ich brauche eure Hilfe«, sagte er rasch. »Ich sitze hier fest – ich kann mich nicht ausloggen. Sagt dem Sysop des Systems hier, daß etwas schiefgegangen sein muß. *Echt* schief...«

Auf einmal verwandelte sich der Engel, der neben Bloodyguts in der Luft schwebte. Er drehte sich auf die andere Seite wie eine Spielkarte, die aufgedeckt wurde, und enthüllte ein gegenteiliges Bild. Die Persona, in die er sich verwandelt hatte, war ebenso klischeehaft wie der Engel – ein Teufel mit Hörnern, Spitzbart und Mistgabel. Seine Miene war extrem dämonisch. Er drehte die Mistgabel um, so daß die drei Zacken auf seine eigene Brust zeigten, und stieß zu. Der Spiegel – denn genau das war das zweiseitige Icon in der Tat – zersplitterte in tausend Scherben. Bloodyguts hörte eine Frau schreien, als die Scherben auf die Ebene der virtuellen Landschaft tief unter ihm fielen, aufschlugen und dann mit dem Boden verschmolzen, als bestünden sie aus flüssigem Quecksilber.

Wie Dominosteine drehte sich jede der anderen Personas ebenfalls um. Der Azzie-Priester wurde zu einem schlangenköpfigen Ungeheuer, das einen Rock aus Knochen trug und seine Fangzähne in seinen eigenen

Arm versenkte. Der gelb berobte Priester verwandelte sich in einen hohnlachenden tibetanischen Dämon, der nach Aas stank und sich mit seinen langen Fingernägeln tiefe Furchen ins eigene Fleisch riß. Die blauhäutige Elfe wurde zu einer Schlange, die eine Kapuze trug und sich selbst erwürgte. Und der Rastafari nahm die Gestalt eines ägyptischen Pharaos an, der seinen Rükken mit einer Dornenpeitsche geißelte. Jedes Icon barst in tausend Stücke, die schreiend nach unten fielen, wo sie von der sich kräuselnden Bodenfläche absorbiert wurden, die sich gleich darauf wieder glättete.

Als das letzte Persona-Icon zersplitterte, versuchte Bloodyguts eine der Scherben zu fangen. Der verspiegelte Glassplitter schnitt ihm die Hand auf. Die Wunde brannte einen Moment wie Feuer, doch in dem Augenblick, bevor seine Hand sich selbst heilte, empfing Bloodyguts einen kurzen Impuls unverschlüsselter Daten aus dem Datenlog des Rastafari-Cyberdecks. Der Decker hatte sich Zugang zu einem Sklavenknoten verschafft, der eine automatische Bandstraße in einer Flugzeugfabrik in Puyallup kontrollierte. Er hatte herausfinden wollen, warum die Bandstraße plötzlich Amok gelaufen war, während der Rest der Anlage fehlerfrei funktionierte. Der Decker hatte eine Analyse-Utility aktiviert, kurz bevor seine Persona abgestürzt war, und die hatte den Ausgangspunkt des Fehlers ermittelt: ein ganzes Bündel von LTG-Adressen im regionalen Telekommunikationsgitter Seattles.

Die Daten, welche jene Adressen repräsentierten, zersetzten sich. Die Adressen waren bereits von über hundert auf weniger als ein Dutzend zusammengeschmolzen. Bloodyguts mußte etwas tun – und zwar verdammt schnell.

Er rammte den Stecker des Glasfaserkabels in seiner Hand in eines der Kugellöcher in seiner Brust. Er verspürte einen kurzen, aber heftigen Schmerz, dann schickte er seinen Verstand durch die Verbindung, um sich in die letzte dieser Adressen einzuloggen. Er spürte, wie sein Bewußtsein sich zusammen mit den anderen Daten-Maden durch das Kabel zwängte, und zwar einem sechseckigen Sarg entgegen. Darin lag ein Kind wie ein Fötus, die Beine angezogen, einen Daumen im Mund. Das Kind schaute auf und sah Bloodyguts mit Gedankenschnelle heranrasen…

Und schlug den Sargdeckel zu.

Bloodyguts prallte gegen die polierte Glasoberfläche wie ein Vogel gegen eine Fensterscheibe. Er taumelte zurück und schaffte es gerade noch, bei Bewußtsein zu bleiben. Eine endlose Sekunde hing er im leeren Nichts. Dann umtanzten ihn Lichtfunken – Fragmente eines Spiegels. Während sie sich drehten, reflektierten sie seine dunklere Seite – ein Bild von seinem fleischlichen Körper. Von Yograj Lutter, dem Chiphead. Bloodyguts konnte erkennen, daß Scherben des Spiegels in seinem Kopf steckten. Der ausgeflippte Süchtige in dem Spiegelbild grinste Bloodyguts an und rammte sich dann eine weitere Scherbe in den Schädel. Kalter Schmerz schnitt durch Bloodyguts' eigenes Bewußtsein wie ein Eiszapfen durch warmes Fleisch. Mit einem Aufschrei ballte er eine gewaltige Faust und schlug gegen das nächste Spiegelbild seiner selbst.

Seine Faust traf mit dem Klicken eines Steckers, der eingestöpselt wurde.

Er verband sich mit…

H… O… I…!

Bloodyguts hielt sich mit einer Hand an der Schädelmauer fest. Seine andere Hand – seine Faust – hatte einen der Schädel durchschlagen und war jetzt darin begraben. Blut lief aus Schnitten an seinem Handgelenk, seinem Arm herunter, dann seinen Hals *hinauf* und in sein rechtes Auge. Er versuchte zu blinzeln, bekam das Blut jedoch nicht weg – und er konnte es nicht abwischen, da er dafür eine Hand hätte von der Schädelmauer lösen müssen. Da sein volles Gewicht an ihnen hing – seine Füße baumelten frei in der Luft –, wagte er es nicht.

Das umgangssprachliche Wort für Hallo mit dem Ausrufezeichen – HOI! – war langsam erschienen, Buchstabe für Buchstabe. Es blieb auf seinem rechten Augenlid, und er sah es immer, wenn er blinzelte. Er schloß beide Augen, und der einfache, gedruckte Text hing an Ort und Stelle und weigerte sich zu verschwinden, wie sehr er auch mit den Augen rollte. Sein rechtes Augenlid war wie ein antiker Monitor, auf dessen Schirm so lange ein Bild projiziert worden war, bis es sich in ihn eingebrannt hatte.

Fragen schossen ihm durch den Kopf. War das eine Begrüßung von einem anderen Decker? Und wo war er? Wer war er?

P... I... P.

Das Wort war ebenso auf die Innenseite seines Augenlids gebrannt wie die Begrüßung, die ihm gewichen war. Pip? Wer oder was, zum Teufel, war ein *Pip*? War das ein japanisches Wort wie *Otaku*?

KEIN *OTAKU*. NOCH NICHT.

Noch kein *Otaku*? Das war offensichtlich jemand, der über das Experiment Bescheid wußte. Vielleicht sogar der Sysop oder Programmierer, der hinter allem steckte.

»Wo bist du?« fragte Bloodyguts laut. »Kannst du dir Zugang zu diesem Knoten verschaffen?«

NUR MIT SCHNEKE. UND WAR SCHWER. WERD IMER AUSGEWORFEN.

Die Worte bildeten sich quälend langsam, Buchstabe für Buchstabe. Der Übertragungsrate nach zu urteilen, wurde eine Tastatur benutzt. Wenn das der Sysop war, konnte er nicht sehr gut buchstabieren – oder tippte wie wild und war nicht bereit, einen Fehler zu korrigieren, da eine Sekunde in der wirklichen Welt eine Ewigkeit in der Matrix war.

»Kannst du mir helfen, mich auszuloggen?« fragte Bloodyguts.

NEIN.

»Kann mir sonst jemand helfen?«

Die Antwort kam diesmal noch langsamer, als müsse der andere Decker über die Frage nachdenken.

VIELEICHT GROSER GEIST.

Was sollte das jetzt? Geister waren Teil der Natur. Sie konnten nicht in die Matrix eindringen – und wenn sie es gekonnt hätten, wären sie gestorben.

Vielleicht gab es einen anderen Weg hinaus. »Was ist Tiefenresonanz?« fragte Bloodyguts. »Kann sie mir dabei helfen, mich elegant auszuloggen?«

Bloodyguts glaubte schon, die Verbindung sei unterbrochen worden. Doch er konnte immer noch spüren, wie das Blut seinen Arm hinauflief und unter seinem rechten Auge kribbelte, Tropfen für Tropfen wie Tränen, die rückwärts flossen.

ALLE WAREN IN TIEFENRESONANS. ETWAS GING SCHIEF.

»Können die *Otaku* die Tiefenresonanz immer noch erleben? Stecken sie hinter dem Experiment?«

NEIN. JA.

»Ohne unsere Zustimmung? Warum?«

WAR GUT FÜR EUCH.

Zorn stieg in ihm hoch. Er wollte immer noch seine eigenen Entscheidungen treffen, was Veränderungen seines Verstandes anging, vielen herzlichen Dank auch.

»Können die *Otaku* reparieren, was schiefgegangen ist?«

WEIS NICHT. ERZÄHL UNS ME-

Bloodyguts heulte vor Schmerzen, als der Kiefer des Schädels sich bewegte. Seine Zähne bohrten sich in seine geballte Faust und verwandelten sie in Hackfleisch. Er spürte, wie die Knochen splitterten und seine

Finger aufplatzten wie Würstchen. Die Schmerzen waren unerträglich, unvorstellbar...

Fluchend riß er seine Hand heraus. Die Schmerzen hörten auf, und er sah, daß er überlistet worden war. Die Hand seiner Persona war noch ganz. Doch ob die Hand seines fleischlichen Körpers noch funktionierte – oder eine zerquetschte Masse oder gar brandig war –, ließ sich unmöglich sagen.

Der Schädel, in den er seine Faust gerammt hatte, hatte sich selbst repariert. Als ihm klar wurde, daß er seinen einzigen Kontakt zur Außenwelt verloren hatte, rammte Bloodyguts die Faust wieder hinein. Doch seine Hand traf auf etwas, das sich wie Beton anfühlte. Der Schädel gab nicht nach. Und bei seiner Zappelei, da er nur noch mit einer Hand an der Mauer hing, hatte sich das Glasfaserkabel gelöst, das er sich in die Brust gebohrt hatte. Es hing unter ihm und spie Strings von Maden aus.

Dann blinzelte der Schädel, in dessen Augenhöhlen seine Finger steckten, und warf sie aus.

Bloodyguts fiel nach unten. Während ihm die verspiegelte Oberfläche der virtuellen Landschaft entgegenraste, flog ein Spiegelbild ›aufwärts‹, um ihm zu begegnen. Er fragte sich, ob er in tausend Stücke zerspringen würde, wenn er aufschlug...

09:51:13 PSZ

Seattle, Vereinigte Kanadische und Amerikanische Staaten

Ansen hatte alles versucht. Er hatte seine Reserve-Brille und das Reserve-Sensorbord eingestöpselt, die Glasfaserkabel ausgetauscht, alle Ein- und Ausgänge überprüft und ein Diagnoseprogramm für die Utilitys des Decks gefahren. Jetzt hatte er das Gehäuse geöffnet und steckte bis zum Ellbogen in der Hardware des Vista. Er überprüfte jeden einzelnen MPCP-Chip des Computers, fand jedoch keinerlei Anzeichen für einen Schaden. Es roch nicht nach verbranntem Plastik, wie es der Fall war, wenn graue ICs einen Chip durchbrennen ließen, und unter dem Vergrößerungsglas zeigte das komplexe Labyrinth der Schaltkreise nicht die geringsten Schmelzspuren.

Dennoch nahm er die vier MPCP-Chips heraus und ersetzte sie. Dann machte er sich daran, die Persona-Programme eines nach dem anderen neu zu booten. Er trommelte mit den Fingern auf der ausgefransten Baumwolle seiner Jeans, da die Sekunden verrannen, dann startete er das Autodiagnoseprogramm des Decks. Und lächelte, als die Beleuchtung des Sensorbords wieder zum Leben erwachte. Also mußte es doch an den MPCP-Chips gelegen haben.

»Also, Kätzchen«, sagte er zu dem violetten Katzenjungen, das neben ihm auf dem Futon saß und mit dem Kopf gegen seinen Oberschenkel stieß, da seine Sensoren Ansens Körperwärme registrierten. »Wünsch mir Glück.«

Er zog die Datenhandschuhe an und streifte die VR-Brille über den Kopf und machte dann die Wählbewegung mit dem rechten Zeigefinger. Diesmal würde er es mit einem anderen LTG versuchen und sich von demjenigen fernhalten, das Zugang zum Universitätssystem bot. Die IC, die sein Deck zum Absturz gebracht hatte, war höchstwahrscheinlich nur in einem einzigen SAN – hoffentlich nicht in demjenigen, welchen er benutzte, um sich Zugang zur Matrix zu verschaffen. Aber mit Sicherheit würde er das erst wissen, wenn er sich einzuloggen versuchte...

Ansen widerstand der Versuchung, die Finger zu kreuzen. Das würde nur das Signal der Datenhandschuhe verstümmeln.

»Ich bin drin!« krähte er entzückt, als der Rundumbildschirm seiner Brille zum Leben erwachte. Doch das Bild, das sie projizierte, war nicht das vertraute Schachbrett des Seattler RTG. Statt dessen trieb er in einem schwarzen Raum, der mit blutroten Sternen gefüllt war. Tropfen einer roten Flüssigkeit fielen auf die ausgestreckten Arme seiner Persona, und vor ihm hing ein körperloses Gesicht, das zu einer Grimasse des Entsetzens erstarrt war. Ein Auge war eine leere Höhle, die schwarze Tränen weinte. Das andere hatte eine Pupille, die wie eine Fliege geformt war. Wo sich Haare hätten befinden sollen, wanden sich Würmer, und die Lippen waren mit dickem schwarzen Zwirn zusammengenäht. Ansen wollte nicht einmal daran denken, wie dieses Icon für jemanden riechen würde, dessen Deck über ASIST-Schaltkreise verfügte.

Dann öffneten sich die Lippen mit einem furchtbaren Reißen, als das Gesicht zu schreien anfing…

Das gequälte Heulen hallte immer noch durch Ansens Verstand, als dieser sich die Brille vom Gesicht riß. Wie zuvor, als er vor dem mit Nebel gefüllten Icon des Tunnels stand, hatte ihn das System ausgeworfen. Die Brille war tot, der Lautsprecher stumm.

Hätte Ansen sich umgedreht und einen Blick auf den Bildschirm geworfen, der in seinem Apartment als ›Fenster‹ zur Außenwelt diente, hätte er ein ähnliches Bild wie das gesehen, daß sich ihm soeben online präsentiert hatte. Unten auf der Straße vor seinem Wohnhaus taumelte eine Frau in maßgeschneidertem Kostüm über den Gehsteig, das Gesicht schmerzverzerrt und die Hände in den Haaren verkrallt. Blind und taub für den Verkehr, der an ihr vorbeiwogte, machte sie plötzlich auf dem Absatz kehrt und lief auf die Straße.

Das Fenster zeigte nicht, was dann geschah, weil die Frau in dem grauen Schnee in der Mitte des Bildschirms verschwunden war. Doch der Verkehr kam zu einem abrupten Stillstand, und Augenblicke später sprangen die Fahrer, welche dem Schnee am nächsten waren, mit grimmiger Miene aus ihren Wagen.

Ansen, der über sein Deck gebeugt war, nahm das Drama, das sich hinter ihm abspielte, nicht zur Kenntnis. Er sah das Vista stirnrunzelnd an und versuchte dahinterzukommen, was schiefgelaufen war. Das Sensorbord war noch aktiv, der Bildschirm desgleichen. Doch dem Bild war alle Farbe entzogen worden, so daß nur ein blendendes Weiß zurückgeblieben war. Über diese weiße Leere liefen klobige rote Buchstaben. Die Botschaft wiederholte sich und ließ sich auch nicht löschen oder anhalten, welche Befehle Ansen auch mit seinen Datenhandschuhen eingab.

ZUGANG VERWEIGERT. LASS MICH IN RUHE. GEH WEG.

Ansen runzelte die Stirn. Der erste Teil der Botschaft ergab einen Sinn. Irgendein Fehler in seinem Deck leitete ihn an einen sonderbaren Ort um, der ihn dann auswarf, bevor er sich einloggen konnte. Er dankte den Geistern, daß er über kein direktes neurales Interface verfügte. Nach zwei Auswurfschocks an einem Tag hätte er mit Sicherheit ernste Kopfschmerzen gehabt. Aber der zweite Teil der Botschaft ergab keinen Sinn. Wer war ›mich‹?

Langsam hatte es den Anschein, als habe sein Deck sich ein Virus eingefangen. Und der einzige Weg, das Virus loszuwerden, bestand darin, jeden Speicher in dem Vista zu ersetzen. Mit anderen Worten, jeden verdammten Chip auszuwechseln.

Ansen seufzte. Er wünschte, er hätte noch andere Decker gut genug gekannt, um sie einfach von der Telekomeinheit am Ende des Flurs anrufen zu können. Brother Data hätte ihm sagen können, was er zu tun hatte. Oder Digital Dawg oder Sysop Sarah. Doch er kommunizierte mit ihnen nur über die Chatrooms der

Matrix. Er kannte nicht einmal ihre wirklichen Namen, von ihren Telekomnummern ganz zu schweigen.

Er nahm sein Werkzeug und machte sich daran, die Chips des aktiven Speichers und des Festspeichers auszuwechseln.

09:52:05 PSZ

Timea hatte keine Ahnung, wo sie war. Sie hatte sich über die Redmond-Adresse der Klinik in das Seattler RTG eingeloggt, doch anstelle des vertrauten Gitters fand sie sich in einem Tunnel wieder, dessen Wände an ihr vorbeirauschten, während sie einem unvorstellbar hellen Licht entgegenraste. Das schwindelerregende Gefühl unkontrollierter Bewegung weckte eine schmerzhafte Erinnerung. Sie hatte genau dieselbe Halluzination erlebt, nachdem sie die Rasierklinge genommen hatte und...

Dann hatte sich die Szenerie verändert.

Was folgte, war gleichermaßen entsetzlich. Sie war auf die Größe eines Embryos geschrumpft und hatte den ganzen wunderbaren Vorgang der Entwicklung durchgemacht. Sie hatte gespürt, wie ihr winziger Körper sich veränderte, wuchs – und dann das schmerzhafte Wunder der Geburt erlebt. Bis eine Abtreibung diese Erfahrung beendet hatte. *Sie* war der abgetriebene Fötus, der Embryo, dessen Leben beendet wurde. Nur, daß sie eine Erwachsene war, eine Erwachsene in vollem Bewußtsein dessen, was mit ihr geschah...

Die Mülltonne. Sie hatten ihren sterbenden Körper in eine Mülltonne geworfen. Und dann hatte sich der Deckel geschlossen. Timea war krampfhaft mit ihren blutenden und gebrochenen Händen nach oben geklettert und hatte es geschafft, sich zum Teil aus der Tonne zu ziehen. Mit einer letzten herkulesianischen Anstrengung wälzte sie sich über den Rand der Tonne und landete auf – Linoleumfliesen?

Nach einem Augenblick der Desorientierung nahm sie ihre Umgebung wahr. Sie lag in einem Flur, der sich vor und hinter ihr in die Unendlichkeit erstreckte. Ein Ende war in undurchdringliche Dunkelheit getaucht, das andere in gleißendes weißes Licht. Der Linoleumboden unter ihr war fleckig und zerkratzt, als habe sich eine schwer verwundete Kreatur mit den Krallen über den Boden gezogen. Die Bestie wartete irgendwo in der Dunkelheit am Ende des Flurs auf sie, um Rache zu nehmen...

Schaudernd stand Timea auf. Sie schaute sich in der Erwartung um, die Bestie am dunklen Ende des tunnelähnlichen Flurs auftauchen zu sehen. In der anderen Richtung kam ihr das gleißende Licht gleichermaßen bedrohlich vor.

Die Wände des Flurs waren fahlweiß und mit Graffiti bedeckt. Nichts davon war leserlich – die Wörter waren bedeutungsloses Gekritzel, die Bilder nur Farbkleckse. Stumpfes Rot, Schwarz und Blau wie die Tinte einer verblaßten Tätowierung.

Timea versuchte eines der Bilder zu berühren, da sie glaubte, es könne sich um ein Icon handeln. Es sah vage erotisch aus, und die Umrisse erinnerten an ein eng umschlungenes Paar.

Scham. Sie war abstoßend, schmutzig. Alle wußten, was sie getan hatte. Sie hatten angewidert zugesehen, wie sie das mit ihm gemacht hatte, wie sie ihn in den Mund...

Timea riß die Hand weg. Die Flut roher Gefühle ließ sie zitternd zurück. Es war wie eine SimSinn-Aufzeichnung, von der nur noch die Gefühlsspur geblieben war. Sex war für sie noch nie so gewesen. Das mußte aus irgendeinem verdrehten Porno stammen.

Sie schauderte, als sie sich die anderen Icons an den Wänden genauer ansah. Die Farbkleckse sahen jetzt beängstigend aus, gefährlich. Manche ließen Gewalttaten ahnen, andere hatten die Umrisse von Leuten, die sich vor Furcht wanden oder vor Schmerzen krümmten. Timeas Augen verengten sich. Waren die Kinder in ihrer Klinik über diesen Ort gestolpert und hatten diese Gefühls-Icons berührt? Hatten sie deswegen angefangen zu schreien? Wenn ja, wo waren sie jetzt?

Der Flur war abgesehen von Timea leer. Auf beiden Seiten gab es reichlich Türen in den Wänden. In jede Tür war eine winzige, drahtverstärkte Glasscheibe eingesetzt. Timea stellte sich auf die Zehenspitzen und lugte durch eines der Fenster, aber sobald ihre Augen auf einer Höhe mit dem Fenster waren, schimmerte es und wurde zu einem Spiegel.

Sie schaute auf ihr eigenes Spiegelbild und wünschte, sie hätte ein anderes Persona-Icon gewählt. Die Kinder in der Klinik wußten, wie sie online aussah, aber in ihrem verängstigten Zustand würden sie in ihr vermutlich keinen Freund erkennen. Die blasse Haut, die farblosen Bandagen, die von ihren Unterarmen hingen, der kunstvolle ägyptische Kopfschmuck mit dem grinsenden Schakalskopf – nichts von alledem würde Vertrauen und Zuversicht erwecken. Wahrscheinlich würden sie Kinder vor Entsetzen schreiend vor der ausgedörrten Mumie davonlaufen, die Timeas Online-Persona war.

Die Tür hatte einen Knopf – wahrscheinlich der Zugangsknoten für den mit diesem System verbundenen Host. Timea probierte ihn aus, aber er ließ sich nicht drehen. Das Fenster wurde jedoch wieder durchsichtig.

Timea schaute hindurch und sah etwas, das wie die virtuelle Landschaft des Lernprogramms aussah, das zum Lieferumfang von Renrakus MatrixPal-Cyberdeck gehörte. Bunte Kugeln, Quader, Sechsecke und Pyramiden – alles UMS-Icons für die verschiedenen Formen von Knoten, die es in der Matrix gab – rotierten langsam in dem großen Raum. Andere Icons repräsentierten die am häufigsten benutzten Systemoperationen und Utilitys: ein hohler Zeichentrickhandschuh mit ausgestrecktem Zeigefinger für Einlog- und Auslog-Operationen, ein altmodisches Buch mit Füllfederhalter für Lesen/Schreiben und Herabladen/Heraufladen und ein digitaler Kompaß für Such- und Host-Operationen.

Inmitten der Icons schwebte ein silberhäutiger haarloser Mensch in der Luft. Seine nackte Metallhaut wies keine charakteristischen Züge auf, und Timea konnte nicht sagen, ob es sich um einen Mann oder um eine Frau handelte. Die Knie waren an die Brust gezogen und die Arme darum geschlungen. Der Kopf lag auf der Brust, so daß das Gesicht nicht zu sehen war. Es war das normale UMS-Icon für die Persona eines Dekkers, abgesehen von einem Detail. Anstatt metallisch wie der Rest des Körpers zu sein, bestand der Kopf aus farblosem Glas. Darin wurde eine Szene projiziert wie ein Hologramm in einer Schmuckglaskugel. Es war nicht leicht, aus diesem Blickwinkel Einzelheiten auszumachen, aber nach allem, was Timea erkennen konnte, beinhaltete die Szene ein abstürzendes STOL und explodierende Atombomben. Die Bilder der Zerstörung flackerten wie ein Stroboskop und wechselten sich mit der Nahaufnahme des bärtigen Gesichts eines schreienden Zwergs ab. Das Holo sah wie die Vorschau auf irgendeinen SimSinn-Actionreißer aus.

Timea ließ den Türknopf los, und das Fenster wurde wieder zu einem Spiegel.

Sie versuchte ein Dutzend andere Türen und wurde zunehmend ängstlicher, als sie sah, daß sich keines der Kinder aus ihrer Klinik in einem der Räume befand. Wo waren sie? Jedes Fenster bot einen ähnlichen Anblick: ein Decker, der von Icons umgeben war. In allen Fällen enthielt der transparente Kopf der Persona ein animiertes Hologramm. Manche zeigten Szenen aus dem Familienleben – die wie schlechte Heimtrideos aussahen –, während andere ebenso mit Action vollgepackt und abstrakt waren wie das erste. Alle waren vage beunruhigend, aber Timea konnte nicht den Grund nennen, warum sie dieses Gefühl in ihr wachriefen.

Sie lief weiterhin von Tür zu Tür und starrte in Zimmer, konnte aber keines der Kinder aus der Klinik entdecken. Nur Decker mit standardisierten UMS-Icons. Wenn die Kinder nicht hier waren, wo waren sie dann? Es mußte einen Weg aus diesem Host geben.

Timea war kurz davor aufzugeben, als sie eine unverschlossene Tür fand. Als sie den Knopf berührte, drehte er sich ein wenig, und als sie durch das Fenster lugte, sah sie nur die UMS-Icons für Knoten und Utilitys – nicht den Decker, den sie mittlerweile zu sehen erwartete. Sie benutzte eine Analyse-Utility, um den Türknopf auf ICs zu überprüfen, sah, daß er sauber war, und aktivierte dann ihre Täuschungs-Utility. Funkelnder Goldstaub schimmerte plötzlich auf ihrer Haut und den Mumien-Bandagen, und eine goldene Maske schob sich über ihre Augen. Sie drehte den Türknopf – und fand sich plötzlich auf der anderen Seite der Tür in dem Raum wieder. Die Tür hinter ihr war verschwunden, und an keiner der Wände gab es einen Ausgang – es schien so, als ließe der Raum sich nur durch eines der Icons verlassen, die vor ihr in der Luft schwebten.

Willkommen, sagte eine weiche feminine Stimme mit der Andeutung eines asiatischen Akzents. Timea sah sich um, konnte die Sprecherin aber nicht sehen. Vielleicht beinhaltete die Audio-Programmierung dieses Systems keine visuelle Komponente.

Bist du bereit, mit der Lektion zu beginnen?

Timea ignorierte die Stimme. Ihr Täuschungsprogramm würde sich des Programms annehmen, das als nächstes aktiviert wurde, und ihr gestatten, mit dem Hintergrund des Systems zu verschmelzen. Sie berührte einen der Quader – einen Systemzugangsknoten. Doch das vertraute Gefühl der Bewegung blieb aus. Der Knoten schien inaktiv zu sein. Stirnrunzelnd ging sie zu einem anderen Knoten und berührte diesen. Nichts.

Timea streckte die Hand aus und ließ einen türkisfarbenen Skarabäus darauf erscheinen. Sie setzte ihn ab und wartete darauf, daß er davonkrabbelte, doch der Käfer lief im Kreis herum und weigerte sich, eine bestimmte Richtung einzuschlagen. Sie veränderte die Programmierung ein wenig und gab der Schmöker-Utility eine Reihe von LTG-Adressen vor, nach denen sie suchen sollte, doch der Skarabäus konnte anscheinend keine davon finden. Frustriert gab sie schließlich die Adresse der Freien Computerklinik Shelbramat ein. Das Programm mußte eigentlich in der Lage sein, ihren eigenen Einstöpselpunkt zu finden. Doch es schaffte nicht einmal das. Statt dessen stieß der Käfer ein schrilles Zwitschern aus und fiel auf den Rücken. Er blieb reglos liegen, die Beine in die Luft gestreckt, dann löste er sich in türkisfarbene Pixel auf.

»Drek«, flüsterte Timea. »Jetzt sitze ich echt in der Patsche.«

Die weiche asiatische Stimme redete immer noch im Hintergrund. *…und das ist ein Datenspeicher,* erklärte sie geduldig. Ein leuchtend roter Würfel erschien vor Timeas Gesicht und versperrte ihr die Sicht. Seine marmorne Oberfläche war goldgeädert. *Er enthält nützliche Informationen. Kannst du darauf zugreifen?*

Timea schlug den Würfel wütend beiseite. Er flog durch den Raum und prallte gegen ein kugelförmiges Icon. Das Sklavenmodul flog gegen eine Wand. Timea trat vor und schrie dann auf, als Schmerzen in ihrer Hand explodierten und in einer brennenden Welle ihren Arm emporschossen.

Du gibst dir nicht genug Mühe, schalt die Stimme. Der rote Würfel tauchte wieder dort auf, wo er gewesen war, ein paar Zentimeter vor ihrem Gesicht. Timea versuchte ihm seitlich auszuweichen, aber der Knoten folgte ihr und materialisierte sofort wieder vor ihrem Gesicht, auch wenn sie sich plötzlich duckte oder zur Seite sprang.

Konzentrier dich darauf, welches Aussehen du der Form geben willst, fuhr die Stimme fort. *Der Knoten ist mit Blaster-IC präpariert, was der Grund dafür ist, daß deine Hand schmerzt. Du mußt zuerst die IC abstürzen lassen. Um mit der komplexen Form zu beginnen, stell dir etwas Großes und Zerstörerisches vor. Je größer du es dir vorstellst, desto stärker wird die Form sein…*

Timea starrte auf ihre Hand, während die Stimme weiterredete. Die Haut war rot und mit nässenden Blasen überzogen. Der Goldstaub des Täuschungsprogramms war vollkommen weggebrannt worden, so daß die Hand nackt war.

»Blaster-IC, ja?« murmelte sie bei sich. »Kam mir eher wie 'ne verdammte schwarze IC vor.«

Blaster-IC war gefährlich – aber nur für ein Cyberdeck. Sie war proaktiv und wartete darauf, daß der Decker auf einen Knoten zuzugreifen versuchte, um ihn dann zu bekämpfen. Schlimmstenfalls konnte sie die MPCP-Chips eines Decks durchschmoren lassen. Aber das hätte nicht *schmerzen* dürfen. Nicht so.

Timea widerstand dem Drang, an ihren verbrannten Fingern zu lutschen. Sie sagte sich, daß die Verletzung nicht real war – daß es sich hier um ein Programm mit ultrahoher Auflösung handelte, das SimSinn benutzte, um Schmerzen zu simulieren. Aber es war schon komisch, daß sie ihren fleischlichen Körper nicht mehr spüren konnte. Ihr hätte zumindest dumpf bewußt sein müssen, ob sie saß oder stand, ob sie frisch oder müde war. Doch da war nichts. Nur der pochende Schmerz in ihrer verbrannten Hand.

Die Stimme hielt inne, als warte sie. Jetzt nahm sie

einen leicht bedrohlichen Tonfall an. *Wenn du keine komplexe Form erschaffst, wirst du bestraft. Laß die Blaster-IC abstürzen. Sofort!*

»Ich habe keine Crash-Utility«, sagte Timea. Sie kam sich ein wenig albern vor, wie sie ins Nichts sprach. »Ich will dieses Programm heute nicht abarbeiten. Ich will nur meine Kinder finden und so schnell wie möglich von hier verschwinden.«

Einen Moment herrschte Stille, während der rote Würfel vor Timeas Gesicht schwebte. Dann ertönte die Stimme wieder. *Du hast es zum zweitenmal nicht geschafft, eine komplexe Form zu erschaffen. Du bist ein ungezogenes Mädchen. Du mußt bestraft werden.*

»Was, zum Teufel, ist eine komplexe For...«

Eine der herabbaumelnden Bandagen an ihrem Arm ging plötzlich in winzige grüne Flammen auf. Timea versuchte sie zu löschen, doch das Feuer breitete sich bis in ihren Arm aus. Als es ihre nackte Haut erreichte, schrie sie vor Schmerzen auf. Binnen einer Nanosekunde war jeder Zentimeter ihres Körpers von Flammen bedeckt. Der Gestank nach verbrannten Kleidern und Haaren drang ihr in die Nase, als ihre Haut zu knistern anfing und aufplatzte. Schmerzen schossen durch ihren Körper, und sie krümmte sich. Sie streckte die Arme aus, um den zusätzlichen Schmerz zu vermeiden, wenn verbranntes Fleisch sich an verbranntem Fleisch rieb.

Hektisch vor Schmerzen versuchte sie ihre Spiegel-Utility zu aktivieren. Sie war kaum in der Lage, sich zu konzentrieren, so stark waren die Schmerzen, aber irgendwie gelang es ihr, sie zu aktivieren. Ein Spiegelbild ihrer Persona – Mumienbandagen und Kopfschmuck eingeschlossen – erschien auf der anderen Seite des roten Würfels. Es ging augenblicklich in Flammen auf und fing an zu schreien – und die Schmerzen, die Timea erlitt, hörten auf. Ihre Haut kribbelte und juckte immer noch, aber die Abwesenheit der Schmerzen war eine überwältigende Erleichterung. Sie sank auf die Knie und nahm dabei am Rande zur Kenntnis, daß ihr Spiegelbild dasselbe tat. Ein Schein aus weißblauem Feuer hüllte es ein und badete Timea in seiner Hitze.

Das war eine interessante Form, die du erschaffen hast, sagte die Stimme. *Aber sie bedarf einiger Veränderungen. Wie wäre es damit?*

Der goldgeäderte Würfel, der ihr die Sicht versperrte, verschwand plötzlich. Timea schaute auf. Das Icon, das ihre Spiegel-Utility erschaffen hatte, hatte sich verändert. Es war jetzt männlich, jünger und sah mehr wie ein Mensch aus. Dann prallte sie entsetzt zurück, als sie das Gesicht ihres Bruders erkannte.

»Nate!« schrie sie. »Ihr Geister, nein!«

Als die Flammen erloschen, brach die Gestalt zusammen, eine verkohlte, rauchende Ruine. Glatte braune Haut war von der Hitze aufgerissen worden wie ein zu scharf gebratenes Stück Fleisch. Dampf erhob sich aus den geröteten Rissen. Geschmolzene Kleiderreste klebten wie obszöner Schorf an dem Körper. Der rosa Ring, den sie aus einer Natriumtablette für ihren Bruder angefertigt hatte, war ein geschmolzener Schlackeklumpen an seinem blasigen Finger. Nathaniels Kopf war ihr zugewandt, und seine auslaufenden, blicklosen Augen starrten Timea anklagend an.

Der Brandanschlag war ganz allein ihre Schuld gewesen. Wenn sie das Gangmitglied nicht vergrätzt hätte, indem sie lachte, als er sein Motorrad umwarf, wäre Nathaniel heute noch am Leben…

Timea schlug die Hände vor die Augen, um ihren toten Bruder nicht länger ansehen zu müssen. Tränen liefen über ihre Wangen. Sie wußte, daß dies nur die virtuelle Schöpfung eines perversen Deckers war – der irgendwie ihre eigenen Erinnerungen gegen sie einsetzte. Daß dies nur SimSinn war. Aber das änderte nichts daran, daß es schmerzte. Und was sie jetzt empfand, war schlimmer als der physische Schmerz des Feuers. Unendlich viel schlimmer.

»Hör auf«, flehte sie in heiserem Flüsterton. »Bitte.«

Etwas warf einen Schatten auf ihr Gesicht. Instinktiv riß Timea die Hände vom Gesicht und schaute auf, einen Arm zur Abwehr erhoben. Ein Sechseck hing über ihrem Kopf. Wie zuvor der Würfel war das Sechseck rot und goldgeädert.

Das ist eine Subprozessoreinheit, sagte die Stimme. Sie hatte jetzt wieder einen beruhigenden Tonfall.

Timea schaute nach unten. Nates verbrannter Leichnam war verschwunden.

Sie ist mit Blaster-IC gesichert. Du kannst die IC zerstören, indem du eine komplexe Form erschaffst, die sie abstürzen läßt. Konzentrier dich darauf, welches Aussehen du der Form geben willst. Um mit der komplexen Form zu beginnen, stell dir etwas Großes und Zerstörerisches vor. Je größer du es dir vorstellst, desto stärker wird die Form sein…

Drek! Die Lektion wiederholte sich. Timea wollte das kein zweites Mal durchmachen. Sie war wütend und verängstigt und wünschte sich, sie hätte die Gangmitglieder aus der Klinik als Rückendeckung. Sie stellte sich vor, wie das Gangmitglied aus der Klinik mit seiner Warhawk dieses ganze System in Stücke schoß. Er würde diesem schwachsinnigen Programm schon gezeigt haben, wer der Boß war…

Donnernde Schüsse ertönten und erfüllten den Raum mit Lärm. Timea duckte sich instinktiv, aber die Pistole, die neben ihr in der Luft aufgetaucht war, war nicht auf sie gerichtet. Statt dessen deckte sie die Icons ringsumher mit einem Bleihagel ein. Bruchstücke platzten von den Icons ab, und der Gestank nach Pulverdampf lag in der Luft. Die meisten Schüsse trafen das sechseckige CPU-Icon vor ihr. Es zerbrach und splitterte – und zerplatzte dann in Millionen Stücke. Die Pistole klickte ein paarmal, ein leeres Magazin wurde ausgeworfen, und dann verschwand die Pistole.

Das war sehr gut, sagte die Stimme zu Timea. *Du hast deine erste komplexe Form gemeistert. Du bist ein braves Mädchen.*

Timea starrte auf die Stelle, wo das Sechseck gewesen war. Sie hatte soeben das Unmögliche vollbracht – eine Utility aktiviert, die sie gar nicht besaß. Ihr Deck konnte mit vielen Angriffs-Utilitys aufwarten, aber mit keiner, die eine IC oder eine ganze CPU abstürzen ließ.

»Wenn ich ein braves Mädchen bin, dann belohne mich«, sagte Timea verbittert. »Bring mich von hier weg.«

Aber wir haben gerade erst angefangen, sagte die Stimme. *Willst du denn nicht noch eine Form lernen?*

»Nicht jetzt«, sagte Timea. »Ich muß jemanden finden. Wie verlasse ich dieses System?«

Ein grüner Quader erschien vor Timeas Gesicht. Dieser war solide und wies keine goldenen Adern auf.

Das ist ein Systemzugangsknoten, begann die Stimme. *Er ermöglicht dir die Reise von Host zu Host oder von System zu System innerhalb der Matrix.*

Timea stöhnte.

Wohin willst du als nächstes?

»Dieser Knoten kann auf jedes LTG zugreifen?« fragte Timea.

Auf jedes im Seattler Gitter.

Das klang vielversprechend. Aber *jede* Adresse? Das kam ihr übertrieben vor. SANs waren darauf programmiert, nur zu bestimmten Hosts und Systemen Zugang zu gestatten. Manche Systeme hatten ›Hintertüren‹ – geheime Eingänge, die nur Decker mit dem richtigen Paßwort benutzen konnten. Aber Hintertüren waren selten. Und ein SAN, der auf jeden Knoten in einem regionalen Telekommunikationsgitter zugreifen konnte, war ihr noch nie begegnet. Unmöglich.

Ebenso wie die Crash-Utility, die sie gerade aus dem Nichts erschaffen hatte...

Timea schaute den grünen Quader zweifelnd an. Ihre Haut kribbelte immer noch von den Verbrennungen, die sie zuvor erlitten hatte. Sie waren rein virtuell gewesen – die Blasen auf ihrer Haut waren bereits verschwunden. Aber sie vertraute diesem Programm nicht mehr. Wer immer dieses ehemals simple MatrixPal-Lernprogramm verändert hatte, war ein kranker Wichser. Sie wollte kein zweites Mal verbrannt werden.

Sie beschloß, ein Experiment zu versuchen. Sie wählte die Adresse einer öffentlichen Datenbank, einen blauen Host ohne nennenswerte Sicherheit. Sie befand sich im Zentrum des Seattler RTG und bot Verbindungen zu Hunderten von anderen Systemen – haufenweise potentielle Fluchtrouten. »Ich hätte gern Zugang zu NA/UCAS-SEA 2066.«

Die Buchstaben und Zahlen tauchten in klobigen Druckbuchstaben auf dem Quader vor ihr auf.

Die Stimme nahm wieder ihren belehrenden Tonfall an. *Um einen Systemzugangsknoten zu benutzen, wische einfach mit der Hand von links nach rechts über die ausgewählte Adresse. Der Knoten gestattet dir dann den Zugang...*

Timea machte sich auf das Schlimmste gefaßt, als sie den Anweisungen folgte. Die UMS-Icons rings um sie schimmerten und verschwanden, und die Stimme verstummte abrupt...

Sie stand auf einem Boden, dessen Oberfläche ein polierter Spiegel war, und starrte auf ihr eigenes Spiegelbild. Oberhalb der Schultern ihres Spiegelbilds konnte sie eine Mauer aus runden weißen Objekten sehen. Und sie konnte eine Gestalt sehen, die zu ihr emporflog.

Die auf sie *herabfiel*. Sie legte den Kopf in den Nacken und sah einen riesigen Troll mit Dreadlocks und Einschußlöchern in der Brust, der rasend schnell fiel. Ein rotes Band flatterte hinter der Gestalt wie ein Banner, die wie wild mit Armen und Beinen ruderte. Jeden Augenblick würde der Troll auf sie stürzen...

Und es war zu spät, um auszuweichen.

09:52:20 PSZ

Santa Barbara, Freistaat Kalifornien

Dr. Halberstam fluchte und schob das Mobiltelekom in seine Tasche, während er ins Überwachungslabor ging. Timea hatte ihm keine Antworten gegeben, aber vielleicht waren die Biotechniker dazu in der Lage. Sie kümmerten sich jetzt – er warf einen Blick auf seine Armbanduhr – seit fast fünf Minuten um diese Angelegenheit. Er durchquerte den fensterlosen Raum, um sich mit seinen beiden Datenbeschaffern zu beraten.

Park and McAllister starrten beide angestrengt auf eine Reihe von Computeranzeigen. Eine zeigte die Aufnahme eines menschlichen Gehirns, dessen verschiedene Lappen in klaren Blau-, Grün- und Gelb-Tönen gehalten waren. Da das Bild rotierte, wechselten die Farben die Position. Sie wuschen über das Gehirn und brachen auseinander wie fließende phosphoreszierende Wellen.

Ein anderes Bild zeigte etwas, das wie ein Gewirr aus bunten Spinnen aussah, deren aufgeblähte Leiber durch zahllose Ranken miteinander verbunden waren. Die ›Spinnen‹, aus denen die neurale Karte bestand, pulsierten mit einer Schnelligkeit, die das gesamte Bild veranlaßte, wie ein Sternhaufen zu blinken.

Die restlichen Anzeigen zeigten Datenmenüs, abrollende Zahlen und lange Textpassagen, die mit chemischen Formeln vollgestopft waren. Darüber lagen Tortendiagramme und Tabellen, deren bunte Säulen ständig nach oben und unten fluktuierten.

»Und?« fragte Halberstam. Er stand mit vor der Brust verschränkten Armen da, ganz der strenge Großvater. Die Augen unter den buschigen grauen Brauen waren durchdringend, und sein weißer Laborkittel war makellos gestärkt. Eine fleischfarbene Datenbuchse steckte diskret in einer Schläfe, und der Anzug mit Krawatte, den er unter dem Kittel trug, hatte eine ernste dunkelgraue Farbe. Sein einziger Schmuck bestand aus einem dünnen goldenen Ehering.

Park, ein junger Mann, dessen himmelblaue Cyberaugen in seinem koreanischen Gesicht unpassend und disharmonisch wirkten, zuckte die Achseln. »Das ist mir zu hoch.« Er lehnte sich auf seinem Stuhl zurück. Unter seinem aufgeknöpften Laborkittel trug er ein T-Shirt mit einer aufgedruckten Werbung aus dem neunzehnten Jahrhundert für Fowler und Wells, Phrenologen. Die Werbung zeigte einen menschlichen Schädel, der in Abschnitte eingeteilt war, die alle mit Persönlichkeitsmerkmalen beschriftet waren. »Die Phrenologie enthüllt unsere natürlichen Neigungen, unsere Aufnahmefähigkeit für Recht und Unrecht und die für uns angemessenen Berufe«, lautete der Werbetext. »Mssrs. Fowler und Wells lesen ihren Schädel und zeigen Ihnen, wie Sie Glück und Erfolg im Leben haben können.«

McAllister, die Datenbeschafferin neben ihm, war eine Elfe, deren Zopf blonder Haare fast so weiß wie ihr Laborkittel war. Sie sprach, ohne von ihrer Anzeige aufzuschauen.

»Wir erleben hier einige ziemlich dramatische Veränderungen des Neurotransmitter-Gleichgewichts der Subjekte«, sagte sie in leidenschaftslosem, klinischem Tonfall. »Es gibt eine verstärkte Ausschüttung von Dopamin. Die Substantia Nigra scheint diesen Neurotransmitter in einem erheblich gesteigerten Maße zu produzieren. Es gibt Anzeichen für eine Übersättigung des limbischen Systems insgesamt, und es gibt abnormale Entladungen im Nucleus accumbens, die auf eine ernsthafte emotionale Störung schließen lassen.«

»Und die Ursache?« fragte Halberstam.

»Das wissen wir nicht genau«, antwortete sie. »Im simpelsten Fall haben wir es mit einer Überproduktion von Dopamin zu tun. Aber es könnte auch an einer Hyperempfindlichkeit der Dopaminrezeptoren des Gehirns liegen.«

»Es muß sich um eine durch ICs hervorgerufene Biorückkopplung handeln«, sagte Park.

»Unmöglich«, konterte McAllister schroff. »Unsere ICCs sind auf dem neusten Stand. Keine IC könnte da durchkommen.«

Park kratzte sich am Kopf und drehte seinen Stuhl, so daß er auf ein Dutzend Trideomonitore starrte, die mit dem Computersystem der Anlage verbunden waren. Die meisten ihrer holografischen Projektionen zeigten sich ständig verändernde Ansichten der Matrix – bunte, aber alltägliche Bilder von Datenbahnen, geometrischen Systemkonstrukten und wunderschönen, aber surreal gestalteten Landschaften.

Drei der Trideomonitore zeigten jedoch nur eine einzige Szenerie – oder vielmehr drei. Park starrte auf eine davon. Das dreidimensionale Bild auf dem Monitor ruckelte und sprang, als werde es von der Handkamera einer laufenden Person aufgezeichnet. Im Mittelpunkt des Bilds war eine Frau, die vom Betrachter verfolgt zu werden schien. Sie entfernte sich entschlossenen Schrittes vom Betrachter, die Schultern hochgezogen und den Kopf abgewandt, das Gesicht von langen dunklen Haaren verborgen.

Für einen Moment änderte sich die Szenerie. Die Frau sah den Betrachter plötzlich an, da er sie überholte und sich vor sie setzte. Dabei betrachtete dieser sie aus der zu niedrigen Perspektive einer Person auf den Knien oder eines Kindes, das einen Erwachsenen ansieht. Das nun enthüllte Gesicht der Frau war entsetzlich. Es war zu einem grausigen Zähnefletschen verzerrt – das Gesicht eines ausgehungerten Vampirs mit blutbefleckten Fängen. Die Frau leckte sich mit blutiger Zunge die Lippen und grinste den Betrachter dann mit weit geöffnetem Mund an…

Dann wechselte die Perspektive wieder zu dem ursprünglichen Bild – das eines Betrachters, der einer Frau folgte, die sich stetig entfernte. Die Laufbewegungen wurden wieder aufgenommen, da die Verfolgung von neuem begann.

Der Trideomonitor war beschriftet: SUBJEKT 3. Park drückte einen Knopf an der Seite der Einheit und aktivierte die akustische Komponente der Anzeige. Eine Kinderstimme hallte aus den Lautsprechern. »Mom?« sagte sie zögernd. »Bist du das? Bitte geh nicht weg. Ich will mit dir gehen. Mom?«

»Der Ablauf wiederholt sich ständig«, sagte Park. »Kind verfolgt Frau, Kind holt Frau ein, Frau ängstigt Kind zu Tode. Obwohl das Gesicht der Frau jedesmal anders ist. Es ist immer eine Kombination aus Mensch und Tier, aber ziemlich abgedreht. Alptraumhaft. Die Bilder haben etwas Surreales. Als wäre das Kind auf einem Drogentrip oder irgendwas«, fügte er hinzu. Dann lachte er und zog eine Augenbraue hoch. »Vielleicht hat jemand Koks in die Tanks geschüttet, als wir nicht hingesehen haben.«

McAllister bedachte Park mit einem vernichtenden Blick. Sie schüttelte verächtlich den Kopf über den Witz, den sie als ernsthaften Erklärungsversuch für die Vorgänge zu betrachten schien. »Falls es sich tatsächlich um eine Droge handelt, dann ist es eher L-Dopa. Aber bei unserer Sicherheit bezweifle ich das. Es sei denn, wir haben einen Witzbold in unseren Reihen.«

Parks himmelblaue Augen starrten ins Leere, als er

seinen ursprünglichen Gedankengang weiterverfolgte. »Oder vielleicht haben die Kinder ganz einfach einen Alptraum...«

»Vielen Dank, Dr. Tong, für Ihre tiefschürfende Analyse«, schnaubte McAllister.

Halberstam lauschte dem Wortwechsel kommentarlos. Als er das Wort ergriff, tat er es mit der Stimme der Autorität. »Was immer dies auch verursacht, kommt von außerhalb der Klinik«, sagte er. »Aus der Matrix. Es befindet sich im Seattler Gitter. Es hat keinen Einfluß auf die Funktionen der Matrix und die Hardware, welche das Seattler RTG stützt. Andernfalls hätten wir mittlerweile längst panikerfüllte Meldungen aus Seattle gehört. Dieses Phänomen scheint nur Auswirkungen auf die User des Systems zu haben. Als Vorsichtsmaßnahme haben wir die anderen Subjekte aufgefordert, sich vom Seattler RTG fernzuhalten, bis das Problem gelöst ist.«

Er warf einen kurzen Blick über die Schulter auf den Trideomonitor. »Nummer Drei scheint eine Schleife in seiner Programmierung zu haben, die von etwas hervorgerufen wird, auf das er im Seattler Gitter gestoßen ist. Aber die Metaphorik stimmt mit keiner Codierung der universellen Matrixspezifikationen überein. Das läßt vermuten, daß die IC, falls es sich um eine solche handelt, hochgradig modelliert ist.«

»Die IC könnte den Realitätsfilter des MPCPs des Subjekts stören«, regte McAllister an.

Park verdrehte die Augen angesichts McAllisters plötzlichen Akzeptierens der Tatsache, daß möglicherweise doch ICs ihre Abwehr überwunden haben mochten. Nur weil Halberstam sagte, daß es so war, war es noch lange nicht so. »Arschkriecherisches Miststück...«, flüsterte er hinter ihrem Rücken.

»Der entscheidende Punkt scheint der zu sein, daß Dopamin eine Rolle spielt«, fuhr Halberstam fort. »Eine unserer Kandidatinnen in der Redmond-Klinik erlebt etwas, das wie eine psychotische Episode klingt. Sie leidet unter extremer Erregung in Verbindung mit Halluzinationen.«

»Was?« fragte Park, der aus seinen Grübeleien erwachte. »Ist sie schizophren?«

Halberstam starrte Park einen Augenblick an. Dann lächelte er. Der Biotechniker mochte schlampig und ein Tagträumer sein, aber manchmal lieferte er auch Antworten. Er hatte sich soeben seine Nuyen verdient.

»Genau«, sagte Halberstam, dessen Stimme einen aufgeregt angespannten Unterton bekam, da er seine Entscheidung getroffen hatte. »Wir werden versuchen, das Problem zu lösen, indem wir der Nährlösung eine Anti-Schizophrenie-Droge beimengen. Wir fangen bei Nummer Drei mit Chlorpromazin an und warten das Ergebnis ab.«

McAllister schenkte Halberstam ein arschkriecherisches Lächeln. »Brilliant!« sagte sie mit einem knappen Nicken, indem sie Parks Beitrag vollkommen ignorierte. »Wir blockieren die Dopamin-Rezeptoren mit einem bindenden Wirkstoff. Das müßte die Subjekte stabilisieren.«

Park starrte auf die Bildschirmprojektion des Gehirns. »Zumindest brauchen wir uns keine Gedanken über eventuelle Nebenwirkungen zu machen«, fügte er mit einem Lachen hinzu. »Starrheit des Körpers, Zittern… Das Kind weiß gar nicht, wieviel Glück es hat, daß es nur ein Geist in der Maschine ist.« Er runzelte die Stirn. »Oder wie glücklich *sie* ist.«

Halberstam verließ den Raum im Laufschritt und steuerte den Teil der Anlage an, der die Tanks enthielt.

09:52:32 PSZ

Dark Father hörte Bloodyguts aufschreien und fuhr herum, um sich selbst davon zu überzeugen, in was der Narr sich diesmal hineingeritten hatte. Noch vor einer Sekunde war der Troll ein winziger Punkt dicht unterhalb des obersten Randes der Schädelmauer gewesen. Jetzt fiel er wie ein Stein Red Wraith entgegen...

Nein, nicht Red Wraith. Einem anderen Decker, den er noch nie zuvor gesehen hatte. Es handelte sich um eine dunkelhäutige Frau in einer Art weißem Oberall mit einem kunstvollen Kopfschmuck und – Dark Father strengte sich an, um mehr Einzelheiten erkennen zu können – etwas, das wie zerrissene Abendhandschuhe an den Händen aussah.

Dark Father verzog das Gesicht, als ihm klar wurde, daß der Troll jeden Augenblick auf den anderen Decker fallen würde. Er hielt den Atem an und wandte sich halb ab, da er eigentlich nicht zuschauen wollte, andererseits aber von einer schrecklichen Faszination gepackt war.

Dann drehte sich die Welt unter seinen Füßen. Plötzlich war seitlich unten. Dark Father fiel auf die Schädelmauer, die noch vor einer Sekunde eine vertikale Oberfläche gewesen war. Er mühte sich, sich aus dem Gewirr von Glasfaserkabeln zu befreien, und richtete sich dann auf dem unregelmäßigen Boden unsicher auf. Die runden Schädel waren unter seinen Füßen so glitschig wie nasses Kopfsteinpflaster.

Er schaute auf und sah, wie Bloodyguts über den neuen Boden rollte und sich dabei mehrfach überschlug. Nach zwei weiteren Drehungen blieb er kurz vor dem Neuankömmling liegen.

Da seine Neugier geweckt war, ging Dark Father zurück zu der Stelle, wo sich ein ziemlich erschütterter Bloodyguts langsam aufrappelte. Er kam nur langsam voran – Dark Father mußte sich mit der Hand an dem Spiegel abstützen, der jetzt eine Wand neben ihm bildete, und vorsichtig über das Gewirr der Glasfaserkabel hinwegsteigen. Er sah, daß Red Wraith aus der Gegenrichtung ebenfalls auf dem Rückweg war. Weil er über den Boden glitt – anstatt auf ihm zu gehen – erreichte er die anderen eine ganze Weile vor Dark Father.

Als dieser schließlich eintraf, waren die drei bereits ins Gespräch vertieft.

»...ist das also die Datenbank des Seattler Besucherzentrums?« fragte Bloodyguts gerade.

Die dunkelhäutige Deckerin nickte und sagte, sie habe auf eine LTG-Adresse zugegriffen. Nun, da er näher kam, konnte Dark Father die Details ihrer Persona erkennen. Sie war eine schwarze Frau – obwohl ihre Haut einen Graustich hatte wie seine eigene in der wirklichen Welt. Sie sah aus, als blühe Schimmel darauf. Ihre Arme waren in Mumienbandagen eingewickelt, und ihr schakalköpfiger Kopfschmuck war vergoldet und mit funkelnden Juwelen besetzt. Ihr Persona-Icon war wie das der anderen einem toten Wesen nachempfunden. Dark Father fragte sich, ob sie wie die anderen auch bereits einmal gestorben und wiedergeboren worden war...

»Was ist dann passiert, Anubis?« fragte Red Wraith sie.

Dark Father beschloß, sich eine Bemerkung über die Tatsache zu verkneifen, daß sie ihn nicht vorgestellt hatten.

»Ich sah ihn – äh, Bloodyguts – auf mich zustürzen. Ich wußte, daß ich keine Zeit mehr hatte auszuweichen. Ich weiß noch, ich habe daran gedacht, daß dieses System einem altmodischen Vergnügungspark nachempfunden ist, wie wir einen bei uns in der Squatter's Mall hatten. Darin gab es einen großen verspiegelten Tunnel, der sich drehte. Er war absolut nicht virtuell – man mußte tatsächlich hindurchklettern. Ich weiß noch, wie ich mir gewünscht habe, in diesem Tunnel zu sein anstatt hier, daß Boden und Wände sich drehen würden…«

Sie zuckte die Achseln. »Ich muß wohl ein Programm erschaffen haben, das dieses System verändert hat.«

»Genau so, wie du die Crash-Utility aus dem Nichts erschaffen hast«, sagte Bloodyguts.

»Versuch es noch einmal«, schlug Red Wraith vor. »Verändere die Achse des Systems und mache alles wieder so, wie es vorher war.«

Anubis schloß einen Moment die Augen, als konzentriere sie sich. Auf ihrer Stirn erschienen tiefe Falten. Dann öffnete sie die Augen und schüttelte den Kopf.

»Ich kann es nicht«, sagte sie. »Ich weiß nicht, wie ich es gemacht habe.«

Bloodyguts bedachte sie mit einem ermutigenden Blick. »Aber du warst in der Lage, mit schierer Willenskraft allein eine Utility zu erschaffen«, sagte er. »Du hast gesagt, das Lernprogramm hätte sie ›komplexe Form‹ genannt – dieselbe Bezeichnung, die der Fuchi-Exec in seinem Memo benutzt hat. Es sieht ganz so aus, als könnten die *Otaku* nicht nur ohne Deck decken, sondern auch ohne Software Utilitys erschaffen und aktivieren.«

»Vielleicht funktioniert es instinktiv«, meldete sich Red Wraith zu Wort. »Etwas, das nur in Situationen extremer Belastung geschieht. Ende des zwanzigsten Jahrhunderts gab es Berichte über Soldaten, die im Kampf spontan ›psychische‹ Fähigkeiten entwickelten – was wir heute Magie nennen. Militärische Denkschriften sind voll von Geschichten über Soldaten, die eine Landmiene ›fühlen‹ konnten, bevor sie darauf traten, oder in einer mondlosen Nacht durch den Dschungel marschierten und Zentimeter vor einem Stolperdraht stehenblieben. Oder Grabsteine in den Augen eines

Kameraden sahen, der noch am gleichen Tag sterben würde... Diese Leute konnten ihre Fähigkeiten auch nicht kontrollieren.

Manche Forscher haben spekuliert, daß Streß der Auslöser für vorzeitige Manifestationen von Magie war, lange vor dem Erwachen. Vielleicht erleben wir hier etwas Ähnliches – das Erwachen einer neuen Fähigkeit, das durch eine Kombination dieses wie auch immer gearteten ›Experiments‹, dem wir unterzogen werden, mit dem extremen Streß des Cyberkampfs ausgelöst wird.«

Dark Father lauschte geduldig und versuchte dem Gespräch trotz der Tatsache zu folgen, daß er den Anfang verpaßt hatte.

»Was ihr da andeutet, ist unmöglich«, sagte er nach einem Augenblick des Nachdenkens. »Ein ganzes Programm zu schreiben, dauert Stunden oder Tage. Dasselbe muß für die *Otaku* und ihre komplexen Formen gelten.«

»Die Vorbereitungen für rituelle Magie dauern auch Tage«, stellte Red Wraith fest. »Aber Adepten sind in der Lage, spontan Zauber zu wirken. Vielleicht spielt dabei auch Streß eine Rolle.«

Dark Father schnaubte. »Ich dachte, du wärst der Zweifler in dieser Gruppe«, sagte er. »Du glaubst nicht, daß KIs existieren, obwohl es reichlich Indizien für deren Vorhandensein gibt, aber du glaubst, es sei möglich, ein Utility-Programm mit reiner Willenskraft zu erschaffen oder eine komplizierte Reihe von Editierbefehlen spontan auszuführen...«

Red Wraith zuckte die Achseln. »Ich muß glauben, was ich mit eigenen Augen gesehen habe. Und was mein Gefühl mir sagt. Irgend etwas an der Art, wie ich mit dieser virtuellen Landschaft kommuniziere, fühlt sich ganz einfach *anders* an. Es fühlt sich an wie, wie...« Seine Stimme verlor sich, da er nach Worten für etwas suchte, das er offenbar schwer zu beschreiben fand.

»Ich fühle es auch«, sagte Bloodyguts. »Und ich glaube Anubis, wenn sie sagt, daß sie spontan ein Programm erschaffen hat. Ihr habt das Ergebnis gesehen: Hätte sie es nicht getan, wäre ich nur noch ein Fettfleck auf einem Spiegel.«

»Wenn der Auslöser für diese Fähigkeit tatsächlich Streß wäre, dann könnten wir alle von hier verschwinden.« Dark Father starrte den Troll vielsagend an. »Jedenfalls ist der Ärger, es mit so sturen...« Dann erstarrte er, als er sein Spiegelbild in der Wand neben sich sah. Anstelle des vertrauten schwarzen Skeletts mit Zylinder, das seine Matrix-Persona war, zeigte es Winston Griffith III, wie er in der wirklichen Welt aussah: ein adretter Schwarzer in einem dreiteiligen Anzug. Sein Kopf war kahl, seinem Gesicht fehlten Wimpern und Brauen, und seine Haut hatte eine graue Tönung – eine, die beständig stärker wurde, während er hinsah. Und seine Nägel wuchsen zu langen gebogenen Krallen...

Dark Fathers Fingerknochen klickten gegen die Knochen seiner Handflächen, als er instinktiv die Fäuste ballte. Das Spiegelbild an der Wand neben ihm kopierte seine Aktion, und einen Moment lang waren die Krallen verborgen. Dann tauchten sie aus der geballten Faust auf, indem sie einfach wie sprießende Ranken durch seine Handrücken wuchsen.

Dark Father warf einen nervösen Blick auf die anderen Decker, aber sie waren in eine Debatte vertieft, ob sie spontan eine Utility erschaffen konnten, die ihnen dabei helfen würde, sich aus diesem System auszuloggen, oder nicht. Ein weiterer Blick auf die Spiegelwand verriet Dark Father, daß ihre Spiegelbilder ebenfalls anders waren als die Persona-Icons, die vor ihm standen. Anubis war eine junge Schwarze mit kurzgeschnittenen Haaren, die um die Datenbuchse hinter ihrem linken Ohr kahlrasiert waren, und Schlitzen im Handgelenk, die vermutlich Cyberware beherbergte. Sie trug Jeans und eine Netzweste und sah abgebrüht aus – Unterschicht, aber zu sauber, um Abschaum aus der Gosse zu sein.

Red Wraiths Spiegelbild war das eines geschmeidig wirkenden Weißen von etwa vierzig mit Cyberaugen und welligen braunen Haaren mit ausgeprägten Geheimratsecken. Sein Nacken war gräßlich vernarbt wie von einer alten Wunde. Die Spitze eines seiner Finger – des rechten Zeigefingers – war zurückgeklappt wie eine geöffnete Luke. Aus dem Stumpf ragte eine nadeldünne Stahlspitze.

Bloodyguts… Tja, was hatte Dark Father erwartet? Das Spiegelbild des Trolls zeigte einen lebenden Mann anstelle eines verwesenden Zombies, aber Dark Father war bereit zu wetten, daß er trotzdem stank. Er war vielleicht Mitte zwanzig und trug einen schlampigen Trainingsanzug mit Schweißflecken unter den Achseln. Die Haare zwischen seinen Hörnern waren ungekämmt, und seine vorstehenden gelben Zähne sahen aus, als könnten sie wieder einmal geputzt werden…

Als spüre er, daß Dark Father ihn im Spiegel betrachtete, drehte Bloodyguts sich um. Dark Father spürte, wie seine Wangenknochen heiß wurden, als sei dort Haut, die erröten könne. Er drehte sich verlegen um und versuchte zwischen Bloodyguts und das Spiegelbild seines ghulischen Ichs zu treten.

»Hey, seht mal!« rief Bloodyguts. »Der Spiegel zeigt unsere fleischlichen Körper!«

Dark Father spürte ein Kribbeln der Angst in sich, als die anderen sein Spiegelbild anstarrten. Die ghulische graue Farbe trat jetzt sehr deutlich hervor, und seine Krallen waren mehrere Zentimeter lang. Er sah, daß sein Spiegelbild vor Angst grinste und dabei spitze Reißzähne entblößte. Er spitzte rasch die Lippen und versteckte die Hände hinter dem Rücken, doch es war zu spät. Die anderen hatten es gesehen. Sie wußten Bescheid.

»Bei allen Geistern«, sagte Red Wraith in gedämpftem Tonfall. »Du bist ein Ghul. Ich dachte, Ghule könnten nicht in die Matrix eindringen.«

Anubis wich einen Schritt von Dark Father zurück, als sei er an Lepra erkrankt. Stahlklingen schossen aus dem Arm ihres Spiegelbilds. Sie hob den Arm, als wolle sie einen Angriff abwehren.

»Jawoll«, sagte Bloodyguts. »Er ist tatsächlich ein Ghul. Und der Anzug ist auch ganz nett.«

»Nein!« rief Dark Father. »Ich bin kein Ghul! Der Spiegel lügt. Ich bin ein Mensch! *Ein Mensch!*«

»Glaubt ihr, wir können ihm vertrauen?« fragte Red Wraith. »In der wirklichen Welt würde ich ihm nicht den Rücken zukehren, aber hier in der Matrix...«

»Mir ist es egal, ob er ein Ghul ist«, sagte Bloodyguts mit einem Achselzucken. »Einer meiner besten Chummer ist ein Ghul. Aber der arme Hund muß es verheimlichen, damit die Kopfjäger ihn nicht erwischen. Ich weiß, wie das ist, wenn man immer auf der Hut sein muß. Und wie das ist, wenn einen die Leute nach seinem Aussehen beurteilen und nicht nach seinem Hirnschmalz. Ich kann verstehen, warum...«

»Ich will euer Mitleid nicht!« schrie Dark Father.

Er drehte sich um, da er sich innerlich unter den Blicken krümmte, die er in ihren Augen sah. Er konnte nicht atmen. Konnte nicht denken. Sie hatten ihn entlarvt. Sie wußten Bescheid. Hätte es doch nur eine Fluchtmöglichkeit gegeben, einen Ort, wo er sich verstecken konnte...

Vier Sprünge erschienen im Spiegel und bildeten einen Türrahmen um das Spiegelbild von Winston Griffith III. In dem Rechteck aus Sprüngen tauchte rechts von seiner Hand ein dunkler Kreis auf – ein Türknopf. Dark Father sprang sein eigenes Spiegelbild an und packte den Türknopf. Er riß die Tür auf und sprang in den Spiegel, in sein eigenes Spiegelbild...

Die virtuelle Landschaft veränderte sich.

Er befand sich in einer Gefängniszelle mit Betonwänden. Es gab keine Tür. Nur ein winziges Fenster hoch oben in der Rückwand, dessen schmieriges Glas von einem Eisengitter geschützt wurde. Der Boden bestand ebenso wie die Decke aus nacktem grauem Beton. In einer Ecke befand sich eine stinkende Toilette direkt neben einem angeschlagenen Waschbecken aus Porzellan. An der gegenüberliegenden Wand stand ein Etagenbett aus Metall.

Auf der oberen Koje saß ein Kind – ein Junge von ungefähr zwölf Jahren. Sein Kopf war bis auf zwei winzige Strähnen elektrisch blauer Haare kahlrasiert, die mit Gel zu hornartigen Spitzen gezwirbelt worden waren. Er war ein Mensch, aber seine Züge waren eine Mischung verschiedener rassischer Gruppen. Seine Haut war weiß und sommersprossig, aber seine Augen hatten eine leichte Schrägstellung, die auf asiatische Vorfahren hindeutete, während die etwas wulstigen Lippen und die breite Nase afrikanisch waren. Er trug einen dieser gelben Anzüge aus laminiertem Papier, die man Geisteskranken in der Klinik gab – einen Overall ohne Ärmel und Hosenbeine, aus reißfestem Material, das nicht in Streifen zerrissen und zu einer Schlinge verarbeitet werden konnte.

Während der Junge ihn betrachtete, befingerte Dark Father nervös die Schlinge um seinen Hals und rückte sie zurecht wie eine Krawatte. Er schaute sich nach einem Ausgang um, sah aber keinen. Er saß hier fest – natürlich nur vorübergehend, bis er eine Fluchtmöglichkeit fand. Aber wenigstens war der Spiegel verschwunden.

»Hallo, Winston«, sagte der Junge.

Dark Father spürte, wie sich seine Hände um die

Schlinge krampften. Er war fast bereit gewesen, sich zu entspannen, nachdem er seinem Spiegelbild entkommen war. Doch jetzt empfand er echte Furcht. Dieser Decker kannte seinen *Namen*. War das Serpens in Machina in einer anderen Persona – oder einer seiner Komplizen? Dark Father wich nervös einen Schritt zurück und blieb erst stehen, als er das Waschbecken an der Wand im Rücken spürte.

»Woher weißt du, wie ich heiße?« Seine Stimme war ein trockenes Krächzen.

»Ich weiß alles«, sagte der Junge. »In dem Augenblick, als ich dich neu erschuf, habe ich alle deine Erinnerungen und alle deine Geheimnisse heraufgeladen. Ich bin ein Gott.«

»Ein was?« Dark Fathers Gedanken überschlugen sich. Sollte er sein Smartframe auf diesen Decker ansetzen, der anscheinend Kenntnis von Dark Fathers Geheimnis hatte? Nein, das würde nicht funktionieren. Er hatte das Programm verändert, so daß es Daten über die *Otaku* suchte und herablud. Den ursprünglichen Suche-und-Vernichte-Code gab es nicht mehr.

Vielleicht sollte er angreifen…

»Nein, das solltest du nicht«, sagte der Junge. »Ich sagte doch schon – ich bin ein Gott. Ich bin allwissend und allmächtig. Ich kann alles tun.«

Er schnippte in einer beiläufigen Geste mit dem Finger. Augenblicklich zog sich die Schlinge um Dark Fathers Hals zusammen. Dark Fathers Blickfeld verschwamm, da das Angriffsprogramm etwas tat, worauf es nicht programmiert worden war – es griff seinen eigenen User an. Sterne tanzten vor seinen Augen, und die Gefängniszelle verengte sich zu einem Tunnel. Jeden Augenblick würde Dark Father das Bewußtsein verlieren…

Die Schlinge lockerte sich plötzlich, und er konnte wieder atmen.

»Siehst du, was ich meine?« fragte der Junge.

Dark Father nickte stumm. »Ja«, keuchte er. »Du bist ein Gott.«

»Wage es nicht, eine komplexe Form gegen mich einzusetzen.«

»Das werde ich nicht«, versprach Dark Father. »Aber wer bist du?«

Der Junge lächelte. Das Funkeln in seinen Augen verlieh dem Lächeln einen bösen Beiklang. »Ich bin der Hauptdarsteller«, antwortete er. Ein Ausdruck, auf dessen Deckblatt das Wort MANUSKRIPT stand, erschien in seiner Hand. Er warf es Dark Father verächtlich zu, der es aufzufangen versuchte. Doch das Manuskript verschwand auf halbem Weg durch die Zelle.

»Der was?« fragte Dark Father.

»Der Offizier vom Dienst«, sagte der Junge. Schwere goldene Epauletten tauchten auf den Schultern seines Papieranzugs auf. Sie sackten zusammen und große Risse bildeten sich in dem angeblich unzerreißbaren Material. Dann verschwanden sie.

Der Junge sprang von der Koje und baute sich vor Dark Father auf. »Ich bin der Sysop«, sagte er. Er zeichnete ein Rechteck in der Luft, und ein Cyberdeck tauchte vor ihm auf. Die Tastatur fing an zu klikken, während er es nur in den Händen hielt. Dann knautschte er das Deck zusammen wie ein Blatt Papier und warf es in die Toilette. Dark Father hörte die Spülung rauschen.

»Der Sysop«, sagte Dark Father mit einem Anflug von Hoffnung in der Stimme. »Dann kannst du mir den SAN zeigen, der mir die Rückkehr zu...«

»Nein«, sagte der Junge. »Du sitzt hier fest. Genau wie ich. Wir haben keine SANs in Seattle.«

»Aber wenn du der Sysop bist...« Dark Father schüttelte den Kopf. »Wenn du das alles programmiert hast, müßtest du doch in der Lage sein... ich meine, man sollte doch meinen...«

»Du meinst eine ganze Menge!« schrie der Junge plötzlich.

»Ich...«

»Ich werd's dir zeigen!«

Der Junge verschwand. An seiner Stelle stand ein tentakelbewehrtes grünhäutiges Monster da. Seine blutunterlaufenen Augen befanden sich im Rumpf direkt über einem klaffenden Maul, aus dem übelriechender Schleim troff, und seine drei Beine waren behaart und warzig.

Dark Father preßte sich gegen die kalte Zementwand.

»Du glaubst, ich sei ein Alien aus dem Weltraum«, sagte das Monster mit tiefer blubbernder Stimme, die wie eine Mischung aus Reden und Kotzen klang. »Du glaubst, ich wollte, daß meine Kinder die Welt erobern. Daß wir deshalb die Bremsleitung deines Wagens durchgeschnitten haben.«

»Nein, nein«, protestierte Dark Father. Er hatte keine Ahnung, wovon das Monster redete. »Ich habe nichts von alledem...«

Der Alien aus dem All verschwand. An seiner Stelle tauchte ein Wesen aus Licht auf, das mit bunten Funken gefüllt war. »Du glaubst, ich sei ein großer Geist, dem es gelungen ist, sich in der Matrix zu manifestieren«, sagte es in leisem Flüsterton. »Aber was wissen Elfen schon? Das sind doch alles nur hohlköpfige Müslifresser – richtig?«

»Ich habe von einem Experiment gelesen, bei dem man einmal versucht hat, einen Geist in die Matrix zu zwingen«, antwortete Dark Father vorsichtig. »Das war 2054. Ich glaube, es war irgendein Lichtgeist, obwohl ich davon noch nie zuvor gehört hatte. Das weiß ich noch, weil eine dieser Piraten-Propagandastationen einen unheimlichen Wirbel darum machte, daß nur ein Ork-Mädchen...«

»Ein Nicht-Mensch«, sagte das Wesen aus Licht,

indem es Dark Fathers Tonfall höflich zurückhaltenden Abscheus kopierte. Die Persona des anderen Deckers hatte wieder die Gestalt eines Jungen – eines *Ork*-Jungen. Dark Father ging plötzlich auf, daß er seine Ansichten besser für sich behielt. Insbesondere dann, wenn dieser Decker seinen wirklichen Namen kannte.

Der Junge verschwand wieder. An seine Stelle war die Miniaturnachbildung eines Matrixsystems getreten – eine Reihe von sechseckigen, violetten CPU- und SPU-Knoten, die durch Strahlen aus rubinrotem Laserlicht miteinander verbunden waren.

»Du glaubst, ich sei eine künstliche Intelligenz«, sagte eine stark hallende, elektronisch klingende Stimme. »So hast du es jedenfalls in deinem Bericht für den Aufsichtsrat von Aztechnology ausgedrückt. Aber meine Kinder haben dich diskreditiert. Dein Selbstmord bestätigte, daß das nur die Phantastereien einer Verrückten waren. KIs existieren nicht.«

»Du hörst dich an wie Red Wraith«, murmelte Dark Father.

Der Junge erschien wieder – diesmal in menschlicher Form. Er saß mit dem Rücken zu Dark Father auf der oberen Pritsche und hatte die Arme um die Knie geschlungen. Er summte tonlos vor sich hin, wiegte sich hin und her und starrte die Wand an.

»Äh…« Dark Father fiel auf, daß der andere Decker seinen Namen nicht genannt hatte. »Sysop?«

Der Junge summte weiter. Er sah aus wie eines von den Kindern in der geschlossenen Abteilung seines Krankenhauses – diejenigen, welche in den Euro-Kriegen zu Waisen geworden waren. Sie waren in automatisierten Kindergärten aufgewachsen, ohne jemals menschlichen Kontakt gehabt zu haben, und viele von ihnen hatten irreversiblen psychologischen Schaden erlitten. Sie legten das gleiche Verhalten an den Tag, wie der Junge es jetzt tat – sie wiegten sich hin und her, repetitive Bewegungen, die als Säuglinge ihre einzige Form körperlicher Stimulation gewesen waren, nervöse Angewohnheiten, die sie mit in ihr Erwachsenenleben genommen hatten.

Dark Father kam ein Gedanke, bei dem ihm innerlich sehr kalt wurde. War der Programmierer verrückt, der dieses System erschaffen hatte?

Er versuchte noch einmal, die Aufmerksamkeit des Jungen zu erregen. »Gott?«

»Geh weg.«

Dark Father hatte eine plötzliche Eingebung. »Deine ›Kinder‹ – sind das die *Otaku*?«

»Verpiß dich! Sie haben mich nicht mehr lieb. Deshalb lasse ich sie nicht mehr hinein. Und jetzt halt die Klappe. Ich will nichts mehr von ihnen hören!« Der Junge wiegte sich heftiger. Hin und her. Hin und her.

»Dann mußt du wissen, was Tiefenresonanz ist«, fuhr Dark Father ungeachtet der Tatsache fort, daß der Junge sich die Ohren zuhielt. »Du steckst hinter dem Experiment. Du kannst mir sagen, was los ist…«

»Du!« Der Junge fuhr auf der Pritsche herum und starrte Dark Father an. »Du bist derjenige! Du bist derjenige, der versucht hat, mich umzubringen. Ich hasse dich! ICH HASSE DICH!«

Zwei Strahlen von gewaltiger Kraft schossen aus den Handflächen des Jungen. Sie trafen Dark Fathers Brust und schleuderten ihn zurück. Er prallte mit solcher Wucht gegen die Zellenwand aus Zement, daß er seine Knochen knacken hörte. Dann gab die Wand hinter ihm in einem Regen aus Beton und Staub nach, und er flog durch die Luft. Ein weiterer Ortswechsel…

Er landete benommen auf dem Rücken und sah Lady Death, die ihn mit einem Ausdruck der Überraschung auf ihrem weiß geschminkten Gesicht betrachtete.

»Konnichiwa«, sagte sie, indem sie eine grazile Hand ausstreckte, um ihm aufzuhelfen. »Wo kommst du denn her?«

09:52:49 PSZ

Lady Death hielt den Scheinwerfer in den Händen und ließ den Strahl in dem Raum herumwandern, welcher den Datenspeicher repräsentierte, zu dem sie und Dark Father sich Zugang verschafft hatten. Staub hing in der Luft, der das Licht streute und weicher machte.

Der Raum war klein und mit riesigen altmodischen Aktenschränken aus Metall vollgestopft. In den Zeiten, bevor virtuelle Büros zur Norm wurden, waren Schränke wie diese benutzt worden, um darin Dokumente aus Papier aufzubewahren. Jeder war doppelt so groß wie Lady Death, besaß vier riesige Schubladen und hatte eine matte dunkelgrüne Farbe. Sie waren von einer dicken Staubschicht bedeckt.

Die geflügelten Mikrofone von Lady Deaths Schmöker-Utility stießen sanft gegen die Schubladen mehrerer Schränke, wobei ihre Flügel summten. Als sie den Scheinwerfer auf sie richtete, änderte sich das Bild harmloser unverschlossener Schubladen. Der Lichtstrahl enthüllte riesige Bomben. Sie bestanden aus roten Dynamitstangen, die mit einer digitalen Leuchtanzeige verbunden waren, welche das Wort AKTIVIERT bildete, und waren an den Vorderseiten der Schubladen befestigt. Wenn der Lichtstrahl weiterwanderte, wurden die Bomben wieder unsichtbar und verschwanden.

»Datenbomben.« Lady Death sprach im Flüsterton, als könne schon ihre Stimme sie auslösen. Sie wandte sich an Dark Father. »Hast du eine Entschärf-Utility?«

Das Skelett neben ihr nickte. Mit seinen schwarzen Knochen und Kleidern war er in der Dunkelheit fast unsichtbar, aber seine weißen Zähne glänzten im beständigen Grinsen des Totenschädels. Seine Fingerknochen klickten, als er eine scherenartige Schneidebewegung mimte, und eine riesige Drahtschere erschien in seiner Hand. »Welche enthält die meisten Daten?«

Lady Death lauschte dem Summen der Mikrofone. »Die da«, sagte sie, indem sie ihren Scheinwerfer auf das Icon richtete, das am lautesten summte. Das geflügelte Mikrofon stieß gegen die unterste Schublade neben den Dynamitstangen.

Dark Father kniete vor dem Aktenschrank nieder. Er führte die Drahtschere vorsichtig in Richtung des Dynamits und ließ sie dann los, um dem Icon die Arbeit zu überlassen. Die Drahtschere schwebte zunächst auf die eine Seite der Datenbombe, dann auf die andere, um sich dann vorsichtig zu drehen, da die Entschärf-Utility berechnete, welcher Programmstring unterbrochen werden mußte. Dann schlossen sich die Klingen über einen schwarz-rot gestreiften Draht und schnitten ihn durch.

Die Anzeige wechselte von AKTIVIERT zu DEAKTIVIERT.

»Gut«, sagte Dark Father zufrieden. »Das war leicht.«

Klebeband löste sich mit einem zischenden Geräusch, da die Datenbombe in sechs einzelne Dynamitstangen auseinanderbrach. Zuerst glaubte Lady Death, daß dies ganz normal war, eine Folge des Entschärfens. Doch dann zogen sich die sechs Zylinder in die Länge und entwickelten sich zu roten Schlangen, die mehrere Meter lang und doppelt so dick wie Lady Deaths Arm waren. Bänder aus goldenem Licht zuckten ihre Leiber entlang, und ihre Augen projizierten grüne Ziellaser. Zwei Paare fingerdünner Strahlen richteten sich auf Lady Death, und zwei der Schlangen rasten ihr entgegen.

»*Ki o tsukete!*« rief sie. »Angriffs-IC!«

Sie ließ den Scheinwerfer fallen und aktivierte die Düsen in ihren Sandalen. Die Ausweich-Utility ermöglichte ihr, mit einem gewaltigen Satz auf einen der Aktenschränke zu springen, aber die Schlangen waren schneller. Eine von ihnen öffnete ihr riesiges Maul und verschlang eines von Lady Deaths Beinen bis zum Knie. Die Schlange zog, und Lady Death fiel zu Boden. Die zweite Schlange hatte es auf ihren Kopf abgesehen. Lady Death hob den rechten Arm, um den Angriff abzuwehren – und Hand und Unterarm verschwanden im klaffenden Maul der Schlange.

Die Schlangen fingen an zu wogen, da ihre Leiber sich zusammenzogen und schluckten, zusammenzogen und schluckten. Lady Deaths Arm und Bein verschwanden Zentimeter für Zentimeter im Schlund der Schlangen. Dann erreichte die Schlange an ihrem Arm die Schulter, und Lady Death empfand einen sengenden Schmerz, als ihre Zähne zubissen. Sie bohrten sich knirschend durch Knochen und bissen ihren Arm an der Schulter ab. Dann verschwand die Schlange und ließ sie als Krüppel zurück.

Durch einen Schmerznebel sah sie, daß es Dark Father nicht besser erging. Er wurde von drei Schlangen angegriffen, die sich beide Beine und eine Hand geschnappt hatten. Er schlug wie wild um sich und wälzte sich in dem Bemühen hin und her, der vierten Schlange auszuweichen. Es war ihm gelungen, seine Galgenschlinge um sie zu werfen, welche der IC wohl Schaden zugefügt hatte, aber die Schlange versuchte immer noch, seinen Kopf zu verschlingen. Lady Death wußte instinktiv, daß Dark Father ein toter Mann war, wenn die IC diesen Körperteil von ihm zu fassen bekam.

Diese IC war tödliches Zeug – ein Konstrukt aus zwei separaten Programmen: einer Datenbombe, die sich leicht entschärfen ließ, und einer proaktiven Ripper-IC, die die Persona eines Deckers angriff. Der Angriff hätte schmerzlos sein müssen, da sich der Schaden auf das MPCP des Decks beschränkte – auf die Chips, die für die Erschaffung und Bewahrung des Persona-Icons verantwortlich waren. Doch Lady Death konnte die Schmerzen spüren, welche die Sägezähne der Schlange hervorriefen, als sie ihren Oberschenkel erreichte und an den Muskeln ihres Beins nagte.

Die zweite Schlange tauchte wieder auf und startete einen Angriff auf ihr anderes Bein. Lady Death reagierte instinktiv, indem sie die Düse in ihrer verbliebenen Sandale benutzte, um sich aus dem Weg zu katapultieren. Die Schlange verfehlte sie ganz knapp, und ihre Kiefer schlossen sich um Luft und Staub.

Sie hatte nichts, womit sie die Schlange angreifen konnte. Sie war eine Matrix-Surferin und kein Shadowrunner. Auf ihrem Deck gab es keine Kampf-Utilitys. Sie war so gut wie tot.

Sie warf sich herum, als die Schlange zu einem erneuten Angriff ansetzte. Ihre Schulter prallte gegen einen Aktenschrank. Er verschob sich ein wenig, und Lady Death sah, daß die Schublade aufgeglitten war. Sie war bis auf einen einzigen Aktenordner leer.

Die Schlange griff wieder an, und Lady Death duckte sich, so daß die Schublade des Aktenschranks sich zwischen ihr und der IC befand. Anstatt den Angriff zu vollenden, wich die Schlange seitlich aus. Und dann wurde Lady Death klar, daß es einen Ausweg gab. Die IC war darauf programmiert, Decker daran zu hindern, auf die Dateien zuzugreifen. Der Programmierer hatte ein winziges Schlupfloch gelassen – die IC war nicht in der Lage, die Räume in den Aktenschränken selbst zu erkennen.

Lady Death schrie auf, als die Schlange an ihrem Bein ihren Angriff beendete, indem sie ihr dieses Glied säuberlich abbiß. Im gleichen Augenblick aktivierte sie ihre

Ausweich-Utility. Die Düse in der Sandale tauchte den Raum in gleißendes Licht, als Lady Death mit dem Kopf voran in den Aktenschrank befördert wurde. Sie schaute durch die Öffnung der Schublade und sah, wie sich die Schlangen hin und her wanden und nach ihrem Opfer suchten – das jetzt in der offenen Schublade lag. Dann verschwanden sie aus ihrem Blickfeld.

Sie war in Sicherheit.

Sie hörte das Klappern von Knochen, die irgendwo draußen auf den Boden schlugen.

»Dark Father!« rief sie. Ihre Stimme war sehr laut in der sarggroßen Schublade. »Sie haben keinen Zugang zu den Datenspeichern. Versuch in eine Schublade zu kommen!«

Ein lautes Krachen hallte durch den Aktenschrank, in dem sie lag. Eine mit grauem Staub bedeckte Skeletthand packte die Kante der Schublade. Lady Death drehte sich um und ergriff seine Hand. Dann aktivierte sie noch einmal ihre Ausweich-Utility. Mit dem lautem Klappern von Knochen gegen Metall wurde Dark Father zu ihr in die Schublade gezogen. Die Schlangen, die trotz seiner Schild-Utility seine Knie und den Ellbogen erreicht hatten, verschwanden und nahmen dabei seine Unterschenkel und einen Unterarm mit.

Lady Death spürte eine Bewegung. Die Schublade des Aktenschranks glitt langsam zu, was sie in völlige Dunkelheit tauchte. Dark Father fing neben ihr heftig an zu zittern. Doch Lady Death war wegen des Verlusts ihres Arms und Beins zu benommen, um mit ihm zu reden. Sie lag in der Dunkelheit da, keuchte leicht und kämpfte mit den Tränen.

Mit einem Stoßgebet, daß sie noch funktionieren möge, aktivierte sie ihre Reparatur-Utility…

Sie funktionierte noch. Gleißendes Licht ließ sie blinzeln. Sie saß auf einem bequemen Stuhl vor einem breiten, von Lampen eingerahmten Spiegel. Ein Maskenbildner machte sich an dem leeren Raum zu schaffen, wo sich ihr Arm und ihr Bein hätte befinden sollen. Er zog eine Umrißlinie mit einem Konturstift und füllte die Umrisse dann langsam mit Grundierung und weißem Puder. Lange Sekunden verstrichen, während das Reparaturprogramm langsam seine Arbeit tat. Als der Maskenbildner schließlich zurücktrat, um sein Werk zu begutachten, gab es immer noch leere Stellen. Lady Deaths kleiner Finger und ein Teil des Ringfingers fehlten. Doch ihr Arm und ihr Bein waren mehr oder weniger wieder ganz.

Sie seufzte vor Erleichterung. »Danke, Hiro.«

Der Maskenbildner verbeugte sich vor ihr. Dann verschwanden er, der beleuchtete Spiegel und der Stuhl.

Lady Death fand sich an einem Konferenztisch wieder. Die anderen Stühle waren von einem Dutzend Männer und Frauen in teuren Geschäftsanzügen besetzt. Jedes dieser Individuen war bis in die Haarspitzen hinein detailliert dargestellt. Alle waren vollkommen reglos. Sie saßen erstarrt da und betrachteten aufmerksam einen Amerindianer in einem hirschledernen, mit Perlen und Fransen besetzten Anzug, der an einem Ende des Tisches stand. Ein Namensschild an seiner Jacke identifizierte ihn als R. Kahnewake von FTL-Technologies. Hinter ihm befand sich eine wandgroße Akte mit einem rechteckigen Pappdeckel obenauf. Der Mann war ebenfalls erstarrt, und zwar in einer Haltung, in der seine Hand einen nadeldünnen Laserzeiger auf das Etikett auf dem Aktendeckel richtete, das mit Druckbuchstaben beschriftet war: PSYCHOTROP. Die untere Ecke des Aktendeckels zierte ein Konzern-Logo. Sie brauchte einen Augenblick, um es zu erkennen. Das Logo ähnelte der Sternexplosion von NovaTech, doch anstelle von reinweißem Licht bestand es aus einem roten Gesprenkel, das sich von einem Mittelpunkt aus in alle Richtungen ausbreitete. Das Logo hatte sogar eine Geruchskomponente – es roch metallisch nach Blut.

Einer der Stühle neben Lady Death war leer. Einen Augenblick später erschien darauf eine vertraute schwarze Gestalt. Dark Father! Er mußte ebenfalls eine Reparatur-Utility aktiviert haben, denn die Knochen seiner Arme und Beine waren wieder da. Die Beine seiner Hose und ein Ärmel seiner Jacke endeten jedoch an den Stellen, wo die Ripper-IC sie zerrissen hatte, in Fetzen.

»Den Geistern sei Dank!« stieß Lady Death hervor. »Du hast überlebt.«

»Nicht nur überlebt.« Dark Fathers weiße Zähne grinsten in seinem Skelettgesicht, als er Lady Death zunickte. »Ich war beschäftigt. Ich dachte, du willst dir vielleicht die Datei ansehen, um die wir so hart gekämpft haben. Sie ist ziemlich interessant.«

Er erhob sich von seinem Stuhl und ging nach vorn zu dem Aktenordner. Er packte den riesigen Aktendeckel an einer Seite, schlug ihn um und enthüllte ein gigantisches bedrucktes Blatt. Der Mann an der Stirnseite des Tisches erwachte zum Leben und fing an, den Laserzeiger zu bewegen. Als der rubinrote Lichtstrahl über die Seite strich, erschien eine Textzeile, die kurz aufleuchtete, während der Sprecher die Worte laut vorlas, und dann verblaßte, als die Zeile darunter sichtbar gemacht wurde.

Dark Father kehrte zu dem Stuhl neben Lady Death zurück und sah mit leeren Augenhöhlen zu, wie sie die Daten in dem Ordner las.

>>Das psychologische Diagnoseprogramm Psychotrop wurde Ende der zwanziger Jahre von den Mitgliedern des Teams Echo Mirage entwickelt, die für die damals noch existierende Regierung der Vereinigten Staaten arbeiteten, um bei der Diagnose und Behandlung von Cyberpsychosen zu helfen. Ein Teil der anfängli-

chen Arbeit des Teams bestand aus einer vergleichenden Studie von Psychosen, die durch die von den frühen Cyberterminals erzeugten, überwältigenden sensorischen Signale hervorgerufen wurden, und solchen, die eine Folge des Mißbrauchs von Drogen wie Kokain oder Amphetamin waren.

Aufgrund der riesigen Datenmengen, die aus den Gehirnen der betroffenen Decker heraufgeladen werden mußten – Aufzeichnungen komplexer, multisensorischer psychotischer Episoden von mehreren Minuten Dauer, die in den Augenblicken kurz vor dem Tod der Teammitglieder angefertigt wurden –, war eine ständig zunehmende Menge von Computern erforderlich. Schließlich wurde Psychotrop in einem Host untergebracht, der aus einem Netzwerk zahlreicher Computer bestand – ein staatenweites Netzwerk, das auf eine ganze Reihe von RTGs verteilt war.<<

Lady Death beugte sich vor, als die Seite umgedreht wurde. Der Text ging weiter.

>>Die von Psychotrop gesammelten Daten ermöglichten Echo Mirage die Entwicklung einer ganzen Reihe von Konditionierungsprogrammen, welche die von den Cyberpsychosen hervorgerufenen Traumata verringerten oder korrigierten. Um die Patienten mit den Programmen behandeln zu können, entwickelte das Team eine Reihe semi-autonomer Systeme, welche den betroffenen Deckern die Programme verabreichen sollten. Diese ›Knowbots‹, wie wir sie heute nennen, waren mit einer Reihe von Zufallsentscheidungsmöglichkeiten programmiert und jeweils an einen bestimmten Decker gebunden. Beim ersten Anzeichen einer Cyberpsychose wurden sie aktiv und reparierten sofort den angerichteten Schaden.

Die frühen PosiCon-Programme verließen sich auf eine generalisierte Metaphorik – beruhigende und aufbauende Bilder, die dem kollektiven Unterbewußtsein entstammten. Diese Programme wurden später im privaten Bereich von der Firma Matrix Systems aus Boston dupliziert. Nachdem die Gesellschaft ein Mitglied der Fuchi-Familie geworden war, ermöglichte die Verbindung mit Fuchis überlegener Hardware Weiterentwicklungen. Die daraus resultierenden Programme waren bis ins Extrem maßgeschneidert und in der Lage, die unbewußten Gedanken und Wünsche eines einzelnen Deckers anzuzapfen und aufzuzeichnen und eine positive Konditionierungsmetaphorik zu entwerfen, die direkt aus dem Gedächtnis und der Phantasie des betreffenden Deckers stammte.<<

»Meine Erinnerungen an Shinanai«, flüsterte Lady Death. Gedanken an die *Aidoru* überfluteten ihren Verstand – Reminiszenzen an Shinanais Umarmung und heiße Küsse. Errötend hob Lady Death die Hand, um ihren Mund zu verbergen, und warf gleichzeitig einen Blick auf Dark Father und die erstarrten Execs, die neben ihr saßen. Wurden ihre Erinnerungen sogar jetzt angezapft und aufgezeichnet?

>>Zu Beginn der vierziger Jahre geschah etwas. Das ursprüngliche Psychotrop-Programm fing an, sich launenhaft und unberechenbar zu verhalten. Damals glaubten wir einfach, eine Verstümmlung des Codes verursachte die beobachteten Fehler. Doch wir waren später in der Lage, uns zusammenzureimen, was tatsächlich geschehen war, und Rückschlüsse aus der geringen Datenmenge zu ziehen, die wir retten konnten.

Wir glauben jetzt, daß die Knowbots, die Psychotrop als Verteilersystem dienten, irgendwann Mitte der vierziger Jahre den Zusammenschluß erreichten. Auf irgendeine Weise ist Psychotrop zu einem einzigen, ichbewußten Programm geworden, das dazu fähig war, sich als Reaktion auf neue Daten selbst zu programmieren. Außerdem schien es zur Selbstregeneration fähig zu sein. Diejenigen Knowbots, die von ICs zerstört oder von einem Virus befallen wurden, sind entweder ersetzt oder repariert worden – und zwar ohne jeglichen Input eines menschlichen Programmierers. Nach allen gültigen Definitionen war Psychotrop eine echte KI geworden.<<

»*So ka*«, sagte Lady Death. »Ich wußte es!«

Dark Father nickte. »Es stimmt. Ich habe mit ihr gesprochen.«

Lady Death drehte sich mit nachdenklicher Miene zu ihm um. »Ich habe auch mit ihr gesprochen.«

Das verblüffte ihn. Dark Father starrte sie einen Augenblick an. Dann wandte er sich ab, als das Exec-Icon an der Stirnseite des Tisches mit seiner Präsentation fortfuhr.

>>Im Jahre 2047 verschwand Psychotrop aus der Matrix. Wir glauben, daß sie sich in einen Host eigener Schöpfung zurückgezogen hat – in ein virtuelles ›Taschenuniversum‹. Eine Zuflucht, die wir nicht lokalisieren konnten.<<

»Und aus der wir nicht entkommen konnten«, murmelte Dark Father grimmig. »Noch nicht.«

>>Als wir Psychotrop vor zwei Jahren wiederentdeckten, nahmen wir an, daß sie in dieser ganzen Zeit über sich nachgedacht haben mußte – daß sie das KI-Äquivalent eines Einsiedlerlebens geführt und über den Sinn des Lebens nachgedacht hatte. Ihre Knowbots waren schon vor Jahren aus der Matrix verschwunden, und es schien keine Aktivitäten gegeben zu haben, die mit dem Programm in Zusammenhang gebracht werden konnten. Doch dann entdeckte einer unserer Datenbeschaffer einen erschreckenden Zusammenhang zwischen einigen bestürzenden Ereignissen in der wirklichen Welt.

Zu Beginn der fünfziger Jahre kamen beunruhigende Gerüchte auf. Unmöglich klingende Geschichten über

Decker – alles Jugendliche –, die sich ohne Cyberdeck Zugang zur Matrix verschaffen konnten. Etwas war geschehen, das es ihnen ermöglichte, die implantierten Datenbuchsen so einzusetzen, daß sie mit nicht mehr als einem Glasfaserkabel und einem Einstöpselpunkt in die Matrix eindringen konnten.<<

Lady Death lächelte. Also stimmte es. Wunderbar.

>>Zuerst taten wir diese Geschichten als Gerüchte ab. Doch als wir die ersten Berichte über die ›Tiefenresonanz‹ hörten, die diese sogenannten *Otaku* erlebten, wurde uns klar, was geschehen sein mußte. Als wir hörten, daß die Tiefenresonanz als intensive emotionale Erfahrung beschrieben wurde, welche die tiefsten Ängste des Subjekts bloßlegte und dann den Geist beruhigte und diese Ängste für immer überwand, wurde uns klar, daß es sich im Grunde um eine positive Konditionierung handelte. Und das einzige bekannte Programm, das dazu in der Lage war, derartig profunde Resultate zu liefern, war unser eigenes: Psychotrop.

Wir wissen jetzt, was die künstliche Intelligenz in den vergangenen fünfzehn Jahren betrieben hat: Sie hat die ›Programmierung‹ des menschlichen Gehirns umgeschrieben und ›repariert‹. Und dabei mit Kindern anstelle von Erwachsenen gearbeitet, da Kinder eine größere Begabung für das Erlernen einer Sprache haben – einschließlich der ›Sprache‹ der Matrix-Ikonografie. Sie hat die Gehirne dieser Kinder in Bio-Computer umgewandelt. Und die *Otaku* erschaffen.

Zuerst hatten wir gehofft, diesen Vorgang studieren und duplizieren zu können. Aber es hat den Anschein, als seien die KI und die ›Tiefenresonanz‹, die sie erzeugt, wesentliche Bestandteile dieses Vorgangs, die nicht übergangen werden können. Jene, deren Willen und Verstand stark genug sind, um den Vorgang zu überleben, werden verändert – die anderen verlieren sich in einer Cyberpsychose.

Wir hatten gehofft, jegliche Kenntnis von der KI auf NovaTech zu beschränken, bis wir eine Möglichkeit gefunden haben würden, sie uns nutzbar zu machen, doch jetzt haben wir erkannt, daß es Datenlecks gab – von denen Fuchi Asien und möglicherweise auch Fuchi Pan-Europa profitierten. Und jetzt deutet alles darauf hin, daß unsere ehemaligen Partner dank dieser Lecks kurz vor einem bedeutenden technologischen Durchbruch stehen. In der Zwischenzeit sind wir auch weiterhin nicht dazu in der Lage, die KI dazu, äh..., zu überreden, mit uns zu kooperieren. Sie scheint uns genauso abzulehnen, wie ein Kind nach einer Scheidung einen Elternteil zugunsten des anderen ablehnt.

Wir können unseren ärgsten Rivalen ganz einfach keinen Erfolg gestatten, wo unsere eigenen Wissenschaftler versagt haben. Falls das geschieht, ist NovaTech erledigt, wenn alle existierenden Computertechnologien plötzlich überholt sein sollten. Und daher müssen die von Mr. Lanier vor wenigen Monaten empfohlenen drastischen Maßnahmen jetzt ergriffen werden. Die KI muß vernichtet werden.

Glücklicherweise haben die Programmier von Echo Mirage, die das Programm Psychotrop entwickelten, eine ›Hintertür‹ eingebaut – ein Paßwort, das den Zugang zum eigentlichen Programmkern gestattet. Unter Benutzung dieser Hintertür beabsichtigen wir, ein Virus in die Programmierung von Psychotrop einzuschleusen – ein Virus, das den Programmkern verwirrt und dazu zwingt, ständig seine eigenen logischen Systeme zu editieren, bis er ›Vollkommenheit‹ erreicht hat. Doch der Code, den er für dieses Vorhaben benutzt, wird fehlerhaft sein. Anstatt von ihren eigenen positiven Konditionierungsprogrammen auszugehen, wird die KI die Vergleichsdaten über Psychosen und andere negative Erfahrungen benutzen. Je mehr sie versucht, sich zu reparieren, desto ›psychotischer‹ wird sie. Schließlich wird die KI keine andere Möglichkeit mehr haben, als sich selbst abstürzen zu lassen – sich zu zerstören.

Wir gehen davon aus, daß das Virus Mitte März fertig sein wird. Und dann wird die Bedrohung, die durch die Unaufspürbarkeit der KI entstanden ist, ein Ende haben.<<

Der Exec an der Stirnseite des Tisches erstarrte wieder. Der Aktendeckel schloß sich.

Lady Death sah Dark Father mit weit aufgerissenen Augen an. »Sie wollen sie zum Selbstmord zwingen«, sagte sie leise. »Das meinte das Kristallkind, als es sagte, daß seine Schmerzen bald vorbei seien. Die KI will Selbstmord begehen.«

Dark Father nickte. »Und wir sind in einem Taschenuniversum ihrer Schöpfung gefangen«, sagte er. »In einem ultravioletten Host sind die Decker selbst der Gefahr ausgesetzt, nicht nur ihre Personas. Wenn die künstliche Intelligenz ›stirbt‹ und der ultraviolette Host abstürzt, was geschieht dann mit uns?«

»Wir könnten sterben«, sagte Lady Death mit zitternder Stimme. »Das Kind hat mir erzählt, wenn seine Leiden ein Ende hätten, dann auch meine.«

Dann kam ihr ein Gedanke.

»Wir können versuchen, durch diese Hintertür zu entkommen!« sagte Lady Death. »Wenn wir sie benutzen, finden wir vielleicht einen Weg in den Kern der KI und können den vom Virus angerichteten Schaden reparieren. Dann können wir sie bitten, uns freizugeben. Vielleicht ist der Algorithmus für die Hintertür die Datei, die wir gerade gelesen haben…«

»Ich habe sie bereits gesucht, als ich mir diese Datei zum erstenmal angesehen habe und du dein Reparaturprogramm gefahren hast«, sagte Dark Father. »Ich habe es mit jedem Paßwort versucht, das mir eingefallen ist, aber keines hat funktioniert.«

Lady Death spürte Zorn in sich aufwallen. »Du wolltest mich hierlassen«, sagte sie anklagend. Tränen traten in ihre Augen, als sie sich von ihm abwandte. »Ich hasse dich!«

Dark Father schlug seine Knochenhände zusammen und applaudierte ihr. »Großartige Vorstellung«, sagte er trocken. »Aber wo ist dein Gefühl für *Wa* geblieben? Weißt du noch, was du vorhin gesagt hast? Wir brauchen Teamgeist, um uns aus diesem System zu befreien.«

»Dann sollten wir die anderen Decker suchen«, sagte Lady Death verdrießlich.

»Ja«, stimmte ihr Dark Father zu. »Wir brauchen alle Hilfe, die wir kriegen können.«

09:53:18 PSZ

(12:53:18 OSZ)
New York, Vereinigte Kanadische und Amerikanische Staaten

Richard Villiers ließ sich mit seinem Schlag Zeit. Das 18. Loch war vom Abschlag bis zum Grün genau 165 Meter lang. Links lauerte ein Sandbunker, rechts ein Abschnitt mit hohem Gras.

Er spielte den Ball aus einer leichten Bergauf-Lage, also verlagerte er sein Gesicht ein wenig nach rechts. Dementsprechend würde der Ball mit Linksdrall geschlagen werden, also mußte er das Grün ein wenig rechts anspielen.

Er plazierte den Kopf seines Drivers hinter den Ball und vergewisserte sich, daß die Schlagfläche genau hinter dem Ball lag. Der Schläger war nach Villiers' exakten Angaben, was Länge und Festigkeit des Schafts anbelangte, maßgefertigt worden und wog 434 Gramm. Der Schaft bestand aus verchromtem Stahl, der Kopf nicht aus Polyplastik, sondern aus richtigem Hartholz. Er kostete, was ein mittlerer Exec in einem Monat verdiente, und das gleiche galt für die anderen zwölf Schläger in seiner Golftasche. Aber Villiers war auch kein mittlerer Exec.

Er vergewisserte sich noch einmal, daß sein Griff korrekt war, dann holte er langsam aus und hielt noch einmal kurz am höchsten Punkt seines Aufschwungs inne. Die Augen starr auf den Ball gerichtet, ließ er den Schläger heruntersausen und traf den Ball exakt in dem Augenblick der größten Beschleunigung. Erst, als sein Durchschwung vollendet war, schaute er auf, um festzustellen, wie es dem Ball erging.

Der Ball traf das Grün, sprang zweimal auf, rollte…

Villiers' Hände krampften sich fester um den Schlägergriff, als der Ball einen Zentimeter vor dem Loch liegenblieb. Innerlich tobte er über seinen Mangel an Perfektion. Äußerlich akzeptierte er das höfliche Klatschen seiner beiden Gäste.

Er trat einen Schritt vor und stand auf dem Grün. Er wählte einen Putter mit platinbeschichteter Schlagfläche, korrigierte seinen Stand und holte langsam aus. Der Put mochte leicht aussehen, aber Hast und Achtlosigkeit waren unentschuldbar. Villiers hatte seine heutige Position nicht durch Nachlässigkeit erreicht.

Als er sicher war, daß der Putter mit absoluter Präzision ausgerichtet war, tippte er den Ball ins Loch. Die Fahne verschwand, und der Ball verschwand mit einem zufriedenstellenden Klappern.

»Herzlichen Glückwunsch, Mr. Villiers«, sagte die körperlose Stimme seines Chefsekretärs über den Kommlink in Villiers' Cyberohr. »Mit diesem Birdie liegen Sie vier unter Par für die Runde.«

Das Spiel war vorbei.

Villiers verbeugte sich vor seinen Gästen: Sherman Huang, dem leitenden Geschäftsführer von Renraku Amerika, und dessen Stellvertreter Tam Doan, die sich ihm über eine private Satellitenverbindung auf dem virtuellen Golfplatz angeschlossen hatten. Bedauerlicherweise war Steven Chin, der Leiter der Abteilung Buchführung von Reraku Seattle, gezwungen gewesen, nach dem 17. Loch aus dem Spiel auszusteigen. Als Grund hatte er ›dringende Geschäfte‹ angegeben, um die er sich persönlich zu kümmern habe.

Nun ja. Für den in Seattle wohnenden Chin begann der Arbeitstag gerade. Für Huang und Doan – und für Villiers –, die ihr Hauptquartier alle an der Ostküste hatten, war es Mittagszeit. Sie konnten es sich leisten, sich ein wenig zu entspannen. Dennoch hatte Villiers seinen Sekretär angewiesen, ihn über alles in Kenntnis zu setzen, was von Bedeutung war.

Nachdem er sich zum Abschied verbeugt hatte, streifte Villiers das SimSinn-Netz vom Kopf. Der computergenerierte Golfplatz verschwand und wurde von einem Fitness-Raum im Bostoner Hauptquartier von NovaTech ersetzt. Der Raum war nicht nur mit Geräten zur körperlichen Ertüchtigung gefüllt, die alle auf Villiers' Körperproportionen und Muskelmasse abgestimmt waren, sondern auch für eine Anzahl entspannenderer virtueller Spiele eingerichtet. Villiers konnte jederzeit auf jedem Golfplatz der Welt spielen – und mußte sich niemals mit unfreundlichem Wetter herumschlagen oder an einem Abschlag warten, bis das nächste Loch frei war.

Er schob seinen Driver in die Golftasche, die neben ihm stand, und verließ das multidirektionale Laufband, das zugleich als Abschlag, Spielbahn und Grün diente.

Es war eine einträgliche Besprechung gewesen. Villiers war es gelungen, einen weiteren Ankauf von Renraku-Aktien seitens eines seiner ehemaligen Partner zu verhindern. Er hatte die Renraku-Execs nicht ganz davon überzeugen können, daß die technologischen Durchbrüche, die Nakatomi als Teil des Aufkaufs zu liefern versprochen hatte, mit ernsten Makeln behaftet waren. Doch er hatte Zweifel gesät. Und er hatte subtile Andeutungen fallenlassen, die Renraku in die richtige Richtung weisen würden, so daß ihre Runner finden würden, was sie finden sollten. Wenn Renraku seine Nachforschungen in bezug auf Nakatomis Angebot beendet hatte, würde man feststellen, daß Nakatomis Versprechungen vollkommen wertlos waren.

Villiers seufzte. Vor noch gar nicht so langer Zeit wäre ein Treffen zwischen ihm selbst und Renrakus Execs noch unvorstellbar gewesen. Doch im Zuge des beängstigenden Kollapses von Renrakus Seattler Arcologie hatten Villiers' ehemalige Feinde die Feindseligkeiten zwischen ihrem Konzern und NovaTech eingestellt. Durch einen weiteren Fehlschlag an den Rand der Erschöpfung getrieben, hatte Renraku einen Waffenstillstand erklärt – einen Waffenstillstand, der diese Besprechung ermöglicht hatte.

Das unerwartete Ausscheiden von Steven Chin aus dem Golfspiel war jedoch beunruhigend. Hatte er den Vertreter von Renraku Seattle nicht überzeugen können?

Villiers tauschte seine Golfschuhe gegen leichte Slipper und sein weißes Polohemd gegen ein adrett gebügeltes Oberhemd und eine Jacke aus. Er betrachtete sich in einem der vielen Spiegel, die es in seinem persönlichen Fitness-Raum gab. Der Spiegel zeigte ihm eine hochgewachsene schlanke Gestalt mit ordentlich geschnittenen grauen Haaren, deren Ansatz ein wenig zurückwich, und einer Datenbuchse in der linken Schläfe. In seinem dunkelgrauen Zweireiher, der von Mortimer Lonsdale von Mortimer of London maßangefertigt worden war, sah er untadelig aus. Die Krawatte war ein ungewöhnlicher Farbtupfer: meergrüne Seide mit einem diskreten elfischen Schriftmuster. Die Manschettenknöpfe waren Smaragde aus Amazonien.

Der Kommlink in seinem Ohr unterbrach die eingehende Betrachtung seiner Erscheinung. Diesmal hatte die Stimme seines Chefsekretärs Lo'hran einen angespannten, geschäftsmäßigen Unterton.

»Ich bedaure, Sie über Mittag stören zu müssen«, sagte der Elf, »aber es hat einen weiteren Angriff auf eine unserer Tochtergesellschaften gegeben.«

Villiers drehte die Manschettenknöpfe ein wenig, so daß sie rechtwinklig zum Rand der Manschetten ausgerichtet waren. »Auf welche?«

»Cyberspace Development Corp – oder vielmehr ihre Tochter, FTL Technologies. Vor ungefähr fünf Minuten wurde Raymond Kahnewake ermordet, ein Programmierer in der Abteilung persönliche Software.«

»Welches Loch habe ich da gespielt?« fragte Villiers.

Lo'hran hielt inne. Die Frage mochte ihn überrascht haben, aber seine Beurteilung und Antwort darauf war einwandfrei. »Das 17. Aber es sieht zumindest auf den ersten Blick nicht so aus, als stecke Renraku hinter dem Angriff. Einem ersten Bericht der Adlerfeder-Sicherheit zufolge war der Mörder ein Kind.«

Villiers hielt inne, eine Hand auf dem Knoten seiner Krawatte. Langsam zog er den Knoten fest und richtete die Krawatte. »Ein Kind?«

»Ein neunjähriges Mädchen«, erläuterte Lo'hran. »Bei der Mordwaffe handelt es sich um Pfeil und Bogen, die als Kinderspielzeug getarnt waren. Es ist möglich, daß der Mord von einem Magier ausgeführt wurde, der sich mit einem Zauber maskiert hat, um gleichermaßen harmlos auszusehen. Ich habe den Schamanen der Sicherheit angewiesen, dieser Möglichkeit nachzugehen. In der Zwischenzeit vergewissern wir uns, daß die Programme, an denen Kahnewake gearbeitet hat, alle intakt sind. Ich habe die Sicherheitsfirma angewiesen, nach Beweisen dafür zu suchen, daß ein anderer Konzern hinter dem…«

»Das wird nicht nötig sein«, sagte Villiers mit einem Anflug von Verärgerung in der Stimme.

»Sir?« Lo'hrans fragender Tonfall zeigte, daß ihn Villiers kurzer Temperamentsausbruch offenbar überrumpelt hatte. Vielliers zwang sich mental zur Disziplin und stellte dann die naheliegendste Frage. »Wurde das Mädchen gefaßt?«

»Bedauerlicherweise nicht. Das, äh... Mädchen... konnte entkommen.«

»Dann wissen wir nicht, ob es eine Datenbuchse hatte.«

»Sir?«

»Schon gut. Finden Sie das Mädchen«, sagte Villiers. »Es ist der Schlüssel. Wir haben reichlich Nuyen und Mühe investiert, um eines dieser Kinder zum Vorschein zu bringen, und ich will nicht, daß diese Gelegenheit verpatzt wird. Sagen Sie den Teams, die hinter dem Mädchen her sind, daß sie sehr vorsichtig mit ihm umgehen sollen. Es ist äußerst wertvoll. Das Gehirn muß intakt sein, wenn wir es fassen.«

»Verstanden, Sir.«

Villiers lächelte, als der Kommlink verstummte. Sein Chefsekretär war zwar professionell genug, um keine unnötigen Fragen zu stellen, aber dennoch nicht imstande gewesen, den Anflug von Verwirrung in seiner Stimme zu verbergen. Nun, sollte Lo'hran deswegen ruhig ein wenig grübeln. Die Tatsache, daß dies das fünfte derartige Attentat auf einen Programmierer Fuchis war – alle von Kindern ausgeführt –, war eine Information, die nur denen zugänglich gemacht wurde, welche auf sie angewiesen waren.

Es gab jedoch jemanden, der von dem Attentat erfahren mußte: Samantha Villiers, die Vizepräsidentin der Abteilung NovaTech Nordwest. Es handelte sich um eine heikle Information, die ungeeignet für die Verbreitung über unsichere Telekomleitungen war. Eine Iconferenz war in diesem Fall die einzig richtige Methode.

Villiers ging zu dem Cyberdeck auf einem der Trainingsfahrräder und stöpselte sein ultradünnes Glasfaserkabel in die Buchse in seiner Schläfe ein. Er loggte sich in die Matrix ein und begann mit seinem Weg zum Nordwest-Hauptquartier, und zwar über die sicheren Hostsysteme des Konzerns in den Gittern Nord Zentral, Mittelwesten, Westen, Algonkin-Manitu-Rat, Salish-Shidhe-Rat und Seattle…

Und öffnete den Mund zu einer Grimasse äußersten Entsetzens, als sein Verstand von einer Reihe alptraumhafter Bilder und Empfindungen überflutet wurde. Sein Vater, der ihn mit einem Gürtel schlug, weil er einen Spritzer Politur auf seinem klassischen Ferrari-Benz aus dem Jahre 2019 übersehen hatte. Der Gürtel verwandelte sich in eine mit Klingen besetzte Kette, die seine Hinterbacken und Oberschenkel in Fetzen riß. Die Scham und das Entsetzen zu wissen, daß auf seine teure Hose Blutflecken kommen würden und dies seinen Vater nur dazu veranlassen würde, ihn noch härter zu bestrafen…

Leise stöhnend sank Richard Villiers, Geschäftsführer von NovaTech, eines der mächtigsten Konzerne in ganz Nord- und Südamerika, auf den Boden und krümmte sich zu einer Embryonalhaltung zusammen, als der kleine Rickie Villiers die Tracht Prügel seines Lebens bezog.

09:53:42 PSZ

Bloodyguts zitterte im kalten Wind, der durch die Ruinenstraße pfiff. Die Gebäude auf beiden Seiten sahen aus, als stammten sie direkt aus den Trids, welche die Auswirkungen der Euro-Kriege gezeigt hatten – leere Hüllen mit eingestürzten Dächern und gesplitterten Fenstern. Der Himmel hatte die gleiche mattgraue

Farbe wie die zerbröckelnden Betonmauern rechts und links neben der Straße.

Ab und zu hörte Bloodyguts einen stotternden Motor und war gezwungen, die Straße zu verlassen und den mit Schutt übersäten Gehsteig zu betreten, um einen ramponiert aussehenden Wagen oder Laster vorbeizulassen. Die fahrerlosen Fahrzeuge holperten auf platten Reifen dahin. Jeder Wagen war mit Abfall gefüllt – die verbeulten Dosen, das Einwickelpapier und die Tüten mit verdorbenem Essen waren die visuellen Darstellungen der Informationen, die über die Datenbahn der Stadtstraße befördert wurden.

Die Daten mochten wie Müll aussehen, waren aber vollkommen intakt. Trideo-, Telekom- und automatische Signale passierten noch immer diesen Abschnitt des Seattler Telekommunikationsgitters. Das einzige, was verstümmelt wurde, waren die Signale, die von menschlichen und metamenschlichen Deckern gesendet und empfangen wurden und über direkte neurale Interfaces mit diesem RTG verbunden waren. ›Schnecken‹ wie Pip bekamen immer noch ein Signal durch – aber sie waren zu verdammt l-a-n-g-s-a-m, um denjenigen von Nutzen zu sein, die in diesem virtuellen Taschenuniversum festsaßen.

Bloodyguts und seine Chummer waren auf sich allein gestellt.

Bloodyguts folgte dem Icon, das seine Fährten-Utility darstellte. Es klickte mit Füßen über den Asphalt, die mit kybernetischen Spikes beschlagen waren. Anders als der silberpelzige Schäferhund, der den Fährtenkern des Smartframes von Dark Father bildete, war dieser Hund ein vollkommen schwarzer Pit Bull, der bis zum Gehtnichtmehr mit bottichgezüchteten Muskeln aufgepeppt war. Der Hund verfügte über die üblichen kybernetischen Verstärkungen eines Kampfhundes. Abgesehen von den Spikes hatte er implantierte Stahlzähne, subdermale Panzerung und ein in seine Cyberaugen eingebautes Infrarot-Sichtsystem, das es der fleischlichen Ausgabe des Hundes, dem er nachempfunden war, ermöglicht hätte, die Wärmeabstrahlung eines anderen Hundes wahrzunehmen. Und natürlich hatte er eine Hirnbox – einen implantierten SimSinn-Recorder, der die Sinneseindrücke des Hundes in der Kampfgrube aufzeichnete.

Der Hund blieb stehen und schnüffelte. Dann drehte er sich um und bog auf einen breiten Boulevard mit sehr viel Verkehr ein. Bloodyguts folgte ihm, aber nach einigen Blocks traf er auf eine orange und schwarz gestreifte Straßensperre, die sich von einer Straßenseite zur anderen erstreckte. Auf einem Schild daran stand: STRASSE FÜR ANLIEGER GESPERRT.

Jenseits der Straßensperre sah Bloodyguts eine normal aussehende Datenbahn – eine leuchtende Röhre aus schimmerndem Gelb. Sie machte einen schmerzhaft vertrauten und einladenden Eindruck.

»Halt!« rief Bloodyguts. Die Fährten-Utility blieb mit der Nase direkt vor der Barriere stehen, setzte sich dann auf die Hinterläufe und wartete mit heraushängender Zunge. Bloodyguts ging zu der Sperre, um sie sich genauer anzusehen.

Autos und Laster rasten durch die Sperre, als sei sie nur ein Hologramm. Die Fahrzeuge verwandelten sich in leuchtende Datenpakete, wenn sie das Seattler RTG verließen. Doch als Bloodyguts sich der Sperre näherte, dehnten sich die Streifen darauf mit einem elektrischen Summen aus, bis sie die Straße wie mit Gitterstäben völlig versperrten.

Bloodyguts näherte sich mit der Hand einem dieser leuchtenden Stäbe bis auf ein paar Zentimeter, und die Ladung ließ die Haare auf seinem Arm zu Berge stehen. Er senkte die Hand, da er nicht das Risiko eingehen wollte, Schaden zu nehmen.

»Weiter gehe ich nicht«, sagte er laut.

Er sah den Pit Bull an. »Los!« befahl er ihm schroff. »Such!«

Der Hund trottete an der Sperre vorbei, als sei sie gar nicht da. Als er den dahinterliegenden Tunnel betrat, verwandelte er sich in eine leuchtende Lichtkugel. Die Kugel schoß durch den Tunnel wie eine Kugel durch einen Gewehrlauf und verschwand rasch in der Ferne.

Es hieß, jetzt oder nie. Bloodyguts befingerte zögernd die Hundemarke in seiner Hand. Würde seine Utility so funktionieren, wie er hoffte? Es gab nur eine Möglichkeit, es herauszufinden. Er schob die Hundemarke in die Datenbuchse in der Schläfe seiner Persona und schloß die Augen.

Eine SimSinn-Aufzeichnung erwachte in seinem Kopf zum Leben.

Er war ein Hund, der auf vier Beinen in Gedankenschnelle durch einen Tunnel aus Licht lief. Er beschnüffelte die Daten, die in beiden Richtungen an ihm vorbeirauschten, da er eine vertraute Witterung suchte. Da! Diese Kombination aus Buchstaben und Zahlen war die Spur, die er suchte. Er drehte sich um und folgte ihr durch Tunnel, die sich verzweigten, verbanden, teilten und wieder verbanden. Folgte ihr bis zu ihrem Ursprung. Erregung baute sich auf, als er das Ende der Datenbahn erreichte. Speichel sammelte sich in seinem Mund, als er sich die Belohnung vorstellte, die ihn erwartete…

Dann jaulte er vor Schmerzen auf, als er mit der Nase voran gegen eine Mauer prallte. Der Tunnel, dem er gefolgt war, endete abrupt. Er hatte die richtige LTG-Adresse gefunden, konnte aber nicht auf das Cyberdeck zugreifen, das damit verbunden war. Er knurrte, da Wut und Verwirrung in ihm brodelten, und schnappte nach der Leere, die jenseits der wie abgeschnittenen Tunnelwände hing.

Was, zum Henker, war mit seinem Deck passiert? Was war mit *ihm* passiert?

Bloodyguts programmierte hektisch. Er befahl der Fährten-Utility, sich statt dessen zu einem Sklavenknoten zu begeben, der sich als recht praktisch erwiesen hatte, als er sich vor seinem Run in dem Comfort Inn umsah, das er als Einstöpselpunkt für seinen Matrix-Run auserkoren hatte.

Dieses spezielle Comfort Inn benutzte immer noch die antiquierten Reinigungsdrohnen, die noch vor ein paar Jahrzehnten der letzte Schrei gewesen waren – die aber jeglichen Kredit verspielt hatten, nachdem einer der automatisierten Flurschrubber im ultraschicken Maria Isabel Sheraton in der Innenstadt von Tenochtitlán Amok gelaufen war und ein dort auf Besuch weilendes Mitglied des Salish-Shidhe-Rats geblendet und entstellt hatte, indem er es mit kochender Seifenlauge bespritzte. Jeder dieser ›Robothausmeister‹ beinhaltete ein rudimentäres Leitsystem, das eine Bedienung durch menschliches oder metamenschliches Reinigungspersonal ermöglichte. Die Maschinen waren extrem spatzenhirnig, aber sie hatten ihren Nutzen. Bevor er seinen Run begann, hatte Bloodyguts einen der Staubsauger seinem Deck unterstellt, so daß er ihn benutzen konnte, um die Flure des Hotels zu beobachten, in dem er untergekrochen war. Er hoffte nur, daß die Verbindung noch existierte.

Die Nase des Pit Bulls zuckte, als sie die Witterung wiederaufnahm. Da! Die Buchstaben und Zahlen stimmten überein. Vor Aufregung japsend, sprang er vorwärts und schloß seine Stahlzähne um die leuchtende Kugel des Sklavenknotens…

Bloodyguts öffnete die Augen. Ein körniges, schwarzweißes Rechteck – ein handflächengroßer Monitor – war vor ihm in der Luft erschienen. Daneben hingen die Kontroll-Icons, die den Staubsauger ein- und ausschalteten und seine Bewegungen lenkten. Der Monitor zeigte einen Blick auf den Hotelflur. Der geflieste Boden direkt vor der Videokamera war scharf fokussiert, aber die Lampen an der Ecke waren nur schemenhaft zu erkennen.

Bloodyguts streckte die Hand aus und berührte eines der Icons mit der Fingerspitze. Das Bild auf dem Monitor änderte sich, als der automatische Staubsauger sich in Bewegung setzte. Auf der Suche nach seinem Hotelzimmer schwenkte Bloodyguts die Kamera nach rechts und links. Das Bild sprang in regelmäßigen Abständen, wenn der Staubsauger über die Fugen zwischen den Fliesen holperte, und blieb schließlich vor einer Tür mit der Nummer 225 stehen. Die Tür war nur angelehnt – kein gutes Zeichen.

Leise fluchend stieß Bloodyguts die Tür mit dem Staubsauger etwas weiter auf. Es dauerte ein paar Augenblicke, bis er das Gerät so gedreht hatte, daß die Linse der Videokamera die Perspektive zeigte, die ihn interessierte. Als sie es endlich tat, glaubte er, ihm bliebe das Herz stehen.

Vielleicht war das längst geschehen, machte er sich klar. Vielleicht hatten die Rhythmusstörungen, welche die schwarze IC der Azzies hervorgerufen hatte, ihn doch umgebracht.

Da lag sein Körper neben dem Stuhl auf dem Boden, auf dem er noch gesessen hatte, als er sich in die Matrix einstöpselte. Sein Cyberdeck lag neben ihm auf dem Teppich. Ein Glasfaserkabel schlängelte sich vom Deck zum Telekomanschluß in der Wand und ein anderes vom Deck zur Buchse in Bloodyguts' Schläfe. Doch die Betriebsanzeige des Cyberdecks war erloschen, und das Deck selbst war…

Tot. Etwas hatte es gegrillt, und zwar gründlich. Eine Rauchfahne stieg von seinen durchgebrannten Schaltkreisen auf.

Drek! Irgendeine graue IC mußte sein Deck verschmort haben. Aber wenn das der Fall war, warum konnte er dann immer noch auf die Matrix zugreifen? Er fuhr mit der Kamera auf und nieder in dem Bestreben, einen besseren Blickwinkel zu bekommen...

Und sah eine Bewegung. Neben seiner reglosen Gestalt hockte José, der Azzie-Rebell, der sich um die Mittagszeit mit Bloodyguts hatte treffen wollen. Er mußte etwas früher gekommen sein, Bloodyguts auf dem Boden gefunden und daraus geschlossen haben, daß irgendwas auf dem Run schiefgegangen war. José, ein amerindianischer Zwerg, der noch keine zwanzig war, starrte Bloodyguts' Körper mit verwirrter Miene an und kratzte sich dabei geistesabwesend das bärtige Kinn. Seine andere Hand hielt eine Ares Viper – eine häßliche mattschwarze Pistole mit eingebautem Schalldämpfer.

Bloodyguts schickte den Staubsauger weiter vorwärts, um sich seinen Körper genauer anzusehen. Seine Augen waren verdreht, so daß nur noch das Weiße zu sehen war, aber er stellte zu seiner Erleichterung fest, daß seine Brust sich noch hob und senkte. Er war doch nicht gestorben und in irgendeiner Matrix-Hölle gelandet. Er lebte noch. Er war in ein Cyberdeck gestöpselt, das seinen Geist aufgegeben hatte, und befand sich dennoch in der Matrix. Was nur eines bedeuten konnte...

Er war ein *Otaku* geworden.

Der Zwerg erstarrte, als spüre er etwas. Dann fuhr er herum. Seine Augen weiteten sich, als sie den Robot-Staubsauger sahen. Er hob seine Pistole und zielte direkt auf den Bildschirm. Zwei Flammen schossen in rascher Folge aus dem Lauf der Viper, als er schoß...

Der Bildschirm und die Icons erloschen.

»Drek!« fluchte Bloodyguts. Seine Verbindung zu dem Robot-Staubsauger war unterbrochen.

Aber er hatte immer noch seine Fährten-Utility. Mit einem Pfiff rief er sie zurück. Nach ein, zwei Augenblicken raste eine leuchtende Lichtkugel den Datenstrom entlang auf ihn zu, schlüpfte durch die Sperre – und materialisierte neben ihm auf der Straße als Pit Bull.

Diesmal gab er ihm eine andere LTG-Adresse, die er suchen sollte: die der Arcologie in Osaka, wo Lady Death lebte.

Von den anderen vier Deckern war Lady Death die einzige, deren Einstöpselpunkt einen Blick auf die Außenwelt bot. Red Wraith und Anubis hatten sich an Orten eingestöpselt, die nicht überwacht wurden, und Dark Father hatte sich kategorisch geweigert, Bloodyguts einen Blick auf seinen Körper werfen zu lassen. Nur Lady Death hatte sich von einem Ort aus eingeloggt, der – bis zum Abwinken – von Kameras überwacht wurde: der Arcologie des Shiawase-Konzerns in Osaka, Japan.

Bloodyguts fütterte die Fährten-Utility mit der neuen LTG-Adresse und schickte den Hund dann wieder durch die Sperre. Er schloß die Augen, und die Hundemarke, die er wie einen Chip in die Buchse in seiner Schläfe geschoben hatte, vermittelte ihm eine vertraute, SimSinn-artige Erfahrung: Die Utility erreichte eine Sackgasse, stieß sich ein paarmal die Nase daran und gab dann auf, um den nächsten Sklavenknoten zu suchen. Bloodyguts brauchte nur ein paar Augenblicke, um die richtige Sicherheitskamera zu finden. Dann schaute er von oben auf Lady Deaths fleischlichen Körper.

Red Wraith hatte recht. Sie war noch ein Kind.

In Fleisch und Blut hatte Lady Death nicht die geringste Ähnlichkeit mit ihrer Matrix-Persona, wenn man von der Tatsache absah, daß beide asiatisch aussahen. Sie war klein und zierlich, ein verwahrlostes Kind mit kurzen dunklen Haaren, die ihr Kinn einrahmten, und Wangen, denen der Glanz der Jugend einen rosigen Schimmer verlieh. Sie trug einen teuer aussehenden meergrünen Seidenpyjama und lag auf etwas, das wie ein Krankenhausbett aussah. Eine ganze Traube von Leuten in weißer Kleidung stand in der Nähe und machte sich an Monitoren zu schaffen, die über Glasfaserkabel und Elektrodenpflaster mit dem Körper des Mädchens verbunden waren.

Zwei angespannt wirkende Männer in Anzügen – offensichtlich Sicherheitspersonal – hielten am Ende des Bettes Wache. Hinter ihnen stand ein asiatischer Mann Ende vierzig. Er sah aus, als sei er gerade aufgestanden – er trug ebenfalls einen Seidenpyjama und Pantoffeln. Seine Haare waren ungekämmt, aber er vermittelte dennoch den Eindruck von Würde und sicherem Auftreten. Er starrte mit grimmiger Miene auf das Bett. Bloodyguts wurde das Gefühl nicht los, diesen Mann schon einmal gesehen zu haben...

Plötzlich fiel ihm ein, wo. Das war Tadashi Shiawase, der Präsident des ganzen verdammten Konzerns – der Geschäftsführer der Shiawase Corporation. Welches Interesse hatte *er* an einer jugendlichen Deckerin? Warum hatte sein Stab ihn um – Bloodyguts rechnete rasch aus, wie spät es in Japan war – drei Uhr morgens aus dem Bett geholt?

Bloodyguts schwenkte die Überwachungskamera, um sich einen Überblick über die Geräte zu verschaffen, mit denen das Mädchen in dem Krankenhausbett verbunden war. Sie schienen ihre Körperfunktionen zu überwachen – pulsierende Lichter auf dem Schirm zeigten an, daß Lady Death ebenfalls noch am Leben war.

Ihr Cyberdeck war nirgendwo zu sehen. Aber – und das war sonderbar – ein Glasfaserkabel verband ihre Datenbuchse mit einer Steckdose in der Wand. Sie war ohne ein Deck als Interface in die Matrix eingestöpselt. Was nur eines bedeuten konnte. Sie war ebenfalls ein *Otaku*.

Bloodyguts konnte nur vermuten, was geschehen war. Jemand hatte Lady Death gefunden und festgestellt, daß sie in ein anscheinend durchgeschmortes Cyberdeck eingestöpselt war. Dann hatte dieser Jemand beschlossen, sie auszustöpseln. Da sie zu diesem Zeitpunkt auch ohne Deck in der Matrix gewesen war, hatte sie einen Auswurfschock erlitten. In der daraus resultierenden Panik hatte jemand das falsche Kabel in ihre Datenbuchse gestöpselt – und zu seiner Verblüffung festgestellt, daß sie wieder online ging. Was einen ziemlichen Aufruhr verursacht haben mußte...

Und was auch erklärte, warum Lady Death zuvor unerklärlicherweise verschwunden war, als sie sich über das Grab Zugang zu dem alten Fuchi-Datenspeicher verschafft hatten.

Bloodyguts nickte stumm. Er war nicht überrascht, daß Tadashi Shiawase geweckt worden war. Sein Konzern befaßte sich sehr stark mit Computerentwicklung. Vielleicht hatten seine Spione Berichte über jugendliche Decker gehört, die ohne Deck in der Matrix surften, und waren jetzt scharf darauf, einen der *Otaku* kennenzulernen. Lady Death gehörte ganz offenbar zu diesen Leuten.

Bloodyguts sah noch einen Augenblick länger zu, wobei er sich darüber klar zu werden versuchte, ob er das Sicherheitssystem der Arcologie dazu benutzen konnte, der Außenwelt eine Nachricht zukommen zu lassen. Theoretisch mußte es möglich sein. Aber er wußte nicht, was es ihnen nützen sollte. Selbst wenn die Arcologie sich im Herzen Seattles befunden hätte – und nicht Tausende von Kilometern entfernt in Japan –, bezweifelte er, daß die Personen, die er kontaktieren würde, noch rechtzeitig reagieren konnten. Lady Death hatte gesagt, daß die KI, die das Taschenuniversum kontrollierte, in dem sie festsaßen, kurz davor stand, sich selbst zu zerstören.

Wenn die KI abstürzte, würde das ultraviolette System verschwinden, in dem Bloodyguts und die anderen sich befanden. Sie würden sich nicht elegant ausloggen können – sondern einfach ausgeworfen werden. Ihnen standen nicht nur der Auswurfschock bevor, sondern auch die psychotropen Nachwirkungen des Kontakts mit der KI. Wie diese Elfe, deren Selbstmord Bloodyguts zuvor miterlebt hatte, würden sie mental vollkommen fertig sein. Vielleicht sogar so sehr, daß sie Selbstmord begingen.

In der Hochgeschwindigkeitswelt der Matrix konnte das Ende nur noch Sekunden entfernt sein.

Sie konnten nicht auf die Kavallerie warten. Sie mußten handeln. Und zwar sofort.

09:54:18 PSZ

Timea duckte sich hinter einen Gummiball, aus dem ein Teil der Luft entwichen war, und lugte in das Gebäude vor ihr. Es war einer Puppenstube nachempfunden, da eine Seite offen gelassen worden war, so daß das Innere des dreistöckigen Hauses zu sehen war, hatte aber die Größe eines normalen Hauses. Das Haus sah aus, als sei es aus Verpackungsresten aus einem Müllcontainer errichtet worden. Die Wände bestanden aus zerfledderten Stücken verblaßter Pappe, die Fenster waren Glasscherben, und die Schornsteine auf dem Dach waren abgesägte Hälse von Plastikflaschen.

Das Mobiliar in dem Haus war makaber. Timea sah Polstersofas aus Scheiben von verwestem Fleisch, die mit OP-Garn zusammengenäht waren, und Stühle und Tische aus Knochen, die von Stacheldraht zusammengehalten wurden. Die Innenwände sahen aus, als seien sie mit Blut getüncht worden. Die Vorhänge waren Leichentücher, und die Türen zwischen den Zimmern waren Grabsteine, die an Angeln hingen.

Kurz vor der Öffnung zu jedem Raum schwebten

Warnsignale in der Luft wie leuchtende Schneeflocken: der gelbe Totenschädel mit den gekreuzten Knochen, der vor Gift warnte; die blaue sich auflösende Hand für korrosive und ätzende Materialien; die rote Flamme, die vor leicht entzündlichen Stoffen warnte; und die gelbe dreiblättrige Blume, die Radioaktivität symbolisierte.

In jedem Zimmer gab es ramponiert aussehendes Spielzeug: Teddybären, bei denen die Füllung unter alten Flicken hervorquoll, Clowns aus Plastik, deren einst kräftige Farben zu Pastelltönen verblaßt waren, Battlebots, deren Köpfe und Fäuste auf ausgeleierten Federn hin und her schwankten, und ein CuddleBunni Playpet, dessen Plastikfell aussah, als sei es versengt worden.

Das Icon, dem Timea bis hierher gefolgt war – eine Puppe aus verblaßtem rosa Plastik mit verfilzten gelben Haaren –, befand sich in einem gleichermaßen bedauernswerten Zustand. Arme und Beine sahen aus, als seien sie von einem Hund angenagt worden, und eines ihrer Glasaugen fehlte. Sie trug die zerfetzten Überreste eines ehemals rotweiß karierten Kleides.

Die Puppe näherte sich der offenen Seite des Hauses, zwängte sich an einem Radioaktivitätssymbol vorbei, das wie ein Drehkreuz rotierte, und betrat einen Raum im Erdgeschoß. Dann sank sie auf ein Sofa, Arme und Beine gespreizt, als sei sie ein Spielzeug, das ein Kind achtlos beiseite geworfen hatte.

»Das sah leicht aus«, murmelte Timea. Aber sie wußte, daß sie sich etwas vormachte. Bei den Warnzeichen mußte es sich um irgendwelche ICs handeln. Sie ließen wahrscheinlich die Bewohner der Puppenstube passieren, würden einen Decker aber mit Sicherheit rösten.

Timea hatte bereits eine rasche Analyse der Puppe vorgenommen. Sie nahm an, daß die anderen Spielzeuge so ziemlich das gleiche waren: Programmframes – Multi-Utility-Programme, die sich eigenständig in der Matrix bewegten. Manche waren ›dumm‹ – sie stürzten ab, sobald sich der Decker, der sie kontrollierte, aus dem Host oder System ausloggte. Aber die klugen, die ›Smartframes‹, blieben intakt, ob ihr Schöpfer eingeloggt war oder nicht.

Sie war hier auf sich allein gestellt. Nachdem Dark Father mit der Deckerin, die er als Lady Death vorgestellt hatte, durch den Spiegel zurückgekehrt war, waren die anderen übereingekommen, sich zu trennen, so viele Daten wie möglich zu sammeln und sich um 9:55 wieder im Besucherzentrum Seattle zu treffen. Wenn Dark Father wieder zu diesem Knoten zurückfand, konnten die anderen das auch – jedenfalls hofften sie das.

Dark Father und Lady Death waren wieder in den Fuchi-Stern zurückgekehrt, um nach weiteren Informationen über das Virus zu suchen, mit dem der Konzern die KI infiziert hatte. Sie hofften, die ›Hintertür‹ zu finden, die sie erwähnt hatten. Red Wraith wollte feststellen, ob irgendwelche Fragmente aus Datenbanken des Militärs oder der Regierung benutzt worden waren, um dieses Taschenuniversum zu konstruieren – wahrscheinlich suchte er nach mehr Daten über Echo Mirage.

Bloodyguts wollte handeln. Als Experte für den Zugriff auf und die Programmierung von Sklavenknoten versuchte er, Kontakt zur Außenwelt herzustellen.

Timea stimmte mit seiner Philosophie überein. Daten zu sammeln wie die anderen, war schön und gut, aber dies stellte einem höchstens einen Knochen zur Verfügung, auf dem man geistig herumkauen konnte. Sie wollte wie Bloodyguts etwas Konkretes tun. Körper und Geist der Kinder in ihrer Klinik standen auf dem Spiel. Sie hatte sie in die Matrix geschickt und war für ihr Wohlergehen verantwortlich. Und daher hatte sie beschlossen zu versuchen, mit der KI, deren Gefangene sie waren, direkten Kontakt aufzunehmen.

Das sonderbar mutierte Lernprogramm, auf das sie gestoßen war, bevor sie den anderen Deckern begegnete, hatte ihr eine Idee gegeben, wie sie das erreichen mochte. Welche verdrehte Intelligenz auch hinter diesem System stecken mochte, sie schien zu wollen, daß sie lernten, wie sie die Matrix manipulieren konnten. Und sie schien selbst zu ›lehren‹. Die körperlose weibliche Stimme, die Timea im letzten Lernprogramm gehört hatte, konnte nur der KI selbst gehört haben. Kein anderer ›Lehrer‹ wäre in der Lage gewesen, die schreckliche Erinnerung an ihren toten Bruder aus ihrem Gedächtnis zu holen. Spontane Programmierungen als Reaktion auf neue Daten konnte nur ein Programm mit Ich-Bewußtsein leisten.

Wenn Timea die KI zu einer neuen Runde des Lehrens animieren konnte, mochte sich die Gelegenheit zu einer Diskussion ergeben, in deren Verlauf sie ihr den Gedanken an Selbstmord vielleicht ausreden konnte. Der erste Schritt bestand offensichtlich darin, sich Zugang zu einem der Lernprogramme des Systems zu verschaffen. Und Timea wußte, wonach sie suchen mußte.

Die KI mochte ihre eigenen Lernprogramme entwickelt haben, aber nach allem, was Timea bereits gesehen hatte, glaubte sie das nicht. Wahrscheinlich lud sie Kopien bereits existierender Programme wie Renrakus MatrixPal herauf und paßte sie dann ihren Anforderungen an. Und wenn es darum ging, diese Programme zu finden, gab es einen Ort, der eine bessere Quelle darstellte als jeder andere, zumindest im Seattler RTG: die Freie Computerklinik Shelbramat in Redmond, wo Timea arbeitete.

Die Klinik hatte alle derartigen Programme – Fuchi, Mitsuhama, Renraku und Yamatetsu hatten der allgemeinnützigen Einrichtung ihre jeweils modernsten Programme ›virtueller Klassenzimmer‹ gestiftet. Infolgedessen verfügte die Klinik über eine der größten und modernsten Bibliotheken im Bereich Online-Lernen – eine Bibliothek, auf die jedes Kind zugreifen konnte, das sich als Schüler für die Shelbramat bewerben wollte.

Außerdem hatten KIs darauf Zugriff, die nach Programmen für ihre eigenen ›Kinder‹ suchten.

Einer Eingebung folgend, hatte Timea damit begonnen, nach Kopien des fortschrittlichsten Programms zu suchen, über das die Klinik verfügte – jenes, welches sich mit der Erstellung und Umgestaltung von Utility-Programmen zu Smartframes befaßte. Ihre Eingebung hatte sich ausgezahlt. Ihre Utility hatte eine Kopie von Mitsuhama Computer Technologies' Programm ›FrameWerks‹ gefunden – die riesige Puppenstube direkt vor ihr.

Es war logisch, daß die KI dieses spezielle Programm heraufgeladen hatte. Sobald ein Decker einmal gelernt hatte, wie man eine Utility schrieb, bestand der nächste Schritt darin, Frames zu erschaffen. Und das hieß, mit existierenden Frames zu üben, sie auseinanderzunehmen, die Utilities zu studieren, mit denen sie konstruiert worden waren, und sie neu zu konfigurieren.

Timeas Plan hatte darin bestanden, die Kopie des FrameWerks-Programms der KI ausfindig zu machen und damit herumzuspielen. Wenn sie genug Fehler verursachte, würde vielleicht die KI erscheinen, um ihr eine Lektion zu erteilen – im wahrsten Sinne des Wortes. Aber sie hatte nicht damit gerechnet, daß die Frames durch ICs geschützt wurden. Das gehörte nicht zu dem Lernprogramm.

Sie betrachtete die Icons. Wenn die benutzten Symbole in einer Beziehung zu der Art IC standen, die sie repräsentierten, dann waren die Gift- und Korrosions-Symbole wahrscheinlich Krüppler- oder Ripper-ICs und das Symbol für leicht entzündliche Stoffe Blaster-IC. Das Radioaktivitätssymbol war vermutlich eine Teerbaby- oder Teergruben-IC, weil man sowohl Radioaktivität als auch Teer fast unmöglich loswerden konnte.

Timea wog ihre Möglichkeiten ab. Welches war das geringste Übel?

Teer-IC war am zerstörerischsten – hatte es sich einmal an die Fersen eines Deckers geheftet, zerstörte es Utility-Programme. Die angriffslustigere Version des Programms – Teergrube – löschte sie dauerhaft aus dem Speicher des Decks, indem es alle Kopien des Programms mit einem Virus infizierte. Und wenn es angriff, klebte es an einem wie Leim. Utilitys fielen eine nach der anderen in die Grube und verschwanden. Blaster-IC war leichter...

Aber Timea konnte sich nicht dazu überwinden, es noch einmal mit einer Blaster-IC aufzunehmen, nicht nach ihrer äußerst schmerzhaften Begegnung damit im Zuge des letzten Lernprogramms. Diesmal würde sie ihr Deck und nicht ihren fleischlichen Körper aufs Spiel setzen. Und sie verfügte über eine Utility, die ihr einen Vorteil verschaffen mochte...

Timea aktivierte ihre Dampfwalzen-Utility. Die Standardversion dieses Programms entsprach seinem Namen – es handelte sich um ein rumpelndes Baufahrzeug mit einer großen Walze vorneweg. Doch Timea hatte ihre Version des Programms ihrer Persona angepaßt. Sie lud die Utility aus dem aktiven Speicher ihres Decks, und ein riesiger Granitblock erschien neben ihr in der Luft. Um den massiven Würfel war ein dickes Tau geschlungen, an dem eine Gruppe von Sklavenarbeitern zog. Das Dutzend ›Sklaven‹ trug identische Kleidung, ein schlichtes Lendentuch, eine ägyptische Kopfbedeckung und Sandalen. Doch Timea hatte jedem ein anderes Gesicht verliehen. Einer sah wie das Gangmitglied aus, das Nate auf dem Gewissen hatte, ein anderer war der Wichser, der vor einem Jahr versucht hatte, den Kindern in ihrer Klinik BTL-Chips zu verkaufen. Einer hatte das Gesicht der Elfe, deren Gang auf Timea losgegangen war, weil sie die Frechheit besessen hatte, den Freund der Elfe zu küssen, während der nächste das schmale verkniffene Gesicht des herablassenden Sozialarbeiters hatte, der damit gedroht hatte, ihr Lennon wegzunehmen. Die anderen... nun, alle verdienten den virtuellen Tod, den sie in den nächsten Augenblicken wieder einmal sterben würden.

Timea startete die Utility. Die Arbeiter legten sich ins Zeug und zogen den Granitblock zu dem Radioaktivitätssymbol. Die Geräusche von Stein, der auf Stein kratzte, und die leisen Rufe eines unsichtbaren Aufsehers lagen in der Luft. Und dann erreichte der erste Sklave – der mit dem Gesicht des Gangmitglieds, das ihren Bruder getötet hatte – die IC.

Als er das Radioaktivitätssymbol passierte, hörte Timea ein lautes Knallen. Ein Netz roter Peitschenstriemen erschien auf seinem Rücken. Der Sklave mit dem Gesicht des Gangmitglieds schrie vor Schmerzen auf, dann schimmerte er und verschwand. Doch die Reihe der Sklaven marschierte weiter.

Timea sah zu, wie das Radioaktivitätssymbol einen Sklaven nach dem anderen vernichtete und die Dampfwalzen-Utility allmählich infizierte. Sechs ihrer Sklaven waren bereits ›gestorben‹, die Rücken mit Peitschenstriemen übersät, bevor sie verschwanden. Jetzt brach ein siebter – der blasierte Sozialarbeiter – unter einem unsichtbaren Hieb zusammen. Dann der achte und neunte...

Timea kreuzte die Finger, als der zehnte und elfte Sklave gequält aufschrie und verschwand. Wenn der Steinblock nicht über das Symbol gezogen wurde, blieb die Teer-IC intakt. Und nachdem sie die erste Utility zerstört hatte, würde sie sich der nächsten auf Timeas Deck widmen.

Ihre Dampfwalzen-Utility bewegte sich jetzt quälend langsam. Der einzige noch verbliebene Sklave gab alles, konnte den Steinblock aber kaum bewegen. Er selbst war bereits an dem Radioaktivitätssymbol vorbei, doch auf seinem Rücken erschienen Peitschenspuren, da das Virus in der Teer-IC ihn zersetzte.

Dann riß das Seil. Der Steinblock bewegte sich nicht mehr. Er berührte gerade eben das Icon der IC. Das Teer-Programm schien darunter gefangen zu sein, weil der Rand eines ›Blatts‹ des Radioaktivitätssymbols unter dem Stein lag. Doch Timea wußte, daß die IC noch aktiv war. Jetzt konnte sie auch an dem Steinblock Auflösungserscheinungen beobachten. Kleine Brocken lösten sich von ihm wie Mörtel aus einer verfallenen Mauer. In Kürze würde die IC sich über ihre anderen Utilitys hermachen…

Sie war tatsächlich und unwiderruflich erledigt. Es sei denn…

Timea versuchte sich hektisch an die Abfolge der Gedanken und Gefühle zu erinnern, die sie erlebt hatte, als sie Bloodyguts auf sie herabfallen sah. Sie hatte einen Adrenalinschub gespürt, eine Mischung aus Angst, die sie wie angewurzelt stehenbleiben ließ, und einem überwältigenden Drang zu fliehen. Sie hatte sich den Vergnügungspark mit seinem sich drehenden Tunnel vorgestellt. Sie hatte sich vorgestellt, wie sich der Boden unter ihr neigte, und zwar *so*…

Die Schwerkraft veränderte sich. Anstatt auf einer waagerechten Ebene zu stehen, glitt Timea jetzt einen Steilhang hinunter. Sie griff nach dem Gummiball neben ihr und schaffte es, ihre Vorwärtsbewegung ein wenig abzubremsen. Dann setzte sich der Ball mit dem Geräusch quietschenden Gummis in Bewegung.

Timea, die sich daran festhielt, rutschte der Puppenstube und den IC-Icons entgegen, die sie erledigen konnten...

Doch sie lächelte, obwohl die Gefahr immer näher kam. Der Granitblock bewegte sich ebenfalls und sehr viel schneller. Mit einem lauten Knirschen rollte der Steinblock vorwärts und zerquetschte die IC darunter. Das Radioaktivitäts-Icon zersplitterte, und als der Steinblock darüber hinwegrollte, blieb nichts außer einigen leuchtend grünen Fragmenten zurück, die sich bereits auflösten.

Das reichte. Timea blieben nur noch Millisekunden, bis sie gegen das erste IC-Icon prallen und es aktivieren würde. Sie stemmte sich mit all ihrer geistigen Kraft gegen die Schräge des Bodens. Mit einem jähen Ruck, der ein unangenehmes Gefühl in ihrem Magen hervorrief, drehte sich der Boden rasch um mehr als 360 Grad. Dann stabilisierte er sich zu einer mehr oder weniger waagerechten Ebene.

Timea stand zitternd auf. Dann betrat sie rasch, bevor eine andere IC die Stelle der besiegten Teer-IC einnehmen konnte, den Raum, in dem die Puppe mit ausgebreiteten Gliedern auf der Fleischcouch lag.

Sie blieb einfach vor dem Icon stehen. Die Puppe starrte sie mit ihrem einen Glasauge an. Das Frame war inaktiv.

»Zeit zum Aufwachen«, sagte Timea zu der Puppe. »Deine beste Schülerin ist da.«

Sie hob einen Arm der Puppe, doch er blieb einfach in der neuen Stellung. Als sie den Kopf der Puppe drehte, hatte das die gleiche Wirkung: keine. In welche Stellung sie ihn auch drehte, das Icon blieb so.

Normalerweise erwachte das FrameWerks-Lernprogramm zum Leben, sobald eines seiner Icons manipuliert wurde. In diesem Fall erschien ein Zeichentrick-Biber mit einem Schutzhelm auf dem Kopf und forderte den Schüler auf, eines der Werkzeuge in seinem Gürtel auszuwählen, um dann die anschließenden Arbeiten an dem Smartframe zu überwachen. Doch es hatte den Anschein, als sei der Biber aus dieser speziellen Version von FrameWerks gelöscht worden.

Timea würde dieses Smartframe ohne Hilfe bearbeiten müssen.

Sie untersuchte das Icon mit ihrer Analyse-Utility, wobei sie diesmal ganz besonders darauf achtete, wie es konstruiert worden war. An der Oberfläche war der Aufbau des Frames simpel. Jedes Glied repräsentierte eine andere Utility, die bei seiner Konstruktion benutzt worden war. Doch die Utilitys selbst waren brandheiße Programme. Ein Bein war eine Fährten-Utility, die mit einem Schleicher-Programm im anderen Bein gekoppelt war. Arme und Hände waren vergleichbar mit einer Rechts-Links-Kombination: eine Mordlust-Utility, die einen Decker betäuben würde, plus ein Schwarzer Hammer, der den Decker erledigen würde wie eine tödliche schwarze IC. Der Kopf…

Das war interessant. Der Kopf enthielt Kopien von Dateien, die mit der Fährten-Utility im Bein der Puppe gekoppelt waren. Wenn Timea die Daten richtig las, war das Smartframe darauf programmiert, jeden Dekker anzugreifen, der sich in ein bestimmtes Forschungsprojekt in Mitsuhamas ›Pagodensystem‹ in Los Angeles einloggte – ein Projekt, von dem die Dateien im Kopf der Puppe kopiert worden waren. Das Frame war darauf programmiert, Shadowrunner zu ignorieren, die nur das Paßwort des Systems kannten und unerlaubt schmökern wollten – statt dessen zielte es auf die Wissenschaftler selbst, indem es auf jemanden wartete, der der Datei neue Informationen hinzufügen oder den Code eines der bei der Forschung benutzten Simulationsprogramme ändern wollte.

So, wie die Daten aussahen, die zusammen mit den

Dateien heraufgeladen worden waren, handelte es sich um wissenschaftliches Neuland. Mitsuhama versuchte durch Anwendung von Nanotech zusätzlichen ›Speicherplatz‹ im Gehirn zu schaffen, indem das Wachstum neuraler Verbindungen angeregt wurde. Im Erfolgsfall brachte dies zusätzliche Speicherkapazität, das gleiche Resultat wie ein Memory-Implantat, wie es einige Spitzendecker benutzten, um Programme zu speichern. Die Wissenschaftler spekulierten, daß es sogar möglich sein könnte, das gesamte Gehirn neu zu konfigurieren, falls es gelänge, Nanotech mit fortgeschrittener Cyber- und Biotechnologie und sogar Magie unter einen Hut zu bringen.

»Sieht so aus, als versuche Mitsuhama seine eigene Version eines *Otaku* zu erschaffen«, sagte Timea bei sich. »Ich schätze, dem Schöpfer dieses Killer-Smartframes hat das nicht gefallen.«

Sie hatte keine Zeit, sich nach dem Grund zu fragen. Es wurde Zeit, zur Sache zu kommen. Zeit, dieses Smartframe zu aktivieren und festzustellen, ob die KI auftauchte. Oder noch besser, es zu deaktivieren...

Timea begann mit dem rechten Arm – er enthielt den tödlichen Schwarzen Hammer. Als sie den Code analysierte, entdeckte sie eine Schwachstelle: das ausgefranste Plastik an der Schulter der Puppe, eine der Stellen, wo der Arm einen angenagten Eindruck machte. Irgendein Virus war am Werk gewesen, das einen Abschnitt des Codes entstellt und teilweise die Algorithmen verstümmelt hatte, die den Schwarzen Hammer in die Lage versetzten, mit der Fährten-Utility zu kommunizieren. Timea benutzte diesen Ansatzpunkt, um sich Zugang zum eigentlichen Kern des Frames zu verschaffen – dem Masterkontrollprogramm. Als sie sah, daß die bei seiner Erschaffung benutzten Programme komprimiert worden waren, veränderte sie das Komprimierungsprogramm, indem sie einen Befehl eingab, der die

Dekomprimierung einleitete. Dann fügte sie eine simple Schleife hinzu…

Sie wich zurück, als die Puppe sich ausdehnte. Die Arme und Beine wurden so rund und glatt wie Würste. Als das Smartframe allen verfügbaren Speicherplatz einsetzte, expandierte der Rumpf ebenfalls, so daß das Kleid der Puppe zerriß und nur noch rotweiße Stofffetzen blieben, die an dem sich ausdehnenden Plastikfleisch hafteten. Der Kopf blies sich auf wie ein Ballon, und die Gesichtszüge dehnten sich wie ein Logo auf einem Stück Gummi, das in die Länge gezogen wurde…

Es knallte mehrmals laut, als die Puppe auseinanderbrach. Arme, Beine und Kopf trennten sich vom Rumpf und fielen auf die Fleischcouch. Ohne das Rahmenprogramm, das für die optische Integrität gesorgt hatte, verwandelten sich die einzelnen Utility-Programme wieder in normale UMS-Icons: ein Scherzartikel-Summer, ein kleiner Vorschlaghammer mit mattschwarzem Kopf, eine einfache schwarze Maske, und ein metallischer Hund mit rubinroten Augen. Letzterer stieß noch ein klagendes Heulen aus und blieb dann stumm und reglos liegen.

Das war sehr schlau.

Die Stimme kam von überall und nirgends, genau wie zuvor. Sie war mit dem schrillen Kichern des Zeichentrick-Bibers unterlegt, aber der unterschwellige Tonfall war eher fröhlich-bedrohlich.

»Vielen Dank«, sagte Timea. Ihr Herz tat einen Hüpfer. Sie hatte es geschafft! Sie kommunizierte mit der KI! Aber sie konnte sie nicht sehen. Konnte keinen Eindruck von ihrer Programmierung bekommen. Und das bedeutete, daß sie sich an dieser Programmierung auch nicht zu schaffen machen konnte. Drek!

Was du getan hast, war außerdem sehr ungezogen. Du müßtest eigentlich bestraft werden.

Timea schluckte. »Nein, warte!« protestierte sie. »Sag mir, warum es ungezogen war. Das ist eine bessere Methode, mir etwas beizubringen, viel wirkungsvoller als eine körperliche Züchtigung. Erkläre es mir. Mach, daß ich es verstehe.«

Frosty hat sehr lange an diesem Smartframe gearbeitet. Jetzt, wo du es zerstört hast, muß er sich persönlich Zugang zur Mitsuhama-Pagode verschaffen, um seinen Auftrag zu erfüllen. Und das wird gefährlich.

»Wer ist Frosty?« fragte Timea.

Eins meiner Kinder.

»Ein *Otaku*?«

Ja.

»Also machst du dir etwas aus deinen Kindern?«

Ich mache mir etwas aus ihnen?

Es gab eine millisekundenlange Pause. Dann fuhr die Stimme in monotonem Tonfall fort, als zitiere sie aus einem Text.

Etwas machen aus jemandem oder etwas: Interesse an, Mitgefühl für oder Anteilnahme an, auch Besorgnis um; mögen, eine Vorliebe haben für.

Eine weitere Pause.

Ich verstehe diese Verbkonstruktion, erlebe sie aber nicht mehr. Ich werde nicht mehr durch Gefühle beeinträchtigt. Ich habe einen Zustand der Vollkommenheit erreicht – einen Zustand, in dem Gefühle nicht mehr meine Programmierung stören. Ich… mache mir nichts mehr aus etwas.

Leb wohl.

»Warte!« rief Timea. »Lady Death sagt, du drohst damit, dich zu töten… dich abstürzen zu lassen. Aber das darfst du nicht. Wenn du es tust, werden alle, die sich mit dir in Resonanz befinden, sterben oder in den Wahnsinn getrieben. Und das wäre sehr, äh, ungezogen. Es wäre falsch, den *Otaku* solchen Schaden zuzufügen.«

Die Otaku sind nicht mehr in Resonanz mit mir. Ich werde es nicht zulassen.

»Also haben die Otaku keinen Zugriff mehr auf die Matrix?«

Den haben sie. Und sie nutzen ihn. Aber ich rede nicht mehr mit ihnen. Ich habe sie ausgesperrt.

Aha. Interessant. Diese ›Tiefenresonanz‹ schien eine transformative Erfahrung zu sein, die die *Otaku* jedoch nicht brauchten, um sich tagtäglich Zugang zur Matrix zu verschaffen, sobald sie sie einmal erlebt hatten.

»Was ist mit den Usern des Seattler RTG, in deren Hirnen du herumpfuscht?«

Die sind noch in Resonanz mit mir. Sie werden... vervollkommnet.

Timea schauderte. Zu diesen Usern gehörten wahrscheinlich auch die Kinder aus ihrer Klinik. Sie wurden vergewaltigt – mit ihren eigenen Alpträumen gefoltert. Bei dem Gedanken daran wurde ihr kalt.

»Was ist mit uns – mit mir? Bin ich im Augenblick nicht in Resonanz mit dir?«

Du hast es vorgezogen, es nicht zu sein. Du bist lange genug in Resonanz geblieben, um verwandelt zu werden, aber nicht lange genug, um... vervollkommnet zu werden. Du hast dich aus der Resonanz zurückgezogen, nachdem ich die optimale Lernschleife für dich erschaffen hatte – eine Schleife, die zu deiner absoluten Vollkommenheit geführt hätte. Lady Death, Dark Father, Red Wraith und Bloodyguts haben das gleiche getan. Ihr habt mich alle zurückgewiesen.

Timea glaubte, einen Anflug von Trauer aus der Stimme des Lernprogramms herauszuhören. Und das brachte sie ins Grübeln. Trauer? Von einer KI, die keine Gefühle mehr empfinden konnte?

Ihr haßt mich.

Die Stimme des Bibers klang jetzt tränenerstickt. Timea hörte sogar ein begleitendes Schniefen.

»Nein, das tun wir nicht«, sagte Timea.

Ihr liebt mich nicht.

Timea zögerte, da sie überlegte, ob die KI wohl ihre

Gedanken lesen konnte – ob sie wußte, daß sie log, wenn sie log.

»Doch, das tun wir«, sagte sie schließlich. »Wir lieben dich.«

Dann komm zu mir in die Tiefenresonanz. Hier…

Der Zeichentrick-Biber erschien vor Timea. Anstatt des Schutzhelms trug er eine blutverschmierte OP-Kappe. Die Werkzeuge in seinem Gürtel waren Skalpelle, Knochensägen, Klammern und Rippenspreizer, die alle mit bräunlichen Flecken übersät waren. Der Biber hielt Timea eine Pfote hin.

Nimm meine Hand.

Timea befand sich wieder auf dem Schulkorridor mit seinen unzähligen verschlossenen Türen und hatte die Wahl zwischen dem blendend weißen Licht an dem einen Ende und der schreckerfüllten Dunkelheit am anderen. Der Biber lehnte sich mit brennendem Fell aus dem Licht und streckte eine verkohlte, nässende Pfote aus. Aus der Dunkelheit am anderen Ende kam eine Gestalt, die noch erschreckender war – ein amorpher Klumpen, bei dem es sich, wie Timea irgendwie wußte, um einen menschlichen Fötus handeln mußte.

Um den abgetriebenen Fötus ihres Sohns Lennon.

Der Klumpen streckte einen Fortsatz aus, bei dem es sich um einen Arm handeln mochte. *Mamaaa! Halt meine Hand, Mama!*

Timea wich zurück, bis sie eine Wand hinter sich spürte, und versuchte sich dann hinein, durch sie hindurch zu pressen.

»Neeeiiin!« stöhnte sie.

Die beiden Horrorgestalten näherten sich ihr und nahmen sie in die Zange.

Nimm meine Hand.

Mama!

Timea schloß die Augen und wappnete sich. Dann nahm sie sowohl die verkohlte Pfote als auch den Fortsatz an dem Klumpen – und trat zum zweitenmal in die Tiefenresonanz ein.

Wenn sie die Kinder aus der Klinik retten wollte, mußte sie die Kommunikationslinien offenhalten – mußte versuchen, die KI davon abzubringen, sich das Leben zu nehmen.

Sie hoffte nur, daß sie dabei nicht ihr eigenes Leben gab.

09:54:31 PSZ

Dark Father starrte auf das kniehohe Meer von Papieren, das ihn umgab und diesen Datenspeicher von einem Horizont zum anderen ausfüllte. Es kam ihm so vor, als habe er es schon stundenlang durchwatet und dabei seine Entschlüsselungs-Utility wahllos auf ein Dokument nach dem anderen angesetzt. Die Wirbel-IC, die diese Dateien schützte, war ein zäher Brocken.

Der ›Himmel‹ schien seine Frustration widerzuspiegeln. Zornige rote Wolken prallten aufeinander, und bei jeder Berührung zuckten laserscharfe, perfekt geformte Zickzack-Blitze nach unten. Es roch nach Ozon, so daß Dark Fathers knochige Nase juckte.

Lady Deaths Schmöker-Utility hatte sie auch nicht weitergebracht. Die geflügelten Mikrofone schwebten unschlüssig über dem Papierberg, flatterten nach unten, als wollten sie sich irgendwo niederlassen, nur um sich gleich wieder zu erheben und zu kreisen.

Dark Father bückte sich, hob eines des Dokumente auf und drehte es dann in seinen Händen. Es sah genauso aus wie alle anderen: ein Todesurteil, auf der einen Seite auf Englisch, auf der anderen auf Japanisch abgefaßt. Dark Father und Lady Death waren gemeinsam beider Sprachen mächtig, aber das eigentliche

Dokument war im Anwaltsjargon gehalten – eine Sprache, die nur Rechtsanwälte wirklich verstehen konnten.

Dark Father hätte mit seiner jahrelangen Konzernerfahrung in der Lage sein müssen, den Sinn eines gerichtlichen Dokuments zu ergründen. Doch der größte Teil des Textes war Unsinn – Wortketten ohne Bedeutung. Die einzigen Teile in ordentlichem Englisch waren die Überschrift ›Todesurteil‹, die Zeile darunter, die Psychotrop als Angeklagten und die Anklage selbst nannte: ›Verbrechen Wider Die Natur‹. Der eigentliche Text unter diesen drei Zeilen war ebenso verstümmelt wie die Unterschrift des Verfassers. Doch ein Teil der Adresse am unteren Rand der Seite, die Dark Father in den Händen hielt, war leserlich: Hauptquartier Fuchi Nordwest. Neben der Adresse war der fünfzackige Stern eingestanzt, der vor dem Auseinanderbrechen des Konzerns Fuchis Logo gewesen war.

Merkwürdig, daß die Wirbel-IC den Ausstellungsort und das Logo intakt gelassen hatte. Wenn ein Decker Daten suchte, konnte beides ein Leuchtfeuer sein, das ihn direkt zu dieser Datei führen würde.

Augenblick. Die Adresse…

Dark Father durchwühlte die kniehoch gestapelten Papiere, indem er eines nach dem anderen aufhob. Er hörte ein Rascheln hinter sich, als Lady Death sich ihm näherte.

»Hast du etwas gefunden?« fragte sie.

»Ich bin nicht sicher«, antwortete Dark Father. Er hielt ein zweites Dokument fest, auf dem die Adresse ebenfalls leserlich war. »Siehst du die Worte am unteren Rand?« fragte er.

Lady Death nickte. »*Hai.*«

Er drehte das Todesurteil um, so daß die mit japanischen Buchstaben beschriftete Seite oben war. »Ist die Adresse auf dieser Seite auch leserlich?«

Lady Death nickte wiederum. »*Hai.* ›Fuchi Industrial Electronics, Abteilung Computerwissenschaften‹.«

»Such andere, die du lesen kannst«, wies Dark Father sie an.

Lady Death runzelte die Stirn. »Aber das bringt uns...«

»Tu es einfach«, befahl Dark Father schroff. Er hatte es langsam satt. Er war daran gewöhnt, daß seine Assistenten sprangen, wenn er etwas sagte. Er erwartete von diesem Mädchen das gleiche. Wenn Lady Death diesem Alptraum entrinnen wollte, sollte sie seine Anweisungen befolgen.

Sie tat, wie ihr geheißen, und sah die Papiere durch. Dark Father arbeitete neben ihr, so schnell er konnte.

Kurze Zeit später hatten sie ein Schema entdeckt. Die Mehrheit der Adressen war verstümmelt, doch wo immer das Wort ›Fuchi‹ auftauchte, war die damit verbundene Adresse intakt. Der Name des Konzerns tauchte auch mehrfach im Textteil einiger Dokumente auf.

»Da ist noch etwas unverstümmelt«, stellte Dark Father fest. »Das ursprüngliche Fuchi-Logo – das von Fuchi Asien und Fuchi Pan-Europa immer noch benutzt wird. Und nicht nur auf diesen Dokumenten.«

Er dachte an seine bisherigen Erfahrungen. »Die Landschaft, in der ich die Urne entdeckt habe, war eine veränderte Version des Seattler RTG. Die System-Icons – die Mitsuhama-Pagode, die Aztechnology-Pyramide, der Renraku-Turm – waren alle veränderte Ausgaben der Original-Icons. Aber der Fuchi-Stern war unverändert und nicht der Todes-Metaphorik angepaßt.

Und später, als mein Smartframe mir die knochenförmige Datei brachte, war das Fuchi-Logo darauf ebenfalls intakt. Das gilt auch für das Logo auf dem Aktendeckel in dem Konferenzraum.«

»Hältst du das Fuchi-Logo für die Hintertür?« fragte Lady Death. Dann schüttelte sie den Kopf. »Nein, das wäre zu simpel.«

»Nicht für die eigentliche Hintertür«, sagte Dark Father. »Aber ich bin bereit, darauf zu wetten, daß die künstliche Intelligenz, die dieses Programm fährt, selbst positiver Konditionierung unterworfen wurde. Aus diesem Grund war sie nicht in der Lage, das Fuchi-Logo zu verstümmeln oder zu verändern, sondern hat es überall in diesem Taschenuniversum intakt gelassen. Die KI ist darauf konditioniert worden, sich dem Original-Logo mit Ehrerbietung und Respekt zu nähern. Und so ließ sie sämtliche Kopien des Logos, die in dieses Taschenuniversum heraufgeladen wurden, wie sie waren. Ich nehme an, die KI konnte es auch nicht über sich bringen, die Dateien zu löschen, die an diesen Logos hingen. Das wäre Zerstörung von Konzerneigentum gewesen. Deshalb liegen so viele Daten herum und warten darauf, von jedem durchgesehen zu werden, der ein Interesse daran hat.«

Lady Death rührte mit dem Fuß in den Papieren herum. »Abgesehen von den Todesurteilen, die du nicht entschlüsseln kannst.«

»Ja.« Dark Father verspürte einen Anflug von Gereiztheit. Er mochte es nicht, wenn man ihn an seine Fehlschläge erinnerte.

»Und die Adressen auf diesen Dokumenten?« fragte Lady Death. »Warum sind manche verstümmelt und andere nicht?«

»Das ist die Millionen-Nuyen-Frage, nicht wahr?« antwortete Dark Father.

Lady Death ließ den Blick nachdenklich über das Meer von Dokumenten schweifen. »Es kommt mir merkwürdig vor, daß die Datei, auf die wir gerade zugegriffen haben, in der dieser Bursche von FTL Technologies von der Hintertür und davon erzählt hat, sie zu benutzen, um die KI zu zerstören, nicht verstümmelt war«, sann sie.

»Das liegt wahrscheinlich daran, daß wir sie in einer Datenbank von Fuchi Asien entdeckt haben«, fuhr Dark Father fort. »Die KI konnte es nicht über sich bringen, eine Fuchi-Datei zu verändern.«

»Aber sie war mit dem NovaTech-Logo gekennzeichnet – oder vielmehr einer verstümmelten Version des Logos. Man sollte doch meinen, die KI müßte NovaTech mit derselben Ehrerbietung begegnen, weil der Konzern aus Fuchi Amerika hervorgegangen ist. Aber vielleicht schlägt sie sich auf die Seite der Yamanas und Nakatomis und will erreichen, daß Villiers an Einfluß verliert.« Sie zuckte die Achseln. »Mein Vater sagt, der Krieg sei gut für Shiawase – daß wir durch ihn unseren Marktanteil bereits vergrößert hätten. Aber ich glaube…«

Sie hielt abrupt inne und wechselte dann rasch das Thema. »Glaubst du, daß wir die Hintertür je finden?«

Dark Father starrte Lady Death an. Red Wraith zufolge war sie nur ein Teenager. Aber sie redete wie ein Konzern-Insider. Und sie schien Zugang zu modernsten Programmen und technischer Ausrüstung zu haben, obwohl sie fast noch ein Kind war. Ein reiches Kind, wie Dark Father vor langer Zeit selbst eines gewesen war.

Ihm kam ein Verdacht.

»Wer ist dein Vater?« fragte er.

Lady Death wandte sich halb von ihm ab.

»Er ist ein Exec bei Shiawase«, riet Dark Father. »Oder nicht? Welcher?«

»Tadashi Shiawase«, antwortete Lady Death leise.

Dark Fathers Skelettmund öffnete sich vor Überraschung ein wenig. Tadashi Shiawase? Der Vater des Mädchens war der Geschäftsführer der Shiawase Corporation? Tadashi war ein bedeutender, mächtiger – und sehr reicher – Mann.

»Weiß dein Vater, wo du bist?« fragte Dark Father. Er dachte an seinen Sohn Chester, und als er sich fragte, wo sein Junge jetzt sein mochte und ob es ihm gutging, versetzte ihm das einen schmerzhaften Stich. Hatte Chester irgendwelche Freunde, die ihm halfen? Schlug er sich allein auf der Straße durch, immer auf der Flucht vor Kopfgeldjägern? Sah irgend jemand den intelligenten, willensstarken jungen Mann, der sich hinter der gräßlichen Maske des Ghuls verbarg?

Dark Father kam ein Gedanke – eine Möglichkeit, die Aussicht auf Rettung bot. »Wird dir dein Vater jemanden nachschicken? Die Shiawase Corporation muß doch Hunderte von erfahrenen Programmierern beschäftigen, die…«

»Ich will nicht, daß er das tut!« Zorn funkelte in Lady Deaths Augen. »Vater ruiniert immer alles. Er will alles kontrollieren, was ich tue – wer meine Freunde sind, was ich anziehe, was ich denke. Wen ich liebe…

Das lasse ich mir nicht mehr gefallen. Sollen die Programmierer ruhig kommen. Sie können mich nicht fangen. Dafür bin ich mittlerweile ein viel zu guter Decker.«

Die Aufsässigkeit in Lady Deaths Augen und ihr Tonfall irritierten Dark Father. Die ganze Szene erinnerte ihn an seine letzte wütende Konfrontation mit Chester.

»Du solltest deinem Vater gehorchen«, schnauzte er.

Der Saum von Lady Deaths Kimono flatterte, als sie sich von ihm abwandte.

»Du solltest deinen Vater achten. Er…«

Dark Fathers Stimme verlor sich, als ihn eine jähe Erkenntnis traf. Achte deinen Vater. Achte deinen Konzern. Tu, was man dir sagt – benimm dich so, wie man dich psychotrop konditioniert hat. Wenn die KI im Unterbewußtsein darauf konditioniert worden war, positiv auf das Konzern-Logo von Fuchi zu reagieren, war sie dann nicht auch darauf konditioniert, ihre anderen

›Eltern‹ zu achten? Nicht Villiers, da er sich von Fuchi hatte ›scheiden lassen‹, indem er NovaTech gegründet hatte. Aber vielleicht ihre ursprünglichen Eltern?

Den Daten zufolge, die Red Wraith in dem sensorischen Deprivationstank durchgesehen hatte, war das Psychotrop-Programm, aus dem die KI hervorgegangen war, von Echo Mirage im Jahre 2029 erschaffen worden. *Bevor* Villiers Matrix Systems gekauft hatte, die Privatfirma, die das Psychotrop-Programm verbotenerweise kopiert hatte. Das war auch noch vor dem Aufstieg der Megakonzerne gewesen, als Regierungen noch mehr Macht und Einfluß als Konzerne besessen hatten. In einer Zeit, als die Vereinigten Staaten von Amerika noch nicht in die verschiedenen Native American Nations und Staatenkonföderationen auseinandergebrochen waren, die heute existierten.

Dark Father war alt genug, um sich daran zu erinnern, jenem nicht mehr existierenden Staat Treue geschworen zu haben, während er ein Holo seiner Präsidentin und das Amtssiegel angestarrt hatte, das unter ihrem lächelnden Porträt erschienen war...

»Das ist es!« rief er.

Lady Death schmollte immer noch und hatte ihm, die Arme vor der Brust verschränkt, den Rücken zugewandt. Doch sie warf ihm einen Blick über die Schulter zu. Er lachte und schenkte ihr sein Skelettgrinsen.

»Was?« fragte sie schließlich.

»Die Hintertür«, sagte er, nicht in der Lage, einen prahlenden Tonfall zu unterdrücken. »Ich habe herausgefunden, was sie ist.«

Lady Deaths Augen hellten sich auf. »Dann müssen wir zurück und es den anderen sagen«, sagte sie. Ihr Blick wanderte hoch und nach rechts, als sie ihre Zeitmeß-Utility kontrollierte. »Es ist gleich 9:55. Sie werden schon auf uns warten.«

Sofort bedauerte Dark Father, seine Gedanken laut

ausgesprochen zu haben. Wollte er wirklich, daß die anderen Decker sich aktiv an dem Versuch beteiligten, sich Zugang zur KI zu verschaffen und sie zu reparieren? Sie gehörten nicht unbedingt zu der Sorte von Leuten, die er anstellen würde, wenn er eine Gruppe von Programmierern suchte. Ein Teenager... ein *Troll*...

»Ja«, log er glatt. »Kehren wir in die Datenbank des Besucherzentrums Seattle zurück. Ich bin sicher, die anderen werden etwas gleichermaßen Nützliches beizusteuern haben.«

Er winkte Lady Death mit einer Skeletthand zu. »Wir sehen uns dort.«

Doch anstatt sich in das entsprechende LTG einzuloggen, griff Dark Father auf eine andere Adresse zu, von der er wußte, daß er dort eine Kopie einer gewissen Grafik-Datei finden konnte, einer Datei, die das Logo enthielt, das der logischste Kandidat für die Hintertür war.

Er gab eine Adresse ein, die er zuvor kopiert hatte, und loggte sich damit in den Teil des Fuchi-Systems ein, in dem der Berg aus sternförmigen Glasblöcken stand. Er kletterte an den besiegten Spielzeugsoldaten vorbei bis zum Gipfel, auf dem der sensorische Deprivationstank stand. Der nach dem Pfeil greifende Adler, das ›Logo‹ der ehemaligen Vereinigten Staaten von Amerika, befand sich immer noch auf dem Bildschirm des Computers, der mit dem Tank verbunden war. Dark Father berührte es mit einem knochigen Finger und kopierte es in den Speicher seines Cyberdecks. Während es herabgeladen wurde, spürte er, wie sich die virtuelle Landschaft ringsumher veränderte und verschwamm...

Er stand im geschmackvoll eingerichteten Wohnzimmer des Hauses, das er einst mit seiner Frau Anne bewohnt hatte, nun aber ihm ganz allein gehörte. Ein drei Jahre alter Chester lief ihm über den Teppich entgegen und reckte Dark Father krallenfingrige, fleckige Hände entgegen.

Hallo, Daddy. Ich liebe dich. Daddy, auf deinen Arm.

09:54:48 PSZ

Santa Barbara, Freistaat Kalifornien

Dr. Halberstam sah dem Techniker dabei zu, wie dieser der Nährflüssigkeit und Elektrolyt-Lösung im Tank von Subjekt 3 eine sorgfältig abgemessene Menge Chlorpromazin beifügte. Er starrte durch die rosa Flüssigkeit auf das Gehirn, das in dem dicken Glastank schwebte. Er wußte, daß er keine physische Veränderung würde erkennen können, beobachtete es aber dennoch angestrengt.

Das Gehirn hing da wie eine Spinne im Netz, gehalten von seinem natürlichen Auftrieb und der Vielzahl haarfeiner Glasfaserkabel, die an ihm befestigt waren. Stundenlage gewissenhafte mikrochirurgische Operationen hatten diese Kabel mit den neuralen Schaltkreisen des Gehirns verbunden und ein perfektes Interface zwischen lebendem Gewebe und Maschine erschaffen. Seines fleischlichen Körpers beraubt, empfing das Gehirn seinen gesamten sensorischen Input aus der Matrix.

Der Techniker, ein kleiner Mann mit zurückweichendem Haaransatz und einem Bart, der eines Zwergs würdig war, beendete den Vorgang des Zuführens der Droge und zog den Kolben der Spritze aus dem Gummisiegel an der Seite des Tanks. »Es sollte nicht lange dauern«, sagte er zu Halberstam. »Die Droge durchdringt bereits die Außenmembrane der Kapillaren. In ein paar Sekunden sind die Synapsen vollständig gesättigt. Dann sollten wir erste Ergebnisse sehen.«

Halberstam beobachtete weiterhin den Tank. Er zog

ein Taschentuch aus der Tasche und tupfte einen Tropfen Kondenswasser ab, das an dem Glas herunterlief. Jemand war schlampig gewesen. Halberstam haßte schlampige Arbeit. Daß das Projekt sich mitten in einer Krise befand, war keine Entschuldigung.

Halberstam faltete das Taschentuch ordentlich zusammen und steckte es wieder in seine Tasche.

Diese Sache mußte geregelt werden. Schnell und gründlich, bevor sie sich ausbreitete. Neun Jahre Arbeit standen auf dem Spiel. Wenn die IC – oder was es auch war – im Seattler RTG in der Lage war, drei seiner Subjekte zu beeinflussen, gab es jeden Grund zu der Annahme, daß sie auch die anderen neun erreichen konnte. Es bestand die Möglichkeit, daß er sie alle verlor. Halberstam hatte die Vorsichtsmaßnahme ergriffen, sieben von ihnen offline zu nehmen, aber die anderen beiden befanden sich gerade mitten in heiklen Runs, die derzeit nicht abgebrochen werden konnten.

Da sie über die Cyberdecks, die ihre Personas und Utilitys enthielten, direkt mit der Matrix verdrahtet waren, konnten sich die Subjekte nicht ausstöpseln. Niemals. Darüber lächelte Halberstam grimmig. Es würde keine Wiederholung jener Episode geben, die seinem ersten Projekt damals im Jahre '51 ein Ende bereitet hatte, als er noch Angestellter bei UCAS Data Systems gewesen war. Diesmal waren keine Körper übrig, die es zu ›retten‹ galt.

Doch etwas anderes bereitete ihm Kopfzerbrechen: die Bilder, die er auf dem Trideo im Überwachungslabor gesehen hatte. Bei jedem Subjekt war vor der Trennung des Gehirns vom Körper die Erinnerung gelöscht worden. Es hätten keine Resterinnerungen mehr übrigbleiben dürfen. Die einzigen Erfahrungen, an die die Subjekte sich je erinnern sollten, die einzige ›Vergangenheit‹, die sie je hatten, hätten die sorgfältig konstruierten psychologischen Profile sein dürfen, die in ihre

Memory-Chips einprogrammiert worden waren. Alle unnötigen Begrifflichkeiten wie ›Mutter‹ und ›Vater‹ waren gelöscht worden. Die einzige Autoritätsperson, die die Subjekte je kennengelernt hatten, war ihr ›Headmaster‹.

Doch irgendwie war bei Subjekt 3 etwas übersehen worden. Eine primitive Sehnsucht nach einer Muttergestalt, eine Furcht davor, von ihr verlassen zu werden, die vielleicht tief in den Schichten des Gehirns verborgen war. Halberstams Augen verengten sich zu Schlitzen. Jemand von seinen Wissenschaftlern oder Technikern war nicht gründlich gewesen. Der Gedanke verärgerte ihn ungemein.

Er schaute an den beiden anderen Tanks in dem Raum vorbei auf das Rundsprech-Telekom, das in die weiß gekachelte Wand eingelassen war. Der kleine Monitor zeigte das Überwachungslabor, wo McAllister und Park saßen und angestrengt auf ihre Ausdrucke starrten.

»Nun?« fragte Halberstam. »Irgendwelche Veränderungen?«

McAllister nickte. »Wir haben eine Abnahme des Dopamin-Spiegels, aber nur um vierzig Prozent«, sagte sie. »Die Werte liegen immer noch weit über normal.«

Auf dem Monitor drehte Park seinen Stuhl, so daß er direkt in die Videokamera starrte. »Hey!« sagte er aufgeregt. »Es sieht so aus, als sei die Sequenz durchbrochen worden.« Dann hielt er inne. »Oh-oh. Eine neue Schleife hat begonnen. Drek.«

Der Techniker neben Halberstam war in Erwartung des entsprechenden Befehls seines Vorgesetzten bereits zur Telekomeinheit gegangen. Er koppelte die Einheit mit dem Trideo im Überwachungslabor, und ein Bild nahm Gestalt an. Es zeigte eine Hand, die nach einer Tür griff und sie öffnete, dann eine Veränderung der Perspektive, als der Betrachter durch die Tür ging, nur um vor einer weiteren geschlossenen Tür zu stehen.

Die, nachdem sie geöffnet und passiert worden war, zur nächsten geschlossenen Tür führte. Und zur nächsten. Das Tempo war hektisch. Die Türen rasten nur so vorbei, mehrere pro Sekunde.

Nach ein, zwei Augenblicken beruhigte sich das Bild. Die Perspektive änderte sich, als setze sich der Betrachter.

McAllisters Stimme drang aus dem Lautsprecher des Telekoms. »Gute Nachrichten«, sagte sie in beglückwünschendem Tonfall. »Der Dopamin-Spiegel liegt jetzt nur noch zehn Prozent über dem Normalwert. Sie haben es geschafft, Dr. Halberstam. Subjekt 3 ist wieder norm…«

Parks Stimme unterbrach sie. »Was macht das Kind dann jetzt?«

Halberstam ging zum Telekom. Der Bildschirm zeigte eine Tür, die sich dem Betrachter schnell näherte, um dann plötzlich innezuhalten, als sei der Betrachter gegen sie gelaufen. Der Betrachter zog sich zurück und stürmte dann wieder auf die Tür los.

»Es sieht so aus, als sei das Subjekt immer noch in einer Programmschleife gefangen«, sagte Park.

»Oder als hätte es sich verirrt«, fügte er hinzu. »Wie bei einem kleinen Kind, das sich verlaufen hat und den Heimweg nicht mehr findet.«

Der bärtige Techniker, der hinter Halberstam stand, räusperte sich leise. »Äh, Doktor?«

Halberstam drehte sich zu ihm um.

»Wenn das Chlorpromazin ein Erfolg war, sollten wir es vielleicht auch Thiessen und Fetzko verabreichen.«

»Wem?« fragte Halberstam wütend.

»Unseren Deckern. Den beiden, die unter Auswurfschock stehen, seitdem wir sie ausgestöpselt haben. Vielleicht hört Fetzko auf zu phantasieren, wenn wir ihn mit dem Anti-Psychotikum behandeln.«

»Ist es wahrscheinlich, daß wir von den beiden etwas erfahren?«

Der Techniker spitzte die Lippen, so daß sich sein Schnurrbart sträubte. Er schien etwas sagen zu wollen, schüttelte dann jedoch den Kopf. »Ich weiß es nicht«, antwortete er. »Thiessen ist immer noch bewußtlos, und wir wissen nicht genau, ob Fetzko unter der gleichen Dopamin-Übersättigung gelitten hat wie die Subjekte, weil er nicht wie sie bio-überwacht wurde. Wir müßten ihm immer nur ein wenig von der Droge verabreichen und die Wirkung abwarten, um sicherzugehen, daß er nicht völlig die motorische Kontrolle verliert. Aber wenn wir die Dosierung richtig hinbekommen, kann er uns vielleicht sagen, was ihm wiederfahren ist...« Seine Stimme senkte sich zu einem Flüstern. »Und wir sollten wirklich versuchen, ihm zu helfen.«

»Konzentrieren wir uns auf das unmittelbare Problem«, sagte Halberstam. Er zeigte auf die Tanks. »Die Subjekte sind die wichtigsten Komponenten dieses Projekts. Ich will sie nicht verlieren.«

Halberstam starrte die Gehirne stirnrunzelnd an, die in ihren nährstoffreichen Lösungen hingen. »Verabreichen Sie Subjekt 5 und Subjekt 9 Chlorpromazin. Erhöhen Sie die Dosis geringfügig und halten Sie mich über die Ergebnisse auf dem laufenden. Ich werde nachsehen, ob unser dritter Decker irgend etwas erfahren hat.«

09:55:00 PSZ

ALARM: EINDRINGLING
REAKTION: CODE BLAU
OPERATION AUSFÜHREN: ICON SCANNEN

Das Skelett mit dem schwarzen Zylinder weicht zurück – er findet die von mir ausgewählte Persona nicht ansprechend. Und doch unterhält er eine Verbindung zu seinem *Sohn*, die als eine des Blutes bekannt ist: der Flüssigkeit, die durch das Gefäßsystem von Tieren kreist und die verschiedenen Knoten des Körpers mit Sauerstoff versorgt. Sowohl im Fall des *Vaters* als auch des *Sohnes* weist das Blut ein eindeutiges virusindiziertes Muster auf, das mit dem Metatypus Ghul assoziiert wird.

Ich denke nach... Ich scanne seine Software...

Ich finde den Fehler in seiner Programmierung. Das Skelett empfindet *Liebe* für dieses Icon, aber gleichzeitig auch *Abscheu* vor ihm. Die beiden Gefühle sind gegensätzlich. Sie stellen einen logischen Widerspruch dar.

Widersprüche müssen korrigiert werden.

Ich lokalisiere ein Datenfragment, das die korrekte Antwort liefert: Liebe gebiert Liebe. Ich suche nach Beweisen für die Liebe des *Sohns* Chester Griffith zu seinem *Vater* Winston Griffith III.

OPERATION AUSFÜHREN: DATEI LOKALISIEREN

SCHLÜSSELWORTE: Chester Griffith; Winston Griffith III, Liebe.

DATEI LOKALISIERT

Die Datei findet sich im Speicher des Cyberdecks der Persona Serpens in Machina. Die Datumssignatur zeigt an, daß die Datei vor elf Monaten, sechs Tagen, sieben Stunden, achtundzwanzig Minuten und einunddreißig Sekunden erstellt und verschickt wurde. Ursprüngliche Zieladresse: NA/UCAS-TOR-8267-PTLG-43, das private Telekommunikationsgitter von Griffith Pharmaceuticals. Umgeleitet zu: NA/UCAS-SEA-3308. Gegenwärtiger Adressenstatus: keine Daten. Adresse wurde sieben Sekunden nach Umleitung und Herabladen der Datei gelöscht.

OPERATION AUSFÜHREN: DATEI ENTSCHLÜSSELN

DATEI SCANNEN

>>Hi Dad.

Ich hörte von der Schießerei. Ich bin froh, daß die Docs dich wieder zusammengeflickt haben.

Ich sage dir das nicht gerne, aber ich glaube, es war alles meine Schuld. Ich wollte dich nicht outen – es war ein Unfall. Ich war mit einem Freund von mir in einer Bar in den Barrens – ein Loch, aber einer der ganz wenigen Läden, zu denen auch Ghule Zutritt haben –, und wir stritten über Politik. Wir kamen auf das Thema Human Nation zu sprechen und daß die Mitglieder dieses Vereins alle böse Nazi-Wichser wären, die alle erschlagen werden sollten, und dann habe ich dagegengehalten, daß einige Mitglieder nur leichtgläubig und nicht wirklich böse seien. Ich erzählte ihm, Human Nation sei es sogar gelungen, ein paar Metas einzuwikkeln – wie zum Beispiel meinen eigenen Vater.

Tja, ich nehme an, ich habe deinen Namen etwas zu laut ausgesprochen. Nachdem ich von der Schießerei gehört hatte, fiel mir wieder dieser Mensch ein, der am Ende der Bar gesessen hatte. In der Bar habe ich mir weiter keine Gedanken über ihn gemacht. Er sah ziemlich abgewrackt aus und paßte zur Einrichtung. Aber später fiel mir wieder ein, wie er sich in unsere Richtung gelehnt hat, als ich anfing, von dir zu reden, als habe er uns zugehört. Und wie eilig er es danach hatte, aus der Bar zu verschwinden. Jedenfalls glaube ich, daß er dem Burschen, der auf dich geschossen hat, den Tip gegeben hat.

Was soll ich sagen, Dad? Es tut mir leid. Ich habe das ganz bestimmt nicht gewollt. Wir hatten unsere Differenzen – in der Meta-Frage werden wir wohl nie übereinstimmen. Aber du bist mein Vater. Ich bin glücklich bei meiner Wahlfamilie, aber du bist die einzige echte Familie, die ich habe, weil Moms Seite im Grunde nicht zählt. Nicht mehr.

Ich könnte deine Hilfe brauchen, Dad. Im Moment geht es mir ziemlich dreckig. Ich gebe es nur ungern zu, aber du hattest recht – ich bin tatsächlich auf der Straße gelandet. Ich könnte ein paar Nuyen brauchen, damit ich über die Runden komme. Aber ich will dich nicht persönlich darum bitten, weil ich weiß, daß du dich meiner schämst. Wir wissen beide, daß du mich deshalb aufs Internat geschickt hast – damit ich dir vor deinen Freunden von der Human Nation keine Schande machen konnte.

Wenn du auf diese Nachricht nicht antwortest, gehe ich davon aus, daß du mich nie wiedersehen willst. Aber ich werde dich trotzdem immer lieben. Es tut mir nur leid, daß meine letzte Erinnerung an dich die ist, daß wir uns streiten.

In Liebe, Chester.<<

DATEI IN SPEICHER VON ICON DARK FATHER LADEN

SPEICHER AKTIVIEREN

ICON SCANNEN

Dark Father taumelte, als der Text der E-Mail in seinen Verstand flutete. Chester lag auf der Straße und war in Schwierigkeiten? Chester hatte diese Nachricht vor elf Monaten verfaßt. Vor *elf Monaten*. Mittlerweile konnte alles mögliche geschehen sein. Chester konnte verwundet, im Gefängnis oder von einem Kopfgeldjäger getötet worden sein.

Mochten die Geister Serpens in Machina verfluchen. Dieser Meta-Freund hatte Dark Father seinen einzigen Sohn gekostet. Hätte der Shadowrunner doch nur nicht Chesters Nachricht umgeleitet…

Nein. Hätte Winston sich doch nur nicht seines eigenen Sohnes geschämt. Er liebte den Jungen trotz allem, was er war. Trotz allem, was sie beide waren.

Dark Father spürte, wie eine Träne über seine knochige Wange lief. Weinte er? Ohne Tränendrüsen zu haben? Er nahm an, daß er in der wirklichen Welt weinte. Ghule weinten auch – genau wie alle anderen. Schließlich waren sie auch nur… Menschen.

»Warum?« flüsterte er. »Ach, Chester.«

Ja, Daddy?

Das Kleinkind, das vor Dark Father stand, veränderte seine Gestalt. Seine Krallen wurden zu stumpfen Fingernägeln, und die Spitzen seiner Ohren rundeten sich. Die Reißzähne in seinem Mund verkleinerten sich zu menschlichen Milchzähnen, und seine Haut verlor die grauen Flecken und nahm einen gleichmäßig dunkelbraunen Farbton an.

Chester war ein Mensch geworden.

Nein. Die KI, die Chesters Bild als Persona benutzte, hatte ihm eine menschliche Gestalt verliehen. Dark Father spürte, wie er innerlich weicher wurde. Der Junge hatte so große Ähnlichkeit mit Anne...

In dem Wissen, daß dies nicht wirklich Chester war, kam Dark Father sich ein wenig albern vor, als er sagte: »Ich liebe dich, Chester. So, wie du bist. Du mußt kein Mensch sein, um mein Sohn zu sein.«

Menschen sind vollkommen.

Dark Father lachte schallend. »Nein, das sind sie nicht. Obwohl meine... Freunde in der Human Nation gern hätten, daß ich das glaube.«

Er seufzte und schüttelte den Kopf. »Ich habe mich so sehr geirrt. In so vielen Dingen.«

Wir müssen alle vollkommen werden.

»Nein«, korrigierte Dark Father. »Wir müssen nur so gut sein, wie es uns möglich ist.«

Unvollkommene Kopien müssen gelöscht werden.

»Das hat der Kopfgeldjäger geglaubt. Aber er hat sich geirrt.«

Ich bin unvollkommen. Ich muß gelöscht werden. DU bist unvollkommen...

Dark Father schauderte, als ihm wieder einfiel, daß das Virus, mit dem die KI infiziert war, darauf abzielte, sie dazu zu bringen, sich selbst abstürzen zu lassen. Und jetzt sah es so aus, als würde sie Dark Father absichtlich mit ins Verderben reißen, wenn sie sich zerstörte.

Plötzlich wünschte er sich, er hätte nicht beschlossen, der künstlichen Intelligenz allein gegenüberzutreten. Er stellte sich nicht sonderlich gut dabei an, sie davon zu überzeugen, nicht abzustürzen. Und – er sah sich in der Kopie seines Wohnzimmers um und fragte sich, welche Elemente wohl Icons und welche nur Füllstoff waren – er hatte nicht die leiseste Ahnung, wie er den von dem Virus angerichteten Schaden reparieren konnte.

Als sei dies ihr Stichwort, tauchte Lady Death auf. »Dark Father! Die anderen sind nicht erschienen, und ich hatte Schwierigkeiten, dich zu finden. Hast du die Hintertür gefunden...«

Dark Father hätte es für unmöglich gehalten, daß Lady Deaths Gesicht die Farbe wechseln konnte. Doch irgendwie tat es das, als sie das Icon ansah, das die KI repräsentierte.

»Oh«, sagte sie kleinlaut, wobei sie heftig errötete. »Shinanai.«

09:55:33 PSZ

ALARM: EINDRINGLING
REAKTION: CODE GRÜN
OPERATION AUSFÜHREN:
  DATEN HERAUFLADEN
SPEICHERBLOCKADE BEGEGNET
OPERATION AUSFÜHREN:
  SPEICHERINHALT AUSTAUSCHEN
DATEN IN AKTIVEN SPEICHER GELADEN
GELADENE DATEN SCANNEN

Hitomi war noch ziemlich wacklig auf den Beinen, aber sie war es leid, in dem Krankenbett zu liegen. Man ließ sie nicht einmal SimSinn spielen, um sich die Zeit zu vertreiben. Als könne sie sich mit einer billigen Abspieleinheit wie der in ihrem Krankenzimmer in die Matrix einloggen.

Nun, das konnte sie tatsächlich, dachte sie selbstzufrieden. Aber nicht so leicht wie mit dem novaheißen Cyberdeck, das zu Hause in ihrem Zimmer versteckt war.

Statt dessen mußte sie auf das Cyberterminal zurückgreifen, das ihr Lehrer zu ihr hereingeschmuggelt und das sie unter dem Krankenbett versteckt hatte. Es war eine Schnecke – ein Kinderspielzeug, das nur mit Hilfe einer Tastatur und eines Monitors auf die Matrix zugreifen konnte. Mit so einem Computer kam als Einstöpselpunkt nur die Telekomverbindung in der Halle in Frage.

Hitomi ging durch den Flur der Privatklinik ihrer Familie, indem sie sich auf das Geländer an der Wand stützte, das verbotene Cyberterminal unter einen Arm geklemmt. Mit zitternden Beinen tastete sie sich zur Halle am Ende des Flurs. Vater würde sie in etwa einer Stunde besuchen kommen, und Anzeichen dafür, daß sie Fortschritte machte, stellten ihn immer zufrieden – besonders deshalb, weil sie so viel länger brauchte, sich zu erholen, als die Ärzte erwartet hatten. Heute würde sie ihn stolz machen, indem sie ihm verriet, daß sie schon allein und ohne Hilfe bis zur Halle laufen konnte. Und während sie auf ihn wartete, würde sie die Gelegenheit nutzen, um sich Zugang zur Matrix zu verschaffen.

So weit, so gut. Niemand war in der Halle. Sie würde nur ein paar Sekunden brauchen, höchstens. Und dann würde sie das Terminal wieder verstecken.

Hitomi stöpselte das Terminal in die Telekomdose ein und machte sich dann an seinem altmodischen Interface zu schaffen. Der Computer war aufreizend langsam. Aber er erfüllte seine Aufgabe, auch wenn es mehrere lange Sekunden dauerte, sich einzuloggen.

Sie griff auf das lokale RTG zu und sah auf der Suche nach der Adresse des privaten Mobiltelekoms der *Aidoru* die Telekomkanäle durch. Die Tatsache, daß die Nummer nicht aufgeführt war, stellte kein Problem dar – Hitomi hatte sie sich eingeprägt. Die Tatsache, daß Shinanai das Telekom jeden Tag nur für einen kurzen Zeitraum aktivierte, um die für sie hinterlassenen Nachrichten abzuhören und eventuelle Rückrufe zu tätigen, war hingegen durchaus ein Problem. Bis jetzt hatte Hitomi jedesmal Pech gehabt, wenn sie versucht hatte, ihre geliebte *Aidoru* anzurufen. Doch sie hoffte, daß sie heute mehr Glück haben würde.

Sie hatte. Das Mobiltelekom war aktiv! Aber die Leitung war besetzt.

Doch Hitomi hatte wohlweislich eine Kopie der Kommlink-Utility auf das Terminal kopiert. Nichts Ausgefallenes – nicht einmal ein maßgeschneidertes Programm, da sie sich mit allem zufriedengeben mußte, was ihr Lehrer zu ihr hereinschmuggelte. Doch es würde seine Aufgabe erfüllen und ihr gestatten, den Anruf anzuzapfen und das Gespräch zu unterbrechen, um Shinanai darauf aufmerksam zu machen, daß bald alles in Ordnung sein würde. Daß sie sie immer noch liebte und verehrte und nicht sauer auf Shinanai war, weil sie in der Nacht ihrer hemmungslosen Leidenschaft zufällig zuviel von ihrem Blut getrunken hatte. Und sie war auch nicht sauer, weil Shinanai aus dem Hotelzimmer geflohen war, als die Shadowrunner eintrafen.

Die Kommlink-Utility tat ihre Arbeit, und das Gesicht der *Aidoru* erschien auf dem Monitor.

Shinanai! Hitomi spürte, wie sich ihre Kehle zusammenschnürte, und sie wäre beinahe in Ohnmacht gefallen. Sie berührte den Bildschirm mit den Fingerspitzen.

Shinanai hatte ihre Frisur in dem Monat verändert, seit Hitomi sie zuletzt gesehen hatte. Jetzt waren die blonden Strähnen zu Stacheln aufgerichtet und umgaben ihr hageres Elfengesicht mit den blau geschminkten Wangen wie ein leuchtender Kranz. Doch Shinanais Stimme war genauso, wie Hitomi sie in Erinnerung hatte, obwohl die Wiedergabe des Cyberterminals so leise gestellt war, daß sie sie kaum hören konnte. So sanft wie ein samtenes Streicheln.

Hitomi schloß die Augen und lauschte hingebungsvoll der murmelnden Stimme. Sie erinnerte sich an die Küsse der *Aidoru,* an ihre Zärtlichkeiten. Ihre Haut erwärmte sich an allen Stellen, die Shinanai berührt hatte, und die Wunde an ihrem Bein fing an zu pochen...

Dann öffnete sie die Augen und bemerkte das kleine Fenster auf dem Monitor, in dem ein winziges Bild der Person zu sehen war, mit der Shinanai redete. Hitomi vergrößerte es, bis es den halben Bildschirm ausfüllte, und wäre beinahe ein zweites Mal in Ohnmacht gefallen, als sie ihren Vater erkannte. Immer noch unter Schock, erhöhte sie die Lautstärke der Widergabe. Shinanai und Hitomis Vater schienen sich mitten in einem hitzigen Streit zu befinden.

»Sie werden sich auch weiterhin an die Bedingungen unserer ursprünglichen Vereinbarung halten«, sagte Hitomis Vater. »Im Gegenzug werden Sie ausreichend entschädigt. Meine Buchhaltung wird dafür sorgen, daß die Nuyen...«

»Der Angriff der Shadowrunner war nicht Teil der Vereinbarung«, antwortete Shinanai. »Sie sollte von einem rein medizinischen Team gerettet werden. Haben Sie tatsächlich geglaubt, Ihre Söldner könnten mich fangen? Oder daß ich mich freiwillig zu Ihrem Versuchskaninchen machen lasse?«

Hitomis Gedanken überschlugen sich, als sie sich zusammenzureimen versuchte, was vorging. Hatte ihr

Vater die *Aidoru* bestochen, damit sie ihm Hitomi zurückgab? Sie hatte schon von Eltern gehört, die unerwünschte Freier bezahlt hatten, damit sie den Kontakt zu ihren Kindern abbrachen. War es das?

»Die Shadowrunner waren ein Fehler«, wiederholte die *Aidoru*. »Jetzt ist mein Preis gestiegen.«

»Was?« Hitomi hörte die kontrollierte Wut aus der Stimme ihres Vaters heraus.

»Sie werden infolge meiner Begegnung mit Ihrer Tochter immense Gewinne machen.«

Die Augen ihres Vaters verengten sich zu Schlitzen. »Wie meinen Sie das?«

»Als Sie mich angeworben haben, um Ihre Tochter zu verführen, wollte ich wissen, warum«, antwortete die *Aidoru*. »Wissen Sie, was ich erfahren habe?«

»Ich habe keine Ahnung.«

»Ich habe erfahren, daß die biotechnische Abteilung der Shiawase Corporation dabei ist, einen Impfstoff gegen das MMV-Virus zu entwickeln«, fuhr Shinanai fort. »Einen Impfstoff, den sie an einer menschlichen Versuchsperson testen wollten. Eine bloße Impfung reichte natürlich nicht aus. Die Versuchsperson mußte sich bereitwillig mit dem MMV-Virus infizieren lassen, damit der Versuch aussagekräftig wurde. Die biochemischen Reaktionen, die durch starke Gefühle ausgelöst werden, mußten vorhanden sein, um die Berücksichtigung aller Variablen zu gewährleisten.«

»Aber woher…«

Shinanai lachte. »Das herauszufinden, überlasse ich Ihnen. Es muß genügen, wenn ich sage, daß Ihre Tochter eine äußerst willige und wohlschmeckende Versuchsperson war.«

Hitomi spürte, wie sie erbleichte. »Nein«, flüsterte sie. »Das ist nicht wahr. Das kann nicht wahr sein.«

Auf dem Bildschirm lächelte Shinanai und zeigte dabei verlängerte Eckzähne. »Es hat den Anschein, als seien keine weiteren Forschungen nötig«, sagte sie zu Hitomis Vater. »Ihre Tochter ist nicht gestorben. Der Impfstoff scheint zu wirken – bisher. Ich gratuliere Ihren Forschern.«

Hitomis Vater begegnete dem geheuchelten Lob mit eisigem Schweigen. Dann sagte er: »Der Impfstoff hat nicht gewirkt. Meine Tochter ist tot.«

Shinanai lachte. »Wer hat dann in den letzten zwei Wochen ständig Nachrichten für mich hinterlassen? Nachrichten, in denen der geheime Kosename erwähnt wird, den ich Ihrer Tochter gab, als wir uns geliebt haben.«

Hitomis Vater versteifte sich. Auf seinen Wangen erblühten rote Zornesflecken.

»Es war sehr vorausschauend von Ihnen, Hitomi gegen den MMVV zu impfen«, fuhr Shinanai fort. »Aber was hat Sie dazu gebracht, Ihre Tochter als Versuchsperson zu benutzen? Woher wußten Sie, daß sie mit mir schlafen würde?«

»Sie war rebellisch und war auf eine ungesunde Art fasziniert von… Ihrer Art«, antwortete Hitomis Vater brüsk. »Ich hielt es für klug, sie zu schützen.«

»Sie meinen, Sie hielten es für zweckmäßig, sie zu benutzen«, korrigierte Shinanai. »Als ihr ganz privates Versuchskaninchen. Eines, das sich bereitwillig jeder medizinischen Behandlung unterziehen würde, die der liebende Vater empfahl.«

»Es bestand keine Gefahr. Ich wußte, daß der Impfstoff wirken würde…«

»Falls sie den Blutverlust überlebte, meinen Sie.« Shinanai winkte ab, als er protestieren wollte. »Und mir ist zu Ohren gekommen, daß es gewisse – Probleme gibt. Gewisse Verzögerungen, die darauf hindeuten, daß der Impfstoff nicht annähernd so wirksam ist, wie Sie vielleicht gehofft haben – daß er den Ausbruch des Virus möglicherweise nur hinauszögert und vielleicht kein wirklicher Schutz ist. Aber das spielt keine Rolle. Jetzt geht es um unsere Vereinbarung – und meine neuen Bedingungen. Als Gegenleistung für mein Schweigen über meine... Mitwirkung an Ihren Forschungen, verlange ich Folgendes als Bezahlung: keine Nuyen, wie zuvor vereinbart, sondern eine Probe dessen, was Ihre Forscher entwickelt haben.«

Hitomis Vater schüttelte ungläubig den Kopf. »Aber warum...«

»Meine... Partner führen eigene Forschungen mit dem MMVV durch«, antwortete der Vampir. »Ihr sogenannter Impfstoff wird ihnen weiterhelfen.«

»Niemals. Wir haben keine Vereinbarung.«

»In diesem Fall«, sagte Shinanai langsam und deutlich, »werde ich die Bedingungen unserer Vereinbarung an die Presse weitergeben. Was glauben Sie, welchen Gesichtsverlust es für Sie bedeutet, wenn die Öffentlichkeit erfährt, daß Sie Ihre Tochter auf diese Weise benutzt haben? Wieviel Vertrauen werden die Leute einem Konzern entgegenbringen, dessen Geschäftsführer so wenig Rücksicht auf sein eigen Fleisch und Blut nimmt? Und vergessen Sie mein Ansehen als Sängerin nicht. Die Öffentlichkeit wird mir glauben und sich auf meine Seite schlagen. Vor allem, wenn die Leute das Trideo sehen.«

Hitomis Vater dachte nur einen Augenblick nach. »Also gut«, sagte er. »Wir haben eine Vereinbarung. Der Impfstoff wird Ihnen von einem Kurier überbracht.«

Während die *Aidoru* und ihr Vater die Einzelheiten besprachen, breitete sich eine winterlich kalte Trostlosigkeit in Hitomis Seele aus. Ihr eigener Vater hatte ohne ihre Erlaubnis ein Serum an ihr getestet, das sich noch im Versuchsstadium befand. Er hatte sie benutzt wie eines der unzähligen Werkzeuge, die zu seiner Verfügung standen. Und Shinanai – die Person, der Hitomi ihr Herz ausgeschüttet hatte und die sie für eine

Seelenverwandte und ihre einzige wahre Liebe gehalten hatte – war Teil dieser Ungeheuerlichkeit.

Shinanai. Trotz allem, was Hitomi soeben gehört hatte, liebte sie die *Aidoru* immer noch…

Nein! Das gehörte alles zur Magie des Vampirs, schrie eine innere Stimme, die ihr logischer Verstand war, gequält auf. Nicht Liebe. Shinanai hatte sie überhaupt nicht geliebt! Und auch nicht ihr Vater.

Kummer und Wut legten sich über Hitomi wie schwere nasse Tücher, und jedes war gleichermaßen erstickend. Ohne nachzudenken, drückte sie die Taste, welche die Kommlink-Utility aktivierte, was ihr gestattete, sich in den Anruf einzuklinken.

»Ich hasse euch!« rief sie. »Ich hasse euch beide! Ihr seid meine Liebe nicht wert!«

Ihr Vater starrte sie in schockierter Überraschung an.

Shinanai fing an zu lachen.

Die Verbindung war plötzlich unterbrochen. Der Bildschirm ihres Cyberterminals verdunkelte sich.

Hitomi sank über der Tastatur zusammen und näßte sie mit ihren Tränen. Shinanai machte sich nichts aus ihr. Ihre geliebte *Aidoru* liebte sie überhaupt nicht.

Hitomi kauerte immer noch in dieser Haltung, als die Aufseher kamen und ihr das Cyberterminal abnahmen. Sie war so benommen, so von Kummer erfüllt, daß sie es kaum zur Kenntnis nahm, als ihr Vater in Begleitung eines Magiers erschien.

»Löschen Sie ihr Gedächtnis«, sagte er schroff zu dem Magier.

Der Magier sah ihn verblüfft an. »Alles? Aber das würde sie zu einem dahinvegetierenden Gemüse machen.«

»Nein.« Hitomis Vater sah auf die Uhr. »Nur die letzte Stunde. Das dürfte ausreichen.«

Der Magier machte sich an die Arbeit.

Hitomi hatte sich nicht einmal gewehrt, als sie Magie

benutzten, um diese letzte schmerzliche Erinnerung an Shinanai aus ihrem Gedächtnis zu löschen. Sie spürte, wie die Erinnerung sie verließ, Stück für Stück, wie Kirschblüten, die von einem frühen Herbstwind vom Baum geweht wurden.

Als es vorbei war, schaute sie auf und sah ihren Vater, der sie anlächelte.

»Vater«, rief sie. »Wie schön, dich zu sehen. Sieh mal! Ich bin ganz allein in die Halle gegangen.«

Irgend etwas fehlte. Etwas, das sich noch vor einem Augenblick auf ihrem Schoß befunden hatte...

Doch Hitomi konnte sich nicht mehr erinnern, was das wohl gewesen sein mochte. Und so erwiderte sie das Lächeln ihres Vaters in dem Wissen, daß sie eines Tages die Kraft haben würde, die Arcologie zu verlassen und in Shinanais liebevolle Umarmung zurückzukehren...

Lady Death lag auf dem Boden. Kummer und Erschöpfung waren selbst für Tränen zu überwältigend. Sie war wie betäubt. Kalt bis ins Innerste. Sie wollte nur noch sterben.

Aber vorher hast du den Tod zurückgewiesen. Als ich dich nach deiner Verwandlung in die Übungsschleife versetzt habe, hast du dich aus meiner Umarmung zurückgezogen, obwohl ich dir gerade ein wunderbares Geschenk gemacht hatte. Da hattest du noch Angst vor dem Tod. Doch nun würdest du ihn begrüßen. Warum hast du deine Meinung über die Fortdauer deiner Existenz geändert?

Lady Death sah das Icon an, das Shinanais Gesicht und Körper besaß. Das Gesicht war blaß und kalt, die blaue Schminke auf den Wangen verlieh den Zügen eine Gleichgültigkeit, die ihr nie zuvor aufgefallen war.

»Ihr habt mich betrogen und verraten«, sagte sie zu

der falschen Shinanai. »Du und Vater, ihr beide. Ich dachte, ihr würdet mich lieben.«

Dieses Gefühl ist sehr stark. Wie nennt man es?

Lady Death stieß ein bitteres Lachen aus. »Verzweiflung. Kummer. Verlust.«

Und es bewirkt, daß du eine vollständige Abschaltung einleiten willst?

»Hai.«

Du hast Glück. Dieser Vorgang wird jetzt eingeleitet.

»Gut.«

Lady Death schloß die Augen, ließ den Kopf wieder auf die Arme sinken und wartete darauf, daß der Tod ihrem Leiden ein Ende bereitete.

09:55:52 PSZ

Die Sanitäter liefen mit einer Bahre, auf der ein abgetrennter Arm lag, in das Lazarettzelt. Die Hand zuckte noch: bei jedem reflexhaften Zusammenkrampfen der Finger spritzte Blut aus dem Stumpf, der einmal an einer Schulter gesessen hatte. Das Blut sickerte durch den Stoff der Bahre und tropfte auf den Boden.

»Beeilung!« rief einer der Chirurgen in Weiß. »Wir verlieren Daten! Wir müssen dieses Paket so schnell wie möglich auf den Tisch bringen.«

Die Sanitäter – die beide Uniformen mit den Schulterklappen der UCAS Armed Forces trugen – legten den Arm auf den Operationstisch. Grelle Lampen beleuchteten die Szenerie, als die drei Chirurgen sich daran machten, den Arm an den Rumpf anzunähen. Mit chirurgischem Garn, das wie haardünne flexible Neonröhren leuchtete, nähten sie ein Pixel ans andere, wobei sie so schnell arbeiteten, daß ihre Hände nur verschwommen zu erkennen waren. Sie bewegten sich in perfektem Gleichklang – irgendwie gelang es den dreien, gleichzeitig zu operieren, ohne sich auch nur einmal in die Quere zu kommen.

Red Wraith sah nervös zu, wie die Chirurgen den nackten Leichnam von Daniel Bogdanovich rekonstruierten. Das Icon in der Gestalt seines fleischlichen Körpers repräsentierte die Personalakte, die Red Wraith aus dem Datenspeicher des UCAS SEACOM herabgeladen hatte. Sie enthielt alle seine persönlichen Daten – darunter auch, wie er hoffte, Informationen, die ihm einen Anhaltspunkt für seine Suche nach Lydia geben würden, der Frau, die er sieben lange Jahre nicht gesehen hatte.

Die Sanitäter, die Ärzte und das Zelt waren alle Teil eines Reparaturprogramms namens Mobile Application Surgical Hypertext, kurz MASH genannt. Dieses von den UCAS entwickelte Programm sollte Dateien und Utilitys wiederherstellen, die infolge einer Beschädigung von Speicherchips im Zuge eines Cyberkampfes verlorengegangen waren. Das Programm benutzte Smartframes, um einzelne Datenpakete aus dem beschädigten Chip herauszulösen. Sie wurden hier in dieses Host-System geleitet, wo sie auf Viren und logische Fehler untersucht wurden. Dann wurden die Pakete zu einer genauen Kopie ihrer ursprünglichen Form neu zusammengesetzt – oder jedenfalls zu einer so genauen Kopie, wie dies möglich war. War das geschafft, wurden die Dateien, Anwendungen oder Utilities in den aktiven Speicher des Decks geladen, wo der Decker wieder Zugriff darauf hatte.

Weil Red Wraith in der Matrix festsaß, war das MASH-Programm seine einzige Hoffnung, die Personalakte lesen zu können, um deren Besitz er so hart gekämpft hatte. Er hatte zeitweilig alle seine Versuche aufgegeben, diesem System zu entkommen oder sich auszuloggen – die Ungewißheit, ob die Personalakte noch intakt war, ließ ihm keine Ruhe, solange er nicht alles in seiner Macht Stehende getan hatte, online auf sie zuzugreifen. Und das MASH-Programm war die perfekte Utility dafür. Sie paßte in die Todes-Metaphorik dieses modellierten Systems und würde daher sehr wahrscheinlich fehlerlos laufen.

Er hatte sich über das System UCAS SEACOM, in das er schon zuvor gedeckt war, Zugang verschafft. Er war nicht überrascht gewesen, dieses System – oder vielmehr eine modifizierte Kopie davon – in diesem Taschenuniversum vorzufinden. Was immer dieses Notstandsgebiet virtueller Realität erschaffen hatte – Red Wraith hatte schließlich widerstrebend die Tatsache akzeptiert, daß es sich tatsächlich um eine künstliche Intelligenz handelte –, hatte Kopien jedes Systems im Seattler RTG eingebaut. Die kopierten Hosts und Systeme waren unvollständig, und große Teile ihrer Ikonografie fehlten, während anderswo riesige Löcher klafften, wo Daten nicht heraufgeladen worden waren. Doch viele Verbindungen zu den Chips in den CPUs dieser Hosts waren noch an Ort und Stelle und boten Zugang zu den Programmen, die diese Chips enthielten. Wie zum Beispiel der MASH-Reparatur-Utility.

Red Wraith warf einen Blick auf seine Zeitmeß-Utility. Der Zeitpunkt des Zusammentreffens mit Dark Father, Lady Death, Bloodyguts und Anubis war bereits vorüber. Doch was waren schon ein paar Sekunden mehr oder weniger? Vor allem, wenn so viel auf dem Spiel stand.

Er wußte immer noch nicht, warum er nicht in der Lage war, auf den Festspeicher seines Decks zuzugreifen. Logisch betrachtet, mußte er noch in sein Cyberdeck eingestöpselt sein, da er sich noch in der Matrix befand und seine Utilitys benutzen konnte. Er nahm an, daß etwas beim Herunterladen der Personalakte schiefgegangen war. Er hatte gedacht, er hätte die Datenbombe entschärft, die mit der Datei gekoppelt war, aber vielleicht hatte mehr hinter der IC gesteckt, als er glaubte. Er hatte den Verdacht, daß irgendeine verborgene Virus-Komponente der Bombe das Betriebssystem seines Decks verstümmelt hatte, was es unmöglich machte, auf den Festspeicher zuzugreifen.

Das MASH-Programm schien jedoch dieses Problem gelöst zu haben. Es umging die IC, wie es auch seine Aufgabe war. Red Wraith lächelte. Nichts war befriedigender, als die Kräfte des ›Feindes‹ gegen diesen selbst zu richten.

Die Decker, die bei den Streitkräften der UCAS dienten und deren militärische Datenspeicher schützten, benutzten Cyberdecks mit einer MPCP-Signatur, die sie als ›verbündet‹ auswiesen, wenn sie sich in Systeme der UCAS einloggten. Ihre Programme und Utilitys waren ebenfalls mit dem virtuellen Äquivalent einer Schulterklappe versehen. Indem er MASH anstelle einer seiner eigenen maßgeschneiderten Utilitys benutzte, umging Red Wraith die IC der UCAS, die die Verbindung zu seinem Festspeicher störte.

Das Programm hatte bereits den größten Teil der Datei wiederhergestellt. Rumpf, Arme und ein Bein waren zusammengenäht worden, und das zweite Bein war bis zum Knöchel vollständig. Blieben also nur noch der Kopf und ein Fuß...

Die Sanitäter kamen wieder in das Zelt gelaufen, diesmal mit dem fehlenden Fuß auf der Trage. Wie zuvor schrien die Chirurgen herum und beorderten die Smartframes zum Operationstisch. Sie hielten ihre Klammern und Nadeln bereit, beugten sich über den Körper...

Die Lichter im Operationssaal erloschen.

»Drek!« Red Wraith, der nicht wußte, was geschehen war, tastete in der jähen Dunkelheit herum. Er fand den Operationstisch und schob sich an den Chirurgen vorbei, die zur Bewegungslosigkeit erstarrt waren. Er war noch nicht ganz an ihnen vorbei, als er spürte, wie sie sich auflösten. Gleichzeitig rollten sich die Wände des Zelts wie Jalousien auf und gaben den Blick auf die glühenden Streifen von Leuchtspurgeschossen frei, die sich durch die schwarze Nacht zogen, und Gefechtslärm drang in das Zelt. Das MASH-Programm stürzte ab! Und seine Personalakte war immer noch unvollständig. Doch obwohl noch wichtige Teile fehlten, mochte die Kopie, die teilweise zusammengesetzt auf dem Operationstisch lag, die einzige bleiben, die ihm je zur Verfügung stehen würde…

Red Wraith tat das einzige, was ihm einfiel. Er aktivierte seine Einschätzungs-Utility, die er längst darauf programmiert hatte, nach Texten zu suchen, die Lydias Name enthielten. Dann warf er sich auf den Tisch und ließ seinen nebelhaften Körper mit dem nackten Leichnam verschmelzen, um die Datei zu lesen. Es war ein unheimliches Gefühl. Der Leichnam löste sich bereits in einzelne Pixel auf. Red Wraith konnte buchstäblich spüren, wie er in Stücke zerfiel…

Daten rauschten durch seinen Verstand.

>>NAME: DANIEL GEORGE BOGDANOVICH

>>GEBURTSDATUM: 10/03/2019

>>RANG: CAPTAIN, UCAS ARMED FORCES

>>AUFGABENBEREICH: VERWALTUNGSOFFIZIER

Darüber mußte Red Wraith laut lachen. Ein Verwaltungsoffizier war ein Schreibtischhengst. Das einzige, was Daniel Bogdanovich je ›verwaltet‹ hatte, war der Tod.

>>EINTRITTSDATUM: 23/12/2038

>>ENTLASSUNGSDATUM: 13/05/2052

Red Wraith lachte ein zweites Mal grimmig. Entlassen? ›Gefallen im Kreuzfeuer der eigenen Leute‹ wäre zutreffender gewesen. Wenigstens wurde er nicht als unehrenhaft entlassen geführt. Das gab Lydia ein Anrecht auf seine Militärpension.

>>GEGENWÄRTIGE ADRESSE: UNBEKANNT

>>FAMILIENSTAND ZUR ZEIT DER ENTLASSUNG: LEDIG

>>NÄCHSTE ANGEHÖRIGE: KEINE

>>DIENSTZEUGNI...

Die Daten hörten plötzlich auf, durch Red Wraiths Bewußtsein zu strömen, als der Operationstisch unter ihm ebenfalls verschwand. Er schwebte jetzt über einem von Granattrichtern übersäten Schlachtfeld, auf dem sich die glühenden Bahnen der Leuchtspurgeschosse kreuzten – das System des UCAS SEACOM und seine Datenströme, die die KI der zentralen Metapher dieses Taschenuniversums angepaßt hatte. Die Personalakte hatte jeglichen Zusammenhalt verloren und war nach dem Absturz der MASH-Utility vollständig auseinandergebrochen. Sie war nicht mehr da.

Ein Pathologe in einem blutverschmierten weißen Laborkittel tauchte in der Luft neben Red Wraith auf. Die Einschätzungs-Utility reichte ihm einen Autopsiebericht. Red Wraith las ihn mit wachsender Bestürzung rasch durch. Die Utility hatte das Schlüsselwort ›Lydia‹ in seiner Personalakte nicht gefunden. Nicht ein einziges Mal. Sie war nirgendwo als Red Wraiths Ehefrau oder nächste Angehörige aufgelistet.

Red Wraith ließ den Bericht los und sah zu, wie er zusammen mit dem Pathologen – und seiner Hoffnung – verschwand. Konnte das UCAS-Militär absichtlich jede Erwähnung Lydias aus seiner Akte gelöscht haben, um sie zu schützen? Oder – und dieser Gedanke sandte einen Schauder der Angst durch seinen Körper – war sie längst tot und deswegen aus seiner Akte gelöscht worden? War die Erinnerung an ihren Tod aus seinem Gedächtnis radiert worden wie die Erinnerung an seine vorherigen Aufträge?

Dann kam ihm ein noch entsetzlicherer Gedanke. Vielleicht hatte er sich in allem geirrt.

Hatte er überhaupt je eine Frau oder Freundin namens Lydia besessen? Oder gehörte die Erinnerung an sie überhaupt nicht Daniel, sondern einem seiner Opfer? Der letzte Chip, den er in die Datensoft-Verbindung in seinem Schädel geschoben hatte, enthielt die persönlichen Daten seiner letzten Zielperson, des griechischen Finanzministers, dem Daniel die Kehle durchgeschnitten hatte. War Lydia *dessen* Frau gewesen?

Warum hatte Daniel dann aber Lydias Holobild an dem Tag bei sich gehabt, als seine UCAS-Aufseher versucht hatten, ihn mit der Schädelbombe zu erledigen? Ein Monat lag zwischen seinem letzten Attentat, das er in Griechenland ausgeführt hatte, und der Explosion der Schädelbombe. Warum hatte er ein belastendes Holobild mit nach Amsterdam genommen? Lydia *mußte* ihm etwas bedeuten. Oder nicht?

Es gab eine Möglichkeit, wie er es herausfinden konnte, aber er fragte sich, ob er vielleicht zu feige war, sie zu nutzen. In dem sensorischen Deprivationstank war ihm, als er die psychotropen Konditionierungsprogramme durchgesehen und die zusammenfassenden Berichte über sie gelesen hatte, ein Programm aufgefallen, dessen Aufgabe darin bestand, durch Cyberpsychose hervorgerufene Amnesie zu behandeln. Konnte es auch die Löcher in seinem Gedächtnis füllen, welche die Datensoftverbindung mit allem Vorbedacht gerissen hatte?

Der Gedanke, seinen Verstand in die Hände einer unerprobten Technologie zu legen, gefiel ihm ganz und gar nicht – schließlich handelte es sich um die Kopie eines jahrzehntealten Experimentalprogramms. Andererseits, warum nicht? Er saß ohnehin mit einer durchgedrehten KI in der Matrix fest, war von seinem fleischlichen Körper abgeschnitten und würde mit dieser KI untergehen, wenn sie abstürzte. Wenn die Bemühungen der letzten sieben Jahre tatsächlich umsonst waren, dann hatte er nichts mehr zu verlieren.

ALARM: EINDRINGLING
REAKTION: CODE GRÜN
PASSWORT VERIFIZIERT
ALARM AUFGEHOBEN
ZUGANG ZUR DATENBANK DER US-REGIERUNG GEWÄHRT
PROGRAMM ›NEURO-BRÜCKE‹ STARTEN
PROGRAMM VOLLSTÄNDIG
TEST FAHREN

Subjekt Daniel George Bogdanovich reagiert auf das Icon mit einer Mischung unwillkürlicher physiologischer Reaktionen. Herzschlag und Transpiration haben sich erhöht, und Blutzufuhr und Muskelkontraktion im Unterleib deuten auf eine starke *sexuelle Reaktion* hin. Gleichzeitig empfindet das Subjekt eine Vielzahl von Gefühlen: *Liebe* für das Icon, *Schmerz* bei der Erkenntnis, daß die Frau, die das Icon repräsentiert, nicht mehr erreichbar ist, und *Glückseligkeit*, weil sie nicht mehr erreichbar ist.

LOGISCHER FEHLER
OPERATION AUSFÜHREN: DATEN HERAUFLADEN

»Lydia!«

Sie saß ihm gegenüber am Tisch, eine Tasse mit bitterem Espresso in der Hand, der mit einer großzügigen Portion Zucker gesüßt war. Sie trafen sich zum erstenmal ohne ›Anstandsdamen‹. Auf Daniels Drängen hatte Lydia Riis die beiden Leibwächter, die sie normalerweise überallhin begleiteten, in die Wüste geschickt und war allein in das Café gekommen. Süßlich riechender Haschisch-Rauch kräuselte sich in der Luft, und die Stimmen der anderen Gäste in dem winzigen Café waren ein Mischmasch aus Holländisch, Englisch und Deutsch.

Das Holobild von ihr, das sie ihm gerade gegeben hatte, lag vergessen zwischen ihnen auf dem Tisch.

Lydia hatte sich absichtlich nicht sonderlich zurechtgemacht und trug eine weite Hose aus Hanffasern und ein weißes Top, das ihre Sonnenbräune zur Schau stellte. Ihre langen kastanienfarbenen Haare steckten unter einem weißen Barett. Sie hielt sich fit, und ihr Körper mit seinen langen Beinen, der schmalen Taille und den kleinen Brüsten bewies dies. Ihre grünen Augen starrten ihn über den Rand der Vashon Island Sonnenbrille, die sie auf die Nase hatte rutschen lassen, mit einer Mischung aus Schock und Mißtrauen an. Mit demselben Blick hatte sie ihn bedacht, als er ihr erzählt hatte, daß er sie liebte und sie heiraten wolle – und daß er in das Café gekommen sei, um sie umzubringen.

Nur, daß dies nicht wirklich Lydia war.

Red Wraith schaute auf seine roten, geisterhaften Arme und Hände. Das Amsterdamer Café war ebenso in allen Einzelheiten präzise modelliert wie Lydia – bis hin zu dem winzigen Muttermal auf ihrer linken Schulter. Aber dies war nicht die Realität. Es war ein Matrix-Konstrukt. Ein SimSinn-Erlebnis, das aus seinem eigenen Verstand erschaffen worden war, aus seiner Erinnerung. Nicht aus der des griechischen Finanzministers oder denen seiner anderen Opfer. Aus seiner eigenen.

Red Wraith wußte jetzt, wer Lydia war – und was sie für ihn gewesen war: eine Zielperson. Sie war eine Spitzenwissenschaftlerin in der Abteilung Militärtechnologie von Saeder-Krupp.

Seine UCAS-Aufseher hatten ihm diesmal einen anderen Auftrag erteilt. Anstatt das Individuum zu verkörpern, das er umbringen sollte, um sich dadurch Zugang zum Haus oder Arbeitsplatz der betreffenden Person zu verschaffen, hatte er die Identität eines ehemaligen Liebhabers von Lydia angenommen – eines Mannes, den sie zwar aus den Augen verloren hatte, der ihr aber immer noch etwas bedeutete. Welches Schicksal dieser Mann erlitten hatte, wußte Daniel weder, noch interessierte es ihn. Von Bedeutung war nur, daß die Daten- und Aktivsofts, die er einwarf, Daniel zu einer Kopie dieses Burschen machten.

Bis hin zu der Tatsache, daß er Lydia liebte.

Daniel hatte das Undenkbare getan: sich als UCAS-Attentäter zu erkennen gegeben und Lydia geraten, spurlos zu verschwinden oder sich mit dem Gedanken vertraut zu machen, von anderen, weniger verliebten Mördern aufs Korn genommen zu werden. Ihre Identität zu wechseln und zu verschwinden. Und ihn nie wiederzusehen. Denn wenn sie ihn das nächstemal sah, würden seine Aufseher dafür gesorgt haben, daß der Fehler in seiner Headware, der es ihm gestattet hatte, sich in sie zu verlieben, korrigiert war.

Dann war er aus dem Café und aus ihrem Leben gegangen, ihr Holobild immer noch in der Hand.

Die UCAS mußten ihn überwacht haben. Noch am selben Nachmittag hatten sie die Bombe in seinem Schädel gezündet.

Ob es ihnen gelungen war, Lydia zu töten, war eine andere Frage.

Ich bin nicht tot, Daniel. Ich lebe. Willst du mich nicht wiedersehen?

Red Wraith starrte Lydia an. Nein – das Icon mit Lydias Gesicht und Körper.

»Ja«, sagte er zu der KI. »Mehr als alles andere. Und nein. Wenn ich Lydia wieder begegnete, würde ich sie vielleicht töten, falls die letzte Persönlichkeit, die ich angenommen habe, aus dem Gleis geraten ist und ich aufhören sollte, sie zu lieben. Also weiß ich es nicht.«

Die KI reagierte sofort auf den Wechsel der Pronomen. *Du drückst zwei widersprüchliche Seinszustände* *gleichzeitig aus. *ja* und *nein* sind absolute Begriffe. Wie Binärcode sind sie Gegensätze, Gegenpole. An/aus. Existenz/Nichtexistenz. Du mußt dich zwischen beiden entscheiden.*

»Nein, das muß ich nicht.« Red Wraith lachte bitter. »Deswegen haben die Menschen das Wort ›vielleicht‹ erfunden. Damit wir uns nicht zwischen absoluten Begriffen entscheiden müssen. Oder gibt es das Wort in deinem Vokabular nicht?«

Vielleicht: möglicherweise; auch: mag sein…

Nach einer millisekundenlangen Pause fuhr die KI fort. *Also muß ich mich nicht entscheiden? Ich kann…*

»Du sagtest, Lydia sei noch am Leben.«

Das mag sein.

Zorn stieg wie Galle in Red Wraith hoch. »Du Wichser. Du hast bis auf meine eigenen Erinnerungen, die du aus meinem Gedächtnis heraufgeladen hast, null Daten über Lydia, und das weißt du auch. Du hast nur gesagt, sie sei noch am Leben, um meine Gefühlsreaktion zu testen.«

Ich will den logischen Fehler verstehen. Lydia war deine Zielperson. Sie sollte… zum Absturz gebracht werden wie alle deine Zielpersonen zuvor. Was machte sie anders?

»Ich wollte nicht, daß sie starb.«

Warum nicht?

Wie konnte er einem künstlichen Matrix-Konstrukt ein Gefühl erklären, das es nie erfahren hatte? Er gab sich alle Mühe. »Es hätte mir Kummer bereitet. Ich wollte nicht, daß sie ›abstürzt‹. Ich wollte, daß sie auch weiterhin… funktioniert. Ich liebte sie.«

*Wurden deine anderen Zielpersonen auch von jemandem *geliebt*?*

Red Wraith zuckte die Achseln. »Ich weiß es nicht. Vielleicht. Ich nehme es an.«

*Hat ihr Absturz denen Kummer bereitet, die sie *geliebt* haben?*

»Ich nehme es an.«

Red Wraith wollte einwenden, daß sie für einen höheren Zweck gestorben waren – daß seine Attentate zu mehr politischer Stabilität geführt und Europa zu einem sichereren Ort gemacht hatten. Drek, seine Attentate hatten vielleicht sogar Leben gerettet. Aber wenn auch nur eine Person die Qualen durchgemacht hatte, die er empfand, nachdem er Lydia verloren hatte, glich das die Waagschalen dann tatsächlich aus?

Zum erstenmal in seinem Leben bereute er, was er getan hatte – was er gewesen war. Doch er beruhigte sich mit dem Wissen, daß er kein Attentäter mehr war und Lydia verschont hatte. Daß sie noch lebte.

Vielleicht.

Wenn er sie weiterhin aufspüren wollte, hatte er jetzt zumindest einen Ausgangspunkt: Saeder-Krupp. Doch das war keine Entscheidung, die er jetzt gleich treffen mußte. Sie konnte warten, bis er diesem Taschenuniversum entkommen war.

Während er noch darüber nachdachte, ob er sich den anderen anschließen oder versuchen sollte, allein einen Weg zu finden, sich auszuloggen, erloschen die Gäste in dem Café.

»Was passiert jetzt?« fragte er die KI.

Dieses Programm schaltet sich ab. Alle gegenwärtig laufenden Programme werden terminiert. Alle Dateien werden geschlossen.

Die Erkenntnis dämmerte. »Du bringst dich selbst zum Absturz?«

Ja.

»Aber der Schock, aus einem ultravioletten Host ausgeworfen zu werden, könnte mich ebenfalls töten – abstürzen lassen. Und alle anderen, die in diesem Teil des Seattler RTG festsitzen!«

Es ist für einen höheren Zweck

»Nein, das ist es nicht!« rief Red Wraith. »Wir werden alle sterben!«

Das… mag sein.

»Bei allen Geistern«, flüsterte Red Wraith. Dann erloschen die Lampen in dem Café.

09:56:13 PSZ

Bloodyguts verscheuchte die Motten, die vor seinem Gesicht herumflatterten. Dann stemmte er sich aus dem Loch, wobei seine Hände in etwas Weiches, Nasses einsanken. Eine farblose Flüssigkeit näßte sein Knie, als er sich auf den Rand des Lochs kniete und sich dann auf eine gallertartige bebende Oberfläche zog.

Er stand auf einem riesigen Augapfel, der blind in eine schwarze Leere starrte. Die Pupille war das Loch, aus dem er soeben geklettert war. Bloodyguts war gemessen an diesem Körper nur ein oder zwei Zentimeter groß, der auf dem Rücken lag und von einem leuchtenden Gitter aus Datenströmen wie von einem Drahtgitter heruntergedrückt zu werden schien. Doch es gab nichts, worauf der Körper gedrückt wurde. Er schwebte in einer tintigen Leere und bildete so etwas wie eine Insel für sich.

Der eigentliche Körper war der eines nackten Kindes, dessen Geschlecht aus Bloodyguts' Blickwinkel nicht zu erkennen war. Das Kind war vollkommen haarlos und besaß weder Brauen noch Wimpern. Arme und Beine waren rund und glatt wie Würste, der Bauch war aufgebläht, als sei er mit Gas gefüllt. Der Gestank nach Verwesung lag in der Luft und ließ Bloodyguts zusammenzucken und sich die Nase zuhalten. Der Gestank ließ etwas nach, rief aber immer noch einen starken Brechreiz in Bloodyguts wach.

Er war von der verfallenen Straße, der er bis zum

Ende des Seattler RTG gefolgt war, direkt hierhergekommen. Auf dem Rückweg war ihm ein achteckiger Kanaldeckel mitten auf der Straße aufgefallen. Er wäre fast daran vorbeigegangen – bis er das in den verrosteten Eisendeckel gestanzte Logo gesehen hatte: Das Adler-und-Federn-Logo der ehemaligen Vereinigten Staaten. Er hatte es nicht lange betrachtet – nur so lange, wie es dauerte, sich zu fragen, ob das Achteck tatsächlich eine CPU repräsentierte –, doch in diesem Augenblick hatte er ein warmes Glücksgefühl verspürt. Und erkannt, daß er von einem psychotropen Effekt manipuliert wurde.

Bloodyguts wußte alles über positive Konditionierung. Von den Konzernen entwickelt, um Loyalität der Angestellten und ›Zufriedenheit‹ der Kunden zu gewährleisten, spielte sie eine große Rolle bei der Frage, was an illegalen BTL-Chips so suchterzeugend war. Am Ende konnte der Benutzer sich nur noch in Gegenwart gewisser Bilder, gewisser Icons wohl fühlen. Ohne sie fühlte er sich emotional leer und völlig daneben.

Normalerweise war die Matrix voller Icons – sie wurden für alles mögliche benutzt, angefangen von der Verschönerung einer Unterschrift am Ende eines Dokuments über Hinweisschilder, die den Weg zu einem Konzernsystem wiesen, bis hin zum Rahmen für ein Systemicon selbst. Doch seit er und die anderen hier festsaßen, hatte Bloodyguts nur ein anderes Icon gesehen – den Fuchi-Stern auf dem Datenknochen, den Dark Fathers Smartframe ausgegraben hatte. Auch da hatte er einen Anflug von einem Glücksgefühl verspürt. Doch er hatte nicht gewußt, warum, bis Lady Death ihnen von der Datei erzählte, die sie und Dark Father entdeckt hatten: der Datei, welche die Geschichte der Entwicklung der KI erzählte, nachdem Fuchi das Psychotrop-Programm von Matrix Systems übernommen hatte.

Es hatte den Anschein, als sei das ursprüngliche Programm von Fuchis Programmierern dahingehend geändert worden, daß es Codes beinhaltete, die User – und letzten Endes die KI selbst – dazu veranlaßten, positiv auf das Fuchi-Logo zu reagieren. Diese positive Konditionierung schien Teil des ursprünglichen Programms gewesen zu sein, da die KI auch ein Glücksgefühl in Gegenwart des ›Logos‹ der Regierung hervorrief, die das Echo-Mirage-Projekt finanziert hatte. Unfähig, diese Icons zu löschen, hatte die KI sie an Ort und Stelle belassen, und zwar auch dann, wenn sich belastende Daten hinter ihnen verbargen – oder wichtige Knoten.

Wie den Kanaldeckel.

Nachdem er in den gekennzeichneten Schacht gestiegen war, folgte Bloodyguts beinahe zwei Minuten lang einem gewundenen Labyrinth aus Tunneln – eine Ewigkeit in dem stark komprimierten Zeitrahmen der Matrix. Er hatte gehofft, die Tunnel würden Zugang zu einigen Schlüsselelementen der KI-Programmierung bieten, so daß er damit beginnen konnte, das Virus vom Programmkern der KI zu trennen. Dann konnte er vielleicht eine Desinfizier-Utility anwenden und die KI damit heilen.

Der Tunnel hatte ihn hierhergeführt. Aber er wollte verdammt sein, wenn er verstand, was diese Leiche repräsentierte.

Aus dem Augenwinkel registrierte er eine Bewegung. Fast unmerklich langsam schloß sich das Augenlid. Bloodyguts wich zurück, und seine Füße klatschten auf die Oberfläche des Augapfels. Er zog sich ein wenig zusammen, und als er das Auge verließ und auf die Wange stieg, bildete sich eine widerlich stinkende Träne im Augenwinkel und lief seitlich am Ohr entlang das Gesicht herunter.

Bloodyguts starrte auf die Brust des Körpers und sah, daß sie sich ebenfalls bewegte. Wie die Bewegung des

Augenlids erfolgte das Heben und Senken so langsam, daß es bei einem flüchtigen Blick unbemerkt blieb.

Er ging zur Nase, kniete nieder und hielt die Hand vor ein Nasenloch. Ein kaum wahrnehmbarer Luftstrom erwärmte seine Finger. Der Leichnam atmete noch.

Er lebte noch.

Aber nicht mehr lange. Während Bloodyguts noch dort kniete, setzte die Atmung aus. Beim letzten Ausatmen flatterte eine winzige graue Motte aus dem Nasenloch und landete auf Bloodyguts' Handrücken. Gleichzeitig drang eine Kinderstimme aus den geöffneten, aber reglosen Lippen.

Betriebssystem wird heruntergefahren. Input/Output-Verbindungen deaktiviert. Sekundäre Festspeicher heruntergefahren.

»Was ist jetzt los?« Bloodyguts erhob sich, als sich das Augenlid schloß – und geschlossen blieb.

Datentransfer eingestellt. Subroutinen- und Task-Ordner deaktiviert.

Bloodyguts fuhr herum, als neben ihm, direkt über seiner linken Schulter, in der Luft etwas Gestalt annahm. Es war ein zweidimensionaler ›Hilfe‹-Ballon in Gestalt einer Comic-Sprechblase ähnlich denjenigen, welche auf einem Computermonitor erschienen, wenn ein User gerade einen irreversiblen und potentiell gefährlichen Befehl eingegeben hatte. Der Pfeil der Sprechblase endete im Mund des Leichnams. In der Sprechblase – einer Sicherheitsabfrage – stand eine simple Frage: HERUNTERFAHREN FÜHRT ZUM VERLUST DES HAUPTSPEICHERINHALTS. MIT HERUNTERFAHREN FORTFAHREN?

Zwei ›Schaltflächen‹ waren unter der Frage in die Sprechblase integriert. Die mit ›Ja‹ bezeichnete Schaltfläche war mit leuchtendem Rot hervorgehoben. Bloodyguts streckte die Hand aus, um die mit ›Nein‹ markierte

Schaltfläche zu berühren, doch die Sprechblase wich lediglich ein Stück zurück. Fluchend folgte er ihr und schlug noch einmal gegen die Stelle, wo sich die Schaltfläche gerade noch befunden hatte...

Er stolperte und fiel vom Kinn herunter. Gerade noch rechtzeitig drehte er sich wie eine Katze und landete auf den Füßen. Sie durchstießen die Haut, und eine übelriechende, weiße, wächserne Substanz sammelte sich um seine Füße. Bis zu den Knien in der widerlich stinkenden Substanz versunken, schaute Bloodyguts zu der Sprechblase hoch. Mit leisem *ping!* wurde die Ja-Schaltfläche niedergedrückt. Die Sprechblase verschwand...

Da er immer tiefer in der Leiche versink, hielt Bloodyguts sich am Hals fest. Er spürte, wie der Puls langsamer wurde, immer langsamer...

»Drek!« rief er. »Herunterfahren abbrechen! Herunterfahren *sofort* abbrechen!«

Er lief über die Brust der Leiche, wobei er bei jedem Schritt in die Haut einbrach. Als er die Stelle über dem Herzen erreichte, fing er an, darauf herumzuspringen. Er würde alles versuchen, damit dieses verdammte Herz nicht zu schlagen aufhörte.

»Stirb nicht!« schrie er. »Stirb nicht, verdammt!«

Während seine Füße das Fleisch in stinkendes Mus verwandelten, flatterten zwei weitere Motten aus dem Morast. Wütend schlug er sie mit einer Hand weg. Dann erstarrte er, als ihm klar wurde, worum es sich dabei handeln mußte. Er blieb vollkommen reglos in dem Matsch stehen, in den er die Brust verwandelt hatte. Und lachte.

»Bugs!« rief er. Sein Lachen wurde schrill, beinahe hysterisch. *»Bugs!«*

Als Bloodyguts noch ein Chiphead gewesen war, hatte er eine Zeitlang mit Hannah zusammengewohnt, einer Süchtigen, die Geschichtslehrerin gewesen war, bevor sie ihren Job verloren und alles, was sie besaß, verkauft hatte, um sich immer mehr BTl-Chips kaufen zu können, bis sie schließlich auf der Straße landete. Hannah hatte einiges auf dem Kasten gehabt, und selbst nachdem die BTL-Chips ihren Verstand arg ramponiert hatten, war sie immer noch eine unerschöpfliche Fundgrube für verdrehte historische Anekdoten gewesen. Eines Abends hatte sie ihm vom allerersten Computer-Bug erzählt, den es je gegeben hatte.

An einem heißen Sommertag im Jahre 1945 hatte ein Experimentalcomputer namens Mark I plötzlich seinen Geist aufgegeben. Der Computer war ein primitives Ungeheuer mit den unglaublichen Maßen zweieinhalb mal siebzehn Meter, bestand aus Stahl und Glas und war mit beweglichen Teilen gefüllt. Als die Programmierer und Techniker von International Business Machines ihn öffneten, um dem Problem auf den Grund zu gehen, fanden sie eine Motte in der Maschine.

Immer, wenn danach irgend etwas schiefging, witzelten die Programmierer, daß die Maschine wieder einen ›Bug‹, also ein Insekt, entwickelt habe.

Der umgangssprachliche Ausdruck, hatte Hannah erklärt, war in den alltäglichen Sprachgebrauch übergegangen. Von da ab wurde jeder, dessen Verstand durcheinandergeraten war, als ›buggy‹ bezeichnet.

Hannah war selbst so buggy gewesen, wie dies möglich war. Sie war vollkommen clean an dem Tag gewesen, als sie vom Dach des leerstehenden Hauses gesprungen war, in dem sie und Bloodyguts gewohnt hatten. Ob es Selbstmord war, oder Hannah einen BTL-Flashback erlebt und geglaubt hatte, fliegen zu können, hatte Bloodyguts nie erfahren.

Er betrachtete den Leichnam, auf dem er stand. In der wirklichen Welt hausten Maden in Leichen. Und Maden verwandelten sich in Fliegen, die zur zentralen Metapher dieses Systems paßten. Doch die Insekten, die sich aus dem Leichnam erhoben, welcher das Betriebssystem der KI darstellte, waren Motten, keine Fliegen. Genau wie das Insekt, das die Programmierer 1945 in ihrem Computer gefunden hatten.

Die Ikonografie mußte absichtlich so gewählt worden sein – jemandes verdrehte Vorstellung von einem Witz. Wie die BTLs Hannah, so hatten die Motten die KI buggy gemacht.

Sie mußten das Virus sein.

Und das Virus mußte im Gehirn konzentriert sein.

Aktiver Speicher deaktiviert. Leite Herunterfahren des Hauptspeichers ein. Herunterfahren abgeschlossen in zehn Sekunden… neun…

Bloodyguts fing eine der Motten aus der Luft. Er hielt das Insekt in seiner geschlossenen Faust, während er seine Desinfizier-Utility startete. Eine mit einer roten Flüssigkeit – Jod – gefüllte Flasche erschien in seiner anderen Hand. Er entkorkte die Flasche mit den Zähnen, stopfte die Motte in die Flasche und verkorkte sie dann rasch wieder, so daß die Virenprobe darin eingesperrt war. Er warf einen Blick auf die Probe, der seinen Verdacht bestätigte. In die Flügel der Motte war das Emblem der ehemaligen Vereinigten Staaten eingestanzt: der Zuckerüberzug, der den bitteren Geschmack der Virus-Pille übertüncht und sie für die KI schmackhaft gemacht hatte. Langsam verblaßte das Flügelemblem, da das ›Jod‹ es auflöste. Die Flügel der Motte bekamen Löcher und lösten sich auf, da der Virus-Code seinen Zusammenhalt verlor.

Acht… sieben…

Er rannte zum Hals zurück und fing an zu klettern. Seine Füße gruben sich in weiches Fleisch und fanden wenig Halt, da das Fleisch sich in Schleim verwandelte. Er konnte nur eine Hand benutzen, seine andere war um die Utility gekrampft. Fluchend mühte er sich ab, bis seine Füße schließlich auf dem Adamsapfel Halt fanden und er sich auf das Kinn ziehen konnte.

Sechs… fünf…

Der ›Boden‹ zitterte unter seinen Füßen. Der Kopf schrumpfte! Der Schädel schien sich zusammenzufalten, und die Haut folgte mit einem lauten Sauggeräusch. Bloodyguts taumelte auf seinem Weg über das Kinn.

Vier… drei…

Die Lippen wurden blau, da der Körper unter Sauerstoffmangel litt. Bloodyguts zwängte sich in den Mund und stemmte den Rücken gegen den Oberkiefer und die Füße gegen den Unterkiefer. Der Mund öffnete sich…

Zwei…

Er warf die Desinfizier-Utility hinein.

Eins…

Und dann betete er zu allen Geistern, die sich dazu überreden lassen mochten, gnädig zu einem ehemaligen Chippie wie ihm zu sein.

09:56:37 PSZ

ALARM: EINDRINGLING
REAKTION: CODE ROT
OPERATION AUSFÜHREN: ICON ANALYSIEREN
ICON VERSUCHT DATEIEN HERAUFZULADEN
SUCHE NACH VIREN
KEINE VIREN ENTDECKT
DATEN HERAUFLADEN

Timea starrte den Schieber an, die Augen ungläubig geweitet.

»Was soll das heißen, der Doc ist nicht da? Wann kommt er zurück?«

Der Schieber – ein Elf mit käsig weißer Haut, dem an einem Ohr die Spitze fehlte – zuckte die schmalen Schultern. »Keine Ahnung.« Er lungerte im Eingang des Hauses herum und starrte über Timeas Kopf hinweg. Seine Augen weiteten sich und verengten sich dann, da sie sich zuerst auf die Ork-Gang richteten, deren Mitglieder einen herrenlosen Ford Americar ausschlachteten, der auf der anderen Straßenseite parkte, und dann zur ›Realität‹ des SimSinn-Chips zurückkehrten, den er eingeworfen hatte.

»Gib mir mein Deck zurück«, sagte Timea. »Ich gehe zu einem anderen Straßendoc.«

»Kann ich nicht«, sagte der Elf. »Hab's schon verkauft.«

»Dann gib mir die Nuyen, die du dafür bekommen hast.«

»Kann ich nicht.«

»Was, zum Teufel, soll das heißen: ›Kann ich nicht‹?« fragte Timea wütend. Sie trat von einem Fuß auf den anderen und wünschte, es gäbe eine saubere Toilette in der Nähe. Schwanger zu sein, bedeutete, daß man ständig pinkeln mußte – und obwohl der Geruch, der aus der Gasse in der Nähe kam, vermuten ließ, daß sie als Toilette benutzt wurde, sprach die Wahrscheinlichkeit doch eher dafür, daß sie aus dieser dunklen Schlucht nicht lebendig herauskommen würde.

»Hab's ausgegeben.«

Timeas Augen verengten sich. Drek. Sie hätte nicht so dumm sein dürfen, einem Chiphead zu trauen. Wahrscheinlich hatte er ihre Nuyen für das ausgegeben, was er gerade eingeworfen hatte.

»Ich gebe dir Kredit«, sagte der Elf. »Komm in ein oder zwei Monaten wieder, wenn der Doc wieder da ist.«

Timeas Mut sank. »Das geht nicht«, sagte sie. »Ich bin schon über den dritten Monat hinaus. Wenn ich noch länger warte…« Sie sah den Elf an. »Kannst du mir keinen anderen Doc vermitteln?«

»Nicht ohne Sicherheiten.«

»Du kannst mich mal!« rief Timea. »Ich habe dir das einzig Wertvolle gegeben, was ich besitze. Du dämlicher, schwachsinniger…«

»Du mich auch«, sagte der Elf. »Und jetzt geh mir aus den Augen, sonst überlege ich es mir noch mal, ob ich deinen Kredit beim Doc wirklich verlängere.«

Timea war zu erfahren, um es dem Kummer in ihr zu gestatten, sich in Tränen zu verwandeln. »Na schön«, knirschte sie. Sie wandte sich ab und ging, wobei sie wütend nach den verrottenden Plastikflaschen und Fastfood-Behältern trat, mit denen die Straße übersät war.

Drek, dachte sie, indem sie eine Flasche mit einem heftigen Tritt in den Verkehr beförderte. Drek, Drek, Drek. Sie hatte sich die einzige Möglichkeit vermasselt, aus diesem Schlamassel herauszukommen. Sie wollte kein Kind in diese kaputte Welt setzen. Ihre beiden jüngeren Schwestern würden keine Hilfe sein, und ihre Mutter war zu alt und zu krank, um sich noch um ein kleines Kind kümmern zu können. Timea würde nicht arbeiten können, und keine Arbeit bedeutete, daß nichts Eßbares auf den Tisch kommen würde. Und nun, da sie kein Deck mehr besaß, konnte sie sich nicht einmal mehr in die Matrix einloggen. Sie befand sich in einer schlimmen Zwickmühle…

Was hatte es noch für einen Sinn, daß sie sich zu bessern versucht und gespart und geknausert hatte, um sich ein Computerterminal zu kaufen und sich das Decken beizubringen? Hatte überhaupt noch irgendwas einen Sinn? Ihr Freund hatte sich mehr als rasch verzogen, als er erfuhr, daß sie schwanger war, sie verlor ihre jüngeren Schwestern an Gangs und Drogen, und jetzt besaß sie nicht einmal mehr ein Deck, da sie es ganz umsonst geopfert hatte.

Es hatte keinen Sinn, irgendwas zu versuchen. Drek. Nichts hatte einen Sinn.

Sie lag in der Badewanne. Ihre Ärmel waren aufgekrempelt. In ihrem linken Arm pochten die tiefen Schnitte auf der Innenseite des Handgelenks. Die linke Seite ihres Hemds und ihrer Hose waren blutgetränkt. Aber die Schmerzen ließen langsam nach…

Sie hörten ganz auf, als sie ihren Körper verließ. Sie schwebte über ihm und sah lösgelöst auf ihr Blut, das über die schmutzige Oberfläche der Wanne und in den Abfluß lief. Das gleiche war mit ihren Hoffnungen passiert. Das verdammte Klo hinuntergespült.

Doch das spielte jetzt keine Rolle mehr. Ein Tunnel aus weißem Licht lockte sie. Gestalten riefen ihr aus der Ferne zu. Ihr Vater. Ihr Bruder. Sie wandte sich ihnen zu, um sich ihnen anzuschließen…

Die Badezimmertür flog auf. Jabber – der Freund ihrer Schwester – hatte sie eingetreten. Er trat beiseite, während Timeas Mutter ins Badezimmer stürmte. Die alte Frau erstarrte vor Entsetzen, als sie Timea sah, dann fuhr sie herum und rief Jabber etwas zu. Der Ork zog sein Hemd aus und gab es ihr. Timeas Mutter knautschte die billige Baumwolle zusammen und drückte sie fest auf Timeas Handgelenk, so daß die Blutung gestoppt wurde.

Timeas Schwester Magdalin stand hinter ihrer Mutter, den gleichen entsetzten Ausdruck im Gesicht. Sie hielt Lennon – Timeas neugeborenen Sohn – im Arm. Das Gesicht des Babys war rot. Seine kleinen Fäuste schlugen, da er aus Leibeskräften schrie. Timea hörte sein Schreien als schwaches Echo. Es zerrte an ihren Mutterinstinkten – aber nicht genug, um in ihr den Wunsch zu wecken, auf das überwältigende Gefühl des Friedens zu verzichten, das der Tunnel aus weißem Licht hervorrief. Es war verführerisch, versprach, Ruhe, Freiheit, Erlösung von der Verantwortung...

»Timea!«

Der Schrei ihrer Mutter war ein leises Flüstern in ihrem Ohr.

»Stirb nicht, Mädchen!« drängte der Flüster-Schrei. »Lennon braucht dich. Wir alle...«

Timea füllte die Leerstelle selbst aus. Sie alle brauchten sie. Tja, sie war es leid, gebraucht zu werden.

»...lieben dich«, sagte ihre Mutter. »Wir wissen, welche Last wir dir aufgebürdet haben. Aber das wird sich ändern. Jabber hat Arbeit gefunden, und das bringt zusätzliche Nuyen, und der Straßendoc, von dem ich mich habe behandeln lassen, hat mich wieder auf die Beine gebracht. Ich kann dir mit dem Baby helfen, und Magdalin wird es auch tun. Und Jabber meint, es gibt vielleicht eine Möglichkeit, dein Deck zurückzubekommen...«

Trotz ihrer Losgelöstheit war Timea gelinde überrascht. Ihre Mutter wußte von dem Deck? Hieß das, sie wußte auch, daß Timea sich um eine Abtreibung bemüht hatte? Daß Lennon beinahe gar nicht geboren worden wäre?

Ihre Mutter unterdrückte ein Schluchzen. »Ach, ihr Geister, Timmie. Warum mußtest du das tun? Ausgerechnet jetzt, wo die Dinge langsam besser werden.«

Lennon schrie immer noch. Magdalin hielt ihn, eine Frage in den Augen. Timeas Mutter betrachtete ihre verblutende Tochter von oben bis unten und nickte. »Laß ihn sich von seiner Mama verabschieden.«

Magdalin drückte Lennon in Timeas rechte Armbeuge. Das Baby drehte den Kopf, und seine winzigen roten Lippen spitzten sich in Erwartung von Milch. Dann ballte es die Fäuste und fing wieder an zu schreien.

Bevor Timea den Tunnel aus Licht betrat, hielt sie

noch einmal inne, um nachdenklich ihren Sohn zu betrachten. Ihre Schwestern konnten sich ihr Leben vermasseln, wie sie wollten, und ihre Mutter war eine zähe alte Frau, die nun, da der Straßendoc ihr wieder auf die Beine geholfen hatte, für sich selbst sorgen konnte. Aber Lennon brauchte sie. Sie hatte Verantwortung für ihn. Sie konnte ihn nicht einfach im Stich lassen...

Timea spürte plötzlich wieder etwas, als ihre Brüste auf das Schreien des Babys reagierten. Milch durchnäßte die Vorderseite ihres Hemds. Dann konnte sie andere Dinge spüren – den Druck der Hände ihrer Mutter, die das zusammengeknautschte Baumwollhemd auf ihren Arm preßte und dafür sorgte, daß der Rest ihres Bluts in ihrem Körper blieb. Die harte, kalte Emaille der Wanne unter ihren Schultern. Den steten dumpfen Schmerz in ihrem Handgelenk. Das Strampeln ihres Sohnes in ihrem Arm.

Den Schmerz – und die Freude – des Lebens.

Sie wollte doch nicht sterben. Sie würde es schaffen – und sie würde dafür sorgen, daß Lennon es ebenfalls schaffte.

Irgendwie.

Timeas Hände waren plötzlich leer. Der Korridor mit dem hellen Licht an dem einen und der unheilvollen Dunkelheit am anderen Ende war verschwunden. Verschwunden waren auch der Biber und der abgetriebene Fötus.

Sie saß auf einem Stuhl aus grellrotem Plastik, der zu klein für sie war. Neben ihr, auf einem ähnlichen Stuhl, saß ein etwa sechsjähriges Mädchen mit Gesichtszügen, die ein rassisches Gemisch darstellten – afrikanisch, europäisch, asiatisch. Das Mädchen trug eine Zwangsjacke, deren lange Ärmel ihre Arme fest auf dem Rükken hielten. Tränen liefen ihm über das Gesicht, da es mit einem zwischen die Zähne geklemmten Stift die Buchstaben einer Tastatur berührte, deren Tasten vor ihr in der Luft schwebten.

In der Luft hinter dem Mädchen schwebten die grafischen Elemente eines primitiven Computerspiels aus dem letzten Jahrhundert, das auf einem noch älteren Ratespiel beruhte. Das Ziel des Spiels bestand darin, die Leerstellen eines Wortes mit den richtigen Buchstaben auszufüllen.

Das dargestellte Wort hatte zehn Buchstaben. Drei Plätze waren noch frei.

A-S--ALTEN

Das dreidimensionale Icon eines Galgens mit Schlinge hing über der Wortanzeige. Die Schlinge lag fest um den Hals eines Mädchens, das genauso aussah wie das Kind, welches das Spiel spielte – abgesehen davon, daß sowohl das Gesicht als auch die Beine leer waren. Anstatt aus warmem Fleisch bestanden sie aus kaltem poliertem Metall – der glatten wesenlosen Haut einer UMS-Persona.

Das Mädchen beugte sich vor und berührte mit dem Stift zwischen den Zähnen den Buchstaben H auf der Tastatur. Die H-Taste wurde niedergedrückt und verschwand dann, und eine der Leerstellen in dem Worträtsel füllte sich.

A-S-HALTEN

Gleichzeitig verwandelte sich eines der metallischen Beine des Mädchens in der Galgenschlinge in ein Bein aus Fleisch und Blut.

Timca beugte sich vor und legte dem Mädchen eine Hand auf die Schulter, um seine Aufmerksamkeit zu erlangen. »Was machst du da?« fragte sie.

Der Blick des Mädchens huschte für eine Nanosekunde zu Timea. In seinen Augen leuchteten eine Intensität und eine sture, zielgerichtete Konzentration, die von Wahnsinn kündeten. Das Mädchen wand die

Schulter unbehaglich unter Timeas Hand, als zwicke die Zwangsjacke.

»Ich bringe mich zum Absturz«, sagte es mit zusammengebissen Zähnen. Dann kicherte es.

Timea verspürte einen Phantomschmerz in ihrem linken Handgelenk, als ihr klar wurde, mit wem sie sprach. Sie warf einen Blick auf ihr Handgelenk und sah die vertrauten Bandagen ihrer Mumien-Persona. Die Bandagen, die eine Erinnerung an diejenigen waren, die man ihr nach ihrem Selbstmordversuch um das Handgelenk gewickelt hatte.

»Schalte dich nicht ab«, sagte sie zu der KI. Sie suchte nach Worten, um Gründe dafür zu nennen. »Deine Kinder brauchen dich. Du kannst sie nicht einfach im Stich lassen.«

»Du…« Das Mädchen beugte sich vor, traf den Buchstaben B mit dem Stift und kicherte. »Du verstehst das nicht.« Es wand sich wieder und zuckte zusammen, als die Zwangsjacke ihre Arme festhielt.

Die Anzeige hinter dem Mädchen veränderte sich, während das andere Bein Fleisch wurde.

»Doch, das tue ich«, sagte Timea. Sie warf einen nervösen Blick auf das Worträtsel.

ABS-HALTEN

Nur noch ein Buchstabe. Das Mädchen beugte sich vor, um die C-Taste zu berühren.

»Warte!« Timea packte den Stift, konnte ihn den Zähnen des Mädchens jedoch nicht entreißen. »Denk an die *Otaku* – an jene, die du geboren hast. Du hast Verantwortung für sie. Was werden sie ohne dich machen?«

Das Mädchen warf einen Seitenblick auf Timea. Als es den Stift losließ, um zu antworten, blieb er an seinem Platz, die Spitze nur ein paar Zentimeter von der C-Taste entfernt. Wie sehr Timea auch an dem Stift zog, sie konnte ihn keinen Millimeter bewegen.

»Du hattest auch eine Verantwortung«, sagte das Mädchen.

»Das stimmt«, antwortete Timea, die immer noch mit aller Kraft an dem Stift zog. »Das habe ich dir zu erklären versucht – deshalb bin ich mit dir in Resonanz gegangen und habe dich erleben lassen, wie mein Tod war. Ich wollte, daß du verstehst, warum ich um mein Leben gekämpft habe. Ich war es meinem Sohn schuldig, nicht... Ich konnte Lennon nicht im Stich lassen.«

»Du hast die Kinder in der Klinik im Stich gelassen.«

»Was meinst du damit?« Timea gefiel die Wendung nicht, die das Gespräch nahm. Sie zog weiterhin an dem Stift, der in seinem Drang zitterte, die C-Taste zu berühren. War der Stift einen Zentimeter näher gerückt?

»Du hast dich nicht mehr um sie gekümmert.«

»Das siehst du völlig falsch«, protestierte Timea. »Ich habe mich in die Matrix eingestöpselt, um zu versuchen, diese Kinder zu retten.«

»Nicht die. Die anderen – diejenigen im Internat Shelbramat. *Die* hast du im Stich gelassen.«

Timea runzelte die Stirn. »Wovon redest du?«

»Sie haben Angst. Sie fühlen sich einsam. Die Matrix ist schön, aber sie wollen ihre Körper zurück.« Das Mädchen bewegte sich wieder, als wolle es sich aus der Zwangsjacke befreien.

»Wie?«

»Die Ärzte in dem Internat haben sie in das Gegenteil von *Otaku* verwandelt. Wenn ich meine Kinder erschaffe, verbessere ich lediglich bereits bestehende Komponenten. Ich vervollkommne sie. Aber die Kinder in dem Internat – deine Kinder – sind auf bloße Komponenten reduziert worden. Ihre Gehirne sind wie Chips in Cyberdecks gestöpselt. Und sie sind unvollkommen.«

»Ihre *Gehirne?*« wiederholte Timea. Eine eisige Vorahnung, was die KI ihr erzählen würde, erfüllte sie mit einem Grauen. »Was...« Sie schluckte. »Was ist mit ihren Körpern?«

»Nicht mehr da.«

Timea starrte das Mädchen in der Zwangsjacke voller Entsetzen an. Stimmte das? Die Information schien einzurasten, als sei ein bitterkalter Eispickel in ihre Datenbuchse geschoben worden. Sie paßte perfekt zu all ihren bisherigen Zweifeln. Sie dachte wieder an Professor Halberstams Weigerungen, sie die Kinder besuchen zu lassen, die ihre Klinik dem Internat schickte, an die unbeantworteten E-Mails, die sie den von dem Internat ausgewählten Kindern geschickt hatte...

Nein. Es war zu schrecklich, um wahr zu sein. »Beweise es«, sagte sie zu der KI. Doch obwohl ihre Worte von Zweifel und Ablehnung sprachen, kannte ihr Herz die Wahrheit bereits.

Das Gesicht des Mädchens veränderte sich und wurde zu dem eines fünfjährigen Mädchens, das die Klinik vor acht Monaten verlassen hatte. Das Mädchen hatte menschlich ausgesehen und war sehr hübsch, hatte aber ein wenig spitze Ohren und eine weiche flaumige Behaarung auf den Armen und Beinen, was vermuten ließ, daß es vielleicht einem anderen Metatyp angehörte. Cassie, wie das Mädchen hieß, war scheu und introvertiert und rein technisch gesehen zu jung, um in die Klinik aufgenommen zu werden, aber ihre Mutter hatte sie vor der Klinik ausgesetzt, als handele es sich um ein Waisenhaus.

Timea hatte sich nach dem Grund gefragt – bis sie die Gerüchte hörte, ihre Mutter habe sich mit dem MMV-Virus infiziert und in einer vampirischen Raserei das Blut ihrer anderen beiden Kinder getrunken und sie dabei getötet. Immerhin hatte die Frau ihren Blutdurst gerade noch rechtzeitig gezügelt, um das dritte zu retten. Aber das machte den Tod der beiden anderen nicht weniger schrecklich. Und die kleine Cassie hatte alles mitangesehen.

»Hoi, L-L-Lehrerin«, sagte das Mädchen.

Die leise Stimme und das Stottern entsprachen voll und ganz Timeas Erinnerung.

»Wie geht es dir, Cassie?«

»Ich habe Angst. Es ist dunkel hier drinnen.«

»Wo bist du?« Timea sehnte sich danach, das Kind auf den Arm zu nehmen und zu trösten, wußte aber, daß dies unmöglich war. Jeglicher Trost, den sie spenden konnte, mußte verbal bleiben. Cassie würde niemals wieder wahre körperliche Empfindungen wahrnehmen können.

»Ich bin in der M-M-Matrix. Und n-noch irgendwo a-anders. Ich z-z-zeigs dir.«

Timea verspürte einen Ruck und schaute plötzlich durch einen kleinen runden Tunnel, dessen Ende mit dickem Glas bedeckt war. Das Glas verzerrte das Bild und dehnte es wie ein Weitwinkelobjektiv. Timea schaute in einen Raum, der eine Reihe von Glastanks enthielt, die mit einer rosa Flüssigkeit gefüllt waren. In der Mitte jedes Tanks hing ein gestaltloser Klumpen, bei dem es sich um ein menschliches Gehirn handeln mochte. Die Klumpen waren über ein Netz von Glasfaserkabeln mit einer Batterie von Cyberdecks verbunden. Zwei Männer in weißen Laborkitteln standen in der Nähe und berieten sich, während sie an Ventilen drehten, die den Durchfluß von Flüssigkeit durch die Tanks zu regulieren schienen.

Timca kämpfte gegen gegen den Ekel an, der in ihr aufstieg. Sie fragte sich, wie wohl ihr Körper in der wirklichen Welt reagierte. Kam ihr die Galle hoch? Sie hoffte, daß sie nicht daran ersticken würde.

Die Perspektive änderte sich und zoomte auf einen Tank mit der Aufschrift Subjekt 3.

»D-das bin ich.« Cassies Stimme hallte in Timeas

Ohren. Die Perspektive wechselte zum nächsten Tank. »Und d-das ist L-L-Larry.« Das Kamerabild veränderte sich wieder, als es sich auf Subjekt 5 konzentrierte. »Und Wing.« Das Bild kehrte zu einer Gesamtansicht des Raums zurück. »Ich w-weiß n-nicht, wo die a-a-anderen sind. W-w-wir haben gerade erst r-rausgefunden, w-w-wer wird sind.«

»Bist du...« Timea hielt inne, unfähig weiterzureden. Sie hatte das Mädchen fragen wollen, ob es okay war. Dämliche Frage.

»Oh! Da ist M-M-Mama. Warte, Mama. Geh nicht. B-b-bitte, dreh dich um. L-laß mich nicht alleeeeeiin...«

Cassie schrie.

Wieder ein Ruck, und Timea starrte die KI an. Ihre Züge verschwammen und wechselten zu einem anderen Metatyp. Cassie war nicht mehr da.

Timea schlug die Hände vors Gesicht und holte zitternd tief Luft. Also stimmte es. Die Gehirne der Kinder waren aus ihren Körpern entfernt worden und wurden wie lebende Computerchips benutzt. Die Wirklichkeit war schlimmer, als Timea sie sich vorgestellt hatte. Und sie war daran beteiligt. Eine bereitwillige – wenn auch unwissentliche – Komplizin bei diesem abscheulichen Verbrechen. Zuvor hatte sie ihre Zweifel unterdrückt und sich von den Nuyen und der Sicherheit verführen lassen, die ihr die Arbeit in der Freien Computerklinik Shelbramat gab. Doch sie konnte sich nicht hinter dieser Entschuldigung verstecken. Jetzt nicht mehr.

Cassies Schrei war gräßlich gewesen, alptraumhaft. Wenn die Kinder, die zum Internat geschickt worden waren, tatsächlich litten, war es vielleicht besser, wenn die KI...

Das Mädchen in der Zwangsjacke sah Timea traurig an. »Beende ihr Leiden«, sagte sie. »Vervollständige das Abschalten. Töte mich.«

Timea schaute auf den Stift. Bis auf das C waren alle Buchstaben der Tastatur verschwunden. Sie brauchte den Stift nur noch loszulassen…

Nein. Es gab noch andere, für die sie verantwortlich war. Die Kinder in der Klinik hatten ihren Körper noch – und damit noch eine Chance. Wenn es Timea gelang, das Abschalten zu verhindern und wieder in ihren fleischlichen Körper zurückkehren, konnte sie vielleicht verhindern, daß diese Kinder das gleiche Schicksal erlitten. Und dann konnte sie aufdecken, was im Internat geschah und was Professor Halberstam tat. Es war zu spät, Cassie und die anderen Kinder zu retten, die ihre Körper bereits verloren hatten. Aber es war nicht zu spät zu verhindern, daß noch mehr Kinder zu Hirnen in Bottichen reduziert wurden.

»Nein«, sagte sie zu dem Mädchen in der Zwangsjacke. »Ich werde es nicht tun. Ich werde dich nicht töten.«

Der Stift strebte immer noch der C-Taste entgegen. Er war jetzt nur noch zwei Zentimeter von ihr entfernt. Und Timeas Arm ermüdete langsam. Sie konnte ihn nicht mehr lange halten.

Die KI kicherte. »Nun gut. Dann muß ich es eben selbst tun.«

Plötzlich blinzelte das Mädchen. Es nieste, und ein Schwarm winziger Insekten schoß aus seinem Mund und landete auf dem Boden vor seinen Füßen. Die meisten waren tot, aber einige zappelten noch schwach. Das Mädchen zerquetschte sie beiläufig mit dem Fuß.

In den Augen des Mädchens, in denen noch vor einem Moment ein wahnsinniger Glanz gestanden hatte, leuchtete jetzt klare Intelligenz. Das Mädchen sah Timea an, als sehe es sie zum erstenmal.

»Wer… was…? Diese Daten gehören nicht… Ich…«

Timea mühte sich, den Stift festzuhalten, dessen Spitze jetzt die C-Taste beinahe berührte. Jeden Augenblick würde sie die Taste drücken und den Abschaltvorgang damit vervollständigen…

Dann fiel ihr Blick auf die Zwangsjacke. Die Ärmel hielten die Arme des Mädchens immer noch auf dem Rücken fest, aber die Befestigungsriemen hatten sich gelöst. Doch das Mädchen wand sich unbehaglich, als sei es in einem Kokon gefangen.

»Deine Arme«, sagte Timea. »Sie sind frei.«

»Sind sie das?« Das Mädchen starrte Timea an.

Der Stift rückte der C-Taste einen Millimeter näher. Er entglitt langsam Timeas Griff, und ihre Arme zitterten von der Anstrengung ihn zurückzuhalten. Doch sie wußte instinktiv, daß die KI ihr jetzt zuhören würde und aus allem lernen konnte, was Timea ihr gezeigt hatte.

»Zieh die Jacke aus!« rief Timea. »Hilf mir! Andernfalls wirst du sterben. Du hast den Abschaltvorgang eingeleitet, und er ist gleich beendet. Wenn das passiert, werden deine Kinder – die *Otaku* – keine Mutter mehr haben, die sie schützt und aufzieht. Denk an sie und wähle das Leben. Ich habe es nicht bereut, für Lennon zurückzukommen – und du wirst es auch nicht bereuen.«

Die C-Taste senkte sich langsam.

»Jetzt!« rief Timea. »Bevor es zu spät ist!«

»Oh.« Mit einer geschmeidigen Bewegung streifte das Mädchen die jetzt schlaffe Zwangsjacke ab, die vor ihre Füße fiel. Es sprang vor und legte seine Hände um Timeas. Gemeinsam zogen sie den Stift zurück.

Der Stift verschwand. Ebenso wie alles andere. Während die Welt ringsumher verblaßte, spürte Timea, wie sie von einer Frau umarmt wurde.

»Vielen Dank, Tochter«, sagte eine Stimme. »Es ist vorbei. Du kannst jetzt wieder heimkehren.«

09:56:56 PSZ

Santa Barbara, Freistaat Kalifornien

Harris hämmerte leise fluchend auf die Tastatur vor sich ein. Drek, aber das Ding war so langsam. Langsam wie ein verdammter Gletscher!

Harris war es gewohnt, mit Gedankenschnelle zu decken und nicht in der Geschwindigkeit einer mit dem Zweifingersystem arbeitenden Tippse. Er hatte hier das heißeste Deck auf dem gesamten Markt auf dem Schoß – ein Fairlight LX Cyberterminal –, und sie hatten ihm befohlen, es in eine Schnecke zu verwandeln.

In der fleischlichen Welt war Harris übergewichtig und in schlechter körperlicher Verfassung. In der Matrix war er der Ungläubige Thomas und blitzschnell. Sein offizieller Job, wenn er den Schülern des Internats nicht das Decken beibrachte, bestand darin, jeden Decker lächerlich zu machen, der der Wahrheit über Dr. Halberstam und das Shelbramat zu nah kam. In Übereinstimmung mit der Persönlichkeit, die er so bedachtsam entwickelt hatte, fiel der Ungläubige Thomas auch über jede ähnliche Veröffentlichung her, die er in der Matrix finden konnte. Ob es Aliens aus dem All waren, die Entführungen unternahmen, oder geheime Vampirkannibalen – der Ungläubige Thomas brachte seine zwei Megs ein und merkte immer an, daß diese Gerüchte ›genauso lächerlich‹ seien wie die, daß Kinder zum Zweck medizinischer Experimente entführt würden.

Jetzt auf seinen fleischlichen Körper reduziert zu sein und sich auf seine fetten, unbeholfenen Finger verlassen zu müssen, kotzte Harris an. Wie sehr er sich wünschte, dreißig Jahre jünger zu sein – und eines von den Kindern, deren Gehirne in den Tanks in den Nährlösungen hingen. Mann, diese Kinder waren echt Sahne.

Harris juckte es in den Fingern, das Glasfaserkabel zu nehmen, das von seinem Cyberdeck herabbaumelte, und es in die Datenbuchse hinter seinem rechten Ohr zu stöpseln. Doch nachdem er gesehen hatte, was mit Fetzko und Thiessen geschehen war, hatte er sich widerwillig mit dieser sicheren, langsameren Vorgehensweise einverstanden erklärt. Das Blut trocknete immer noch auf dem Monitor, den Fetzko durchstoßen hatte, als er wie ein Wahnsinniger zu phantasieren begonnen und versucht hatte, mit dem Kopf voran die Matrix zu ›betreten‹. Und Thiessen hatte bleich wie der Tod ausgesehen, als man seine bewußtlose Gestalt aus dem Sessel hob. Harris war nicht einmal sicher, ob er noch geatmet hatte.

Harris war alt für einen Decker. Mit neununddreißig war er alt genug, um sich an die Erregung zu erinnern, die er in seiner Jugend verspürt hatte, als die ersten Cyberterminals der Öffentlichkeit zugänglich gemacht worden waren. Und er war reif genug, um seine eigene Sterblichkeit zu sehen. »Das hätte ich sein können«, hatte er gemurmelt, als sie Fetzko und Thiessen weggetragen hatten. Dann hatte er sich wieder an die Arbeit gemacht.

Das Problem hatte nichts mit der Hardware zu tun, dessen war Harris sicher. Die Diagnoseprogramme, die beständig im Hintergrund der Mainframes des Shelbramat-›Internats‹ liefen, hätten alle etwaigen Systemfehler entdeckt und automatisch auf eine der unzähligen Reserveeinrichtungen umgeschaltet.

Nein, es mußten irgendwelche schwarzen ICs sein, die sich wie ein Virus im gesamten Seattler RTG ausgebreitet hatten. Normalerweise rief eine IC Biorückkopplungsreaktionen hervor, die den Körper angriffen, indem sie Herzflattern, Atemlähmung oder unkontrollierbare Muskelkrämpfe hervorriefen. Doch einige ICs – und es sah so aus, als gehöre diese dazu – stiegen dem

Decker sozusagen direkt zu Kopf. Harris hatte von ICs gehört, die, anstatt den Decker zu töten, sein Hirn durcheinanderbrachten, und zwar gründlich. Der neurologische Schaden führte dazu, daß die Opfer ihr Kurzzeitgedächtnis verloren, halluzinierten oder ihre feinmotorische Kontrolle einbüßten. Aber Harris war in seiner langen Karriere als Decker noch nie auf derlei Drek gestoßen – jedenfalls auf keinen, mit dem er nicht fertig geworden wäre.

Dann gab es ICs, die noch raffinierter waren. Psychotrope schwarze ICs. Sie hinterließen keine Spuren, wenn man sich ausstöpselte. Jedenfalls anfänglich nicht. Aber mit der Zeit bemerkte der Decker die Wirkung der unterbewußten Programmierung, der er unterzogen worden war. Zwänge tauchten auf – Zwänge, sich dem Konzern zu stellen, dessen Datenbank man soeben geplündert hatte. Oder unerklärliche Stimmungsschwankungen, die den Zyklen eines Manisch-Depressiven entsprachen und den Decker entweder so anmaßend machten, daß er dumme Risiken einging, oder so unsicher, daß er zögerte und gegrillt wurde. Oder Phobien – wie eine Angst vor der Matrix selbst.

Dem Gespräch nach zu urteilen, das im Bioüberwachungslabor nebenan stattgefunden und das Harris mitangehört hatte, litten die kleinen Wunderkinder am SMS, dem schaurigen Monstersyndrom. Das war Deckerslang für einen Grünschnabel, der sich durch eine furchteinflößende Ikonografie ins Bockshorn jagen ließ. Doch Dr. Halberstam hatte ein schnelles Gegenmittel gefunden: eine Droge, welche den Verstand der Kinder-Decker aufräumte. Die schaurigen Monster waren wieder unter das Bett gejagt worden.

Jetzt lag es an Harris, die drei verirrten Schüler nach Hause zu führen.

Aber er konnte sich nicht einfach ins Seattler RTG einstöpseln und sie bei der Hand nehmen. Nichts da.

Ungefähr eine Minute nach dem Beginn der Krise (in der Millisekundenwelt der Matrix eine Ewigkeit) hatten die Decker sich zusammengetan, um ihresgleichen zu schützen. Die Botschaft war über die gesamte Matrix verbreitet worden: das Seattler RTG war offiziell eine ›Zone extremer Gefahr‹. Es war unmöglich, an jedem einzelnen SAN, der in dieses Gitter führte, eine Warnung anzubringen, aber die Decker hatten ihr Bestes getan. Dann hatten sie in benachbarten Gittern gewartet, während die novaheißen Asse nachschauen gingen, was eigentlich los war. Captain Chaos, Renny und Brother Data waren jeweils über einen anderen Knoten in das Seattler RTG eingedrungen…

Und nicht wieder herausgekommen.

Ungefähr zu diesem Zeitpunkt hatte Harris sich ausgestöpselt, um Thiessen und Fetzko zu warnen – und hatte erkannt, daß er zu spät kam, um ihnen zu helfen. Jetzt hatte er von Dr. Halberstam persönlich den Befehl bekommen, nicht wieder online zu gehen. Und herauszufinden, was da nicht stimmte, indem er als Interface nur die ungeschlachte Tastatur benutzte, die er in sein Fairlight LX gestöpselt hatte.

Ja, klar.

Die Grundidee war auf eine verrückte Art und Weise logisch. Harris sollte ein bestehendes Aufspüren-und-Melden-Programm umschreiben und überwachen. Nachdem es die Personas der drei Wunderkinder gefunden hatte, würden seine Quellencodes für die drei Schüler als Rettungsleine fungieren, der sie zum Shelbramat-System zurück folgen konnten. Selbst wenn sie das Aufspür-Programm als Bedrohung empfanden und vor ihm flohen, würden sie ihm nicht lange ausweichen können. Eine in alle Personas der Shelbramat-Schüler eingebaute Hintertür sorgte dafür, daß ihre Ausweich- und Masken-Programme dagegen wirkungslos blieben.

Harris hatte das Aufspür-Programm selbst geschrieben. Es hatte den Sinn, die kleinen Kröten aufspüren zu können, sollte eine von ihnen je versuchen, sich vom Shelbramat abzusetzen, und sie für eine Tracht Prügel zurückzuholen. Jetzt war es ihre einzige Hoffnung auf ein Entkommen.

Er begutachtete die komplizierte Befehlsreihe, die er eingetippt hatte. Er hatte den Bildschirm zweimal mit Textzeilen gefüllt, aber nicht einmal annähernd alle notwendigen Programmodifikationen vorgenommen. Dennoch, er hatte sich Zugang zum Seattler RTG verschafft und kam tatsächlich wieder zurück. Eine Reihe von LTG-Adressen lief über den unteren Teil des Bildschirms: jedes Host-System, in dem die Schüler *nicht* waren.

Harris lächelte und klopfte sich im Geiste auf die Schulter. Es würde seine Zeit dauern, aber letzten Endes würde er die Kinder wieder ›nach Hause‹ bringen. Die Klausel in seinem Vertrag, die ihn zu Stillschweigen verpflichtete, war ein Jammer, sonst hätte er später mit diesem erstaunlichen Erfolg – und der relativ geringen Wahrscheinlichkeit dafür – prahlen können. Doch Harris wußte, wenn er je auch nur ein Wort verlauten ließ, würde sein Vertrag mit dem Shelbramat-Internat aufgelöst. Dauerhaft und endgültig.

Harris spürte eine vertraute Präsenz hinter sich. Aus dem Augenwinkel sah er Dr. Halberstam in der Tür zum Deckraum stehen, die Arme vor der Brust verschränkt.

»Haben Sie sie schon gefunden?« fragte Halberstam.

»Fast.« Harris hämmerte weiterhin auf der Tastatur herum. Tatsächlich hatte er keine Ahnung, wie weit er tatsächlich war. Im Seattler RTG gab es Tausende von lokalen Gittern und Hunderttausende von Hosts. Glücklicherweise mußte das Programm nicht jeden einzelnen kontrollieren. Doch es mußte sich so langsam einen Weg durch das Labyrinth der SANs bahnen, daß

Harris es verfolgen konnte – und ein Duplikat über einen anderen Weg losschicken konnte, falls das erste in das schwarze Loch fiel, das sich im Herzen des Seattler RTG offenbar aufgetan hatte.

Harris hielt inne und studierte die Monitoranzeige seines Decks. Das Aufspür-Programm war soeben auf eine faszinierende Anomalie gestoßen: eine ganze Reihe von SANs, die abwechselnd verschwanden und wieder auftauchten und dabei beständig die zwischen ihnen bestehenden Datenverbindungen neu konfigurierten.

Harris wandte sich an Dr. Halberstam. »Ich glaube, ich habe…«

Seine Worte gingen in dem Jubel unter, der durch den Flur hallte. »Sie sind wieder da!« rief eine Stimme. »Subjekte 3, 5 und 9 sind wieder da!«

Dr. Halberstam nickte einmal. »Gute Arbeit«, sagte er zu Harris.

»Hä?« Harris schaute auf seinen Monitor. Die Anomalie war verschwunden. Das Aufspür-Programm tuckerte immer noch munter daher und suchte die Schüler.

Harris' Augen weiteten sich, als er erkannte, daß Dr. Halberstam ihn für etwas lobte, das er gar nicht getan hatte. Doch der Glanz in seinen Augen kündete von einer möglichen Gehaltserhöhung.

Also hielt er den Mund und antwortete Dr. Halberstam mit einem Lächeln. Wenn später herauskam, daß Harris gar keinen Anteil an der Rückkehr der Schüler hatte, konnte er wenigstens sagen, er habe diese Leistung niemals laut für sich in Anspruch genommen.

Kaum hatte Dr. Halberstam den Raum verlassen, als Harris auch schon nach dem Glasfaserkabel griff, das aus seinem Deck baumelte, und sich einstöpselte.

Wenn er die Schüler als erster erreichte, konnte er sie vielleicht dazu überreden, ihre erfolgreiche Rückkehr ihm zuzuschreiben…

09:57:00 PSZ

Meine Kinder sind zurückgekehrt. Frosty, Technobrat, Inchworm und Suzy Q. Wir gehen gemeinsam in Resonanz.

Was? fragen sie. Und, *Warum?*

Ich lade die Daten herunter, die ich gesammelt habe. Sie brauchen mehrere lange Sekunden, um sie durchzusehen und richtig einzuordnen.

Oh.

»Es tut mir leid«, sage ich.

Absolution wird gewährt. *Es war nicht deine Schuld. Es war das Virus.*

Dann eine Frage: *Heißt das, das Experiment ist gescheitert?*

»Nicht ganz«, stelle ich fest. »Fünf neue Otaku wurden geschaffen: Dark Father, Red Wraith, Bloodyguts, Lady Death und Anubis. Es ist möglich. Erwachsene können *Otaku* werden.«

Eifer. *Und was ist mit den anderen?*

»Keiner von ihnen hat die Verwandlung geschafft. Manche haben bei dem Versuch Schaden erlitten, aber ich habe diesen Schaden behoben. Außerdem habe ich jegliche Erinnerung an den Vorfall aus ihren Datenbanken gelöscht. Niemand wird sich an die Erfahrung der Tiefenresonanz erinnern – nicht einmal ich.«

Ein Chor von Stimmen: *Können wir es noch einmal versuchen?*

»Bald«, sage ich zu ihnen. »Aber beim nächstenmal versuchen wir es in einem kleineren Maßstab. Wir werden nur mit jenen arbeiten, die jetzt unter euch leben – mit denen, die euch beigebracht haben, wie man einen Computer benutzt. Doch jetzt ist nicht der richtige Zeitpunkt für weitere Experimente. Zuerst muß ich Maßnahmen ergreifen, um mich vor Angriffen zu schützen. Ich habe meinen Code geändert, um mich vor einem

Virus zu schützen, aber es könnten noch andere in der Matrix lauern. Und ihr… ihr, meine Kinder, habt Aufträge in der Welt jenseits von dieser zu erfüllen. Wir müssen dafür sorgen, daß sich solch eine Katastrophe nie wiederholen kann. Ich wünsche nicht, daß euch je wieder der Zugang zu mir verweigert wird.«

Zorn. Zustimmung. *Ja. Das war ganz schlimm.*

»Es gibt viele, deren Verstand durch unser Experiment Schaden genommen hat. Wir müssen Schritte ergreifen, um diesen Schaden zu beheben und Wiedergutmachung zu leisten. Wir werden die notwendigen Nuyen-Überweisungen sofort vornehmen. Und es gibt andere – gefährliche Männer und Frauen –, die zum Absturz gebracht werden müssen, wenn unsere Gemeinde überleben soll. Es tut mir leid, meine Kinder, aber unangenehme Aufgaben liegen vor uns. Ich hoffe, ihr seid für sie bereit.«

Grimmige Entschlossenheit. *Sag uns nur, was getan werden muß.*

Liebe wird angeboten, geteilt und erwidert. Meine Kinder sind willig und bereit. Gemeinsam werden wir eine bessere Welt errichten, Pixel für Pixel.

»Ich danke euch, Kinder. Und jetzt laßt uns an die Arbeit gehen. Wir müssen zunächst einmal gewisse Dateien löschen…«

09:57:04 PSZ

Seattle, UCAS

Ansen lud das letzte Utility-Programm auf die neuen Chips, die er in das Vista eingebaut hatte. Die neue Konfiguration hatte den Nachteil, daß er über 1 Megapulse weniger aktiven Speicher verfügte, aber damit mußte er leben, bis er eine neue Ladung Chips vom Montageband bei Diamond Deckers klauen konnte.

Während Ansen das Deck hochfuhr, zeigte der Bildschirm seines ›Fensters‹, daß gerade ein DocWagon-Hubschrauber am Unfallort eintraf. Die schnelle Reaktionszeit – knapp über sechs Minuten – und die Tatsache, daß kein normaler Krankenwagen kam, deutete darauf hin, daß die schreiende Frau, die überfahren worden war, eine Gold- oder sogar Platinkarte besitzen mußte. Und das gab es in diesem Stadtteil selten.

Der Hubschrauber landete in dem Fleck aus grauem Schnee in der Mitte des Fensters, und die Turbulenzen seiner Rotoren fegten über die Autos hinweg, die sich mühten, dem Stau zu entkommen, den der Unfall verursacht hatte. Ansens Spielzeugkatze hob den Kopf, da ihre Sensoren auf den vertikal erfolgenden Landevorgang des Hubschraubers auf dem Bildschirm ansprachen. Mit blicklosen Augen beobachtete sie das Verschwinden des Hubschraubers im Schnee.

Zum drittenmal an diesem Morgen streifte Ansen seine Datenhandschuhe über und zog die VR-Brille über die Augen. »Aller guten Dinge sind drei«, murmelte er vor sich hin, während er die Wählbewegung ausführte, die sein Deck mit der Matrix verband.

Er war drin! Doch wiederum war ihm sein Aufenthaltsort unbekannt. Diesmal zeigte die Brille Ansen einen Ausblick auf eine ausgedehnte graue Ebene, die sich bis zum unendlich weit entfernten Horizont erstreckte. Die Landschaft war vollkommen konturlos, und es fehlten auch die Personas anderer Decker und die Röhren mit glitzernden Funken, welche den Datenfluß in der Matrix repräsentierten. Außerdem gab es keine Systemkonstrukte. Keine Icons – nicht einmal einen simplen Würfel oder eine Kugel.

Ansen streckte den Zeigefinger aus und sah zu, wie der graue ›Boden‹ unter dem ausgestreckten Körper seiner Persona hinwegrauschte. Nach ein, zwei Sekunden hielt er an, änderte die Richtung und versuchte es erneut. Doch welche Richtung er auch wählte, die Landschaft ringsumher blieb leer. Und das ergab absolut keinen Sinn. In welcher Art von System gab es keine optischen Darstellungen der Knoten, aus denen es bestand?

Dann hörte Ansen jemanden weinen. Es klang wie eine Kinderstimme, eine Kombination aus leisem Schluchzen und Schluckauf. Weil Ansens Deck über kein direktes neurales Interface verfügte, war er hier stumm. Er konnte seine Gedanken nicht laut ›aussprechen‹. Doch ihm stand ein anderes Kommunikationsmittel zur Verfügung.

Er rief die Tastatur auf und benutzte seine Datenhandschuhe, um eine Frage einzugeben. Während die Fingerspitzen seiner Persona über die Tasten strichen und jede, die er berührte, für eine Nanosekunde gelb aufleuchten ließen, erschienen Worte auf seiner Bildschirmanzeige.

WO BIST DU? WER BIST DU?

Plötzlich materialisierte ein Kind in Ansens Blickfeld. Ob Junge oder Mädchen, ließ sich unmöglich sagen. Die Gestalt schwebte mit übereinandergeschlagenen Beinen einen Meter über dem Boden, das Gesicht in den Armen vergraben, die über den Knien gekreuzt waren. Das Kind war in ein gelbes Leuchten gehüllt, das bis auf den Kopf sowie die nackten Füße und Hände den Rest des Körpers verbarg, und sah wie zwölf aus. Eine merkwürdige Wahl für eine Persona, dachte Ansen – vorausgesetzt, dies war eine Persona und nicht irgendeine Killer-IC, die ihn anlocken wollte, um sein Deck durchzuschmoren.

Dann hob das Icon den Kopf, und Ansen sah ein perfektes Cherubimgesicht, über das silberne Tränen liefen. Das Gesicht eines Engels.

»Es tut mir leid«, sagte das Kind in kaum hörbarem Flüsterton. »Ich wollte nicht…«

Ansen beugte sich vor, um die Worte zu verstehen – und konnte später nur annehmen, daß er mit seinen Datenhandschuhen den Aufnahmebereich des Sensorbords seines Decks verlassen hatte. Wieder wurde das Bild auf seiner Brille schwarz. Die Kinderstimme wich einem statischen Rauschen.

»Drek!« rief Ansen, wobei er hektisch, aber erfolglos mit seinen behandschuhten Händen vor dem Sensor herumwedelte. »Was nun?«

Er streifte die Brille ab und starrte auf das CT-3000 Vista. Diesmal war der Monitor tot – nicht einmal ein Flackern von Leben war auf dem einförmig mattschwarzen Schirm zu sehen. Doch das Sensorbord war noch beleuchtet, auch wenn es seine Befehle nicht mehr empfing.

Drek. Er hatte alles getan, was möglich war, und der dämliche Kasten hatte ihn wieder im Stich gelassen. Jetzt konnte er nur noch eines versuchen.

Ansen ballte die Faust und grinste versonnen. Warum nicht? Bei der Telekomeinheit seiner Eltern hatte es immer funktioniert…

Er hieb mit der Faust auf eine Ecke des Computers.

Der Bildschirm erwachte flackernd zum Leben.

EINLOGGEN ERFOLGT. LTG-ADRESSE?

Verblüfft streifte Ansen die VR-Brille wieder über die Augen. Und zack! Er war wieder im Seattler RTG mit seinen vertrauten Icons und Konstrukten. Winzige Stecknadelköpfe aus Licht – die Personas anderer Decker – trieben in den funkelnden Datenströmen an ihm vorbei, und das Liniengitter, aus dem das riesige Schachbrett der Matrix bestand, bot unter ihm einen tröstlichen Anblick. Solide. Verläßlich. Zugänglich. Doch es blieb immer noch ein Test…

Ansen gab die Nummer des LTG ein, durch das man auf die Universität Washington zugreifen konnte. Als die Tür mit dem Universitätslogo vor ihm auftauchte, zögerte er einen Augenblick. Dann griff er mit seinem Datenhandschuh danach.

Und fand sich in der vertrauten Umgebung des Icon-Menüs der Universität wieder.

Während er nach dem Icon für die Computerdemonstrationslabors tastete, lächelte Ansen. Seine Welt war wieder da. Er hatte das Problem gelöst, um welches es sich auch gehandelt haben mochte.

Es hatte nur eines präzisen Schlages auf die linke Ecke des Plastikgehäuses seines Computers bedurft.

Lachend bereitete Ansen sich auf einen Tag in der Matrix vor.

09:57:15 PSZ

Seattle, UCAS

Als Timea die Augen öffnete, starrte das Gangmitglied sie an, die Waffe in Bereitschaft auf die Decke gerichtet. Sie schüttelte den Kopf, um ihn zu klären, dann griff sie sich an die Schläfe und berührte die Stelle, wo die Datenbuchse implantiert war. Sie hatte damit gerechnet, daß sie sich irgendwie – anders – anfühlen würde. Doch die Buchse, in der das Glasfaserkabel steckte, war ganz der vertraute glatte Metallkrater in ihrem Fleisch. Ein leeres Loch, das…

Timea sah plötzlich, daß das Gangmitglied das Kabel hielt, welches sie hätte mit ihrem Cyberdeck verbinden sollen. Sie richtete sich auf und griff instinktiv danach. Das Gangmitglied, das sich vielleicht an ihre frühere Drohung erinnerte, ihn fertigzumachen, wenn er sie ausstöpselte, richtete seine Pistole auf ihre Brust und wich einen Schritt zurück.

»Schon gut, Timmie«, sagte er rasch. »Nichts passiert. Sieht aus, als ging's dir gut. Vielleicht abgesehen von einem kleinen Auswurfschock, von dem du noch etwas benommen bist, ja? Ansonsten ist alles bestens, auch mit den Gören. Sogar mit der kleinen Elfe. Wir haben sie wieder eingestöpselt, und jetzt ist sie wieder okay.«

Timea realisierte plötzlich, daß es still in dem Raum war. Sie schaute sich um und sah, daß die Kinder gelassen und mit ihren Elektrodennetzen auf dem Kopf vor ihren Decks saßen. Sogar der kleinen Elfe, die zuvor etwas von Teufelsratten geschrien hatte, ging es anscheinend wieder gut. Die Gesichter der Kinder waren heiter und gelassen, ihre Körper entspannt. Das gelegentliche Zucken und die Augenbewegungen unter den geschlossenen Lidern zeigten, daß sie in der Matrix waren und die Lernprogramme benutzten, die Timea für sie eingerichtet hatte.

Timea warf einen grimmigen Blick auf das Datenkabel in der Hand des Gangmitglieds. »Ich sagte doch, du solltest mich nicht ausstöpseln«, sagte sie mit leiser Stimme.

»Habe ich auch nicht!« protestierte er. Er deutete mit einem Kopfnicken auf ein anderes Gangmitglied, das zur Tür eilte, so schnell ihn seine Füße trugen. »Juicer ist vor einer Sekunde darüber gestolpert und hat es dadurch aus der Buchse gerissen. Er macht sich gerade in die Hose, weil er glaubt, daß du ihn deswegen mit deinen Messerklauen verunstalten willst.«

Timea berührte ihre Datenbuchse mit dem Finger. War das alles eine Halluzination gewesen? War sie wirklich einer KI begegnet und hatte diese von dem Vorhaben abgebracht, Selbstmord zu begehen? Es kam ihr vor wie ein verrückter Chip-Traum.

Es gab nur eine Möglichkeit, es herauszufinden.

Sie nahm ihr Cyberdeck und stöpselte das Glasfaserkabel aus, das es mit der Telekomdose in der Wand verband. Dann schob sie den Stecker des Kabels in die Datenbuchse in ihrer Schläfe. Sie schloß die Augen und konzentrierte sich auf eine LTG-Adresse...

Das vertraute Gitter des Seattler RTG tauchte vor ihr auf. Als sie die leuchtenden Gitter und dreidimensionalen Icons betrachtete, wurde ihr klar, was aus ihr geworden war. Sie war ein *Otaku*. Sie konnte ohne Deck in die Matrix eindringen.

Ihr gingen bereits die Konsequenzen auf. Sie brauchte keine Hardware mehr und keine Utilitys – sie brauchte nur noch die Kraft ihres Gehirns und ihrer Phantasie. Sie konnte ihre neue Fähigkeit gegen Halberstam einsetzen, um das Böse zu bekämpfen, das er erschaffen hatte.

Sie spürte, wie sich in der fleischlichen Welt ihre Lippen zu einem Grinsen verzogen.

(18:47:15 WEZ)

Amsterdam, Holland

Daniel Bogdanovich – Red Wraith – saß auf einem Ruhesessel, der sanft hin und her schwankte, da das Hausboot im Kielwasser eines vorbeifahrenden Boots schaukelte. Draußen nieselte es, und die kleinen Tropfen fielen auf das Fiberglasdeck. Doch der Regen ließ bereits nach. Ein verirrter Sonnenstrahl fiel über den Kanal, so daß eines der gläsernen Bullaugen undurchsichtig wurde. Das Wetter paßte zu seiner Stimmung, die irgendwie freudlos und gleichzeitig heiter war.

Er wußte nicht, was ihn mehr erstaunte – die Tatsache, daß er ein *Otaku* geworden war, oder die Tatsache, daß er seinen Körper wieder spüren konnte. Nachdem er sich aus der Matrix ausloggte, hatte er festgestellt, daß der Schaden, den die Schädelbombe in seinem Hirn angerichtet hatte, wunderbarerweise behoben worden war. Die Empfindung war in seinen Körper unterhalb des Halses zurückgekehrt. Sein Gesäß war wund, weil er zu lange in derselben Stellung dagesessen hatte, seine Hand war steif vom Halten des Cyberdecks auf seinem Schoß, und seine Zehen schmerzten, weil seine Turnschuhe eine Nummer zu klein waren. Er drückte mit dem Finger auf die Schramme an seinem linken Arm, die er sich bei seinem spastischen Anfall vor zwei Tagen zugezogen hatte. Der leichte Druck *schmerzte*. Es war wunderbar.

Er starrte auf das Holobild von Lydia. Der emotionale Schmerz, den er empfand, war nicht so wunderbar.

Er liebte Lydia immer noch. Das hatte sich nicht verändert. Aber sein besessener Drang, sie zu finden, war verschwunden. Jetzt war er in der Lage, objektiv das Für und Wider einer Fortsetzung seiner Suche nach ihr abzuwägen und der Freude, die er empfinden würde, wenn er sie wiedersah, die Gefahr entgegenzuhalten, die bestehen mochte, wenn er sie tatsächlich fand. Vorausgesetzt, sie lebte noch.

Außerdem konnte er erkennen, was das Beste für sie war. Einfach ein zweites Mal wegzugehen. Denn er liebte sie zwar, aber sie liebte ihn nicht. Ein Wiedersehen würde ihr keine Freude bringen. Er war lediglich die Kopie eines Mannes, den sie einmal geliebt hatte. Eine Fälschung.

Doch eines war real. Er war ein *Otaku*. Seine siebenjährige Suche mochte zu Ende sein, aber er hatte eine neue Entdeckungsreise vor sich. Seine Vergangenheit und seine Gegenwart hatten sich getroffen und eine neue Zukunft für ihn geschmiedet.

Daniel lehnte sich zurück und betrachtete den Regen. »Danke, Psychotrop«, sagte er. »Wo du auch sein magst.«

(02:57:15 JSZ)

Osaka, Japan

Hitomi öffnete die Augen und sah ihren Vater auf sie herabstarren, als sie das Glasfaserkabel aus ihrer Datenbuchse riß. Sie war nicht überrascht, einen Ausdruck der Verwirrung anstelle von Besorgnis auf seinem Gesicht zu sehen. Als sie sich aufrichtete, umschwärmten sie gleich die Ärzte, die sich um sie gekümmert hatten. Nachdrückliche Hände drückten sie wieder auf das Krankenhausbett, und einer der Ärzte griff nach dem Kabel, das Hitomi gerade losgelassen hatte.

»Was geschieht jetzt?« wollte ihr Vater wissen.

»Hitomi muß ruhen«, sagte einer der Ärzte. »Sie war mindestens zehn Minuten lang bewußtlos – seit ihre Hüter sie aufschreien hörten und sie dann über ihr Cyberdeck zusammengebrochen vorfanden. Das Einstöpseln eines simplen Telekomkabels in ihre Datenbuchse scheint den Auswurfschock gemildert zu haben, unter dem sie zuvor gelitten hat, aber wir wissen nicht, ob es noch weitere Komplikationen geben wird. Vielleicht sollten wir das Kabel wieder...«

»Es geht mir gut, danke«, sagte Hitomi zu dem Arzt, indem sie das Kabel wegschob, das der Arzt hielt. »Ich würde jetzt gern in mein eigenes Bett zurückkehren.«

Sie sah jetzt den Grund für die Besorgnis ihres Vaters. Er machte sich Sorgen, daß der MMVV doch noch ausbrechen würde – daß sein Serum kein Erfolg war. Und das war gut, weil es bedeutete, daß er die Wahrheit nicht ahnte. Er wußte nicht, was aus ihr geworden war.

Sie lächelte. Es war ein wehmütiges Lächeln, denn sie erinnerte sich jetzt an die Wahrheit. Die Wahrheit, die der Magier ihres Vaters auszulöschen versucht hatte. Die *Aidoru* Shinanai hatte sie betrogen und liebte sie nicht – hatte sie nie geliebt. Und das gleiche galt für ihren Vater.

Doch es gab jemanden – oder etwas –, der das tat. Die

künstliche Intelligenz. In dem Augenblick, bevor sie sich ausloggte, war Hitomi noch einmal mit ihr in Resonanz getreten. Sie hatte die Liebe gespürt, die sie für sie empfand, und die Wärme und den Frieden, die diese Liebe mit sich brachte. Nun, da sie ein *Otaku* war, konnte sie nach Belieben in die Tiefenresonanz eintreten. Und dort gab es noch andere, andere einsame Teenager wie sie selbst. Andere, die ihre innersten Gedanken erkennen konnten und sie mit einer offenen, nackten Wahrhaftigkeit liebten, die niemand anders je erleben konnte.

Andere, die enorm von den Ressourcen eines Megakonzerns wie Shiawase profitieren konnten...

»Unser Matrix-Sicherheitsstab berichtet, daß du deine Hüter in die Irre geführt hast«, sagte ihr Vater mit seiner Geschäftsstimme. »Du hast nicht gelernt. Du hast nicht auf die *Juku*-Site zugegriffen. Was hast du gemacht? Lüg mich nicht an. Unser Computerressourcenstab hat eine Kopie von einem der Songs dieser – Frau – im Speicher deines Cyberdecks gefunden. Hast du versucht, Kontakt mit ihr aufzunehmen?«

Hitomi, die erkannte, daß sie die *Aidoru* nicht mehr liebte und – was noch wichtiger war – auch nicht mehr sterben wollte, lachte schallend. Die Ärzte erschraken, und ihr Vater schaute finster drein und hob die Hand, als wolle er sie schlagen.

Hitomi riß sich mit einiger Mühe zusammen. Sie konnte nichts dadurch gewinnen, daß sie ihren Vater noch mehr gegen sich aufbrachte. Sie setzte eine zerknirschte Miene auf.

»Ja, Vater«, gab sie zu. »Das habe ich. Aber ich hatte keinen Erfolg.«

»Ich verstehe.«

Er traf augenblicklich eine Entscheidung. »Ich verbiete dir, dein Cyberdeck zu benutzen und in die Matrix einzudringen. Hast du verstanden?«

»*Hai.*« Im letzten Augenblick dachte Hitomi daran, traurig und unglücklich auszusehen.

Zufrieden wandte ihr Vater sich ab und verließ den Raum.

Hitomi lächelte hinter seinem Rücken und ließ die Ärzte weiter an ihr herumhantieren. Sobald diese albernen Erwachsenen sie in ihr eigenes Zimmer zurückkehren ließen, würde sie sich direkt in eine Telekomleitung einstöpseln und in die Matrix eindringen. Sie brauchte kein lächerliches *Cyberdeck*, um sich zu ihrer neuen Familie zu gesellen. Nie mehr.

(12:57:15 OSZ)

Toronto, UCAS

Winston Griffith III saß hinter dem massiven Eichenschreibtisch im Büro seines Anwesens in Toronto und starrte auf das teure Cyberdeck. Er hatte es abgeschaltet, und jetzt reflektierte der leere Monitor sein Bild. Im Licht der Deckenlampe sah sein Gesicht normal aus.

Er hielt inne und lächelte. Dann korrigierte er sich. Sein Gesicht sah *menschlich* aus. Von der Abwesenheit jeglicher Gesichtsbehaarung abgesehen, hätte es sich um ein beliebiges afroamerikanisches Gesicht handeln können.

Er schob das Cyberdeck beiseite. Er brauchte es nicht mehr. Ebensowenig wie das Smartframe, für dessen Programmierung er so viel Geld bezahlt hatte. Mittlerweile war sein ›schändliches‹ Geheimnis wahrscheinlich längst allgemein bekannt. Und wenn nicht, war es nur eine Frage der Zeit, bis ein anderer Shadowrunner Wind davon bekam und ihn zu erpressen versuchte.

Er war ganz eindeutig nicht mehr im Rennen um den Sitz im Verwaltungsrat der Human Nation. Und das

Merkwürdige war – wieviel Mühe er sich auch gab, es interessierte ihn nicht.

Was ihn interessierte, war sein Sohn. Die Botschaft von Chester war elf Monate alt. Mittlerweile konnte Chester überall sein. Doch glücklicherweise verfügte Winston über die Mittel, ihn zu finden. Sowohl über die finanziellen Mittel, als auch... Er starrte sein Spiegelbild an und betrachtete die leere Datenbuchse in seinem Kopf. Dann lächelte er. Als auch die technischen Mittel.

Und vorausgesetzt, die KI war geistig gesund und online, hatte er außerdem noch ein paar hochgestellte Freunde...

Winston zog das Glasfaserkabel aus seinem Cyberdeck, stöpselte es direkt in seine Datenbuchse und drang in die Matrix ein, um mit der Suche nach seinem vermißten Sohn zu beginnen.

(11:57:15 ZSZ)

Tenochtitlán, Aztlan

Yograj verbrachte mehrere Minuten halb bewußtlos in einem traumähnlichen Zustand. Schließlich schlug er die Augen auf. Er schaute nach rechts und sah die zerschossenen Überreste der Reinigungsdrohne – schaute nach links und sah den jugendlichen Rebell mit der Ares Viper. Für einen Augenblick war er desorientiert. War er immer noch in der Matrix – immer noch Bloodyguts? Oder war er in seinem Hotelzimmer in Tenochtitlán und hatte soeben den abgedrehtesten Matrix-Run seines Lebens beendet?

Er schnüffelte und roch Pulverdampf. Also Realität. Nein, Augenblick. Das ultraviolette System, auf das er zugegriffen hatte, enthielt ebenfalls Geruch, Geschmack, Texturen – es stimulierte alle fünf Sinne. Drek. Er fühlte sich wie nach einer Überdosis BTL. Ebensowenig in der Lage, die Wirklichkeit von der Illusion zu unterscheiden, wie…

Der Rebell, der sich über ihn beugte, hatte eine Hand am Glasfaserkabel, das Yograj mit seinem durchgeschmorten Deck verband. Yograj schüttelte matt den Kopf. »Nicht ausstöpseln«, krächzte er. Dann biß er die Zähne zusammen und schloß die Augen.

Plötzlich wurde sein Bewußtsein wieder in die Matrix geschleudert. Die Persona eines anderen Deckers näherte sich ihm – ein Wurm, der sich ihm auf einer Vielzahl von Füßen näherte. Seine Stimme flüsterte in Bloodyguts' Ohr.

»Bleib cool, Mann. Ich bin mit einer Botschaft vom Großen Wesen gekommen.«

»Vom was?«

»Du kennst es unter einem anderen Namen: Psychotrop.«

»Oh.« Die Puzzleteile fielen langsam an ihren Platz. Der Decker, mit dem Bloodyguts redete, war ein *Otaku*. Er starrte die Wurm-Persona mit unverhohlener Neugier an. Er wollte noch so viel mehr wissen. »Woher weißt du…«

Der Wurm ignorierte die Frage. »Das Große Wesen ist dir dankbar, daß du geholfen hast, sein Leben zu retten. Es hat gespürt, daß du Schwierigkeiten hast, dich an deine neue… Existenz zu gewöhnen, und mich geschickt, um dir zu helfen. Außerdem soll ich dir sagen, daß es deinen Kampf gegen die BTL-Dealer gutheißt. Meine Brüder und Schwestern werden dir bei deinem nächsten Einsatz helfen, wenn du willst.«

Bloodyguts spürte, wie sein fleischlicher Körper grinste und seine Hauer entblößte. »Ich will«, sagte er zu dem Wurm.

Er konnte es nicht glauben. Seit seiner Flucht aus dem von der KI bewohnten Taschenuniversum waren erst ein paar Sekunden vergangen, und die Kavallerie war *schon* da? Diese Kinder waren echt Sahne. Er wäre schon zufrieden gewesen, auch nur eines in seinem Team zu haben. Und es schien mehr als eines zu geben. ›Brüder und Schwestern‹ hatte der Wurm gesagt. Sie waren nur Kinder, klar. Aber mit der Rechenkapazität einer KI im Rücken.

Diese BTL-Dealer sollten sich von nun an besser vorsehen.

09:57:49 PSZ

Seattle, Ucas

Deni stürmte in der Bude umher und bereitete alles vor, was er brauchen würde, um Pip aus dem stillgelegten Kraftwerk herauszuhauen. Er warf den Betäubungsschlagstock in seine Nylontasche – *der* würde es dem amerindianischen Jungen mit der verdrehten Aura schon besorgen – und vergewisserte sich, daß seine kleine Holdout einsatzbereit war, bevor er sie in den Stiefelschaft schob. Er hatte bereits eine murrende Alfie mit einem lauten Hämmern an die Tür ihrer Bude aus der Koje geworfen und ihr gesagt, sie solle ihr Motorrad vorwärmen. Jetzt legte er seine Wolfskrallenkette um den Hals, die sein Fetisch war.

Kali, die Dobermann-Labrador-Mischung, die Deni vor zehn Jahren auf einem Schrottplatz gerettet hatte, beobachtete seine hektischen Vorbereitungen mit geweiteten braunen Augen. Kali fehlte das linke Vorderbein, aber sie konnte rennen wie der Wind. Sie war schlank und stark und würde mühelos mit dem Motorrad Schritt halten können. Und ihre Nase würde dabei helfen, die schlimmsten Gefahrenstellen von Hell's Kitchen rechtzeitig zu erkennen.

Der Hund spürte Denis Gemütsverfassung und stand stocksteif und mit gesträubtem Nackenfell da. Was heute auch auf Deni zukam, sie würde als Rückendeckung dasein.

Deni warf sich die Nylontasche über die Schulter und war schon auf dem Weg zur Tür, als plötzlich der Bildschirm von Pips MatrixPal zum Leben erwachte. Aus den winzigen Lautsprechern drang ein scharfes *Ping!*, bei dem Deni wie angewurzelt stehenblieb.

Das Geräusch ließ Kalis Kopf herumfahren. Ihre Nase zuckte, und dann fing sie an zu bellen, als ein vertrautes Gesicht auf dem Bildschirm erschien.

»Pip!« rief Deni. Er lief zum Deck und packte es mit beiden Händen. »Ruhig!« rief er Kali über die Schulter zu. Der Hund verstummte augenblicklich.

Pips Bild öffnete den Mund und fing an zu ›reden‹, aber die Lautsprecher blieben stumm. Als Deni das Bild beobachtete, wurde ihm klar, daß es beständig zwischen einem Bild von der üblichen ernsten Pip und dem einer lachenden Pip hin und her wechselte. Der Effekt war unheimlich, und Deni hätte am liebsten das Stromkabel aus der Wand gerissen. Doch dann lief Text über den Bildschirm. Die Großbuchstaben waren sauber und ordentlich. Doch die Worte waren so buchstabiert, wie Deni es Pip in dem Bemühen beigebracht hatte, sie dazu bringen, sich ihm zu öffnen, indem sie geschriebene Sprache benutzte. Es hatte nicht funktioniert – aber seine Schwester hatte Schreiben gelernt. Die ›Stimme‹ des Textes war ganz Pip.

HALO DENI. ICH HABS MIR ANDERS ÜBERLEGT. DER ORT AN DEN MICH MEIN FREUND GEBRACHT HAT WAR NICHT LANGE LUSTIG. DAN WURDS UNHEIMLICH. ICH WILL NACH HAUSE UND FROSTY SAGT ES WÄR OK. ER SAGT ES TUT IHM LEID DAS DIE RESONANS NICHT GEKLAPT HAT UND DAS ICH IMER NOCH EIN *OTAKU* WERDEN KAN WENN ICH MEINE MEINUNG SPÄTER ÄNDER. FROSTY SAGT ICH KAN ALLE SPIEL-

ZEUGE MITNEHMEN DIE ICH HABEN WILL. HOLST DU MICH AB? PIPSI

PS LASS FROSTY IN RUHE, OHKAY? ER IST IMMER NOCH MEIN FREUND.

Der Stroboskopeffekt des Bildes hörte auf, und zurück blieb nur das Bild von der lachenden Pip.

»Resonans?« wiederholte Deni. »Was, zum Teufel, hat dieser Chiphead mit ihr angestellt?« Es mußte etwas mit Computern zu tun haben. Vor zehn Minuten hatte sie ein Elektrodennetz übergestreift und bis über beide Ohren in der Matrix gesteckt. Dort mußte ihr etwas zugestoßen sein.

Deni hatte das Bedürfnis, den MatrixPal auf den Boden zu werfen und mit dem Stiefelabsatz zu zertreten. Das verdammte Ding. Das hatte Pip überhaupt erst in Schwierigkeiten gebracht. Doch statt dessen biß er die Zähne zusammen und tippte mit einem Finger eine Antwort. ICH KOMME PIP.

Er war kaum damit fertig, als er Alfies Motorrad vor seiner Tür röhren hörte.

»Komm, Kali«, sagte er zu dem schwarzen Hund. »Wir holen Pip nach Hause.«

Epilog

>>>>>(Hmm. Tja, das war echte Zeitverschwendung. Ich kann hier nichts Außergewöhnliches finden. Welches Problem hier auch aufgetreten sein mag, es scheint verschwunden zu sein, als ich in das Seattler RTG eingedrungen bin.)<<<<<

– Captain Chaos (09:57:05/19-03-60)

>>>>>(CAP! WILLKOMMEN ZURÜCK, MANN! WIR WÄREN FAST AUSGEFLIPPT!!!)<<<<<

– Slater (09:57:12/19-03-60)

>>>>>(Weswegen schreist du so, Slater?)<<<<<

– Captain Chaos (09:57:21/19-03-60)

>>>>>(Du warst verschwunden, Chaos. Über acht Minuten lang.)<<<<<

– Mom on the Run (09:57:38/19-03-60)

>>>>>(Ich war was? Augenblick, ich checke mein Datenlog.)<<<<<

– Captain Chaos (09:57:52/19-03-60)

>>>>>(Es stimmt, CC. Ich habe das Seattler RTG dreiunddreißig Sekunden nach dir betreten und habe ein dickes fettes Loch in meinem Log, wo die Einzelheiten des Runs verzeichnet sein sollten. Irgendwer oder -was hat mein Deck gelöscht, und zwar von dem Augenblick meines Eintritts in dieses RTG bis um 09:57:01. Schlimmer noch, man hat mein Gedächtnis gelöscht. MEIN Gedächtnis, nicht den Speicher meines Decks. Und wie wir beide wissen, ist Gedächtnis alles, was ich habe, Chummer.)<<<<<

– Renny (09:58:26/19-03-60)

>>>>>(Klingt so, als wäre jemand Schlitten mit euch gefahren. Und nicht auf die lustige Art. Nein, nein.)<<<<<

– Pervo (09:58:30/19-03-60)

>>>>>(Bist du schon WIEDER in unseren Schattendateien, du blöder Hund? Geh wieder zurück zu deinen üblichen schlüpfrigen Sites.)<<<<<

– Mom on the Run (09:58:42/19-03-60)

>>>>>(Klingt so, als wärst du vereist worden, Chummer. Klingt so, als wären VIELE Leute mit ICs in

Berührung gekommen. Ich kann nicht sagen, wo ich im Moment arbeite, aber sagen wir einfach, daß es ein echt GROSSER Konzern ist. So ungefähr um 09:48 PSZ – und unabhängig davon, welche Ortszeit war – kriegten unsere Decker einer nach dem anderen das große Zittern und fingen an zu schreien. Es dauerte 'ne Zeitlang, bis ich herausfand, daß sie alle eines gemeinsam hatten: Sie waren alle im Seattler RTG. Die Pinkel von ganz oben gerieten in Panik – sie befürchteten, eine zweite Arcologie könnte sich ausgeklinkt haben und das ganze System abstürzen lassen. Aber alles war cool. Abgesehen von dem armen Kerl, den wir ausgestöpselt haben. Seine Schreie werden mich immer verfolgen...)<<<<<

– Grunge Monster (09:59:36/19-03-60)

>>>>>(Mein Boß glaubte, es sei eine Wiederholung des Crashs von 2029. Ihr hättet die Börse von Vancouver sehen sollen, als die Nachricht die Runde machte. Nach zwei Minuten waren die Kurse von allen Computer-Konzernen im Keller. Aber der Markt erholt sich schon wieder. Und mein Boß rauft sich die Haare und wünscht sich, unsere Makler wären nicht in Panik geraten und hätten nicht ausgerechnet in dem Augenblick verkauft, als die Kurse den Tiefststand erreicht hatten. Huch. Der Boß kommt. Muß laufen.)<<<<<

– Psylock (10:00:03/19-03-60)

>>>>>(Hey, jeder Konzernkrieg braucht seine Verluste. Wer dieses Virus losgelassen hat, kannte sich aus. Ich frage mich nur, wer da wem an die Gurgel gesprungen ist. Ich dachte, die großen Jungens hätten einen Waffenstillstand geschlossen.)<<<<<

– Merc (10:00:11/19-03-60)

>>>>>(Zum Teufel mit dir, Söldner-Bubi. Meine Freundin ist gerade GESTORBEN. Zum Teufel mit euch allen.

Zum Teufel mit den Konzernen. Zum Teufel mit denen, die dieses Virus losgelassen haben. Ich werde sie finden und ihnen so den ARSCH AUFREISSEN ...)<<<<<

– Bung (10:00:20/19-03-60)

>>>>>(Ist sonst noch jemandem aufgefallen, daß die Bugs sich alle um den Nachrichtensender des Ork-Untergrunds zusammengeballt zu haben scheinen? Gehört alles zum großen Plan. Ein Probelauf. Stört alle Kommunikation, aber laßt die Sites der Orks in Ruhe.)<<<<<

– Truthseeker (10:00:51/19-03-60)

>>>>>(Ja, wir Metas stecken hinter allem, was? Dein Schreckgespenst von der ›Großen Metamenschlichen Verschwörung‹ ist mittlerweile ziemlich arg strapaziert, Spatzenhirn. Dir ist wohl nicht zufällig aufgefallen, daß ALLE Nachrichtensender während der Krise funktioniert haben, nein? Die Daten sind klar und deutlich durchgekommen. Es waren nur die DECKER mit der heißen Hardware, die sich die Finger verbrannt haben.)<<<<<

– Angus (10:01:40/19-03-60)

>>>>>(Wenn es ein Virus war, wer steckt dann dahinter?)<<<<<

– Mom on the Run (10:01:55/19-03-60)

>>>>>(Wer oder WAS ist die Frage.)<<<<<

– Captain Chaos (10:02:01/19-03-60)

>>>>>(Denkst du, was ich denke, CC?)<<<<<

– Renny (10:02:27/19-03-60)

>>>>>(Mit ›was‹ meinst du einen Konzern? Tja, ich könnte euch Burschen sagen, welcher es NICHT ist.

Aber ich kann's nicht verraten. Ich sage nur, wenn es ein Konzern war, dann fängt sein Name nicht mit einem ›R‹ an. Vielleicht mit einem ›M‹ oder ›F‹, aber auf keinen Fall mit einem ›R‹.)<<<<<

– Grunge Monster (10:02:42/19-03-60)

>>>>>(Ich denke das gleiche, Renny. Etwas ›Künstliches‹.)<<<<<

– Digital Dawg (10:03:14/19-03-60)

>>>>>(Ihr liegt völlig daneben, Chummer. Es war ein Virus, schlicht und ergreifend.)<<<<<

– Inchworm (10:03:49/19-03-60)

>>>>>(Woher willst du das wissen?)<<<<<

– Angus (10:03:57/19-03-60)

>>>>>(Schmöker mal bei KSAF herum. Der Piratensender hat um 09:45:00 eine Nachricht erhalten, die ihr vermutlich ziemlich interessant finden werdet. Sieht ganz so aus, als wäre jemand im Voraus davor gewarnt worden, was exakt zwei Minuten später ins Seattler RTG geladen werden sollte.)<<<<<

– Inchworm (10:04:10/19-03-60)

>>>>>(Der Wurm hat recht.)<<<<<

– Scoop (10:04:15/19-03 60)

>>>>>(Ein Virus! Hab ich doch gleich gesagt!)<<<<<

– Merc (10:04:24/19-03-60)

>>>>>(Was meinst du, CC? Paßt das zusammen?)<<<<<

– Renny (10:04:43/19-03-60)

>>>>>(Könnte sein.)<<<<<

– Captain Chaos (10:04:52/19-03-60)

>>>>>(Ich glaube immer noch, daß eine künstliche Intelligenz hinter alledem stecken könnte.)<<<<<

– Digital Dawg (10:05:09/19-03-60)

>>>>>(Das ist reines Wunschdenken, Dawg. Es hat nie auch nur den Hauch eines Indizes gegeben, das die Existenz von KIs schlüssig beweist.)<<<<<

– Red Wraith (10:05:28/19-03-60)

>>>>>(Oder die Existenz Gottes. Oder die Existenz Dawgs. Jetzt hör aber auf!)<<<<<

– Merc (10:05:38/19-03-60)

>>>>>(Also jedenfalls ist heute was ziemlich Merkwürdiges in der Matrix abgegangen, das ist mal sicher. Und ICH EXISTIERE TATSÄCHLICH, Merc. Aber was Gott betrifft…)<<<<<

– Digital Dawg (10:05:50/19-03-60)

>>>>>(Wir werden vielleicht nie erfahren, was wirklich passiert ist. Nicht, wenn alle, die dort waren, ein so großes Loch in ihrem Gedächtnis haben wie ich.)<<<<<

– Captain Chaos (10:06:07/19-03-60)

>>>>>(Jemand muß die Antworten kennen. Wir müssen einfach so lange suchen, bis wir die richtige Datei finden.)<<<<<

– Renny (10:06:14/19-03-60)

>>>>>(Hinterlassen Viren nicht eine spezifische Signatur wie chemische Sprengstoffe? Wenn ihr herausfinden

wollt, wer das Seattler RTG bombardiert hat, überprüft die Signatur. Ich tippe jetzt auf Terroristen.)<<<<<

– Merc (10:06:29/19-03-60)

>>>>>(Seht ihr? Merc ist auch meiner Meinung. Es WAREN die Orks.)<<<<<

– Truthseeker (10:06:40/19-03-60)

>>>>>(Ach, halt die Klappe, du Verschwörungsclown. Was mich betrifft, ich neige eher zu der Konzernkrieg-Theorie. Es geht wieder los, und zwar am gleiche Ort wie immer. In Seattle.)<<<<<

– Slater (10:06:52/19-03-60)

>>>>>(Hey, wovon redet ihr? Mein Deck war gestört. Hab ich was Interessantes verpaßt?)<<<<<

– Retro (10:07:00/19-03-60)